中国侦探小说
实力派作家丛书

沉默使命

程飞 著

群众出版社·北京

图书在版编目（CIP）数据

沉默使命／程飞著 . —北京：群众出版社，2023.9
ISBN 978-7-5014-6280-3

Ⅰ. ①沉… Ⅱ. ①程… Ⅲ. ①推理小说—中国—当代 Ⅳ. ①I247.5
中国国家版本馆 CIP 数据核字（2023）第 083065 号

沉默使命

程　飞　著

出版发行：	群众出版社
地　　址：	北京市丰台区方庄芳星园三区 15 号楼
邮政编码：	100078
经　　销：	新华书店
印　　刷：	天津盛辉印刷有限公司
版　　次：	2023 年 9 月第 1 版
印　　次：	2023 年 9 月第 1 次
印　　张：	9.75
开　　本：	880 毫米×1230 毫米　1/32
字　　数：	252 千字
书　　号：	ISBN 978-7-5014-6280-3
定　　价：	49.00 元
网　　址：	www.qzcbs.com
电子邮箱：	qzcbs@sohu.com

营销中心电话：010-83903257
读者服务部电话（门市）：010-83903257
警官读者俱乐部电话（网购、邮购）：010-83901775
文艺分社电话：010-83901350

本社图书出现印装质量问题，由本社负责退换
版权所有　侵权必究

目　录

第一章　千禧之殇 / 1

第二章　飞来横祸 / 21

第三章　化险为夷 / 38

第四章　对决前夜 / 54

第五章　残酷之战 / 70

第六章　大戏开场 / 88

第七章　玄机重重 / 107

第八章　节外生枝 / 129

第九章　跨越底线 / 150

第十章　不堪重负 / 170

第十一章　致命疯狂 / 192

第十二章　黑白博弈 / 214

第十三章　拨乱反正 / 234

第十四章　血战凶顽 / 249

第十五章　山雨欲来 / 257

第十六章　后生可畏 / 274

第十七章　冤冤相报 / 285

第十八章　不辱使命 / 295

第一章 千禧之殇

　　刚刚进入千禧年，夏日的余晖尚未褪去。华灯初上，在长江和嘉陵江环绕下的江城市慢慢掀开了面纱，露出了它美丽的仪容。江岸上错落有致的楼群在璀璨灯火的映衬下显得雄伟而靓丽。江面上不时驶过装饰得富丽堂皇的游船，使人们隐隐感受到了这座长江上游大型城市的蓬勃生机和富有时代气息的活力。

　　在长江北岸的一座36层的商务大厦里，四十出头、一脸憨厚、身材微微有些发福的吴勉是东腾房地产有限公司的董事长，此时的他正在位于这座大厦最高层的办公室里整理着纷乱的思绪。他刚送走一拨客户，感觉有点儿疲倦，遂靠在宽大的老板椅上点燃了一支软盒中华牌香烟，透过香烟燃烧后袅袅飘散的烟雾，他的思绪又慢慢回到了15年前……

　　15年前的吴勉从江城市所辖的一个小县城的建筑单位辞职出来打工，头脑活络而又特别能吃苦耐劳的他开始承包一些很多人都不愿意做的、利润微薄的小工程，而且多数是干脏活儿、累活儿的劳务分包。在不断和社会上各色人等接触的过程中，环境使然加上头脑活络，他很快就学会了怎样和人打交道，特别是怎样通过各种手段达到自己的目的。经过多年的摔打、历练，他在自己的经商哲学里得出了最重要的四字诀窍，即"一步到位"。意思就是根据不同级别的人运用不同的金钱攻势，该出手时绝对出手，一次就达到让对方满意的程度，从而尽快达到自己的目的。功夫不负有心人，他很快就完成了原始积累，进而成功地完成了从工程承包商向房地产开发商的转型。其实，吴勉的成功也折射出了我们这个社会发展过程中的痛点所在，即利益交换的普遍存在，而这种存在又具备一定的合理性。因此，可能我们每一个社会参与者需要认识的应该是事物量变和质变的辩证关系，以及如何控制由此引发的一系列社会问题的发生发展过程。这比一味地指责埋怨或熟视无睹都有用得多。

随着指间的香烟燃烧殆尽，踌躇满志的吴勉从短暂的回忆中抽离。虽然经过十几年的商场打拼，自己创下了上亿元的资产，也过上了富足的所谓上流社会的生活，但是如何使公司保持持续发展的良好势头，在近乎惨烈的竞争中屹立不倒，这种民营老板们经常遇到的问题同样深深地困扰着他。想到刚花费数千万资金拿到的近百亩土地正面临后续基建资金缺位的难题，吴勉不禁长叹了一口气……

本来吴勉已经和银行谈好，可以用到手的土地贷款解决基建资金的问题，但是人民银行恰巧在这个时候紧缩银根，要求各商业银行对房地产项目的贷款严格审查和控制，这等于一下子断了吴勉的融资主渠道。要命的是现在还不知道政策要持续多久，真是人算不如天算啊！早知道会遇到这种情况还不如捂紧钱袋，先观察风向再伺机而动。可在情势瞬息万变的商场中，谁又能真正做到先知先觉呢？想到这里，吴勉又不禁轻轻地摇了摇头。但是这么多年的商海沉浮，已经极大地强化了他的心理承受能力。他知道在什么样的情况下用什么样的方法来调节自己的心态和情绪，他相信转机总是在不经意的时候出现。对这样一位历经沧桑的商场"老游击队员"来说，他知道办法总比困难多，重要的是一边工作一边享受生活，不要被压力压垮。想到这里，吴勉的嘴角微微露出一丝笑意。

吴勉振作精神，看了一下手里即将燃完的烟蒂，将它熟练地摁灭在桌上精致的水晶烟缸里。在做这个决断式的动作同时，他的脑海里浮现出一个人的样子，奇怪了，最近每到脑子稍微闲暇的时候，他总会想起这个人。他自嘲地笑了一下，然后拿起了桌上的电话拨了出去⋯⋯

吴勉要找的这个人是谁呢？她叫李月寒，是吴勉新招聘的办公室主任。她身高 1.68 米，今年 26 岁，是东腾公司登报招聘中层管理干部时，由吴勉从几百名应征者中亲自选定的。吴勉不得不承认，李月寒的形象气质在第一时间就征服了他，但是作为一个成熟的企业管理者，他看重的绝不仅仅是外在的东西，他需要的是一个内涵深厚、经验丰富，可以帮他处理好公司内外事务性工作，堪称左膀右臂式的人。故而，吴勉在面试她的时候，问了比面试其他应征者更多的问题，许多问题都超出原先预定的面试题目，由吴勉信手拈来发问的。之所以问一些天马行空的问题，也正是由于吴勉对李月寒发自内心的欣赏。聊天有时候也是要看人的，有的人聊几句就聊死了，有的人却可以彻夜长谈，相见恨晚。通过这样的对话，吴勉对李月寒沉着干练、随机应变，甚至带点儿女孩子不常有的幽默俏皮的临场表现非常满意，对她回答的内容也赞赏有加。尤其对其中的一个问题的回答印象深刻，当时发问是为了考验李月寒的团队精神。

吴勉问："如果你作为办公室主任，你对你的副手有什么要求？"

李月寒回答："我还年轻，就算我当了办公室主任，对别人也不会有特别的要求。他们做不好的事情我就多做一点儿,他们能做的事情我就少做一点儿,一切以效率和成绩为检验工作业绩的标准。"这样收放有度、不卑不亢的回答让吴勉非常满意,最终他高薪聘请了李月寒做东腾公司的办公室主任。

"咚咚",随着两声有节奏的礼节性的敲门声,吴勉知道是李月寒来了。他喝了一口用上等紫砂壶冲泡的顶级大红袍,朝着虚掩着的办公室门说了一声:"请进。"

伴随着吴勉的话音,办公室的门被轻轻地推开,进来一位干练的职业女性。她身着一身淡黄色的职业女装,高档的面料、精致的做工将李月寒玲珑有致的身材衬托得格外妩媚。乌黑如绸缎般的秀发修剪得时尚有形,垂至双肩,一张符合中国人传统审美的瓜子脸上,嵌着一双明亮而有神的眸子。微微上翘的小巧鼻尖,透着一丝让人怜惜的俏皮。

"吴总,请问找我什么事?"李月寒微笑着问道。

吴勉笑着说:"没什么事,随便聊聊,你先请坐。"

李月寒笑吟吟地回道:"好的,谢谢吴总。"随后在吴勉对面坐下。

吴勉很喜欢看李月寒笑起来的样子,看着她洁白如碎米般的牙齿,他的脑海里老是呈现电视里牙膏广告中那些女模特的样子,心想,或许让她去拍牙膏广告效果会更好吧。其实,吴勉也没有什么特别的事情找李月寒。他自从录用了李月寒以后,就不由自主地喜欢上了和她聊天。他觉得和这样的才女加美女聊天简直就是一种享受,况且李月寒的一些观点颇有见地,对他确实很有启发。

"小李啊,我先给你泡杯茶。"吴勉微笑着起身从身后的大书橱里拿出一筒包装精美的茶叶,"这可是正宗的武夷山大红袍啊,有钱都难买的好东西哦,今天你一定要尝一尝,呵呵……"

吴勉将一小袋茶叶放在办公桌旁边的茶台,然后烧水、洗茶、洗杯，有条不紊地做起了茶道。茶泡好后，吴勉给李月寒倒上了一杯递了过去，李月寒忙半起身接过茶，皓齿微露道："谢谢吴总。"

吴勉朝李月寒努努嘴，微笑道："先闻闻味道，谈谈感受。"

李月寒端起杯子，先放在鼻尖闻了闻，然后轻啜了一口，笑答："果然是好茶，沁人心脾，而且绝非市井中假冒的大红袍。"

"何以见得？"吴勉不免暗暗吃惊，因为他知道，能够区分出真假大红袍的人绝非泛泛之辈，心里不由得又对面前这个女人高看一眼。

李月寒莞尔一笑："很简单，吴总刚才拿出茶叶的袋子比我手里的口杯还小。真正的优质大红袍绝不可能用普通的包装，因为对它来说，都显得太大了。据我所知，武夷山的大红袍老茶树只有寥寥数棵。每年除被预先订购给权势煊炳的人物之外，剩下的全部拿出来拍卖，去年就拍出了18万元一斤的天价。虽然我不知道吴总的大红袍是从何而来，但是我相信以吴总今日在江城的业界地位，是没人会拿假货来蒙您的。"

"哦？还有这样的渊源？我还真是孤陋寡闻啊，但不知你有没有喝过真正的大红袍呢？"吴勉心有不甘地问道。

"没有，现在市场上卖的大红袍基本都是用普通红茶假冒的，我还没有机会喝到真正的大红袍，但对于大红袍这种商界敲门砖我还是很感兴趣的。据我了解，从饮用的角度来说，好的大红袍需要从汤色、叶底、滋味三个方面来判断：品质好的大红袍冲泡后汤色橙红明亮，香气醇和持久；从叶底看，好的大红袍冲泡后叶底肥厚润绵似丝绸；从滋味上看，好的大红袍饮后口感顺滑、香气纯正。虽然我没喝过真正的大红袍，但刚才喝吴总冲泡的这杯大红袍，完全符合我心目中对优质大红袍的印象。至于我刚才讲的这些，只不过应了一句话'秀才不出门，可知天下事'而已。"

李月寒聪明地把"能知天下事"中的"能"字换成了"可"字，这样就显得谦虚了许多。她知道在职场，这样的修为和谨慎是必需的。

"好,好,李主任真是上知天文,下知地理啊!巾帼不让须眉,佩服佩服。有你这样的才女做我的左膀右臂,我深感欣慰啊。"吴勉频频点头道,称呼也在不经意间由"小李"变成了"李主任"。

"吴总过奖了。"由于才到公司不久,李月寒还是略显矜持。

吴勉的谈兴越发浓厚了,他继续饶有兴趣地说道:"我看过你的简历,你以前在证券行业?"吴勉明知故问道,他希望能引出李月寒的话,让自己对她有更进一步的了解。对李月寒,吴勉有这样的兴趣。

"吴总对我的从业经历很感兴趣?"李月寒此时也放松下来。

"哪里哪里,随便问问,我们今天是非正式谈话,纯属聊天而已,呵呵。"吴勉打起了哈哈。

李月寒本来不想谈及以前的经历,因为有些事情对她来说一直是她心里挥之不去的阴影。但是,面对面前这个成熟的中年男人,而他又是自己的新任老板,她不好拒绝。暂且当他是个合适的倾诉对象吧!李月寒这样想。其实讲真,李月寒以为有些事情确实不是对每个人都可以去讲的,包括所谓的闺密。对于她来讲,那些塑料姐妹情在利益面前根本就不堪一击,她心里只想和成功人士发生碰撞,她知道自己特有的资本和能力,更关键的是她知道自己想要什么。

随后,李月寒把自己的职场经历向吴勉娓娓道来:"我大学学的是金融专业,毕业之后就应聘进了江城夏华证券公司,一直工作到进东腾公司前。总体来说吧,我工作还是比较顺利的。当时我刚进证券公司的时候,中国整个证券行业发展势头非常兴旺,股民的投资愿望非常强烈,天天来证券公司开户的、交易的,真的是人头攒动、门庭若市,公司当然也赚得盆满钵满。我当时还是个涉世不深的女孩儿,觉得在这样的单位工作待遇好,小西装穿上又格外体面……"

"白领嘛，工资高，工作环境又好，人又长得漂亮，少不了追求者吧！呵呵。"吴勉为了调节气氛，插科打诨道。

"吴总笑话我了。"李月寒不置可否，继续往下说，"由于自己工作努力，责任心强，加之又是金融专业毕业的，所以业务工作熟悉得很快，得到了领导们的一致认可，一年后就被提升为部门经理。我们的总经理是从政府过来的官员，叫唐林。他对我很好，有时候不像是领导，更像是一个好大哥。我也非常感激他的知遇之恩。如果不是1997年的股灾，让我看到了这个行业的风险和丑陋的一面，我可能会把这个职业一直做下去，现在想想真是非常遗憾……"李月寒说到这里不禁苦笑着摇了摇头。

吴勉看着眼前这个女人此时的表情，越发觉得她是个有故事的人，同时勾起了他强烈的好奇心。"哦，看来李主任还是一个经历了风雨沧桑的人啊，不简单！那可不可以告诉我后来到底发生了什么事情呢？"好奇心驱使吴勉想知道个究竟。

"都过去三四年了，也没有什么好讲不好讲的，既然吴总想知道，我就讲讲吧。1997年股市极度低迷，全国的证券公司都举步维艰，很多撑不住的公司要不倒闭，要不就被收购兼并。夏华公司也一样，情况很不好，交易量上不去，投资者锐减，交易大厅形同虚设。已然没有了之前人潮涌动的场景，完全可以用门可罗雀来形容，连员工工资都靠东挪西凑勉强维持。唐林终日愁眉不展，我当然也暗暗着急。但是大势如此，干着急也没用，市场这只无形的手控制了一切。那段时间确实有度日如年的感觉。直到有一天，唐林把我叫到办公室。"李月寒的思绪又回到了她不愿提起的过往……

在夏华证券公司豪华的总经理办公室，总经理唐林斜靠在老板椅上。看得出来，工作上巨大的压力已经使这位精明强干的中年人不堪重负，年龄不过40岁左右，但是两鬓已有些许白发。原本每天都刮得泛青光的脸颊显得越发瘦削，神情显得格外憔悴。李月寒推门进去，唐林这才打起精神坐正了身子，他让李月寒坐到面前。唐林没有绕弯子，直截了当问李月寒："小李啊，你不是有个叫蒋玲玲的朋友在我们公司开的大户吗？她没离开我们公司吧？"

"没有啊，但是现在行情不好，她的账户也处于半休眠状态，怎么了？"李月寒有些不解地问。

"小李，我知道你是一个一心一意扑在工作上，真心希望夏华公司发展壮大的好员工。今天请你来，是有一件事，也算是我的一个初步的想法吧，想跟你交流一下。"唐林试探着说道。李月寒连忙说道："唐总有什么事就直说吧，不用那么客气！"

"那好，我就直说了。"唐林不再啰唆，"我有个军工系统的大客户，账上资金很多，由于行情不好，一直也没有交易。现在我们公司的情况你也知道，没有交易量，工资都快发不出来了。我想让你的朋友蒋玲玲来操作这笔资金，我们公司来对她的交易行为进行监管。赚了钱她和我们按约定的比例分，行情如果下跌，我们先设定平仓线，只要到了平仓线，我们就强行平仓。当然，一般情况是不会跌到平仓线的，所以，也就不会有什么风险。这样我们公司的交易量也就上去了，该收的佣金也就收到了。这也是没有办法的办法，可以让我们公司暂时缓解一下困境，你觉得怎么样？"唐林一口气将自己的想法全部说了出来。

李月寒听完唐林的这番话一时有些不解："那你的军工系统的大客户会同意吗？"她问道。

唐林有些诡谲地笑了笑，说道："呵呵，他不同意我也有办法。这家公司是以财务负责人的个人名义来开的户，你叫蒋玲玲模仿那个人的签名写一份委托她交易的委托书，我们公司认可不就行了？"

李月寒不禁倒吸一口凉气，问道："这不是挪用客户资金吗？"

"从道理上讲是这样。但是我们会对资金安全进行监管的,赚了钱皆大欢喜,有亏损的迹象我们就马上平仓。蒋玲玲虽然承担了一定的法律风险,但她得到了更多赚钱的机会,对她这种生意人来说,应该没有理由拒绝这样的机会。由于设定了平仓线,对我们来说是没有什么风险的,既然没有风险还怕什么呢?"唐林把自己的想法向李月寒解释着。

听到这里,吴勉也被深深地吸引住了。"那后来呢?"他追问道。

李月寒顿了顿,苦笑了一下,接着说道:"后来,出于对唐林的信任,也是为了解决公司困境,我出面说服了蒋玲玲,按照唐林说的方式去操作。起先还是赚了些钱,后来行情出现断崖式下滑。眼见出现了亏损,唐林就强行平仓,结果仍然亏了200多万元。军工系统那家公司知道后,就到公安局报了案。结果,我和蒋玲玲被传唤到市公安局刑警大队,唐林因为出差在外躲过去了。开始我们还想抵赖,但是他们的承办人是个出色而又专业的侦查员,到最后我们在证据面前还是全都缴了械,把实情竹筒倒豆子说了个干净。正当我们绝望的时候,不知道唐林找了什么关系,第二天我们就被放了出来。通过这件事的磨砺,我觉得我整个人一下子长大了,不再是以前那个无忧无虑、胸无芥蒂的小女生了,真的感觉磨难对人的成长影响太大了。之后,我毫不犹豫地离开了夏华公司。通过这件事我认识了我生命中最重要的一个人,就是那个侦查员,也是我现在的男朋友陈成。所以我也没什么可抱怨的了,经受这样的磨难值了。"

"噢,想不到李主任还有这样坎坷的经历,真是想不到啊!不过经历了这些磨难,也是人生的财富。那你那位警察男朋友一定非常优秀吧?"吴勉感叹之余,说到李月寒的私人话题的时候,不自觉地带上了一丝酸意。

"是的。他正直、善良、业务能力强,当然人也很帅,呵呵……"李月寒带着骄傲和娇羞说着这番话。

"那我有机会一定要认识一下哦,也帮你参考参考嘛。"吴勉笑着说。

"可以呀,应该有机会的。"李月寒也笑着回答道。

说者无意,听者有心。吴勉听罢李月寒这番话,作为一个商人,他敏锐的神经被触动了,他隐约感觉到一个巨大的机会出现了。既然夏华公司的唐林有这样的胆量走法律的钢丝,还能够全身而退,说明此人道行很高啊!而且手里有那么多的资金渠道,真是一个具备了全方位合作条件的难得的商业伙伴。如果能和这样的人认识,那现在面临的资金危机很有可能就会轻松地解决了,说不定还可以有更大的合作项目呢!但是李月寒受到过唐林的间接伤害,她会不会将唐林介绍给自己呢?看来还急不得,先要经营好李月寒这层关系。

吴勉决定再试探一下李月寒和唐林现在的关系。"那现在李主任和唐总还有接触吗?"吴勉尽量用平和随意的口气问道。

"我离开夏华公司后,就没主动联系过唐林。可能他觉得对我怀有很大的歉意吧,他电话约过我几次,但是被我找借口推了。虽然他让我受了连累,其实我也没受到太大的伤害,而且事情都过去这么久了,大家应该还是朋友。"李月寒如实向吴勉诉说着和唐林关系的现状。

"那就好,那就好。人在商海里打拼难免会出现这样那样的问题,看开些就是了。其实看起来唐林还是个很有胆识的人,我就喜欢和这种既聪明又有胆识的人打交道,有时间介绍我们认识一下可不可以呀?"吴勉打着哈哈对李月寒说。

李月寒虽然聪明,但是毕竟还是个涉世不深的女孩子,她没想那么多,随口答道:"没问题,反正不谈公事我和他现在也没什么可推的,如果吴总想认识他,你安排时间好了。"

正在这时,一首刘德华演唱的《一起走过的日子》的手机铃声响起来了。这是李月寒最喜欢听的歌,她经常让陈成唱给她听。

每次听到陈成低回婉转的吟唱,她都幸福地陶醉其中,对心上人痴痴的依恋如同天下所有热恋中的小女生一样。李月寒掏出手机一看,知道是男朋友陈成的电话,于是对吴勉说:"吴总,如果没什么事,我就先出去工作了。"

"好的,没事了,你先去吧。"吴勉答道,李月寒就起身边接手机边疾步走出了吴勉的办公室。吴勉看着李月寒的背影,若有所思地又点燃了一根香烟……

初夏傍晚的江城街头,身姿挺拔、一脸英气的江城市公安局刑警大队民警陈成站在女朋友李月寒工作的东腾公司楼下。像所有恋爱中的男主一样,他也在焦急地等心上人下班,他们约好下班后一起去吃饭、看电影。

陈成一边掏出手机给李月寒打电话,一边看了看上面的时间。认识李月寒已经三年了,他知道李月寒是一个时间观念很强的人,不到下班时间是不会提前离开公司的,所以只要手里没事他一般都会在李月寒下班时间准时来接她。打完电话,合上手机盖,想着即将要见到的心上人,陈成的思绪不禁又回到了认识李月寒的时候。

1997 年一个炎热的夏日,风尘仆仆的陈成刚从外地办案回来。刚走进办公室,他看见沙发上坐着两个女子,周围站着几个同事和大队长王明。看见大家严肃的表情,他意识到应该是又有新案子了。还没等他说话,王明上来拍了拍他的肩膀,把他叫到了自己的办公室。

王明和陈成是刑警学院的校友。和陈成率真敢言的性格相比,王明城府显得很深,虽然年龄比陈成大不了几岁,但在人际关系复杂的机关,王明深谙其中的为人处世之道。他对领导的话绝对无条件服从,对同事凡事只说三分。而同事们说得对的、有道理的话和观点,都被他装进肚子里消化,关键时刻拿出来为己所用,自然给人一种高深莫测的感觉。因此，王明虽深得领导喜爱，但是在同事们心目中评价却不高。他刚32岁就担任了江城市公安局刑警大队大队长，可谓仕途春风得意。陈成虽对这位领导兼校友的为人不太欣赏，但是作为公安纪律队伍的一员，他对王明安排的各种工作和任务还是绝不含糊的。

见陈成步履匆匆地走进自己的办公室，王明知道陈成在工作上是个急性子，于是也没有绕弯子，当即便给陈成介绍起了案件的情况。

"市军工系统一家公司今天一早就到队上报案，称他们委托夏华证券公司理财的2000万元资金被人挪用了。我们了解基本情况后，立刻赶到夏华公司，将业务经理李月寒带了回来，并且传唤了另一当事人蒋玲玲。总经理唐林在外出差，我们已经电话通知了他。这件案子涉及金融领域的单位，情况比较重大，交给其他人办我不放心。你马上看看材料，然后开始调查工作。"王明把希冀的眼神投向了陈成。

陈成听了王明的案情介绍，认为案情本身不复杂，但由于涉案单位在本市的层面比较高，很可能有各种案外因素很快就要介入了，到那时就不好应付了。事不宜迟，必须快侦快办，于是陈成立刻接手了工作。

经过对基本案情的了解，陈成很快对李月寒等人展开了调查询问。由于证据确凿，加之李月寒、蒋玲玲都只是按唐林的指示行事，所以没费什么周折，李、蒋二人便交代了唐林授意挪用军工单位资金的行为。

也就在这期间，陈成和李月寒相识。通过对整件事情的调查了解，陈成觉得李月寒是因为涉世不深被人利用，加之对法律法规缺乏了解，做了违法的事，很是可惜。审查中李月寒那茫然无助的眼神，没有刻意造作楚楚可怜的神情，让正值青春年少的陈成深感同情之余不自觉地多了一份怜惜。

陈成及时将审查的结果汇报给了王明,他觉得当务之急是将唐林抓捕归案,然后进一步启动追究唐林刑事责任的程序。但当王明听完陈成的汇报后,却出人意料闪烁其词地答复陈成:"你和同志们辛苦了,这样吧,先把人放了,等候下一步工作指示。"

"就这样把人放了?为什么?"虽然陈成为李月寒感到惋惜,但是现在他更关心的是这样轻易放人的原因。

"这是上级的指示,你就不要问了,执行命令吧。"王明闪躲着陈成的眼神,拿起他的公文包,匆匆离开了办公室。

陈成望着王明匆匆离开的背影,他仿佛看见有双无形的大手在控制着一切。他的专业和努力此时被映衬得多么苍白无力。但作为一名警队成员,他只能选择服从命令。随后他按王明的指示放走了李月寒和蒋玲玲。虽然这是一次不怎么愉快的接触,但不可否认的是李月寒让年轻的陈成心里起了一丝波澜。

陈成本以为很难有机会再见到李月寒了,后来发生的一件事让一切发生了改变。就在放走李月寒的一个星期后,他接到了李月寒的电话。她约陈成到一家叫"心心"的咖啡厅,然后她告诉了他一件让他愤怒至极的事情。

原来唐林在得知挪用资金的事情败露后,紧急约见了他的老朋友——江城市公安局分管刑侦工作的副局长刘树功,请刘树功出面捂住这个娄子。

刘树功是警察世家出身,正是因为其家人在公安机关内部盘根错节的关系,才让他平步青云,很快爬上了江城市公安局副局长的位置。他和唐林的关系非一天两天了,他知道唐林一般是不会找他,找他必然是遇到了非常头痛的事情。

果不其然,唐林这次遇到的事情确实让他头疼。刘树功打电话指示王明放人,王明当然是服从命令。在李月寒和蒋玲玲出来后,唐林为感谢刘树功和王明的帮助,在江城市最豪华的望海渔港海鲜城宴请了刘树功和王明,李月寒和蒋玲玲也被唐林叫去作陪。李月寒因为要替他们开车，就没有喝酒，蒋玲玲陪着喝了不少。

刘树功、唐林都是好酒之人，加之有美女作陪，喝得更厉害。随着酒精的作用，几个人开了一通荤素搭配的玩笑之后，刘树功把头凑到李月寒面前，含混不清地打着哈哈问道："美女，你当时为什么要承认呢？你应该向江姐学习嘛！"李月寒虽然年轻，但是和陈成接触后，心里对他隐隐有了好感，对唐林和刘树功等人的背后交易很是看不惯。但是自己人微言轻，当然不好说什么，情急之下只好冲口而出，照实说道："没有办法呀，你们那个侦查员陈成太厉害了，说得我没有办法反驳，只有承认的份儿了。"

刘树功听了，猛然间反应过来，觉得自己失言了。毕竟自己和陈成都是警察，来自对手的褒奖是最高的褒奖这个道理他还是懂的。李月寒的回答无疑是当众打了他的脸，让他尴尬无比，也暗自惭愧，酒也醒了一大半。王明看在眼里，赶紧将话题岔开，又招呼大家继续喝酒。

唐林那天喝多了，醉得不行，李月寒就开他的车送他回家。在回家的路上，唐林自言自语地说道："哎，刘树功也就这个斤两……小李呀，我们平安无事啰！"笑着笑着就睡着了。李月寒听了唐林的话才知道自己是怎么出来的，她觉得自己和这些人打交道太可怕了。她只是想好好做事、好好生活，不想再遇到这种乱七八糟的事情。

送唐林回家后，她自己一晚上没睡着，一方面她在考虑自己的前途问题，另一方面她在心里把这几天遇到的几个公安民警不自觉地进行了比较。她发现陈成阳光正直的形象一看就让人愿意接近。工作中的干练、业务知识的全面、言语之间透出的凛然之气，以及之后看她的眼神中闪过的一丝怜惜，她都看在眼里。现在看到陈成被这些人愚弄，她看在眼里，急在心里。她觉得不把事情的真相告诉陈成，心里就像压了块石头一样难受。李月寒辗转反侧，一夜未眠。第二天一早，受不了良心煎熬的她决定还是要告诉陈成背后发生的这些事情,让他了解真相,免受牵连。于是她电话约了陈成,然后告诉他自己知道的一切。

陈成听完李月寒的讲述后,心里犹如平静的湖面投进了一块巨石,激起了巨大的浪花。他的脸色慢慢变得铁青,眼睛里喷射着摄人心魄的怒火。李月寒一时也不知道怎么去安慰陈成,只有在旁边默默地陪着他。陈成情绪稍稍平复后,压低了声音对李月寒说道:"我料到了会发生一些事情,但是没料到居然是这样。我就这样轻易地被出卖了,就像在战场上冲锋,没死在敌人的刀枪下,却被自己的人在背后捅了一刀,耻辱啊!"

话刚一出口,经历过风浪的陈成就觉得没必要在刚认识的李月寒面前过多地发泄个人情绪,毕竟自己身份敏感,说多了难免徒生事端。他定了定神,然后问李月寒:"为什么要告诉我这些?"

"因为我觉得你是个好人,虽然我们的相识并不是一次愉快的见面。女人的直觉告诉我你是一个正直的可以信赖的人,我本来可以不告诉你这些,但是我不想看见一个好人受到伤害。"李月寒诚挚地毫无保留地吐露着自己的真情实感。那毕竟是她经过一夜激烈的思想斗争的结果,既然决定了就去做,做了就不后悔。这就是一个真性情的敢爱敢恨的李月寒。

陈成听了李月寒的这番话,不由得对她的好感又增加了几分。他对正仰头望着自己的李月寒说道:"我不怕这样的伤害。因为在一定程度上,在现实中,这样的事情已经不能称之为新闻了,只是看发生在谁身上和什么时候发生而已。我的能力是有限的,也控制不了整个局面,只有接受这样的现实,但是我相信任何见不得光的事情迟早会真相大白。"

"你有这样的心态,我觉得完全可以理解并支持。它会让你避免更大的伤害,我也相信终究邪不压正。祝你好运。"李月寒善解人意地说。

"呵呵,谢谢你的同理心。我们谈点儿别的话题吧,气氛太压抑了，相信你也有同感。"陈成想尽快结束这样敏感的话题。

"好呀，你平时业余时间喜欢做些什么呢？"抛开严肃的话题，李月寒又恢复了年轻女孩儿调皮爱玩的天性。

"我呀，也挺简单的，没事就看看书，和朋友踢踢球。实在没辙，就躺在床上看着天花板发呆，哈哈！"陈成笑着说。

"是吗？我也经常一个人发呆，我还以为全天下就我一个人这样做呢，哈哈！"李月寒放松下来，笑起来像个没心没肺的小女生。陈成看着她天真顽皮的样子，心里不禁怦然一动。他觉得眼前这个女孩儿不但有一般女孩儿所没有的勇气，更有和同龄女孩儿一样可爱的一面。陈成决定要好好和李月寒接触下去，好好去了解一下这个在不经意间触动了他心弦的女孩儿。

事情的发展正如陈成预想的那样，他们和天下所有的年轻人一样，在风一样飘逝的日子里，他们很快陷入了爱河。这场恋爱是他们的初恋，因此他们都倍加珍惜和呵护。

这时，陈成看见大楼里走出了一个熟悉的身影，他赶紧把思绪收了回来，喊了一声："寒寒！"熟悉之后，他一直这样亲昵地称呼李月寒。李月寒快步走到陈成面前，展开了如花的笑靥。她挽住陈成的胳膊，把头一歪："等急了吧，老总和我谈了点儿事。我们今天吃点儿什么呀？"

尽管谈了三年恋爱，时间已经进入崭新的 21 世纪，李月寒还是很享受这种小鸟依人的感觉。"我发现了一个地方，环境很幽雅，四周都是棕榈树。别看今天天气热，那里一点儿都不热，还可以看江景，吹着江风那叫一个凉快。老板做的鱼的味道那叫一个……"陈成说到这里，故意卖了个关子，嘴巴里发出"啧啧"的口水声，把李月寒逗急了："那还不带我去，想馋死我啊！"

"好的，遵命！"陈成立马故作正色地回应道。两个年轻人打打闹闹欢快地走向了美丽江城的江边。

时间飞快地流逝着，在一个秋风乍起的中午，江城的街道上铺满了掉落的黄叶，丝丝凉意仿佛已经使人感受到了即将到来的冬日严寒。李月寒自从和吴勉谈话后，见公司财务状况每况愈下，员工人心涣散，联系到整个行业的不景气，使她看不到前途在哪里。她是一个心高气傲、对生活质量要求很高的女人，眼前的工作局面使她不得不重新考虑自己的职业选择。几年的商海沉浮和人生历练，已使她快速地成长和蜕变。她深切地感受到这个社会男女的不平等。男人可以用空间换时间，为自己的事业成功经历几个低潮也没有太大关系，而女人是耗不起的。她只有非常现实地抓住实实在在的机会，改善自己的工作和生活状态，才能在这个社会里拥有自己安逸的生活。

想到这些烦心事，李月寒给陈成打了一个电话，约他晚上到他们常去的"心心"咖啡厅聊天。她想把自己的苦恼说给自己的爱人听，看他能给自己一些什么样的建议。自从和陈成认识后，李月寒一直觉得陈成既是自己的男朋友，又像是自己的兄长。她在他面前既有男女朋友之间的娇嗔，又有在兄长面前的敬畏，真是一种说不清道不明的情愫。

晚上8点，陈成如约来到了和李月寒经常见面的西式风情浓郁的"心心"咖啡厅。说实话，陈成并不喜欢西式的餐厅，他骨子里面是一个爱国主义者，但是自己的工作又要求自己要对各种场合有超强的适应能力。好在他天资聪明、沉稳持重，能很快进入各种角色，加之心爱的女友李月寒喜欢，能不"遵从"吗？

李月寒已经早早地在咖啡厅的一个靠窗的位子坐下。陈成来到李月寒面前坐下后，他逗了眉头微蹙的李月寒一句："怎么啦？李主任，又遇到难题了？"

"又来了，你就会耍贫嘴！等会儿我喊你陈局长了哦！"不服输的李月寒嘟起嘴还了一句。陈成知道李月寒是个遇事不轻易低头的主儿，于是连声告饶道："好，好，不开玩笑了。寒寒，今天有什么烦心事吗?"

"也没什么大事,就是关于工作上我有一些想法,想找你聊聊。"李月寒低下头,缓缓地说。

"你干得不是很好吗?又想换工作了?"陈成一下子就猜到了李月寒的想法。他知道李月寒在事业上是一个不太安分的人。

"是这样,现在房地产行业非常不景气,大的房地产公司我又进不去。现在的收入比以前减少了不少,我爸爸病又重,妈妈也没有工作,我经济压力很大。如果经济上迟迟没有改善,我确实需要换一个工作了。"李月寒向陈成倾吐着她的烦恼。

陈成脸上逐渐收起了笑容,他知道李月寒父母是农转非,都没有工作,靠低保生活。现在她父亲又得了严重的糖尿病,经济上的压力可想而知。他完全理解李月寒的想法,知道她是个很要强的人,工作上非常追求成就感。不到非常困难或者一定要作出选择的时候,她是不会轻易开口讲述自己的困难的。对陈成来说,以他的性格和为人,即便是普通朋友面临这样的窘境,他都会尽力相助的,更何况是自己的女朋友。同时,陈成深知,他爱的就是李月寒对家庭的关爱,对家人的责任心,对事业的上进心。虽然她有时表现得有些急功近利,但从她自身状况出发,还是可以理解的。如果她真是一个骄横任性的富家千金,他反而有可能和她走不下去。

陈成见两人只顾说话了,还没有点喝的,就轻声问李月寒:"还是老规矩?""嗯!"李月寒有些心不在焉地回答道。老规矩就是两杯热腾腾的红茶。如果是在夏天,就是两杯冰红茶,然后再叫点儿甜点。陈成起身安排完这些后,又回到了座位上。虽然他在做事,但同时也在认真思考李月寒的话,陈成脑海里已经迅速把自己的社会关系过了一遍。蓦然,他想到了一个人。

陈成想到的这个人叫王文,此人是陈成的中学同学,而且在高中阶段二人还是同桌,青春年少时的大好时光都是在一起度过的。二人的兴趣爱好都差不多，成绩也都很好，因此情谊很深。

　　王文后来考上了一所全国重点大学的建筑系。王文来自农村，自幼家境贫寒，为了改变命运，他在大学期间就利用学建筑的条件，在家乡周边给人搞建筑设计。积累了一定资金和经验后，又开始承包工程，大学毕业时已经攒下上百万的资产。

　　进入社会后，王文更是如鱼得水，靠着自己灵活的头脑和过硬的专业知识，很快就成立了一家名为鲲鹏的房地产开发公司。王文是个有心人，他在读MBA时有意结识了不少官员。他利用金钱和谦卑的为人与当地大大小小的官员越走越近，并且很顺利地拿到了不少黄金地段的土地，短短几年时间就成立了江城数一数二的大型房地产开发企业，"鲲鹏地产"在江城老百姓心目中已然是实力和信誉的代名词。

　　陈成刑警学院毕业参加工作后，由于工作繁忙，且王文的社交圈和他完全不搭界，因此二人虽在同一座城市，但是见面的机会却很少。陈成知道，尽管由于各种客观原因二人没有经常见面的机会，但是他相信他们之间多年的同学情、朋友谊是经得起时间考验的。现在自己深爱的女朋友想要在事业上有长足的发展，他理应给她创造这样的机会。从王文现在的发展状况来看，应该完全能够满足李月寒的要求。想到这里，他整理了一下思绪，把王文和他的关系以及鲲鹏公司的情况给李月寒进行了介绍。

　　李月寒静静地听着陈成说的话，不时喝一口杯里的热红茶，皱着的眉头随着陈成的讲述慢慢舒展开来。她当然知道鲲鹏公司的实力，但是她想不到鲲鹏公司的董事长竟然和陈成有这样一层关系。她心里暗喜，乌黑的眸子开始闪烁出明亮的光泽。她不由得已经开始憧憬自己在鲲鹏公司发展的前景了……她想，凭着自己的能力和人格魅力，只要有这样一个好的平台，她完全有条件彻底改变自己和家人的命运。想到这里，她已经有些迫不及待了。她尽力不让陈成看出她内心的小激动，小心地问陈成："我知道鲲鹏公司，那可是一家大公司。我当然想去，到那里我可以有充分的发展空间。大成，你准备安排我什么时候去呢？"

"我现在就可以给王文打电话，好久都没和他联系了，也不知道现在情况怎么样了，真是业务繁忙的企业家啊！"陈成一边跟李月寒调侃着王文，一边拨通了王文的电话。

"喂，老同学吗？"陈成话音刚落，电话那边传来一阵急促的声音："陈成吗？我正要找你呢！有急事，你现在在哪里？"

陈成一听，不由得一怔，心想，王文平时不是这样遇事慌张的人啊！他从来没有用这样着急的语气和陈成说过话，看来这次真是遇到什么麻烦了。

"别着急，我现在在'心心'咖啡厅呢，正好我还要介绍一个人给你认识，你马上过来吧！"说完，陈成挂上了电话。

"这不，说曹操，曹操到。王文马上过来，我们谈点儿事，顺便介绍你们认识一下。"陈成对李月寒说道。

"你们要谈事，我在这里方不方便呀？"李月寒懂事地问。"没事儿，反正你也要到他公司工作了，见面是迟早的事。他找我估计也没什么大事。"陈成一边宽慰着李月寒，一边有一搭没一搭地聊着。不久，一个身穿棕色皮衣、中等身高、身材有点儿发福、留着一头梳得整整齐齐的大背头、戴一副金丝眼镜的男子来到了"心心"咖啡厅，见到陈成他们后，就快步走了过来。

第二章　飞来横祸

陈成眼尖，一眼就认出来人正是王文，他忙起身和王文来了个拥抱，然后拍着王文的肩头戏谑道："好小子！发了大财就人影都见不到了！"

"哪里，一天到晚都在瞎忙，再发财也得归你们吃皇粮的管啊！"两人互相开着玩笑，用拳头互相朝对方身上擂了擂。随后，两人紧挨着坐了下来。

陈成先开了口："你先不忙说你的事，我来给你介绍一下，这是我女朋友李月寒。"然后对李月寒说道，"这就是我给你说过的，我的老同学，著名的鲲鹏公司创始人、董事长王文。"他故意把"著名"两个字咬得很重。

陈成年龄虽然不大，但是由于工作的关系，经办了不少大案要案，在纷繁复杂的工作中心智已经锻炼得很成熟。他对王文将要说出的事情大概猜得到几分，估计生意人着急的事情基本和经济上的一些纠纷有关。为了稳定一下王文的情绪，他刻意制造一下轻松的气氛。

　　王文本来确实挺着急的，但是看到陈成轻松的表情，他不禁也稍稍稳了稳神，搭上了陈成的话："你好，李小姐。我和陈成平时各忙各的，很少有时间聚在一起，连他交了你这样漂亮的女朋友我都不知道，真是惭愧啊！看来我和陈成以后确实要多走动，免得越来越生疏喽！"

　　李月寒听到王文的夸奖，脸上不禁有点儿微微发热，毕竟下一步他有可能是自己的新老板，免不了有点儿小紧张："谢谢，王总过奖了。我常听大成提起你，知道你年纪轻轻就已是事业有成，真不愧是青年才俊啊，我以后要多多向你学习才对。"

　　王文也算阅人无数了，今天见到李月寒，也不禁对她的形象气质啧啧赞叹。三人闲聊了几句后，陈成把话引入正题："怎么啦？老同学，遇到什么难题了？"

　　王文轻叹了一声，神情沮丧地说道："唉，家门不幸啊，公司内部出了点儿状况，有点儿棘手。"他正要继续说下去，但是突然觉得李月寒在这里，有些欲言又止。陈成看出了王文的顾虑，出于职业的谨慎他还是对李月寒耳语了几句，李月寒就礼貌地和王文告别离开了。

　　见李月寒走后，王文向陈成说出了整个事情的原委。原来，鲲鹏公司成立之初，王文只占49%的股份，任董事长。另外还有三个股东共占51%的股份，各自持有的股份差不多。其中一个股东叫江风，一个叫钟长明，江风和钟长明是自然人入股，还有一个是香港新城贸易公司入的股，在内地的负责人叫麦广辉。江风任鲲鹏公司总经理，他在鲲鹏公司初创阶段确实也出了大力，和王文相处得也还好。但是随着公司渐渐地发展壮大，江风的野心也逐渐膨胀起来。由于项目越做越多，对其中涉及的利益分配各方的分歧也越来越大。王文虽然在对外交往方面还是比较圆滑，遇事讲究方法，显得很有一套，但是在对本公司员工关系的处理上就显得比较简单粗暴。也许是多年艰苦的生活环境使然，也许是暴富后压抑的情绪总算有了宣泄的出口，王文对公司员工的态度堪称严苛，一点儿小事就大声呵斥，倍加责难。公司员工都很怕他，背后悄悄称他为"军阀"。

江风等几个股东虽对王文的管理方式也有些看法，但是鉴于王文大股东的地位也不好深说。后来，随着项目的扩大，各种利益纠葛逐渐出现。王文把公司大点儿的项目都交给自己的关系去做，江风这个总经理只能给自己的关系捞点儿小项目做。长此以往，慢慢导致了江风等几个股东的不满，其中以江风为甚。几次董事会因权力分配和利益争夺不欢而散之后，江风等人怨气越来越重。尽管公司规模越做越大，实力越做越强，但几个人的关系却渐行渐远。正应了那句老话，可共患难，却不可共富贵。联想到王文独断专行的作风，以及对自身利益的损害，江风和其他两个股东置大局于不顾，共同商议哪怕整垮公司也要出这口恶气。

经过几人周密的准备，一个普通的工作日早上，江风径直到公司财务部强行从财务经理处收走了财务专用章。然后，又拿了份无关紧要的文件到王文的办公室要王文盖公司的行政公章。等王文拿出公章正准备盖的时候，江风一把抢过公章扬长而去。突如其来的举动把王文惊得呆若木鸡，他虽然知道江风对他心怀不满，但是他怎么也没料到江风会来这么一手。

半晌，王文才回过神来，他竭力使自己平静下来。然后他给另外两个股东打去电话，要求马上召开董事会。哪料到这两个股东却商量好了，都找借口予以推脱。他又给江风打电话，但是江风不接。这下王文意识到事态的严重性！他此时明白了，自己已经被其他股东孤立，公章和财务章也被抢走。如果江风他们用公司的财务章和公章出去洽谈业务签订合同，会给公司带来巨大的麻烦，甚至是灾难，现在该怎么办？！

王文踏入社会以来，准确地说，是经商以来第一次真真切切地感觉到紧张和恐惧。自己辛辛苦苦打拼下来的江山难道就这样毁了吗？就在他惶惶不安、焦急万分的时候，陈成突然给他打来了电话，让他猛然间看到了一丝希望。他知道，凭陈成的能力和身份，就算帮不了他，也可以给他一些有用的意见和建议，所以他立即就赶来和陈成见面。

　　陈成听完王文的讲述，也感觉事情确实相当棘手。他想，江风的行为显然是违法的，而且如果不尽快解决，以江风的身份确实可能捅出大娄子，到时候整个鲲鹏公司都将非常被动。那现在这样被动的局面该用什么办法来解决呢？

　　思来想去，陈成还是决定用法律方面的知识先给王文作出分析。他望着神情焦急的王文，缓缓说道："江风的行为肯定是违法的，但现在还不构成犯罪，只能算是股东之间的纠纷而已。当然，如果任由他发展下去，造成了严重的后果，损害了其他股东的利益，就涉嫌犯罪了。目前，从解决问题的角度来看，谈判无疑是最好的解决办法……"他还没说完，王文就立马打断了他："不行，江风现在完全不接我的电话，他根本没有和我谈判的意思，而且据我了解，他已经在社会上用鲲鹏公司的名义从事商业活动，说明他已经是下定决心和我斗下去了。说实话，事到如今，我也不想谈判，要么就借这次机会把他铲除掉，要么就一块儿完蛋！"

　　王文越说越激动，声音都有点儿微微颤抖。他说的当然是他现在的真实想法，事情发生后，他已经设想过无数种可能的结果，但他却无法接受妥协的结果。陈成看着激动的王文，心里不由得感叹商场残酷的一面，利益的驱动可以使原本合作的关系变成你死我活的斗争，所以说商场如战场毫不为过。表面风光的王文看来也不轻松啊！陈成觉得从多年的同学和朋友的角度出发，自己应该给王文一些好的意见和建议，争取帮他渡过眼前这道难关。他沉思了一下，对王文说："老同学，我理解你此时此刻的心情，你先不要着急,听我把话说完。江风的行为肯定是违法的,但是尚不构成犯罪,除非他的行为给公司造成了严重的后果,或者他利用手里的公章和权力中饱私囊,才可以从刑事案件的角度考虑追究他的刑事责任。根据公司法的规定倒是可以通过召开股东会来剥夺他的权力,但是很显然现在其他几个股东都站到了他那边,你连股东会都没有办法召开。因此,从司法解决角度来看,就只有通过民事诉讼来解决,也就是说,你可以到法院去起诉他违反公司法的行为,要求他返还公章,停止损害公司利益的行为。再不然,你想办法做通江风以外的其他股东的工作,让他们站到你这边,分化瓦解江风的势力,用符合公司法的程序来解除江风的权力,作废他抢走的公章。"

王文听了陈成的话也觉得很有道理,他虽然不是学法律的,但也知道依靠民事案件的审理程序解决问题极有可能旷日持久,效果还很难说。他想了想说:"走民事诉讼程序有可能拖很久,万一江风在这期间在外面搞商业活动,那麻烦可就大了,弄不好公司都要被他整垮。另外,其他两个股东看起来是铁了心和江风站在一起了。我通过多个渠道联系他们,他们都不接我的招,要争取他们目前是不可能的。"

"那你准备怎么办?"陈成问道。

王文咬了咬牙,把手里的茶杯重重往桌子上一摔:"不行就走黑道,找人把公章给抢回来,顺便教训一下姓江的!"

陈成其实也猜到了王文要走黑道这步棋,只是他觉得那样做法律风险太大,还可能是赶走了狼引来了虎,再加上以自己的身份也不适合给王文提这样的建议,所以他决定再劝一劝王文:"阿文,你要冷静一下,黑道的人很难缠的。要是问题解决不了,有可能引来新的麻烦,而且如果操作不谨慎还有很大的法律风险。"陈成劝道。

王文叹了一口气,幽幽地说道:"是啊,我也有这些顾虑,关键是现在就算走黑道也没有信得过的人选。商海打拼这么多年，政府官员结识了不少，道上的人物却没有什么交往，我也是怕和这些人纠缠不清啊！"

陈成看时间不早了，而且这些问题显然也不是马上能够解决的，他就把话题岔开了，讲出了他今天找王文来的主题。"刚才你讲的这个事我们回去都好好思考一下对策，你也不要太着急，车到山前必有路嘛！江风他们也不是疯子，不一定会马上拿着公章去做一些有重大法律后果的事。我们可以再观察一下动静再考虑应对方案。对了，你觉得我女朋友怎么样？她也是做你们这行的，给你当个办公室主任应该还可以吧？呵呵。"陈成半开玩笑道。

陈成的宽慰使王文悬着的心放下不少，陈成提的这个要求对王文这样有几百个员工的公司来说当然不是件难事，更重要的是王文现在要的是能派得上用场的人。他现在正要找陈成帮忙，当然不会拒绝，况且他对李月寒的第一印象本身就很不错，因此他爽快地答应道："要是她能来帮我，我可是求之不得啊，你告诉她我这里随时欢迎她！"言毕，二人相互告别回家。

第二天，陈成打电话告诉了李月寒昨天和王文交谈的关于安排她工作的事。李月寒见事情进展得这么顺利，非常高兴，她隐约感到这将是她事业的一个全新开始。于是她在电话里问清楚王文的电话和鲲鹏公司的地址后，就立即开始着手准备向吴勉的东腾公司请辞的事宜。

鲲鹏公司的总经理江风，此时正在公司的另一办公地点与另外两个股东钟长明和麦广辉开会，商议如何对付王文可能的反扑。

三人围坐在办公室的沙发上，各自思考沉吟。良久，江风点燃一根香烟，狠嘬了一口，然后用透着凶光的眼睛扫视了一下钟、麦二人，说道："事情发展到今天这一步，依王文的性格他肯定是要反击的，要不也不称他'军阀'了。我们只有一不做二不休，生死都捆在一起。我这几天仔细考虑了一下，我们要抓紧利用现在局势尚不明朗的空隙，尽快利用自己在公司的合法身份和公章，通过发包工程这些活动最大限度地获取收益。如果效果好，我们就召开股东会罢免王文的董事长职务；如果他不同意，我们就直接向法院申请解散公司，进行清产核资。反正王文是法人代表，最后搞成的烂摊子由他出面去对付。我们这几年也有些积累了，大不了另起炉灶自己干！"显然，江风是一个具有赌徒性格的人。

钟长明和麦广辉对王文平时的工作作风也很有意见，虽然觉得江风的做法有些过火，但事到如今，已经是开弓没有回头箭，只有硬着头皮干下去了。

麦广辉问道："如果王文通过法院起诉咱们怎么办？"江风笑道："法院办案都跟扯牛皮糖似的，等他们搞清楚了，我们已经赚得钵满盆满！等他们作出裁决，优质资产我们都转走了。"钟、麦二人听得频频点头称是。

钟长明想了一会儿问道："我们抢了他的公章，如果他找道上的人来硬抢怎么办？"

江风胸有成竹地说："依我多年对王文的观察，他在道上没有朋友。他平时也不喜欢和道上的人打交道，怕惹上麻烦。现在出了事，他一时半会儿上哪儿找这些人去？就算找来了他又控制得了吗？我在江湖上有个叫'雷神'的朋友，也是江城道上数得着的人物，手下有几十个弟兄，到时如果真要火拼，我就请他出山，没问题的，不用担心。"钟、麦两个股东听完江风的话，心里不禁觉得江风安排得确实周全，就放宽了心。三人相谈甚投契，遂把酒言欢。

李月寒这边把手里的工作安排好之后，就准备去找吴勉谈辞职的事，她想尽快和吴勉把情况说清楚。她知道现在是吴勉困难的时候，她这样做难免有给他雪上加霜的感觉，但是为了自己今后更好的发展，她也顾不了许多了。

李月寒径直来到吴勉的办公室，推门见吴勉正在批阅文件，她轻轻敲了一下门。吴勉抬头看了一下她，问道："李主任，有什么事进来说吧。"

李月寒走到吴勉面前的座位上落座后，说道："吴总，不好意思，打扰您了。是这样，鲲鹏公司的王文王总请我过去做事，我今天是特意来向吴总请辞的。"李月寒开门见山地说明了自己的来意，顿了顿，见吴勉满脸惊愕，就继续说道，"非常感谢吴总在我在东腾公司工作的这段时间对我的关心和帮助，我相信以后我们还是有合作机会的。真的是非常抱歉！"言毕，李月寒站起身，对吴勉鞠了一躬。

吴勉有些不愿意相信李月寒说的话，看着李月寒，他放下了手里的文件，开口说道："太突然了吧？李主任，我应该没有亏待过你吧？当然，我知道鲲鹏公司的实力，去那里对你的发展有好处。但是我们公司也正是用人之际啊，你还是好好考虑一下吧。"

李月寒显然已经是下了决心的，她神情坚定地对吴勉说道："我确实心里感到很对不起吴总，但是我的情况也很具体。父母没有工作，父亲又患有严重的糖尿病，家庭开支很大，我需要有更好的发展才能解决我的实际困难，请吴总多多理解我的处境。"

李月寒把话都说到了这个份儿上了，吴勉知道已经无力挽回了，叹了口气，神情有点儿落寞地说道："好吧！既然你已经下定决心离开，我也不再说什么，那就祝你在鲲鹏公司一切顺利吧！如果干得不开心，可以随时回来找我。"能说出这样的话，说明吴勉还是一个有格局的人。

李月寒听了吴勉的话，不免鼻子有点儿发酸，嗓子发哽。但是她在女性当中算是坚强的了，她真诚地笑了笑说道："谢谢吴总，我会好好干的，再怎么我也是从您这里锻炼出来的啊！我干不好，不是给您丢脸嘛。"

"呵呵，对，对，我相信你的实力，我早看出来了，你是能做大事的人！"听了李月寒有点儿故作轻松的调侃，吴勉也从伤感的情绪里摆脱出来。他知道，千里搭长棚，没有不散的宴席。况且自己这里的舞台太小了，李月寒非笼中之鸟、池中之鱼，她属于更大的舞台。二人会意地相视一笑，紧紧握了一下手，互相传递着对彼此的祝福，就此道别。

李月寒把吴勉公司的善后工作安排好后，就来到鲲鹏公司报到了。王文立即把原来的办公室主任调到其他岗位，然后向公司员工宣布了新主任的任命。

随着对新环境的熟悉，李月寒对自己的新工作也非常满意。鲲鹏公司毕竟是大公司，其办公场地、人员素质都是很多公司没有办法比的。李月寒也非常尽心地将手里的工作安排得井井有条，并很快就和公司员工打成了一片，群众关系搞得很融洽，她进入状态的速度很快。李月寒的这些表现都被王文看在眼里，她很快就博得了王文的信任和肯定。

工作了半个月左右，李月寒逐渐发现了公司里一些不正常的情况。一是总经理的办公室门一直紧闭着，而且自己只从公司人员名单上知道有个叫江风的人是总经理，但却从来没见过这个人。二是公司一直没有召开过高层管理人员的会议，她对其他几个董事也不认识。

李月寒联想到她到鲲鹏公司来之前，就是陈成介绍她和王文认识的那天，王文那欲言又止、显得很紧张的表情，难道这里面有什么玄机……

敏感又聪慧的李月寒似乎意识到了些什么。她觉得不管她有没有能力帮助王文解决当前面临的问题，起码也要主动去关心一下到底发生了什么。毕竟自己已经是鲲鹏公司的一员了，自己的前途命运已经和鲲鹏公司捆绑在一起。几年的工作经历告诉她，任何事情只有介入其中才有机会，虽然有可能是麻烦，但是如果怕麻烦而不介入，就连机会也没有。

颇有心计的李月寒找了个和王文独处的机会，主动从对公司关心和负责的角度与王文谈了她对公司一些异样情况的看法，以便从王文处探听出公司到底发生了什么事。

王文知道以李月寒今天的身份，迟早也会知道公司发生的这些严重状况。所以，今天既然她主动问起，也没有什么好隐瞒的，况且自己确实也需要一个可以倾吐烦恼的对象，或许，还是个帮手。于是，王文就把整件事情的原委全部说给了李月寒。

李月寒听后，不禁倒吸一口凉气！她预感到这件事关系到公司的生死存亡，非同小可。接着她又问清楚了王文，上次他和陈成见面说的正是这件事。王文把陈成当时说的意见也告诉了李月寒。李月寒虽然经历过很多波诡云谲的商海波澜，但是她觉得没有哪次的严重程度可以和这次遭遇的情况相比。

经过短暂的紧张思索之后，李月寒逐渐冷静了下来。她意识到，眼前的这件事既是挑战，更是机遇。如果自己能够介入其中，处理好了就可以在鲲鹏公司站稳脚跟，即使处理得不好，自己也没有什么失去的。不过，毕竟这是一件难度极高、危险很大的事情，到底应该采用什么样的方式去应对呢？她从王文的口中知道了他的基本态度，也了解了陈成对整件事情的分析。她开始思考自己将来一旦介入其中，该如何应对这件事。她安慰了王文几句就回到了自己的办公室。

李月寒拿出吴勉临别时赠送的大红袍，慢慢用桌上的精致茶具开始洗茶、泡茶。她在东腾公司已经养成了喝大红袍的习惯，可能有时候一些事情并不是有多爱好，而是一种习惯或需要。此时，她需要冷静而全面地思考、分析怎么来应对眼前的局面。她想陈成关于走法律途径的分析很有道理，但是过于庸常迂腐。王文的担心也不是多余的，真正走到司法解决的那一步，局面就不是她或者其他什么社会人士能够控制的了，也就等于没有她出人头地的机会了。

之前唐林给李月寒带来的伤害，让李月寒感知了这个社会的现实和残酷。这些转变，都是朝九晚五、平淡生活的普通上班族无法感知的。

现在的李月寒认为，这个社会的基本规律就是弱肉强食的丛林法则，谁在关键时候服软谁就会完蛋。所以通过黑道这个"裁判"出面，虽然拿不上台面，但却有可能是有效的办法。李月寒观察到王文并没有什么和道上人物联系的举动，于是她估计王文是，既想通过黑道人物解决，又怕惹上麻烦，对黑道既爱又怕。

实际上，王文正是因为缺乏黑道这方面的资源而迟迟没有动作。看着面前这杯冒着热气、通体醇红的大红袍，李月寒心想，要喝到这样高品质的茶水，过上高质量的生活，同时改变自己和家庭的命运，就一定要干大事才行。

李月寒希望通过帮助王文来实现自己事业腾飞的决心下定之后，她立马开始从自己多年来累积的社会关系中苦苦搜寻能够帮助自己达到目的的人。良久，她的脑海里蓦然跳出了一个人，此人名叫杨柳风。想到此人，李月寒的思绪不禁回到了六年前她还在大学读书的时候……

一袭白衣、清纯可人的李月寒正漫步在校园门口，突然一辆乌黑锃亮的奔驰S600轿车，俗称"虎头奔"，"吱"的一声停在了她的面前。随着摇下的车窗，一个30岁左右的男子伸出头来，自然随和地微笑着对李月寒说："小妹，到哪儿去，我送送你吧！"

这突如其来的一幕让李月寒一下没回过神来，镇静了一下后说："不用了，我回学校，已经到了。"

驾车的男子仍然没有离开的意思，他继续用温和随意的口吻说道："如果你不介意，我们认识一下吧。以后有什么帮得上忙的尽管说，我没恶意。"男子边说边掏出张名片通过车窗递给李月寒。

李月寒虽然觉得事发突然，但是又觉得该男子形象气质并不让人讨厌，言语之间显得成熟而有礼貌。于是，她就收下了名片。

名片上写的名字是杨柳风，是一个什么公司的总经理什么的，出于礼貌李月寒留了寝室的公用电话给他。

杨柳风到底是什么人呢？原来，此人大有来历。杨柳风20世纪80年代毕业于刑警学院，身高1.85米，孔武有力，爱好拳击，在学校就爱和人比试身手，鲜有败绩，养成了他心高气傲、唯我独尊的张扬性格。

毕业后杨柳风被分配到了江城市公安局刑警大队。刚参加工作的杨柳风和每个投身警队的年轻人一样，浑身充满了干劲，本职工作也干得有声有色。但是，他渐渐地发现自己拼命干工作，经济上却毫无起色，个人生活质量也得不到改善，而很多平时他根本看不起的人却出入有车，动辄左拥右抱、吃香喝辣。他的心态逐渐失衡了，开始一门心思地琢磨起生财之道来。而不久后发生的一件事，彻底改变了他的人生轨迹。

一个烈日炎炎的下午，杨柳风正在健身房挥汗如雨苦练他钟爱的拳击，沙袋被他粗大的拳头打得"砰砰"作响，左右摇晃。看着他练得这么认真投入，旁边的同事就逗他："柳风啊，这么热的天还练呀！你也练得不错了，看上去蛮厉害的样子，敢和龚超比试一下吗？"

杨柳风停下了挥动的拳头，把头一昂，大声说道："敢啊，谁不敢谁孙子！"

杨柳风当然知道龚超这个人，他是刑警大队的同事，从市体委拳击队特招进来的。这个人看上去特别高调，一天到晚光着膀子，亮出鼓胀的肌肉，开着辆军用敞篷吉普车满城逛悠，到处泡妞，车上一会儿坐个模特，一会儿坐个电视台主持人。杨柳风心里很看不惯他这样的做派，所以他明知别人是故意逗他，他还是凭着年轻人的血性一口接下了这茬儿。

很快杨柳风要找龚超比试的话就传到了龚超耳朵里。龚超在社会上和警察队伍里浸淫多年，哪里会把这个毛头小子放在眼里。

但是对这样敢于挑战他权威的行为他觉得还是很有必要给予对方深刻的教训，以稳固自己的形象。于是，他和杨柳风约好在刑警大队的健身房一较高下。

双方约定比试当天，很多得到消息的同事都来到了健身房，把这个小小的健身房挤得水泄不通。双方各有各的拥趸，各种评价和议论不绝于耳。

综合比较，双方身高、体型差不多，体重也差不多，估计力量也不相上下，看来是一场龙争虎斗了。但龚超在刑警队工作多年，加之又是拳击专业队出来的，人气值更高。杨柳风科班出身，头脑灵活，体型壮硕，也不乏支持者。比赛双方也在暗自打量对手。杨柳风是凭着一股拼劲来挑战龚超的，他有的只是勇气，他明白和龚超相比他的拳击技术差得很远。因此，他决定采取先发制人的战术，一开始就猛打猛冲，乱拳打死老师傅，兴许还有取胜的机会。

这边龚超也在想，这小子看起来还是有点儿实力，估计他要凭着年轻气盛，全力冲击自己。之前没和他交过手，还是要谨慎一些。因此，老谋深算的龚超决定采取后发制人的策略。这样，实际在双方比试前的战术运用上，杨柳风已经棋输一着了。

很快，双方换好比赛服具，站到了擂台中央。由于并不是正规的比赛，实际上这样的比试也就是一场拼硬实力的肉搏，无所谓点数，谁把谁打趴下谁就是胜利者。

比试开始了，杨柳风果然如预料的那样，迅速靠近龚超，挥拳如风，双拳不离龚超头部。龚超一看，虽然杨柳风表面打得热闹，其实门户已开。由于龚超很好地护住了头部，杨柳风的进攻并没有形成有效的打击。

在顶住杨柳风十几秒如疾风暴雨般的进攻后，龚超一低头让过杨柳风一记凶狠的右摆拳，在杨柳风的拳头还没收回去的同时，一记左勾拳重重地击打在了杨柳风胃部和胸腔膈膜交界处。这个部位的神经非常敏感脆弱,如果被重击,会立刻让人失去抵抗能力。龚超多年的专业训练让他深谙此道,因此,这一拳是看准部位用尽全力的一击。这一击立刻打得杨柳风双脚腾空,然后重重地摔在地上。只见他双膝跪地,一只手支撑着身体,另一只手捂住胸口,开始呕吐着酸水,面色变得惨白。周边观战的同事见状赶忙上前将二人分开,并将杨柳风扶到旁边休息。

比赛过后,龚超更加趾高气扬,而杨柳风却成了别人奚落嘲笑的对象。他感到在单位抬不起头,产生了强烈的挫败感。周围的生活又恢复了原来的样子,龚超照样过着原来的生活,而他自己不但什么也改变不了,还背上了失败者的标签!这是他要的人生吗?

不!杨柳风从心底里发出了怒吼。龚超也就是一介武夫,而自己是正规科班出身,难道连龚超都不如吗?他决心要出人头地,不管采取什么样的手段,今天他所受的屈辱,以后一定要彻底洗刷干净!带着这样的想法,杨柳风开始在社会上进行各种尝试,并刻意和一些有钱有势的人建立私交。凭着聪明的头脑和敢作敢为的作风,以及警察的特殊身份,他很快在社会上一些闲杂人员里建立了威信,并且得到了一些商人的欣赏。于是这些商人开始委托他去收取一些要不回来的欠款。由于杨柳风既懂法律,又心狠手黑,他出面收取欠账的成功率出奇高,他很快就积累了一笔不小的财富。

俗话说,常在河边走,哪有不湿鞋。在一次收账过程中,他下面的一个小弟失手将人杀死,并把他牵连了出来。结果他也锒铛入狱。虽然最后小弟把事情扛了下来被判了重刑,他成功脱罪,但是最终还是被公安局开除了,而且付了小弟家人一大笔安家费。

至此,杨柳风索性全身心投入江湖,并在几个商界朋友的大力相助下,成立了自己的财务公司,实际上专做代人收账和发放高利贷的业务。几年时间,杨柳风已鸟枪换炮,不但开上了"虎头奔",而且坐拥千万身家,成了江城黑道上响当当的人物。

杨柳风第一次在街上偶然见李月寒后就喜欢上了她,并开始经常给她打电话,约她出去游玩。杨柳风本质上并不是个花心的男人,他确实是真心想和李月寒交往。但是,落花有意,流水无情,李月寒在和杨柳风交往的过程中了解到他做的并非正行,加之自己还不想过早谈朋友,因此,两人交往一段时间后,李月寒逐渐冷淡了下来。虽然彼此还一直保持着联系,但也只是维持着普通朋友的关系。

李月寒虽然并不知道杨柳风的江湖地位,但是她感觉这是她现在唯一可以请得到的帮手。或许他真的可以帮得上忙呢!事不迟疑,李月寒拨通了杨柳风的电话。

杨柳风意外地接到了李月寒的电话,虽然有很长时间没联系了,但他还是非常高兴。在他看来,能够听到李月寒的声音,都是一件让自己激动的事情。二人很快就约好在杨柳风的办公室见面。尽管有好几年没有见面了,但是并不妨碍两个人沟通的顺畅。毕竟认识这么久了,虽然没有成为恋人,但是相互都已经把对方当作了可以信赖的朋友。

没有过多客套,李月寒开门见山地向杨柳风说明了来意。杨柳风听完,心里暗想,李月寒说的事情非同小可,解决得好皆大欢喜,解决得不好有可能惹祸上身。当然,他倒不是怕惹祸,只是他不想做赔本的买卖。

沉思半晌,杨柳风问李月寒道:"我们如果帮鲲鹏公司王文解了围,有什么好处呢?"他特意强调了"我们"两个字,意思是把李月寒算作了自己一方的人。从内心来讲他还是很愿意帮助李月寒的,只是这么大的事情,不和对方说好价码,他是不会轻易去做的。

李月寒心想,只要杨柳风答应帮助自己,那事情就有了百分之五十的把握。至于价码方面的问题她回去给王文做工作,以王文现在的窘境，拿钱了难应该不是问题，王文要的是能尽快解决眼前面临的困局。因此，她大大方方地代替王文表了个态："风哥，你放心，只要能够把公章夺回来，顺便帮助鲲鹏公司恢复秩序，钱方面好说。另外，也可以帮助我在鲲鹏公司立威并站稳脚跟。以我对鲲鹏公司的贡献和鲲鹏公司的实力，还怕我们以后没有合作的机会不成？"

　　杨柳风听了李月寒这番话，不由得重新打量了她一番。他感觉眼前的这个女人已经不再是原来单纯的学生妹了。她镇静的神情、长远的想法，让他这个历经沧桑的江湖大哥也不禁刮目相看。面对这样的女人，更激起了他男人战斗的血性："好，干脆！我也不是啰唆的人，你回去和你们老总商量一下，给我个准信，说好了咱就干！"

　　李月寒从杨柳风这里得到了明确的答复，心里有了底。她立即回到鲲鹏公司找到了王文，把和杨柳风见面的情况描述了一遍，并且把杨柳风的背景和实力情况作了介绍。虽然她并不是十分清楚杨柳风现在的情况，但事到如今，怎么也得搏一搏。与其轻描淡写地说，还不如浓墨重彩地描。如果能好好地利用杨柳风这层关系，既能够解决问题，又能够把王文镇住，自己在中间得到双方的信任，就理所当然地有了极大的上升和运作的空间。

　　由于李月寒语言的精妙和收放自如的表情，王文对她的描述已经深信不疑，况且在这样的节骨眼儿上也容不得他多想。如果李月寒真能处理好这件事，钱根本就不是问题。想到这里，他对李月寒说："月寒，我跟你说实话，我和道上的人没打过什么交道，一般情况也敬而远之，这你是知道的。如果你的朋友真能办好这件事，我愿意拿出两百万，先付一半，夺回公章后立即付另一半。这件事我现在就正式交给你去处理。"王文基于对陈成的信任和他这段时间对李月寒工作能力的观察，他决定无条件地信任李月寒，况且刀兵相见的事确实也不是他的强项。

李月寒受命以后，就正式以王文的名义和杨柳风进行了谈判。杨柳风很爽快地接受了王文开出的价码，李月寒随即向王文申领了100万元现金支付给了杨柳风。杨柳风收到钱后就静下心来，紧锣密鼓地和李月寒开始商议如何来打好这一场恶仗。

李月寒给杨柳风分析道："凭我这段时间在鲲鹏公司的观察，我发现王文在公司的脾气不太好，在员工中的威信不够高，从而导致不少人倾向江风。因此，当务之急是在公司内部重塑王文的权威，清除江风的势力，既为下一步和江风斗法做准备，也为公司以后的发展扫清障碍。江风不是避而不见吗？咱就敲山震虎，把他的人打痛了，他自然就会沉不住气跳出来和我们斗。到那时咱们根据情况看，谈也可以谈，谈不拢再刀兵相见也不迟。"

杨柳风听完李月寒的分析，不由得暗生佩服。他当即表示："鲲鹏公司的具体情况我不清楚，不过，你刚才说得很有道理。如果你考虑成熟了就按照你的方法去做，至于人手和其他的资源你可以随时调配。总之一句话，我们帮王文把这件事搞定。"

有了杨柳风的支持，李月寒把心放下了大半，于是她决定开始从鲲鹏公司内部着手清理异己。为此，她向杨柳风提出要两个身材高大、能打硬仗、气质上佳的人到鲲鹏公司报到上班，她准备先将一直不服从她管理的保安部的头目换掉，给公司其他倾向江风的人来一个下马威。

第三章　化险为夷

　　杨柳风很快安排了自己最为得力和信任的两个心腹跟李月寒到鲲鹏公司报了到。二人一个叫郑道龙，从小跟着江城市一位民国时期就名噪全国的大侠习武，练得一身好功夫。因长得高大黝黑，人送外号"大黑"。之前一直好勇斗狠，因琐事与人发生纠纷，失手将人打成重伤，犯下故意伤害罪而锒铛入狱。后来杨柳风得知此人的经历，认为他是条汉子，遂设法通过关系，使其只服了一半的刑期就提前释放。大黑从此鞍前马后，视杨柳风如同再生父母一般追随着他。另一个名叫商进，精明强干、身手敏捷，在家中排行老二，人送外号"小二郎"。早年以开设赌场为生，结识杨柳风后，两人互有所需，脾气相投，一拍即合，成为好友。有了杨柳风的背后支持，小二郎少了很多后顾之忧，赌场生意做得风生水起。小二郎亦死心塌地追随起了杨柳风。后来，三人还正式结拜成了生死兄弟。

郑、商二人通过李月寒在鲲鹏公司登记造册成为正式员工。为什么要把二人注册成为公司员工呢？李月寒考虑的是可以通过发工资对二人有一定的经济补偿，更重要的原因是可以师出有名，不会让人觉得请的是江湖人士。不得不说李月寒考虑得很周全。

李月寒带二人开车到了车库。为什么到车库来呢？原来，江风抢走公章，不再到鲲鹏公司上班后，他已经私下给保安部打了招呼，他原来的车位没有他的准许，不准任何人停车，包括王文。因此，虽然公司车位紧张，李月寒几次来此车位停车均被保安部阻止。李月寒就决定从这里下手，整肃公司风纪，杀鸡儆猴。

当李月寒刚把车开进江风的车位，保安部部长就带了几个人赶到。见到李月寒后，他神情倨傲、口气强硬且略带威胁地说道："李主任，这是江总的车位，没有他的准许，任何人都不可以在这里停车。这你是知道的。等会儿车出了什么事，我们可不负责啊！"

李月寒早已料到会有这一出，她不怒反笑道："是吗？这是鲲鹏公司的车位，不是哪个个人所有。今天我既然来了，这规矩就得改一改！"

话音刚落，大黑一个箭步迈上前，一把握住保安部部长的手，满脸笑意地说道："幸会，幸会，我们以后可就是同事了，还请多多关照，多多关照！"边说手上边使劲，这重重的一捏，保安部部长只觉得手掌骨头一阵脆响，痛得他身形一歪，面色一下变得煞白。

还没等保安部部长缓过神来，大黑已松开他的手，从旁边的一个保安身上飞快地取下挂着的木制警棍，仍然笑着说："这样的装备已经过时了，吓唬小孩子还行。起码也该换成钢制的嘛！"随后只见他两手握住警棍两头，用膝盖用力一顶，警棍立刻断成两截。

大黑的这几下表演，当时就镇住了在场保安部的人。保安部部长不禁心里暗自打起鼓来，看来这新来的办公室主任来者不善，貌似有高人在背后撑腰啊！得，这打架的事得躲远点儿，自己就拿点儿工资，犯不着和这些人结怨。这阵势看上去自己哪边也得罪不起，干脆走人吧！

保安部部长审时度势，决定放弃这份工作，不再掺和这场不知如何收尾的纠葛。只见他颇为认真地对李月寒说："李主任，江总对我也不错，我夹在中间确实很难做，只有向公司请辞了。"

李月寒见目的已经达到，就顺水推舟道："这样也好，我理解你的处境。回头你交份辞职报告来，然后到财务部和人事部办理相关手续吧。"言毕，带大黑和小二郎转身离开，留下一干人等面面相觑，半晌无言。

李月寒清洗保安部的事迅速传遍了鲲鹏公司，公司员工纷纷对她刮目相看。众人意识到王文请来的这个女人的确不简单，这次和江风的龙争虎斗，到底鹿死谁手难说了。同时，大家也感到李月寒虽然厉害，但是对员工却很不错。因此，员工的心思也逐渐稳定下来，并逐步向王文这边靠拢。靠着勇气和智慧，李月寒成功地再次凝聚起了鲲鹏公司职工涣散的人心。

李月寒初战告捷，她立刻找到杨柳风商量接下来的工作。他们分析，股东麦广辉和钟长明虽然现在和江风站在一起，但并不是铁板一块，他们和王文之间也没有根本的利害冲突。如果能够把他们争取过来，就可以把江风孤立起来，并掌握住董事会和股东会的话语权，事情也就好办多了。

因为涉及公司股东，为慎重起见，杨柳风和李月寒找到王文，把准备分化瓦解几个股东的想法和他谈了。

王文通过李月寒认识杨柳风后，对他的干练和头脑很是欣赏。他觉得杨、李二人的想法既不冒进，又很讲策略，即使武力清洗了保安部也没出什么乱子，局面看上去一直控制得很好。因此，他觉得完全可以放心让他们操作下去。于是王文表示，他全力支持和配合他们的下一步工作计划，只要有利于事情的解决，他本人也可以随时参加进来。

得到了王文的肯定，杨柳风和李月寒立即开始周密策划如何分化瓦解各个击破麦广辉和钟长明的工作。为进一步树立李月寒在鲲鹏公司的权威，两人决定还是主要由李月寒带领大黑和小二郎来运作，必要时杨柳风才参加。

由于麦广辉涉及香港的公司，操作难度要大一些，李月寒决定先从钟长明身上下手。她尝试着给钟长明打了个电话，试探一下对方对解决问题的基本态度。钟长明在电话里很是不屑。他虽然也听说了李月寒的一些事情，但还是没把这个刚到公司打工的小女孩儿放在眼里。他随便敷衍了李月寒几句就挂断了电话。

李月寒其实也料到了这样的结果，她打这个电话无非是先礼后兵罢了。她知道这个社会敬酒不吃吃罚酒的人太多，既然钟长明不上路，就只好送他一程了，李月寒决定采取强硬措施来迫使钟长明改弦更张。

李月寒随后安排大黑驾车去摸清钟长明的出行规律，安排小二郎选好酒店作为和钟长明谈判的场所。然后她给杨柳风打电话讲了自己的安排和想法，并提出请钟长明到酒店后，为了防止钟长明的人报警，杨柳风最好做好安排，务必使警方隔岸观火，不到万不得已不介入，即便最后介入也以经济纠纷为名化解掉。

杨柳风觉得李月寒的考虑很周全，于是他立即约见了王明。

王明听了杨柳风对整件事情的陈述后，心里有了底。毕竟钟长明一方有错在先，只要杨柳风在操作过程中注意方法，不做出过火的举动，钟长明不会有太过激的反应，局面应该是可以控制的。

杨柳风鼓励李月寒大胆地实施她制订的计划。李月寒深受鼓舞，在摸清楚钟长明的出行规律后，她授意大黑带了几个人一路开车尾随钟长明的白色宝马车，伺机将其带往小二郎预先订好的酒店谈判。

大黑知道钟长明有个司机兼保镖,人称小武,常年跟随在身边。此人从小习武,身手敏捷,对钟长明忠心耿耿。以防万一,大黑特意多带了几个人。因为钟长明一行并不常到鲲鹏公司,所以他们不认识新来的大黑等人。大黑也不刻意掩饰自己的身份。不过李月寒交代他千万不能先暴露目的和身份,等事情处理好之后就没什么关系了,关键在于整个过程中不给对方反应的时间。对这一点,大黑还是心领神会。

很快,钟长明的车就到了大黑他们选好的行动地点。只见大黑猛一加油将车超过钟长明的宝马车,然后一打方向盘,将车斜停在了宝马车前面。随着两声刺耳的刹车声响过之后,大黑立马打开车门冲下车去,三步并作两步就跨到钟长明坐的后排车门前,然后猛地一把将正打开车窗探头看究竟的身材瘦小的钟长明提溜了出来。

钟长明吓得满脸惊恐,连声问道:"怎么回事?你们要干什么?"声音由于惊慌而显得有些颤抖。

大黑压低了声音对他说:"不要害怕,我们老总请你去喝喝茶而已。请你配合一下,没有人会受到伤害。"

就在这时,保镖小武已经打开车门冲了过来,准备解救钟长明。这边大黑的人迅速迎了上去,但转瞬就有两人被他踢倒在地。

大黑一看情况不对,立刻将钟长明交给身边的人看住,他亲自上前和小武展开了对阵。要说小武的动作是快,但是和大黑相比,无论是速度还是力量都差得很远。

大黑上前并没有太多的动作,只是用自己的拳和腿硬接小武的拳和腿。只对了两三下,小武已疼痛难忍,他知道今天是遇到高手了,自己已经没有任何机会可以挽回局面。他面露难色,站在那里进退两难。

钟长明一看,心知反抗无望,就对小武说:"放心吧,我不会有事的,你先走吧。另外,没有我的电话不准报警。"

钟长明也多少知道一些江湖上的规矩，心里猜到了今天发生这种情况十有八九和鲲鹏公司有关。他认为只要自己和他们谈，就不会有什么大问题。所以他不准小武报警，以免事情越来越复杂。小武只得眼睁睁地看钟长明上了大黑的车绝尘而去。

"虎头奔"很快开到了小二郎选好的宾馆，李月寒和杨柳风早已在宾馆里面等着了。钟长明一见李月寒立刻就明白了事情的缘由。等他坐下后，李月寒就示意大黑退出房间，屋里就剩下了他们三人。

李月寒见钟长明面带愠色，就笑着对他说道："不好意思，让钟大哥受惊了。我是鲲鹏公司办公室主任李月寒，今天请你来就是想谈一谈我们鲲鹏公司的家务事。"

"李主任，你来公司时间不长，鄙人却已经久仰你的大名了。不过，请问你今天有权代表王总吗？"钟长明想弄清楚今天的谈判对象的底细和由来。

李月寒微微一笑，说道："当然可以。请看，这是王总亲笔签的授权书，他亲自授权我全权代表他和股东们谈判。"

钟长明接过李月寒递来的授权书看了看，他认得出王文的字迹，因此他暂时打消了疑虑。钟长明本人是一个比较谨小慎微的人，此次站到了江风一边也有很大盲从的成分，他和王文之间确实也没有不可调和的矛盾。今天看见李月寒这边兵强马壮，而且都是下得了手的狠角色。尤其坐在李月寒旁边这个人，看上去更是不苟言笑，眼里透出淡定从容，一身黑色毛呢风衣，给人一种不怒自威的感觉。

钟长明越发感到硬来自己肯定会吃大亏，保全自己才是上策。况且继续和王文合作也不是什么坏事，至于江风那边他也顾不得许多了，不如坐山观虎斗。

想到这里，钟长明不由得长叹一声："唉，其实我和王总没有什么矛盾，更没有解散公司的意思。我也有我的苦衷。我知道你们今天找我的目的,其实不用这样大动干戈,为了公司今后的发展,我以后会配合王总的工作,参加股东会,让公司尽快走入正轨才是正道。"

李月寒没料到他会这么爽快,看来强权思维逻辑和做法在关键时刻还是很有作用的。见钟长明服了软,李月寒爽快地表示:"既然钟大哥这么好说话,那我们也不再啰唆了,只是以后希望钟大哥能站稳立场,真正为公司的安定和发展着想。今天的事让钟大哥受惊了,真是不好意思!"

钟长明忙不迭地说:"没关系,正所谓不打不相识嘛。"随后,李月寒介绍了杨柳风和他认识。钟长明虽然以前没见过杨柳风,但是多少也听说过此人的名头,自己真该早点儿退出这场争斗,明哲保身。

顺利解决了钟长明的问题后,李月寒和杨柳风马上把工作重点放在了另一个股东麦广辉身上。杨柳风毕竟学过法律,他分析道:"麦广辉不能用对付钟长明的办法去对付。这里面有两个原因:第一,因为他是香港人,身份比较敏感,鲁莽行事惊动了警方不好收场;第二,麦广辉只是香港新城公司派过来的负责人,和他谈不出结果,必须和新城公司高层谈。因此,处理麦广辉的情况比较复杂,我们不要着急,一步一步地来。还有,这样远在香港的股东,以后可能不方便控制,我们不宜将他继续留在鲲鹏公司里面,可以借这次机会收掉他的股份,将他清理出局,我想王文是不会反对我这样做的。"

李月寒听了,点了点头,说道:"要不这样,我们先直接去和麦广辉谈谈,看他和新城公司是什么态度,再考虑下一步怎么办。至于王文那边,你不用担心,他已经全权委托我们处理这件事了,这样处理都是为他好,回头我给他说一声就可以了。"

杨柳风想了想,说:"行,谈不拢的话,咱们一不做二不休,把姓麦的直接带到香港去和新城公司老板谈。我在那边道上也有朋友，直接到新城公司去交涉……"说罢，杨柳风冷冷一笑。

随后杨柳风沉思了片刻，对李月寒说道："你叫大黑多安排些人和车去，都穿戴整齐一点儿，车也弄成一溜色的，摆摆阵势，一举镇住姓麦的小子。"

李月寒这段时间和杨柳风共事，从他身上学到了不少东西，对他有了更深入的了解。她觉得杨柳风虽然是道上的人，但却并没有坏到骨子里，正所谓道亦有道，加之她现在正需要仰仗他处理鲲鹏公司的麻烦事，所以她也逐渐受到杨柳风的影响，观点日渐趋同，而杨柳风确实也带给了她别样的安全感。

杨柳风和李月寒商量好后，就直接到香港新城公司江城分公司办公室找到了麦广辉。麦广辉已经从钟长明那里听说了关于杨、李二人的举动，他知道二人来者不善。三思之下，他决定先利用香港公司的特殊身份作为挡箭牌，让二人知难而退。

在麦广辉的办公室，他神色自如地招呼不请自来的杨、李二人坐下，然后主动开口说道："我知道二位的来意，你们也是受人之托，我无意为难二位。但是我只是香港新城公司派遣过来的负责人，我无权在涉及股东争议方面的事情上发表任何个人看法，你们有什么要求我会转告新城公司董事会的，所以也请二位不要为难我。"不出所料，经验丰富的麦广辉将皮球踢给了远在香港的新城公司。

"哦，是吗？香港很远吗？坐飞机要不了三个小时吧？"杨柳风边说边回头看了一下李月寒，佯装征求她的意见。李月寒心领神会，开口答道："我已经查过了，两小时二十分钟就可以到达。"

"这位想必就是李月寒小姐吧。我是久仰大名啊！今日得见，果然计划周详，安排得很细致嘛！年轻有为，佩服。不过，我好像今天没有安排到香港的行程啊！"麦广辉和李月寒寒暄了几句。

李月寒也听出了麦广辉话里的软钉子，她不动声色地回应道："我相信麦先生的计划里没有今天到香港的安排，但是我们的计划里安排了。"

"哦，你们凭什么可以安排我的行程？我为什么要听你们的呢？可笑！"闻听此言，麦广辉有些激动，面色也微微有些泛红。

"是啊，我们知道麦先生这尊佛很难请动，所以我们就特地把仪式搞隆重一点儿。麦先生不妨打开窗户看看，这样的规格能不能请得动您？"杨柳风平静地说。

麦广辉不知杨柳风葫芦里卖的什么药，他疑惑地走到窗前，推开窗户往下一看，他看见有五辆黑色的豪华尼桑轿车整整齐齐地停在楼下的院子里，每辆车的正副驾驶车门边都站着两个身着黑色西装、戴着墨镜的彪形大汉。

麦广辉心里着实一惊，看来今天弄这么大阵势，这两个人是决心要把我弄走啊！看这阵势躲是躲不过去了，好汉不吃眼前亏，走就走一趟吧。到香港他们还能这么威风？不定谁吃掉谁呢！

想到这里，麦广辉恢复了镇定。他转身对杨柳风说："杨先生不用搞这么大的声势吧，不就是去一趟香港吗？我还真有好长时间没回去了呢，既然二位这么诚心，我就陪你们走一趟吧。"

杨柳风哈哈一笑道："爽快，我就喜欢和明白人打交道！"然后，他转头对李月寒说，"李总，去订一下机票，大黑也去。"李月寒立即起身安排机票的事情去了。

杨柳风继续留在麦广辉的办公室，他要监视麦广辉的举动，防止他报警或者有其他什么出格的举动。二人在沉默中对峙着，时间静静地流逝。虽然二人都没有说话，但是各自的头脑里却是翻江倒海一般紧张地打着自己的算盘。

很快李月寒买好了四张到香港的机票，杨柳风就请麦广辉下楼，坐上了自己的"虎头奔"。李月寒开车带着大黑，四人直接向机场而去。

去往机场的路上麦广辉几次想给香港新城公司的董事长曾家俊打电话通报一下，好让他有个准备，至于曾家俊能不能控制住整个局面就不关自己的事了。但是如果连个电话都打不出去，以后怕是要被曾家俊骂惨。

麦广辉这里正在胡思乱想的时候，杨柳风仿佛看穿了他的心思，他笑着对麦广辉说："麦先生可能想给你们老板通报一声吧？不要着急，我们香港的朋友已经和他在一起喝茶了，他们在公司等着我们呢。"

麦广辉心里又是一惊，这姓杨的看来势力不可小觑啊，手都伸到香港去了。看他说话的神态也不像在说假话，姑妄听之吧，想到这里他仰头疲惫地闭上了眼睛，养起神来。

杨柳风为慎重起见，也为了继续给麦广辉施加心理压力，他碰了碰正坐在旁边闭目养神的麦广辉，说道："请麦先生把手机交给我保管吧，我怕你睡着后弄丢了。"

麦广辉抬头看了一眼杨柳风，无可奈何地摇了摇头，然后掏出手机递给了杨柳风，杨柳风笑着接过并关掉了麦广辉的手机。

就在杨柳风他们在和麦广辉周旋的同时，他在香港黑道的朋友阿灿已经带人赶到香港新城公司把董事长曾家俊控制起来。由于事发突然，曾家俊也不知道发生了什么事，只是被告知需要等几个内地即将赶来的朋友。

几个人就待在曾家俊的办公室，自顾自地喝起了曾家俊的功夫茶来。曾家俊来不及反应，出于生意人特有的谨慎，他也没有做出过激的反应，只是强装镇定地等候在办公室。

这边杨柳风等一行人很快坐飞机到了香港，阿灿安排了人开车到机场迎接。接到几人后，轿车径直向香港新城公司开去。

到了曾家俊的办公室，杨柳风大踏步地走向坐在办公桌后正坐立不安的曾家俊，一边走一边爽朗地笑道："想必这位就是新城公司的曾老板吧，幸会幸会！"

"这位是？"曾家俊看见进来的几个人除了麦广辉，其他的人他都不认识。他不由自主地站起身来，有些犹豫地握住杨柳风伸到跟前的手。

杨柳风笑道:"曾老板,咱们坐下说话,请坐。"不经意间,杨柳风已经反客为主了,他转身说道:"阿灿、大黑你们带麦先生出去坐坐,李总留下。"众人知趣地离开了曾家俊的办公室。

屋里只剩下曾家俊、杨柳风和李月寒三人。这时,杨柳风才向曾家俊道出了来意:"曾老板,我们是受江城鲲鹏公司董事长王文的委托来和贵公司谈判关于鲲鹏公司股权方面的一些问题。我姓杨,这位女士姓李,我们可以全权代表鲲鹏公司和贵公司谈判。"

"哦,这事我听麦广辉简单说过一些。不知二位要和我公司谈什么?"曾家俊暗自打量二人,他第一感觉就是这两个人从形象气质上看绝非等闲之辈,是见过大场面的人。曾家俊此时才明白这些人是为解决鲲鹏公司问题而来的,不妨听他们说些什么,再随机应变吧。

"这次我们鲲鹏公司出了点儿家务事,我们需要尽快清理门户。我们知道贵公司占鲲鹏公司20%的股份,双方本来合作得一直挺愉快。可惜,这次你们的麦总站错了队,企图和总经理江风一起使用不法手段篡夺鲲鹏公司的实际控制权。这是触碰我们底线的行为,我们认为双方已经丧失了相互信任的合作基础。贵公司和另外几个股东不负责任的行为已经给鲲鹏公司造成了重大损失,所以,鲲鹏公司的大股东王文先生想请你们退出鲲鹏公司。"杨柳风直截了当地说明了来意。

曾家俊闻听此言,顿时火冒三丈,他的脸由白转红,接着由红转紫,再由紫转青,额上也渗出了细细的汗珠。他心想,好大的口气,直接就叫我退出?这和抢有什么分别?我就这样被踢出去了,还有什么颜面在商界混下去?他尽力让自己平静下来,缓缓地端起茶杯,喝了一口,语气和缓地说道:"杨先生就这么有把握我会按你们的想法退出鲲鹏公司?"

"当然，我们不会要求你就这样退出鲲鹏公司。我们准备出价1000万元收购贵公司在鲲鹏公司所占的20%的股份，希望你接受。"杨柳风早有准备。

"1000万元？你知道鲲鹏公司我入股时投入了多少吗？那是3000万元啊，你们1000万元就想收购我的股份，我没听错吧？"曾家俊气极反笑地问道。

杨柳风不慌不忙地说道："关于新城公司入股鲲鹏公司的情况我当然清楚。不过，我可以帮曾先生算笔账。贵公司成为鲲鹏公司股东三年以来，第一年分红1000万元，第二年分红2000万元，第三年分红2500万元，投资早已经收回。这次我们还要用1000万元来回购贵公司的股份，实际上你们是没有什么损失的，损失的只是你们的面子。但是，你要知道，今天鲲鹏公司无法正常经营的局面是你们一手造成的，你们有错在先。如果大家都撕破脸皮，解散公司，导致各项开工的工程停下来进行清算，恐怕不要说收益，连账都还不了吧！"

曾家俊听了杨柳风的一番话，觉得是有几分道理。但是被人强迫签下城下之盟，他脸面上确实有些挂不住。他想了想，决定再试探一下杨柳风他们的真实意图，于是问杨柳风道："杨先生说得有道理。那么既然我们有过错，那就通过法律进行司法裁决吧。到时候出现什么结果我都认，怎么样？"

杨柳风听了哈哈一笑："曾先生，你看我今天像是来讨论法律问题的吗？事情是你们挑起来的，但是怎么结束就由不得你们了。"

曾家俊听明白了，今天这帮人来就是要逼自己让步的，自己该如何决断呢？正在他犹豫不决的时候，猛然听到屋外一阵喧嚣。曾家俊刚要起身出去看个究竟，杨柳风立即意识到情况可能有变，他立刻从胸前掏出一支五四手枪，对准了曾家俊的胸口低声喝道："请坐下，曾老板，不要慌。"

原来杨柳风事先为了防备万一，给阿灿打了电话，叫他给自已准备一支枪,以备不时之需。阿灿的手下去机场接杨柳风时已悄悄把枪交给了他,所以在杨柳风意识到情况有变的时候,他毫不犹豫地举枪先控制住了曾家俊。

然后他对旁边的李月寒说道:"打电话问问是怎么回事。"李月寒立即拨通了大黑的电话。

原来,麦广辉退出曾家俊的办公室后,趁大黑等人不注意,向新城公司相识的员工借了部手机。然后借口上厕所,在厕所里悄悄给香港黑道的朋友打了个电话,要他们火速前来支援。不久,接到麦广辉求援电话的十几个道上的弟兄便驱车赶到新城公司,在曾家俊的办公室外面与麦广辉会合后,立即和大黑、阿灿等人形成了对峙的局面。双方拔枪相对,气氛一时万分紧张。

麦广辉有了道上弟兄撑腰,胆子也大了起来。他一路受人控制和摆布,憋了一肚子火,这下便借机发泄了出来。他抖擞精神对大黑说道:"兄弟,现在是在香港,我也有很多弟兄!今天不给个说法,谁都别想活着离开香港!"

大黑闻言,冷笑一声道:"大爷既然敢千里迢迢到这里来,就早已经把脑袋系在了裤腰带上。就算香港是龙潭虎穴,老子也要来闯一闯!"

双方对话的火药味越发浓厚。不知谁先拉动枪栓将子弹上膛,搞得现场立马响起一片"哗啷啷"的拉动枪栓声,一触即发。

李月寒得到杨柳风的吩咐后合上手机,然后闪身出了曾家俊的办公室。她一看,现场正如大黑电话里描述的那样,对峙的双方已经枪指对方,怒目相对。她不由得惊出一身冷汗,于是迅速退回房间把门关上,然后将看到的情况低声告诉了杨柳风。

杨柳风听后微微一笑,没有表现出半点儿慌张。他对曾家俊说道:"曾先生,既然我们来到了贵地,事情办不成,我们是不会走的。刚才我已经把事情的利弊向你讲清楚了,你可以好好权衡一下。你是生意人,讲究的是利益。我们是粗人,讲究的是江湖道义和规矩，你叫这么多兄弟来，如果谁擦枪走火，我可先对不起你了，到时你就再也没机会享受你的利益了。我话也说得差不多了，下一步棋该怎么走，你自己看着办。"

曾家俊看着面前黑洞洞的枪口，不由得胆战心惊。他是做正经生意的，根本不想和黑道上的人有什么瓜葛。杨柳风提出的条件虽然自己并不愿意接受，但是还远不至于搭上自己一条性命和他火拼。现在屋外的人是从哪里来的，是些什么人，自己根本就无从知晓。不行，自己得赶紧去看看，免得等会儿有人鲁莽行事，真的闹出什么大事出来收不了场，那就得不偿失了。想到这里，他急切地对杨柳风说道："杨先生，我确实没有安排什么人到这里来添乱，等我出去看看到底是怎么回事，我们再接着谈。"

"好，我静候曾先生佳音。"杨柳风边说边收起了手枪。

曾家俊快步走到门边打开房门，眼前的情况着实把他吓了一跳。他定神看清楚是麦广辉带的一帮人，就知道是怎么回事了。他厉声呵斥麦广辉道："谁让你叫这么多弟兄来的？杨先生是我的客人，我们有重要事情在谈，把事情搞黄了，你负得起责吗？赶快把你的弟兄带走！"

麦广辉也不知道曾家俊和杨柳风谈得怎么样了，但是见曾家俊这样表态，哪里还敢怠慢。他嗫嚅了两句连自己都听不清楚的话，然后转身对他叫来的弟兄说："今天是个误会，我大哥已经发话了，辛苦弟兄们了，改天我请大家吃饭！"

麦广辉叫来的这帮人里面有几人与阿灿等人认识，虽是不同的帮派，但也有点头之交，他们并不想把事情弄得不可收拾，见麦广辉这么一说，也正好找了个台阶。于是，众人收起枪支，与麦广辉打了个招呼，便先行离开了。

曾家俊见麦广辉叫来的人走了，掏出纸巾擦了擦额头渗出的细汗，狠狠瞪了麦广辉一眼，转身进了办公室，掩上了门。

杨柳风把屋外刚才发生的一切看在眼里，见曾家俊赶走了麦广辉叫来的人，心里对谈判成功已经有了十足的把握。他笑着对刚坐下的曾家俊说道："曾先生的魄力真是让人印象深刻啊，我想曾先生对我们的提议也应该考虑清楚了吧！"

"哪里，论魄力还是杨先生高人一筹。我很佩服杨先生的胆识。虽然发生了一些不愉快的事情，但是正所谓不打不相识，说不定我们还可以成为朋友。对我来说，多1000万少1000万不是什么问题，说不定以后我们的投资和发展还有仰仗杨先生的地方。我也知道你们来一趟不容易，我会马上安排律师和你们办好相关的手续。"曾家俊明白也只能接受鲲鹏公司的方案了，这样解决也没吃多大的亏。况且认识杨柳风这样的人确实也有助于公司以后的发展，见好就收吧。

杨柳风闻言哈哈一笑道："曾先生真是快人快语，我们能化干戈为玉帛，实乃双方的一大幸事也！"两人遂握手言欢。赓即，双方便安排人手开始办理转股、付款等诸多事宜。

再说江城这边。由于麦广辉走得突然，他在江城所有的关系都不知道他的去向。这可急坏了他的老婆，等了两天都没有麦广辉的消息，该问的人都问遍了，没人知道他的下落。

女人一般是经不起这样的惊吓的，于是麦广辉的老婆就向江城市公安局刑警大队报了案。很快，王明就知道了这事，他一看报警材料就意识到了肯定是杨柳风干的，因为几天前杨柳风把事情的原委和涉及的人员跟他说得很清楚了。为了稳妥起见，他还是给杨柳风打了个电话询问事情的经过。杨柳风在电话里得知麦广辉的老婆报了警，就详细地把整件事情办理的情况给王明作了解释，并请王明放心，绝对出不了任何问题，而且事情进展得很顺利。王明听了，心里一块石头落了地。王明的想法很明确，那就是朋友的忙既要帮，但也不能影响到自己的仕途。每个人都有自己的底线，这就是王明的底线。于是他没有安排警力出去大张旗鼓地调查寻找什么，就直接把报警的事压下来了。

在香港黑道朋友的帮助下，杨柳风和李月寒顺利地完成了和新城公司的股权转让工作，胜利回到了江城。麦广辉随后也给他老婆打去电话报了平安，他老婆心里的石头落了地，马上就赶到刑警大队撤销了报警记录。

王文对杨柳风、李月寒等人香港之行的表现大为赞赏，在望海渔港海鲜城给二人接风洗尘。席间，几人自是一番互相恭维之词，王文宣布李月寒升任公司副总经理。宴后，杨、李二人立马对制服江风的行动做了计划。

第四章　对决前夜

陈成这段时间异常繁忙，案子一个接着一个，连回家的时间都很少。这天，陈成正埋头处理自己手头的工作，一个同事凑过来说道："大成，前几天你接的那个贩卖假烟的案子有线索了。今天晚上12点，假烟贩子有一车假烟要到滨江路停车场交易，我们商量一下行动方案吧。"

听到案子有线索了，陈成一下子兴奋起来："好，好，这次一定要把他们一网打尽。来，咱们好好议一议。上次他们没有交易，咱们白守了一晚上，这次千万不能再让这帮家伙跑了！"陈成是刑警大队的探长，他立即召集队员开始制定当天晚上的行动方案。

当晚，陈成他们提前在滨江路停车场设下埋伏。等到晚上12点左右，果然开来了两辆微型面包车，相距五米左右停了下来。随后从两辆车上跳下来俩人，他们走到了一起。双方并没有熄掉车灯，而是借着车灯掏出了本子开始核对着什么。

一个队员低声问陈成："大成，可不可以动了？"

"再等等，等他们卸货的时候动手。这样他们离驾驶室远一点儿，而且手里抱着货逃起来不方便。"陈成老到地给队员们分析着眼前的情况。这样的行动对他来说已经是家常便饭了，经验在这个时候对行动的成败是至关重要的。

果然，不一会儿，车上又下来俩人。四个人开始搬运车上的货物。借着面包车昏暗的灯光，陈成看见从车上搬下来的果然是一箱箱的香烟。他悄声说道："他们四个人，我们有七个人，两个人控制一个人。还单出一个来，这个人由我来对付，你们选好自己的目标，我们马上就行动。"

说完，陈成和队员们从隐蔽处悄悄摸出来。借着夜色的掩护，分散成弧形慢慢靠近了正在紧张搬运假烟的几个人。眼看着摸到了可以发动突击的距离，陈成厉声喝道："不准动，我们是警察！"说时迟那时快，几个侦查员立刻冲到了几人面前。

几个假烟贩子看来也是有心理准备的，几乎同时扔掉手里的箱子，拔腿就跑。由于已经被陈成和队员们包围，没跑出几步，就被侦查员们分别按倒在地，一一制伏，并铐上了手铐。而陈成锁定的那个嫌疑人，却趁乱拼力挣脱掉被陈成抓住的外套，猛力往包围圈外面冲去。

陈成见嫌疑人欲金蝉脱壳，心想如果让他跑进夜色就很难抓捕了。于是他全力一跃，扑向了嫌疑人，并把他压在了身下。同时紧紧锁住其双臂，使他动弹不得。这时，其他侦查员赶过来帮陈成铐住被他压在身下的嫌疑人。

这时，陈成才站起身，他刚一迈步，就感到右膝盖一阵钻心的疼痛。原来他在扑向嫌疑人的时候，右膝盖撞在了地上的一块石头上，撞得挺严重。他试着活动了一下，还好，没伤着骨头，还可以跛着脚行走。随后他指挥众人将几个嫌疑人押回了队里。自己和另一个侦查员爬上了那两辆运烟的面包车，然后将车开回了市局。

回到市局大院,由于时间太晚,陈成发现已经没有停车位了,到处都停得满满当当。他四处转了一圈,发现只有分管刑警大队的刘树功副局长的车库前还有块空地。想到车上装有重要的赃物,晚上又找不到其他安全的地方,陈成就决定暂时将车停在这里,等明天一早就来将车挪走。于是他和另一个侦查员将车一前一后停在了刘副局长的车库门前。然后,他回到队里,安排并参加了对几名嫌疑人的突审。

像这样出现突发状况然后通宵加班的情况,在警察这个职业里是家常便饭,陈成也早已习惯了。他和其他侦查员一起熬到第二天早上,终于拿到了几个嫌疑人的口供。参战民警们抓紧办理了几人的刑事拘留手续,然后将几人送进了看守所。

等办完这一切,陈成一看时间,已经是早上9点钟了。疲惫的他正准备拖着伤腿休息一会儿,猛然,他想起昨天晚上扣留的面包车还停在刘副局长车库门口。

"哎呀,要是刘副局长的车进不了车库,怪罪下来还不得挨骂啊!"陈成一拍脑袋,立刻开车赶回局里。

陈成拖着伤腿急匆匆地赶到刘副局长的车库门前。还好,表面上看没什么动静,两辆面包车还停在原地。他来到驾驶室门前,掏出车钥匙正准备打开前面那辆车的车门,却发现钥匙怎么也插不进钥匙孔。他定睛一看,原来钥匙孔被几根火柴棍堵死了,旁边的车门把手上被吐了几口浓痰。陈成眉头顿时皱了起来,随后他仔细检查了一下车辆,发现两辆车的反光镜都不见了,雨刷也被人扳折了,更过分的是挡风玻璃被砸出两个大窟窿。

陈成越看越气,自己和同事这么辛苦得来的成果,被人在公安局大院里糟蹋成这样,这明摆着是内部人干的,不但影响办案的质量,也凉了众兄弟的心啊!悲愤不已的他不由自主地低声骂道:"谁这么缺德,搞这种下三烂的破坏!"

陈成不知道的是，一个人正在不远处佯装洗车，他正默默地注意着陈成的举动，此人正是刘副局长的司机高东。由于长期给局领导开车，高东养成了处处居高临下、盛气凌人的做派。早上他送完刘副局长之后来停车，就发现车库门前停着两辆面包车，他的车就没有办法停进车库。

　　高东看见驾驶室里没人，没有办法挪开车，不由得怒从心起，他没有丝毫犹豫，上前就开始对两辆面包车进行破坏。做完这一切，他就在不远处开始洗自己的车，他倒要看看到底是什么样的人敢在局长车库门前擅自停车。

　　不久，高东就看见陈成来到车前。由于两人相距不远，陈成的牢骚话被他听得一清二楚。长期骄横跋扈的他哪里听得了这样的话，加之他在江城市公安局资历比陈成老太多，见眼前的毛头小子不但胆敢擅自在局长车库门前停车，挡了局长的路，现在还出言不逊。他顿时火冒三丈，立马冲到陈成面前，指着陈成厉声叫骂道："你他妈骂谁？你胆子不小，敢把车停在这里，挡局长的路！怎么着？现在车出问题了，活该！"

　　陈成被这突如其来的呵斥搞得一头雾水。他并不认识高东，但是从高东的话里他马上明白了事情的原委。陈成很快冷静下来，他平心静气地对高东说道："我不是有意挡刘局的路，只是因为昨天晚上加班晚了，没有地方停车，才临时在刘局车库门口停了一下。这不，我一早就来挪车。大家都是内部同志，有什么问题可以心平气和地解决，用不着搞这样的破坏。"

　　高东一听，不但没有任何收敛，反而继续高声斥骂道："怎么着？听你的意思，好像是我弄坏了你的车喽？"

　　陈成发觉眼前的这个人不像是要和自己讲道理的，应该是想故意找茬儿挑事。陈成虽然是个理智的、没啥傲气的人，但是有着天生的傲骨。面对高东的挑衅，陈成没有打算退缩，他坦然答道："你要问我在骂谁，我骂的就是搞破坏的人，你这么激动，难道是你做的?"

高东以为凭自己是局长司机的身份,局里没有几个人敢对自己不敬的。没想到今天碰了个不软不硬的钉子,还被陈成反唇相讥,抢白了一番,不由得恼羞成怒,他冲着陈成吼道:"小兔崽子,嘴还挺硬,老子今天要教训教训你!"说完,撸了一把袖子,就冲到了陈成面前。

两人的争吵引来了一些正上班路过的同事们的围观,大家从两人的言语间已经大致搞清楚事情的原委。现在看见高东冲到陈成面前准备动手打人,就纷纷上前劝阻,你一言我一语把两人劝开。陈成虽然对高东破坏汽车的行为极为愤怒,但是也知道此人在公安局根基很深,闹一阵也不会有什么结果,就只当吃一堑长一智了。于是,在众人的劝说下,他默默地回到了队里,找到开锁工具,将面包车车门打开,然后和另一名侦查员将车开走了。

不久,恰逢市公安局准备以竞争上岗的形式选拔科级领导干部。刑警大队内部有十几名符合条件的民警报名参加,陈成和刘副局长的儿子也在其中。

选拔要经过三关。第一关是民主测评,即全大队100多名民警一起对各参选人员投票,按得票多少排先后顺序;第二关是演讲答辩,由市局组织评委进行评议;第三关是笔试,由市局政治部出题,参选人员闭卷作答。

第一关过后,陈成以90%的得票率高居榜首。刘副局长的儿子在张秘书的上下活动、四处做工作的情况下得票也不低,紧随陈成之后。

到了第二关,由于陈成具备深厚的法律功底和丰富的办案经验,所以他在演讲台上的发挥可以说是淋漓尽致,充满了感染力,得到了全体与会人员的热烈掌声,台上的评委一致给出了高分。让我们来看看陈成的演讲词:"各位领导、各位同事,大家好!今天我演讲的题目是《黄沙百战穿金甲,不破楼兰终不还》。公安工作因为其独特的工作性质，注定是不平凡的。敬爱的周总理曾经说过，'国家安危，公安系于一半'。这句话阐明了公安工作的重要性，并时时刻刻在我耳边回响，它提醒着我肩上扛着的责任，它指引着我坚定前进的方向。

"从入警第一天开始，人民警察的荣誉感和责任感就一直伴随着我。这也是我努力钻研业务知识、勇敢面对残酷斗争的思想基础和力量源泉。在这些年的实际工作中，我主办了一系列重特大案件，为国家、集体和个人挽回数以亿计的经济损失，无一起冤假错案，得到了广大受害单位和群众的高度评价和认可。同时，我在办案过程中，总结了一整套讯问犯罪嫌疑人的方式方法，可以在不直接触碰案情的情况下，通过逻辑迂回，环环相扣，在嫌疑人不知不觉中自证自己的犯罪行为。这一讯问方法，得到了检察机关的高度认可和推广。

"成绩已经成为过去，遥望前方，任重而道远。在日益纷繁复杂的经济环境下，各种形式的经济犯罪案件层出不穷。如果我有机会通过此次竞争上岗，走上科级领导岗位，我必将焕发出更强的斗志，以更加饱满的热情投入到新的战斗中去。正所谓：黄沙百战穿金甲，不破楼兰终不还！我的演讲到此结束，谢谢大家！"

在接下来的答辩环节，那更是陈成的强项。无论评委们提出什么刁钻的问题，均被陈成巧妙而圆满地解答，现场不时传来热烈的掌声和赞许的笑声。

等到刘副局长的儿子上台的时候，由于整体素质的差距，加之他过分紧张，一度出现演讲忘词导致冷场的情况。急得这位局长公子是满头大汗，好不容易才断断续续地把演讲词背完。至于答辩环节，几乎就是在东拉西扯、词不达意的状态中结束的。哎，这样的环节对这位刘公子来说，简直就是一种煎熬。不过，这就是现实。

台上的评委见状也是面面相觑，半响无言。最后几个评委商量了半天，还是给出了一个和陈成差不多的分数。

前两关的竞争结果，让张秘书很是心焦，在这样的努力和布局下，陈成的得分仍高于刘副局长的儿子。要是最后一关不能实现大比分反超，导致刘副局长的儿子竞争上岗失败，自己可怎么向刘副局长交代啊。

就在张秘书满心焦虑的时候，高东不失时机地站了出来。他想，如果能让陈成竞争上岗失败，既报复了他，又能讨好刘副局长，岂不是两全其美。不过怎么才能做到这一点呢？陈成这小子看上去很厉害，要打败他还真是个技术活儿啊！思来想去，高东决定还是找最了解陈成的王明来商量怎样消除陈成这个最大的隐患。

王明一阵抓耳挠腮，突然他计上心来。他对高东说道："陈成这小子不是很喜欢干工作吗？我现在就有个苦差事让他去干。我安排他出差半个月，等他把事情做完，我们的笔试已经结束了。就算他能提前干完工作回来，他也没有复习的时间，这样，我们的刘大公子岂不是稳操胜券？哈哈！"

高东听完大拇指一竖，哈哈一笑道："高，实在是高！我知道所有参加竞争上岗的选手都要暂停工作十天，回家去复习。如果王兄能够让陈成这小子出趟远差，就算这小子再有能耐，也只有自叹倒霉的份儿，咱们还不露痕迹地修理了他！"

和高东商量完后，王明随即从队里新接手的案件中找到一起要出远差，而且取证工作量巨大的案子，交给了陈成的小组，并要求陈成一定亲自去办，还冠冕堂皇地说这样的安排是组织上对陈成的信任，希望陈成不要辜负了组织的信任。陈成对于工作上的安排从不往歪处想，他从来是就事论事，他更清楚自己接手的都是急难险重的任务，早已经习惯了。虽然也知道自己面临复习的任务，他还是以大局为重，愉快地接受了出差的任务。

不久，笔试时间到了。陈成出差的任务也完成了，他风尘仆仆地赶回单位，收拾停当后，第二天就参加了考试。拿到试卷，陈成先通读了一遍，发现基本都是自己掌握的知识点，虽然自己没有时间复习，但是考出一个比较好的成绩还是没有问题的。很快，陈成落笔如飞，比所有人提前半个小时做完了试卷，第一个交卷。

出了考场，同事们都上来关心地询问陈成考得怎么样，陈成笑着说："应该没问题吧，基本都能答上。"见陈成如此轻松，大家都不禁松了口气，真心替他高兴。

笔试后的第二天成绩就公布了。陈成一上班就信心满满地来到成绩公布栏前，对于成绩如何，他心里还是有底的。

这时，已经有很多人在公告栏前面围观了，陈成满怀希望地凑上前寻找着自己的名字。慢慢地，他的目光从第一名的位置一直滑落到最后，直到倒数第二名才看见自己的名字，65分！这个数字生生地刺痛了陈成的双眼。

陈成的脸"刷"一下红了！他从读书以来从没经历过这样的羞辱，他完全不能相信眼前看到的是真的，他绝对不相信他的试卷只会得到可怜的65分。经历过大大小小无数次考试的他知道，考试成绩的好坏其实在走出考场的那一刻，已经能够猜到了。按照自己对考试内容的掌握程度，成绩应该在85分以上。但是眼前刺眼的65分仿佛在尽情地嘲笑他、奚落他。

这时，周围的同事也发现了陈成的成绩，他们也不敢相信陈成会考出这样的成绩。见陈成的神色不对，大家也不好多问，只在一边小声地议论着。

陈成毕竟是经历过大风大浪的人，他很快就冷静了下来。他重新审视了一下成绩榜，发现居第一位的竟然是刘树功的儿子，成绩高达98分。本来前两项成绩相加陈成只领先他10分左右，现在笔试成绩一出来自己反被超过20多分。

按照自己对刘树功儿子的了解，凭他的法律功底，是绝对考不出这样的高分来的。联想到此人这几关下来的表现和现在的成绩，陈成不由得仰天长叹，悲从心起。

陈成深知，司法不公是最大的不公，司法腐败是最大的腐败。因为，刑事案件和刑事责任是整个社会价值体系的最后一道防线，一旦失守，就是整个社会价值体系的崩塌。而守住这条防线的人务必是这个社会应该最为信赖和依靠的人，这样的人必须具备技术层面和道德层面很高的素质和修为。面对眼前如此不堪的局面，陈成不由得眉头紧锁，忧心忡忡。

陈成迈着沉重的步伐回到办公室后，突然接到了一个电话，是他一个要好的哥们儿打来的。他就在市局政治部工作，他在电话里告诉陈成，劝他不要一根筋了。他也参加了阅卷，而且正好改到陈成的卷子，虽然只有考号没有名字，不过他对陈成的笔迹再熟悉不过了，他一看就知道是陈成的卷子。按照试卷的内容，得分在 80 分以上。但是，政治部规定阅卷的是一批人，打分的是政治部领导班子组成的小组。现在出来的是这样的分数，这其中肯定有猫儿腻，所以他劝陈成不要去和这些人争了。

好哥们儿的这番话把已经暂时平静下来的陈成再次激怒了，他在电话里问道："那我要求查分可不可以？人死可以，但不能冤死啊！就算让我死也要死个明白！"

那哥们儿在电话里冷笑了一声："你还在犯傻，政治部规定不准查分，而且试卷评分后已经销毁。认命吧，我的老哥！"

陈成撂下电话，颓然坐到椅子上，把双手深深地揉进了头发里，一阵阵悲凉袭上了心头。

良久，陈成抬起了头，他看到了办公桌上端端正正摆放着的警帽。他慢慢地将警帽拿在手中，看着泛着银光的警徽，仿佛正放射出涤荡人心的光芒！是啊，这神圣而又庄严的警徽，代表着这是份何等光荣的职业！它维护的正义和价值，又岂是个人所受的利害荣辱能够相比的！不管面对怎样的艰难困苦，只要将手中的工作做好，就是对社会、对群众，也是对自己最好的交代，这也是对一名共产党员最起码的要求。

想到这些，陈成满腔的悲愤逐渐平息下来。他掏出纸巾，轻轻地擦拭着本就光洁如新的警徽……

自打介绍李月寒进入鲲鹏公司工作后，因为自己工作繁忙，陈成就没再和李月寒见过面。他发现李月寒的工作好像也特别繁忙，两人见面的时间变得越来越少。有时给李月寒打个电话，电话那头儿要么在开会，要么在谈事，说不了两句就匆匆地挂断了。开始陈成以为李月寒才到鲲鹏公司，要熟悉和管理这样的大公司可能确实有很多事情，也就没太往心里去。直到有一次，他开车外出办事，在路过鲲鹏公司的时候，他无意间看见李月寒匆匆走出公司大门。门口一辆黑色奔驰上下来一个高大的男人，将她迎上了副驾驶座位，然后大奔绝尘而去。

陈成立刻认出了那个男人是杨柳风。陈成参加工作没多久，杨柳风就离开刑警大队了，他和杨柳风没什么交往。但对于这样一个"名人"，刑警队里流传着很多关于他的传说。陈成当然也知道杨柳风现在已经是江城道上赫赫有名的人物。他疑惑的是李月寒怎么会和他在一起呢。

敏锐的陈成联想到王文曾经找他咨询的鲲鹏公司内部纠纷的事，好像立刻猜到了什么。他不由得紧张起来，他知道黑道上的事情沾上容易脱身难，一旦发生帮派冲突，人身风险和法律风险都很大，对李月寒这样的涉世不深的女孩儿是非常危险的。她现在是自己的女朋友，他有责任去了解一下情况。想到这里，陈成决定无论李月寒有多忙，也要找她详谈一次。

李月寒此时已升为鲲鹏公司副总经理。在圆满解决了钟长明和麦广辉的问题后，她深得王文的信任。公司很多重要的事情王文都交给她处理。现在和杨柳风的交往中，双方配合默契，事情也办得顺风顺水。她对杨柳风的实力和为人有了新的认识，虽然这种感觉还谈不上爱,但是也已经有喜欢和认同的成分了。在接到陈成的电话后,感觉这段时间确实冷落了陈成,她也觉得有必要去跟陈成做些解释,于是她如约赶到了他们约会的老地方"心心"咖啡厅。

陈成已经先到了那里。李月寒落座后,两人简单寒暄了几句,陈成就直接询问起了李月寒在鲲鹏公司上班的情况。

李月寒本不想告诉陈成太多,一来怕他担心自己的安全,二来鉴于陈成的警察身份,不知道他们运作的一些事情实际上对大家都有好处。但是,陈成接着问到了杨柳风和她在一起的事,并追问起了缘由。李月寒见瞒不过陈成,就只好把找杨柳风协助王文解决股权纠纷的事大概讲了一下。当然,这里面动刀动枪这些细节是绝对省略了的。

陈成听了李月寒的讲述,不由得更加担忧起来。他对李月寒说道:"你和杨柳风搞在一起很危险!你知不知道他是黑道上的人?他可能会风光一时,但是他做的事情是见不得光的,要是哪天出了事,你后悔都来不及。另外,你知不知道,你们处理钟长明和麦广辉的做法是非法的,在法律上可能构成非法拘禁,有可能是要承担刑事责任的。你考虑过这些后果没有?!"

陈成的一番话说得李月寒一时不知说什么好。她承认陈成说得很有道理,但是她现在已经是开弓没有回头箭了。追求事业成功的诱惑是如此巨大,她没有理由放弃。

李月寒思索片刻之后,对陈成说道:"大成,我知道你是为我好,但是我好不容易走到今天,我不能放弃。做任何事情都有风险,更何况处理这么大的事情,风险越大,回报可能就越高。如果都像你这样,前怕狼后怕虎的,就什么事情都做不成。况且到现在为止,局面被我们控制得很好,不会出问题的。"

听了李月寒的一番解释,陈成不由得仔细看了看眼前的李月寒。漂亮如昨,但眉宇间已经有了成熟和沧桑的味道,这种感觉使陈成蓦然产生了陌生和距离感。这还是那个当初动辄向她撒娇的小女生吗？她对金钱和权力的追求是那么坦率和强烈，看问题的观点又那么大胆和成熟，他隐隐觉得以自己现在的状况已经很难影响到她了。两个人的三观差别那么大，以后两人的关系到底怎么发展已经存在很大的变数了。陈成见无法说服李月寒，就再一次好言劝告了李月寒，然后二人道别回家。

陈成回家后在床上辗转反侧，无法入睡，他非常担心李月寒陷入这样的纠葛里，最后可能没有办法脱身。他又想到了王文，如果不是他出这档子事，李月寒也不用冒这么大的风险。自己只是让李月寒去上个班，现在却让她承受这么大的风险，王文怎么也得给他一个合理的解释吧。再说了，自己根本就不赞同王文这种解决问题的方式。想了一晚上，陈成决定找王文谈谈。

第二天，陈成到鲲鹏公司找到王文，他向王文讲述了自己的担心。王文表示事情进展得很顺利，没必要担心，李月寒介入这件事都是她自愿的，没有人逼她这么做。

王文由于在杨柳风和李月寒的帮助下，这段时间工作比较顺利，对陈成的话不免有点儿忽视。商场就是这样，只有利益是第一位的。谁能够保证利益的最大化，谁就是最受人尊敬的人。杨柳风和李月寒目前做得很好，而陈成并没有为鲲鹏公司做什么，他觉得没义务向他解释太多。

王文拍了拍陈成的肩膀，说道："兄弟，不要那么死心眼。只要能够解决问题，采用什么方法并不重要。不管白猫黑猫，抓到老鼠就是好猫嘛！"

陈成见王文一副无所谓的样子，不由得怒从心起，他甩开王文的手，生气地说道："我们是这么多年的同学和朋友，李月寒去做这么大的事情，你怎么不告诉我一声？万一她要是出了什么事情，你叫我怎么和她父母交代？"

王文见陈成发火了，心里很多委屈也都涌上心头，他大声回道:"是,你就考虑她是你的女朋友,我呢?谁考虑过我的处境呢?!我下面几百个员工,我倒下了,他们怎么办呢?对,你考虑得是很周到,不过,等你的事情都想周全了再去按规矩办,黄花菜都凉了。我是个商人,这一行有这一行的规矩,很多事情是等不得的,就算打打法律的擦边球也是不得已的事情!"

陈成知道,从王文的角度考虑,他的说法确实有一定的道理,但是让李月寒卷入这样的纠葛确实非常危险,是他完全不能接受的,何况对王文来说,也是有很大法律风险的。同时,他也意识到说服王文完全靠法律途径解决问题也是不可能的。他平息了一下自己的怒火,尽量用平和的语气对王文说道:"我们是这么多年的朋友了,希望你多多关心李月寒在工作上的成长,我真的不希望她和你出任何问题。"

王文见他口口不离"李月寒"三个字,而没把鲲鹏公司的困境考虑在前,心里越发不高兴。他淡心无肠地应了一句:"好啊,没问题。她少了一根头发你就来找我。"陈成见谈不出什么结果,只好怀着无可奈何和忐忑不安的心情离开了鲲鹏公司。

自从拒绝和王文对话以来,江风也一直在暗中关注王文的举动。他听说王文找来了一个能干又厉害的副总李月寒,把公司上上下下治理得很顺溜,员工人心也日趋稳定。显然,这不是江风想看到的结果。如果让这个女人在公司坐大,不但达不到自己控制公司的目的,而且很可能直接威胁到自己在鲲鹏公司的地位。

江风想找钟长明和麦广辉来商量一下对策,却发现几次电话沟通后,这两人的态度却有些敷衍,后来甚至发展到不接他的电话的地步了。当然,他不知道钟长明和麦广辉与李月寒等人直接交锋以后,已经被对方的实力和软硬兼施的手段所慑服,丧失了继续对抗下去的意志和决心。但是两人又不便将自己的遭遇告诉江风,毕竟这也不是什么值得炫耀的事情,这浑水还是不蹚为好。至于王文和江风的这场争斗到底鹿死谁手,还是作壁上观吧。实际上，钟、麦二人已经退出了和江风的结盟。

江风从钟、麦二人的表现中意识到已经发生了一些自己无法控制的事情。王文方面的反击在他毫不知情的情况下悄然开始了，而且效果已经显现出来。是坐以待毙还是绝地反击？江风焦灼地反复思考和权衡着。

江风是一个锱铢必较、吃不得亏的人，不到山穷水尽的地步，他是不会放弃的。自己既然率先发难，那么就要做好迎接所有后果的准备。江风现在焦虑的不是要不要展开反击，而是用什么样的方式展开反击。

江风从他在鲲鹏公司内部的铁杆兄弟那里了解到，李月寒并不是孤军作战。她带在身边的几个人显然不是等闲之辈，处理问题时既不手软也不冒失，有收有放，无处不显示出其背后有高人在指点并参与。江风分析，从王文目前的动作来看，他没有走司法途径，而是靠社会力量在解决问题。自己在江湖中涉足也不深，虽然有几个道上的朋友，但是并不清楚他们的运作方式和道上各种人物的江湖地位。

江风决定先把对方的底细摸清楚了再动手，于是，他找到了他在江城黑道最信得过的朋友"雷神"。雷神本名叫秦岩，文化程度不高，但是很讲义气。只要是他看得起的人，可以为他两肋插刀。不过同时为人暴虐，早年依靠垄断江城猪头生意掘到第一桶金，靠的就是行事心狠手辣，且在无数次打斗砍杀中打下了自己的一片江山。

雷神发达后，开始刻意结交一些社会层面较高的各色人等，意图获得更大的发展，得以尽快脱离原来低层面的活动空间。经过几年的快速发展，雷神与周天宇、杨柳风形成了江城黑道三大势力。其中以杨柳风实力最强，活动层面最高；周天宇次之，但为人阴险狡诈却是他人所不及；雷神虽势力范围所及的层面不高，但是做事狠辣，不计后果，独霸一方，自树一帜。三人平素各自在自己的势力范围求财，虽然相互都比较了解，但是也没有什么交往。即使下面的小兄弟发生点儿小摩擦，都能很快和解，至今还没发生大的冲突，基本上相安无事。

江风找到雷神后，向他讲述了他和王文之间发生的纠葛，并专门讲了王文有可能找了道上人帮忙的情况。他要求雷神出面搞清楚对方的底细，然后共同商量应对之策。

雷神听后，觉得一旦帮江风夺权成功，在鲲鹏公司这个大盘子里的利益空间可就大了去了，确实是值得一搏的。于是他立即安排手下的兄弟四处打听王文请的是何人。很快，手下打听到出面帮王文出头的是杨柳风。

雷神一听杨柳风的名字，不由得倒吸一口凉气。他知道杨柳风插手的事情非同小可，绝对是不会让他人染指的！自己很难与之争锋。但是反过来，说明这件事牵涉的利益巨大，风险与收益是成正比的，这样的事情自己一辈子可能也遇不到几次。解决好了，自己能够从中捞取巨大的经济利益；解决不好，与对方火拼是不可避免的，说不定还有可能把自己的性命搭上。

雷神毕竟是个狠角色！经过短暂而激烈的思想斗争后，他便下决心要帮助江风与杨柳风较量一番。如果打败杨柳风，一来可以使自己在江城名声大噪，成为江城黑道无可争议的大哥；二来巨额收益也是自己难以拒绝的诱惑，江风绝对不会亏待自己。所以他决定抓住这次一战成名的机会。

江风见说动了雷神，心里也暗自放宽了许多。趁热打铁，他决定再给雷神吃颗定心丸。江风给雷神开了价，意思是只要能够将王文赶出鲲鹏公司，他可以赠送鲲鹏公司 20% 的股份给雷神。雷神大喜过望，当即拍着胸脯答应了下来。

处理完钟长明和麦广辉的事情后，杨柳风见李月寒已经历练得非常成熟，而且在鲲鹏公司也树立起了足够的威信，加之自己还有很多其他事情要处理，于是就决定在幕后支持李月寒的工作。

现在他们的对手就只剩下最顽固，也是最难对付的江风了。按照事先商量的对策，他们决定还是采取先礼后兵的方法。毕竟攻城为下、攻心为上的谋略杨柳风他们还是知道的。

不久，王文和江风在各自找好代理人之后，开始了对话。由于双方都是找的黑道人物，而黑道有黑道的规矩。因此，两人都不再直接参与谈判和运作，只是把自己的要求交由道上的代理人去表述和应答。

在江城江湖人物最中意的茶坊"狮子楼"，雷神邀请王文方面派代表参加，双方进行第一次谈判。杨柳风虽然已经决定在幕后支持李月寒的工作，但知道这次江风找的是雷神出面后，还是觉得这个人不太好对付，于是他找来李月寒商量由谁出面谈合适。李月寒经过这段时间的磨炼，已经蜕变成蝶，变得非常老辣，加上有王文作经济支撑，杨柳风在道上的支持，她更觉得自己如虎添翼。李月寒决定抓住这样难得的表现机会，由自己亲自出马，为今后更大的发展打下更为坚实的基础。

李月寒向杨柳风陈述了自己参加的几个理由：第一，她经过这段时间在鲲鹏公司的工作，对鲲鹏公司的情况已经比较熟悉了，可以比较稳妥地驾驭谈判内容；第二，杨柳风不直接和雷神谈，在自己谈不妥的时候，好有个退路，到时视情况再让杨柳风出面解决；第三，自己是个女人，雷神再怎么也不太可能对女人直接下手，这样也相对安全。

杨柳风听了李月寒的分析，觉得很有道理，频频点头，最后他同意了李月寒的意见。于是，李月寒带上大黑和小二郎二人，依约来到了狮子楼，与江风的代表雷神见面。

第五章　残酷之战

雷神率手下的四大金刚提前到了狮子楼。几人在包房里坐定，叫服务员泡好茶，边喝茶边聊天，等候着王文方面的人。

不一会儿，李月寒带着大黑和小二郎来到包房虚掩的门前，挑帘入内。雷神等人一见来的不是杨柳风，不由一怔，李月寒见状，微微一笑道："诸位大哥，我是鲲鹏公司副总经理李月寒，我受王文先生的全权委托，来和大家见面。小女子人微言轻，有说错话的地方还请多多担待，但是我们的意见和要求我会负责任地向大家阐述清楚的。"

李月寒一番不卑不亢的表述，让雷神稍微宽了宽心。他请李月寒等人坐下，服务员上前斟上茶水，雷神随后示意服务员出去。由于整件事情是江风率先挑起，所以李月寒感觉要争取主动，首先发问以掌握谈判的主动权。于是，喝了一口茶后，李月寒放下茶杯率先开口道："江总这次用非正常的手段抢走公司的公章和财务章，不知意欲何为？"

雷神之前也从江风那里了解到整件事情的起因和经过，他当然也是有备而来。听了李月寒的发问，他略带戏谑地说道："本人姓秦，也是受江总之托来和贵方谈一谈。至于李总刚才谈到抢公章一事，我倒觉得解决问题用什么方法并不重要，关键是看公章该不该抢。你们王总完全把一个股份公司当作了他自己的私有财产，喝酒吃肉的都是他的关系，其他股东只能喝点儿残羹剩水。对员工又很刻薄，把公司上上下下弄得像个军营，员工背后都叫他'军阀'，股东和员工的利益都没有办法保障，用强硬一点儿的办法表表态不过分吧？"

"国有国法，家有家规。就算王总有做得不对的地方，完全可以拿到桌面上说，可以通过正常的途径解决，何况这些问题都不是什么原则性的问题，不是不可以通过沟通协商妥善解决的。江总执意把事情闹到今天这个地步，可以说是只顾私利，不顾大局。"李月寒说道。

雷神不想再在谁对谁错的问题上纠缠，况且眼前这个女人伶牙俐齿，自己可能说不过她。如果再啰唆下去，让她自由发挥，自己和兄弟们的心气怕都要散了。他拿人钱财就是要替人消灾，现在只想怎么解决问题就行了。于是他有些不耐烦地说道："事情已经到今天这个样子了，没必要分清谁对谁错，我是来解决问题的。我们的条件是，第一，王文放弃自己的股份，退出鲲鹏公司，放弃的股份由江总收购或者找新股东收购；第二，如果王文不答应退出鲲鹏公司，那就减少在鲲鹏公司持有的股份，最多只保留20%；第三，如果前两个条件都满足不了，那就申请解散公司，立刻进行清算！"

雷神提出的解决方案早已在李月寒等人的预料之中，看起来双方的观点是针尖对麦芒，很难调和。但是，既然来了，怎么也得表明自己这一方的观点，至于谁会妥协，只有走一步看一步了。

想到这里，李月寒冷静地说道："既然话都说到这个份儿上，我们也直截了当，不啰唆了。我们的观点是，第一，江风必须立刻无条件交回公章和财务章，并停止一切在外面私自以鲲鹏公司名义进行的商业活动，已经开展了的，立即将情况上报公司；第二，如果想继续留在鲲鹏公司，必须写出深刻书面检查，并张贴在公司布告栏上，通知全公司员工，以资警醒；第三，如果满足不了前两个条件，我们将马上召开董事会，解除江风的总经理职务。当然，如果我们愿意的话也可以请他退出鲲鹏公司，我们现在已经有这个条件和资格了。"李月寒清楚自己解决了钟长明和麦广辉之后，已经夺得了公司的话语权。

李月寒一番夹枪带棒的强硬表态，噎得雷神脸青面黑，半响无言。他心想，这小妮子口气还不小，态度如此强硬，现在看来双方的观点大相径庭，一场龙争虎斗看来是免不了了。

雷神还在胡思乱想呢，他旁边的四大金刚早坐不住了。这些人毕竟是草莽出身，打杀惯了，平时都是信奉武力解决问题，今天不但要坐下来人模狗样地谈判，对手还是个女的。四大金刚在旁边简直是如坐针毡，要放在平时早就炸毛了。现在几人在旁边一听，谈到这份儿上哪里还谈得下去，又看见雷神脸色极度难看，一边抽烟一边沉默着。

四大金刚中年龄最小的老四，脾气却最为暴躁。他一拍桌子，猛地起身指着李月寒叫骂道："你他妈装什么大头蒜，老子早就看你不耐烦了！谈得拢就谈，谈不拢就打，回去准备等着收尸吧！"

老四突如其来的爆发，立刻让全场的气氛紧张起来，空气仿佛突然停止了流动。李月寒脑海里迅速翻转着，看怎么来应付这个场面。她心想，不管今天怎么样收场，这第一仗输脑袋都不能输气势，否则对方心气上来了，以后这仗更难打。

"呦！这位兄弟火气很旺啊，但是我是很孝顺的，我妈是你可以随便问候的吗！这杯茶送给你降降火！"话音刚落，李月寒扬手将茶杯里的茶泼向老四的脸上。老四猝不及防，被泼了一脸茶水和茶叶末儿，狼狈至极。

雷神本来觉得老四的反应稍显过分，但是还没来得及阻止，李月寒已经出手了。这个时候，如果他不站出来给手下的兄弟撑起场面，以后是绝难服众的，他这个老大也别当了，于是他立即将手中的茶杯猛地掷向了李月寒。由于距离太近，李月寒无法躲闪，大黑和小二郎也无法施救，茶杯直接砸中了李月寒的左边眼眶，伤处立时红肿起来。

见对方动起了手，大黑和小二郎霍地站起身，掏出手枪指向雷神。与此同时，雷神身边的四大金刚也立即掏出手枪对准大黑他们，双方怒目圆睁，互不相让。

李月寒此时虽疼痛难忍，但她毕竟是顾全大局的人，况且眼前的局面对他们不利，按照之前杨柳风告诉她的预案，李月寒立即起身对雷神说道："今天既然大家谈不拢，在这里拔枪对射既不是地方又解决不了问题。按道上的规矩，咱们回去各自准备，约好时间、地点正式开战，生死各安天命，并不得报警，不知秦大哥认为如何？"

雷神见眼前这个年轻女子临危不乱，也不由得暗自佩服。但是既然对方已把场面上的话说到了这个份儿上，自己岂有不接招之理，他立即回应道："好，李总快人快语，我也不含糊。三天后凌晨一点我们一号码头河滩见，死伤各安天命，焉有报警之理！"

李月寒回来后，将谈判的情况向杨柳风做了汇报，杨柳风早就料到难免一战，现在既然话已说明，那就要战便战吧！

杨柳风分析道："我们现在有各型号手枪 20 支，据可靠情报，雷神大概有 10 支，三天时间他很难在枪的数量上超过我们。这种对决人多刀多是没有用的，所以在实力上我们是占优势的。为了确保胜利，我们还是要讲点儿战术。这不是拍电影，容不得你乒乒乓乓一直在那里打，那样警察早来了。这种对决讲的就是优势获胜，一击即溃，还要少死人伤人，避免影响太大。所以到时我们兵分两路，各10个人，大黑带10个人正面和雷神交锋，小二郎带10个人提前埋伏在雷神的侧翼。一旦大黑正面枪声响起，小二郎的人立即从侧翼向雷神冲击，注意以冲垮对方为原则，少伤人，以免把事情搞得太大不好收场。为防万一出现被动的局面，我会提前给公安方面的朋友打招呼……"由于要发生枪战，杨柳风终究没有给公安方面打招呼，但话还是要这样说，以增加兄弟们的信心。

李月寒听了杨柳风的一番分析和安排，心里更有底了。她明白杨柳风几次安排她出面，可谓煞费苦心，目的是让她在兄弟们心目中树立起足够的威信。虽然她感觉到在这个圈子里越陷越深了，但是和将要得到的利益相比又算得了什么呢！人为财死，鸟为食亡，自古皆是如此。

雷神这边也在加紧准备，杨柳风的情报倒是没错，雷神方面确实只有10支枪。但是由于对手是杨柳风，他不敢怠慢，所以通过各种渠道，在三天中又收集到5支大小枪支。这样，雷神心里也踏实了许多。他知道自己手下的四大金刚个个都是好勇斗狠的角色，真的拼起来也不会吃亏。

三天后的凌晨，双方按约定的时间来到了一号码头的河滩。关掉车灯，双方人员立即下车四散开来。雷神手下的四大金刚借着岸边的路灯，看清楚对方人数没有自己多，胆气也壮了几分，立刻率先开枪。大黑这边也立即展开还击，一时河滩上响起炒豆似的枪声。

提前埋伏在不远处的小二郎一看双方打了起来，按照杨柳风速战速决的指示，立刻打开乘坐的越野车的强光灯从旁边射向四大金刚藏身的地方，并迅速打开车门带领早已埋伏好的10个兄弟冲向了雷神一方。

四大金刚被这突然冒出来的一群人搞蒙了，不过他们很快反应过来这是中了杨柳风的埋伏。这四大金刚确实是久经战场的狠角色，他们立刻分兵转身应战。但是，他们带来的手下却是一帮乌合之众，没有谁想把命丢在这乱石滩上。现在遇到两面夹攻立马就慌乱起来，顾不上四大金刚的指挥，转身就朝后逃去。

自古打仗打的就是个气势，所谓兵败如山倒。手下人一跑，四大金刚也慌了神，不得不且战且退，大黑和小二郎两边的人紧追不舍。由于四大金刚在后面恋战，顷刻间四大金刚中的老大和老四就倒在乱枪之下。见对方有人中枪倒地，大黑和小二郎根据事先的安排，也就不再追赶，随即带领手下驱车离开了河滩。李月寒得知战况后，立即打电话通知雷神，叫他安排人打扫现场，并把死伤的弟兄拉走。

雷神接到李月寒的电话，不由得怒火中烧。但现在也顾不得许多了，他立刻安排手下前往现场将老大和老四拉回自己的公司。

雷神一看，老四胸部中了两枪已经断气，老大腿部中了一枪，伤势严重。事不宜迟，雷神立即安排手下将老大送往和自己熟识的医院医治。然后他找到老四的老婆，一次性支付了50万元的安家费。老四的老婆知道自己丈夫是做这行的，对现在出现这样的结果早有思想准备，也只有泪水涟涟地收下钱作罢。

安排停当这一切，雷神回到办公室静下心盘点这一仗的损失。老大是他手下最稳重也最受他器重的一个，老四性格虽暴躁一点儿，但却是最勇猛的一个。两人都跟随自己多年，堪称左膀右臂，现在却是一死一重伤，这样的结局是他无论如何也不能接受的。

雷神越想越难以按捺心头的怒火，他暗下决心要替两个弟兄报仇雪恨。于是他找来四大金刚中的老二和老三，这二人也是双眼通红，还沉浸在失去兄弟的痛苦中。雷神伤感地对二人说道："虽然这次我们败了，本也无话可说，但是我们几人是拜过把子的兄弟，在关二爷面前发过誓，不求同日生，但求同日死！老四虽然走了，但是我们一定要为他报仇，我们要信守我们的诺言！"

雷神说完顿了顿，用眼光扫视了一下二人，他想看看二人的反应。毕竟这仗不是他一个人打得了的，如果这两个铁杆兄弟打退堂鼓，报仇之事就基本没戏了。

老二和老三是草莽出身，虽考虑问题不够周全，但还是很重义气的。两人听了雷神的话，没有丝毫犹豫，立马表态，愿意跟随雷神向杨柳风报仇。闻听此言，雷神放下了心。他转身从他睡觉的小房间里面拿出一柄锯短了枪管的五连发猎枪，说道："这次我们吃这么大的亏，一方面是中了杨柳风的埋伏，另一方面还是因为火力不够猛，下次我们要带几支短把子，近战准保不会吃亏！"老二和老三见大哥决心这么大，也不禁连连附和。

杨柳风初战告捷，不过他没有得意忘形。他知道这次雷神吃了大亏，以此人的性格绝对不会善罢甘休，现在还不是喝庆功酒的时候，而是要随时应对雷神的反扑。杨柳风随后叫来李月寒、大黑、小二郎等人，商量怎么对付雷神可能发起的反扑。

很快，李月寒等人来到了杨柳风的办公室。杨柳风先是称赞了众人这次的表现，特别是重点表扬了李月寒。大黑等人也对李月寒初次经历这样的大场面就表现出如此沉稳老练的风度佩服不已。

众人闲聊了几句，话归正题。杨柳风对几人说道："据我所知，雷神手下四大金刚中的老四死了，老大坐骨神经被打断，已经废了，雷神绝对不会善罢甘休。我们要提高警惕，防止对方报复。但是，也丝毫不能害怕和退缩，不然前面的辛苦就白费了。如果遭到对方的袭击，我们不能手软，要坚决回击，一定要把对方的气焰打下去，直到打得雷神心服口服为止，这样才能一劳永逸地解决问题。"

杨柳风一番话说得几人连连称是，杨柳风随后讲了几个原则：第一，近段时间尽量不要单独活动，要枪不离身；第二，一旦遭遇危险打得赢就打，打不赢就尽快脱离危险，减少公安机关的反应时间；第三，如果确认对方已经展开行动，就要迅速组织反击，直到对方主动喊停。

杨柳风最后特别强调要保护好李月寒，让她回鲲鹏公司正常上班。因为雷神针对的对象是他本人，而在这样面对面的厮杀中，李月寒也确实帮不上什么忙，弄不好还徒增伤亡。李月寒也明白这个道理，所以她顺从地接受了杨柳风的安排。

依旧忙碌的陈成这天突然想起好久都没有去看李月寒的父亲了，于是打电话约了李月寒下班后一起去。

下班后，陈成到鲲鹏公司接了李月寒，当他坐上李月寒的车时，发现她戴上了一副墨镜。他很奇怪，但是由于有驾驶员在场，他也不好多问。

到了李月寒的家里，李月寒的父母见到陈成都非常高兴，连忙招呼他坐下，还不断埋怨他这么久都不来看他们。陈成忙不迭地解释本来早就想来看望他们了，确实因为工作太忙抽不出时间。

寒暄了一阵后，陈成关切地询问李月寒父亲的病情，并拿出了一大袋糖尿病患者专用的食品递到李父手里。李父感动地说："小陈啊，你能来我们就很高兴了，以后就不要买东西了。月寒很孝顺，什么都给我们买。我们都快成一家人了，不要老这么客气啊。"

陈成诚恳地说道："李叔，我平时工作忙，来照顾您的时间太少。这只是一点儿心意，您不要太放在心上。哦，对了，今天打针的时间到了没有？"

原来，陈成以前得知李月寒的父亲患有糖尿病，要经常注射胰岛素，于是他专门到朋友母亲开的诊所学会了打针，只要到李月寒家看望她父母，到打针的时间他都会帮李父注射胰岛素。李父忙说："打过了，我老伴儿给我打过了，不过她人老了，没你们年轻人有耐心，打针的水平不如你啊，呵呵。"

孝顺的陈成很享受这样和睦的家庭氛围，他经历了大大小小的事情，只有和家人在一起才是最放松、最温暖的时候。这样的情感体验和金钱、名利无关，是那么沁人心脾、暖人心扉。

在李月寒家，借着屋里的灯光，陈成注意到李月寒已经摘下了墨镜。他看见她左眼眶有一块明显的淤青。两位老人也看见了，李母关切地问道："月寒，你的眼睛是怎么回事，青了这么大一块？"

李月寒在亲人的询问下，略显慌张，但尴尬的表情转瞬即逝。她笑了笑说："妈，没事的，不小心在家里滑倒了，碰到茶几上了。还好，没伤着骨头，过几天就好了。"

李月寒合情合理的解释和轻松的语气瞒过了不知内情的父母，老人家除了再三叮嘱以后万事要小心之外就没再说什么了。陈成是何等精明，他联想到李月寒介入鲲鹏公司股东纠葛一事，再想到李月寒和杨柳风混在一起的事，已经猜到了几分。由于怕老人知道内情担心，陈成没再追问。吃完晚饭，陈成和李月寒告别老人一起出门回家。

两人借着李月寒父母居住老屋外昏暗的路灯，一路踱着步慢慢前行。陈成总算有机会说出心中的疑问了，他问李月寒："寒寒，这些天没见，也不知道你在鲲鹏公司处理的那些事情怎么样了，方便告诉我吗？"陈成不去直接询问李月寒脸上的伤势情况，他希望用这样泛泛的问话让李月寒自己选择说与不说。

"哦，没什么，挺顺利的。与几个股东都分别进行了对话，效果挺好的，和他们已经冰释前嫌。没有你原来担心的那些事情发生。对了，你现在工作怎么样？顺利吗？"李月寒在这个问题上不想多说，让陈成知道多了对大家都不好，于是她将话题转移开了。

陈成见李月寒不愿多谈鲲鹏公司的事情，也就不好再追问下去。毕竟他知道很多事情就算他知道了，也不能改变什么。在这个追求利益的社会，人一旦陷入了追名逐利的圈子，就很难再抽身出来。他早已觉察到了李月寒思想和行为上的改变，双方的世界观、人生观、价值观也渐行渐远。在她现在的思想状态下，向自己隐瞒她介入和运作事情的实情是很正常的。

明事理的陈成决定不再追问下去，他接过李月寒的话回答道："不瞒你说，我在单位上发展得不是很顺利，竞争上岗结果对我来说很糟糕。我时常在想，这到底是谁的错？是我不谙世事，还是社会太过现实？我不想说我就一定是对的，但现在社会上有些单位充斥着权钱交易、任人唯亲、拉帮结派等现象，这肯定是不正常的。"

听到这里，李月寒反问了一句："那你能改变什么吗？如果你不能改变什么，你只有去适应它，不然你只能怨天尤人。"

陈成沉默了一下，继续说道："是的，我没有能力改变什么，但是，我会选择做好自己。事物的发展有它的规律，可能我们正处于其中一个阶段。这个阶段里，会存在着各种各样不合理、不正确的东西。不过，我还是相信这个世界是存在真理的。"

李月寒自从认识陈成以来就十分欣赏他身上的这股子正气和儒雅之气，甚至从外形上看，他根本就不像一个警察。他除了爱开玩笑之外，说到正经事的时候，往往能够说出很多发人深省的道理。扪心自问，自己和他交往以来，确实从他身上学到不少东西。要是自己是一个安于现状、家境优越的女孩儿，眼前这个男人一定是丈夫的最佳人选。

李月寒清醒地认识到，现在她和陈成已经走上了两条截然不同的道路。虽然自己选择的道路有很大的风险和不确定性，但是做好了却能够很快实现自己的人生价值，并彻底改变自己的命运。当然，现在自己已无法在如何实现人生价值上和陈成有共同语言了。

不过，作为深爱的恋人，李月寒还是非常关切陈成的处境。她柔声宽慰陈成道："我知道你是一个正直善良而又有理想抱负的人，不过现实往往是残酷的。我们都只能去适应它，过于理想主义只会害了自己。我相信你从来都是一个善于自我调节、豁达乐观的人，办法总比困难多，一切都会好起来的。"

李月寒的宽慰也暂时平息了陈成正波澜起伏的心潮。两人不知不觉走到了李月寒的车边，李月寒让陈成和她一起上车，再由司机先送他回家。由于有司机在场，两人一路无言。

不久，车开到了陈成家楼下，李月寒送陈成下车。陈成走出几步后，终于忍不住转身问了李月寒一句："真是摔伤的？"

李月寒心里"咯噔"一下，这种恋人之间的普通问候，她竟然也无从回答。李月寒不由得鼻子一阵发酸。要换作以前，她早就扑到陈成怀里，尽情倾诉自己满腹的委屈。可是现在的她已经不再是当初那个心无旁骛的小女孩儿了，她懂得了如何控制自己的感情。

李月寒目光坚定地看着陈成，点了点头："真的。"然后低头钻进了车里，轿车绝尘而去。

在车里，李月寒耳边一直回响着陈成的最后一句话。想着这段看似要走到尽头的恋情，她回头从后视窗看见陈成仍呆立在家门口，目送自己离去的样子，她的眼泪如开闸的洪水夺眶而出……

雷神为了给死伤的兄弟报仇，已经开始寻找对杨柳风下手的机会。杨柳风也察觉到了近段时间自己办公地点周围不时出现一些可疑的人员和车辆，于是他一方面给手下的兄弟打招呼要加强戒备，另一方面自己在出行的时候也不时更换车辆，以防不测。

这种状态持续了几天后，杨柳风感觉这样下去不是办法，雷神并没有服气，要解决这个问题看来还得要打一仗。但是，这个仗怎么打？雷神并没有出手，自己还不能主动对其穷追猛打，不过，老这样让雷神骚扰下去也不是办法。应该想办法让雷神先出手，然后再对他进行反击，既要打得雷神心服口服，还要控制别造成太大的社会影响。杨柳风陷入了沉思之中。良久，善讲谋略的他想出了一个引蛇出洞、快速打击的方案。

杨柳风随即叫来大黑和小二郎，他把自己的想法向两人做了阐述。二人听后频频点头称是，然后依计而行。

这天恰好雷神和四大金刚中的老三在杨柳风办公室附近监视。临近中午，他看见杨柳风穿着平时常穿的黑色长风衣，大摇大摆地从公司出来，猫腰钻进了"虎头奔"的驾驶室。

雷神已经守了杨柳风几天了，今天好不容易逮着他单独出行的机会，他立刻让老三发动汽车跟上了杨柳风驾驶的"虎头奔"，然后他从座位下拿出锯短了枪管的五连发猎枪，推弹上膛，他决定要亲手给老四和老大报仇。

很快，杨柳风的大奔驶进了一条城市隧道。雷神认为隧道里面视界小，没有什么目击者，而且中午时段来往的车辆也比较少，正是下手的好地方。雷神命令老三赶紧加速靠近大奔。在距离大奔 20 米左右时，雷神打开车上的天窗，把身子探了出去，举枪开始瞄准大奔的后窗。

就在这千钧一发的时刻，雷神猛听身后"砰"的一声枪响。他惊愕地回头一看，看见身后一二十米处，杨柳风站在一辆黑色轿车的天窗口，同样手持一支锯短了枪管的五连发猎枪，枪口朝天，还冒着袅袅硝烟，正对他怒目而视。

这是怎么回事？雷神一脸蒙。但久经江湖的他很快就反应过来，他明白自己又中了杨柳风的圈套！前面驾驶那辆大奔的人根本就不是杨柳风，正所谓"螳螂捕蝉，黄雀在后"啊！好在杨柳风手下留情，没有在后面对自己痛下杀手。否则，刚才那一枪早让自己见阎王去了。

雷神心里一时五味杂陈，他不得不感激杨柳风对自己网开一面，没有赶尽杀绝，在这种情况下，自己还能做什么呢？他只好收起猎枪，坐回了车里。然后，他长叹一声道："杨柳风确实厉害啊！刚才他本来可以一枪打死我，好在他讲仁义，我才捡了条命回来。老三，我们回去吧。"老三也看见了刚才惊险的一幕，他理解雷神此刻的心情，于是点了点头，默默地将车变换方向，驶离了现场。

原来，杨柳风提前安排大黑穿上自己的黑色风衣，开自己的大奔，引雷神出来，然后自己再跟上雷神的车，在雷神发动袭击前制服他。这样的安排大黑的风险比较大，因为对雷神何时何地、用什么样的方式发动袭击，很难作出准确的判断，所以用作诱饵的大黑就面临比较危险的局面。

大黑当时听了杨柳风的解释，也知道自己会很危险，但是，这是个解决问题的好方法。况且杨柳风多年来待自己不薄，现在正是自己出力报恩的时候，加之自己确实无论从身材还是模样都和杨柳风比较相似，穿上风衣、戴上墨镜后不认真看还真就看不出来区别，所以自己铁定是引诱雷神的最佳人选。大黑理性地表示："大哥，我完全支持你的想法。我出来混早就把脑袋别裤腰带上了，不用担心我的安全。再加上凭我的经验和身手不会出什么事的，你就放心吧。"

大黑坦率的表白，让杨柳风很是感动。他拍了拍大黑的肩膀，关切地说道："兄弟，机灵点儿，一定要注意安全，我会尽量控制住场面的。"

行动开始后，杨柳风让小二郎开车，一直紧跟在雷神的车后，自己时刻紧盯雷神的举动。直到车进了隧道后，他看见雷神的车突然加速，意识到雷神可能要有动作了。于是他赶紧叫小二郎猛轰油门跟了上去，果然他看见雷神手持猎枪钻出了车窗，正向大黑的车瞄准。

杨柳风立即掏枪钻出了车窗，他一开始就不想要雷神的命，他只想让雷神臣服，并不再纠缠下去，所以他并没有直接向雷神开枪，而是抢在雷神开枪之前，朝天鸣了一枪，意在警告雷神不要轻举妄动。果然，雷神在杨柳风强大的气场下，不得不知难而退。杨柳风再次通过自己的手段和策略达到了自己的目的。

雷神垂头丧气地回到自己的公司里。想到此次受江风之托争夺鲲鹏公司股权,不料却搞得损兵折将,大伤元气,不由得悲从中来。作为江湖草莽出身的他,立刻将怒火转向了江风,自己为了他遭受了这么大的损失,一定要让江风出来作个了断。想到这,雷神立即打电话约见江风。

雷、江二人见面后,雷神把和杨柳风交锋的情况做了说明。言下之意自己遭受了重大损失,然后把问题抛给了江风,让他看着办。

江风听了雷神的一番话,心里不由得叫苦不迭。看来自己这次是鸡飞蛋打了,不但保不住鲲鹏公司的股权,还要出大笔的钱来安抚雷神这边。不过,这也没有办法,只能一关一关地过吧。

江风犹疑地对雷神说道:"秦兄这次确实出了大力,非常辛苦,我万分感激。这样吧,你的损失我来负责解决,我一次性给秦兄300万元,算是给兄弟们的安家费吧。"

雷神见江风态度诚恳,开价还是比较公道,自己的怒气也消了大半。他无奈地对江风说道:"我是尽力了,江总。杨柳风确实厉害,看来他是帮定王文了。我劝你也别跟他们斗下去了,该收就收吧,吃点儿亏就吃点儿亏吧,免得弄到最后收不了场。"

江风当然明白雷神说的道理,如果再斗下去,说不定自己的命都要搭进去,现在也只有和王文妥协这一条路了。他与雷神寒暄了几句,就告辞离开了。

江风处理完和雷神之间的事务后,感觉自己没有颜面也没有必要再在鲲鹏公司待下去了。于是他直接找到了王文,交出了鲲鹏公司的公章和财务专用章,说明了自己退出鲲鹏公司的意愿。王文顺理成章地接受了江风的请求,以江风当时入股时的半价收购了江风的股份。事到如今,江风也没有任何讨价还价的余地了,他只好接受了王文的收购,并协助办完了相关的手续,颓然离开了鲲鹏公司。

经过这几个月的几番鏖战,李月寒在江城道上和商界可谓名声大噪。鲲鹏公司上上下下的员工更是对她刮目相看，尊敬有加。王文也不含糊，赠送了李月寒鲲鹏公司 10% 的股份，并提升她为总经理，接替了江风的位子。杨柳风主要是想推李月寒发展，所以也没向王文提其他要求，只收取了先前约定的 200 万元酬金。至此，鲲鹏公司的股权之争以王文方面的大获全胜而告终。

陈成本就非常关注鲲鹏公司的股权纷争，慢慢地，一些关于鲲鹏公司几方火拼的传言也以不同的版本传到了他耳朵里。他感到李月寒在一条错误的道路上越走越远，这样下去，说不定真会毁了她。于是，陈成决定再找李月寒谈一次，看自己能不能在阻止李月寒走入歧途方面再做点儿什么。他怕李月寒又以工作忙为由挂掉他的电话，所以陈成就径直到鲲鹏公司李月寒的办公室找她。由于陈成出示了警官证，门卫没有拦他。

正巧，这天李月寒在办公室处理文件。听见敲门声，她抬头一看是陈成，连忙起身把他迎到沙发上坐下，又给他斟上热气腾腾的大红袍。

陈成环顾了一下李月寒宽敞的办公室，感觉确实气派非凡。墙上挂有本市书法家协会会长的题词，宽大的办公桌上放有一只瓷雕的雄鹰。老板椅后面是一个大型书柜，里面整齐地排列着各种书籍，显示着主人不同凡响的品位。木质地板擦得溜光锃亮，一尘不染。陈成不禁感叹李月寒确实今非昔比了。他正自顾感慨着，李月寒已经坐到了他的旁边。

"怎么，今天有时间来看我了？"李月寒笑着说道。

"是啊，送了一个嫌疑人到看守所，路过这里，顺便来看看你。"陈成回答道。

"你呀，工作也不要太拼命了，人家工作比你做得少，工资和你一样多，过得去就可以了。而且你们这一行做的是得罪人的工作，多栽花少栽刺，到关键时候还是很有用的哦！"李月寒颇有些老到地说道。

陈成没想到自己还没开始劝她,反倒先被上了一课,他觉得又好气又好笑。他调侃道:"要讲工资,我现在真是比不了你了。不过,我们这个职业本就是栽刺的,要想栽花,这个法律风险就太大了啊,我可是没那个胆子,呵呵。"

李月寒知道陈成的性格,只要他认准了的事,十头牛都拉不回来,所以她也就是随口说说而已。"好啦,我知道你是个敬业的人,不和你抬杠了。说吧,今天来找我有什么事,我知道你是很少会到办公室来找我的。"李月寒开始切入正题。

陈成调整了一下坐姿,正色说道:"寒寒,我听说鲲鹏公司在清理股权的过程中发生了很多事情。当然,具体情况我不太清楚,但是有些事情的性质和后果可能很严重。我知道你和杨柳风在合作,他可是个不计后果的人啊,有时上船容易下船难啊,你真的要小心才是,有些事情要三思而后行。"

李月寒知道陈成是为她好,但是,鲲鹏公司的事情已经处理完了,她根本就不想再提起这件事。毕竟她知道自己已经踩过界了,一再提这件事让她很烦躁。"好了,你来就为了谈这个?我们已经解决好了,什么事情也没有发生,你不要再道听途说了。杨柳风也不像你说的那么坏,我觉得他是一个挺有头脑的人。"李月寒言辞恳切地说道。

陈成见无法说动李月寒,不禁有些着急,话里的语气也开始重了:"你难道觉得杨柳风是好人?我看你是忠奸不辨、良莠不分了!在道上混的人少得了坑蒙拐骗、恃强凌弱、坐地分赃这些事?就算把自己装扮得再光鲜,也掩盖不了邪恶的本质!你再这样执迷不悟,以后会后悔的!"

李月寒有些恼羞成怒,她反击道:"我做事有我的分寸,你不用来教训我。我和你不一样,我有我的目标,我要改变自己的生活,实现自己的理想,这些你能给我吗?杨柳风不管对别人怎么样,但是对我很好。我是个女人,我管不了那么多天下大事,我只在乎把自己的一亩三分地的事情办好就行了。对，你胸怀大志、忧国忧民，又能怎么样呢？谁在乎你在想什么？你的理想主义在现实社会中只会碰得头破血流。你难道自己感受不到吗？"李月寒言辞越发犀利。

陈成也激动起来："是，我承认我已经碰得头破血流了。但是，做我们这种工作分清楚是非对错才是最重要的。那些肆无忌惮、玩弄权术、嫉贤妒能的卑鄙小人迟早是会有报应的。社会上那些现在风光无限、志得意满的所谓精英人物也不会长久，他们一路走来不断地给自己埋下大大小小的定时炸弹，最终会自食其果的！"

"别人在你眼里都是坏人，就你是好人，你这样的好人让我在你面前自惭形秽，我高攀不起。"李月寒反唇相讥。

陈成见谈话完全达不到自己的预想，反而越谈越崩，都快变成吵架了，心里不免深感失望。尤其是李月寒刚才一句"我高攀不起"，更是刺痛了他的心。虽然他早就意识到他们已经越走越远，但他还是不愿意轻易放弃，他宁愿相信这只是她的一句气话。

陈成试着让自己平静下来，然后说道："寒寒，我承认你是一个有能力、有想法的女孩儿，我也很愿意帮助你实现自己的理想，但是我们要选择正确的途径和方法。客观地说，我没有诋毁任何人，只是因为我们观点有分歧，你不愿意接受罢了，我希望这样的分歧不要影响我们之间的感情。"陈成在试图为稳定他和李月寒的感情做最后的努力。

李月寒经过这段时间发生的事情，心智完成了彻底的蜕变，已经从一个涉世不深的小白领，成长为一个成熟老练的老总级人物，在这样一个全新的平台，无论运作的事情还是接触的人物都与当初不可同日而语。陈成虽然能够讲出很多道理来，但在她看来那只是纸上谈兵，在现实社会中没太大的价值。如果以后真的和陈成生活在一起，不但自己放不开手脚，现在辛辛苦苦打下来的江山在陈成眼中也可能问题成堆，弄不好还会凭空制造些障碍出来，到时可就真得不偿失了。

李月寒现在看问题的深度显然已今非昔比，她已经脱离出两个人的感情来看问题了，她想得更多、更深、更远，当然，也更危险，虽然她还是非常爱陈成，但是现在这样的状况，她必须作出选择，是继续这段感情，还是忍痛割爱？这两种想法在李月寒的心里已经进行了无数次激烈交锋，最后她还是选择放弃。今天，正好陈成来找她，她想借这个机会，把自己的想法给他讲清楚，就此作个了断。

李月寒轻叹了口气，说道："大成，你真的是一个很优秀的人，找到你的女孩儿真的会很幸福。我一直都是这么想的，真的，不骗你。但是，两个人生活在一起要有共同的追求和共同的语言，现在我们在很多问题上分歧很大，发展方向也存在很大的偏差，勉强在一起，会是一件很痛苦的事情，所以，长痛不如短痛。我想说的是，我们还是做朋友吧。"

第六章　大戏开场

陈成虽然早已料到会是这样的结局，但是，亲耳听到从李月寒口中说出这样的话，还是心里蓦地一沉。毕竟两人曾经是那么相爱，这么长的时间都过来了，又共同经历了那么多风风雨雨，如今却要面对分手这个残酷的结局，陈成心里确实是万分不舍。他不但为李月寒今后的发展担心，也想到了她慈祥的父母对自己和李月寒的殷殷期望。陈成对李月寒的感情已经不知不觉夹杂了些许亲情的成分，这或许是他对这段感情发展的自然解读，又或许和他天生的锄强扶弱、侠骨柔情的性格有关。还沉浸在个人情绪纠葛里的陈成本来想再说点儿什么，这时，杨柳风从外面走了进来。

陈成和杨柳风二人谈不上认识，陈成刚到刑警大队没多久，杨柳风就离开了，两人只是照过面，并没有实质意义上的交往。但是，他们都从李月寒那里知道了对方的存在。杨柳风是来找李月寒商量事情的，他一进办公室，就看见陈成也在。杨柳风知道陈成是李月寒的男朋友，虽然以前他还在刑警大队的时候和当时新来的陈成打过照面，但以他的阅历和现在的江湖地位，他打心眼里没把眼前这个小警察放在眼里，而且对陈成作为李月寒男朋友的身份也醋意颇浓。杨柳风径直走到李月寒身边说："月寒，我找你商量点儿事。这位是？"杨柳风瞥了一眼坐在一旁的陈成，明知故问道。

李月寒没料到二人会在自己的办公室撞到一起。听见杨柳风的问话，她稍稍迟疑了一下。因为她已经向陈成提出了分手，所以当着杨柳风的面她觉得没必要避讳和隐瞒了，于是她笃定地对杨柳风说道："这是刑警大队的陈成警官，我原来的男朋友。"然后，又向陈成介绍了杨柳风。

陈成本来对杨柳风就没什么好感，又见李月寒当着杨柳风的面已经把自己称为前男友，他只好硬生生把准备说的话咽了下去。此时，陈成知道自己和李月寒的关系没有挽回的余地了，但他不愿在杨柳风这样的人面前有任何示弱的表现。

陈成也瞥了一眼杨柳风，冷冷地对李月寒说了句："我先走了，希望你好自为之，多多保重。"言毕，起身往门外走去。杨柳风在身后冷笑了一声，对着陈成的背影说道："听说你是个好警察，可是现在好警察命都不长啊！"

陈成听了这话，停下了脚步，转身对杨柳风说道："你这话说早了点儿吧？威胁我是吧？怕死我早不干警察了。我知道你是靠什么打天下的，你的那些伎俩迟早会曝光的！鹿死谁手尚未可知，我相信我们以后会有机会再见面的。"说完，陈成昂首阔步走出了李月寒的办公室。

李月寒虽然刚才硬着心肠和陈成作了了断，此刻心里却很不好受。杨柳风从李月寒的神情里看出了她的心思，他觉得现在正是他向李月寒发起感情攻势的机会。李月寒已当面否认了和陈成的恋人关系，有可能是在暗示自己可以发起进攻了，自己可不能当傻瓜啊。

想到这里，杨柳风轻声对李月寒说道："过去的就让它过去吧，你崭新的人生才刚刚起步。痛苦和伤感只是暂时的，还有那么多有意义的事情等着你去干。我相信你能够很快从儿女私情里摆脱出来，以全新的面貌投入到新的生活中去。这样吧，今天我们不谈工作，只谈风月。我请你去吃法国大餐。这段时间你确实也非常辛苦，今天就好好放松放松吧。"

李月寒定了定神，掩饰了一下刚才略微失态的神情，随口附和道："好，你安排吧。"

当晚，两人在江城著名的维多利亚西餐厅尽情享受了地道的法国菜。席间，不胜酒力的李月寒在郁闷和憧憬、失落和希望的矛盾心情交织下，灌下了一瓶波尔多干红。杨柳风兴致异常高涨，他陪着李月寒喝掉了两瓶红酒。两人虽然话不多，但是心里都有了一丝默契。经过这几个月的朝夕相处，两人相互更加了解，可谓在刀光剑影、腥风血雨中结下了深厚的情谊。在这个价值多元化的现实社会里，每个人有每个人的追求，每个人有每个人的行为方式，在感情这个问题上，是非对错真的难以一言概之。

李月寒感到杨柳风虽然是道上的人，但对自己非常尊重，从来没有冒犯过自己，在这一点上李月寒已然很是欣赏。这一路过关斩将，杨柳风也充分展现出了一个男人阳刚豪情、足智多谋的一面，而且没有他的帮助也不可能有李月寒的今天。因此，李月寒内心深处已经慢慢接受了这个男人。在彻底斩断和陈成的情丝后，李月寒已经做好了接受一段新感情的准备。

品尝完美味而优雅的法国大餐后，杨柳风搀扶着步履蹒跚的李月寒上了自己的大奔。在已然灯火阑珊的江城街头，大奔闪着红亮的尾灯，驶向了夜幕深处……

陈成和李月寒分手后心情极度郁闷，连续好几天彻夜难眠。

他既为这段逝去的感情难过,又为李月寒祸福不定的今后担心。这样的情绪折磨得陈成日益消沉。

猛然,有一天,独自下班回家的陈成看见了镜子里的自己,不由得大吃一惊!昔日英俊的脸庞已显得异常消瘦和憔悴,原本乌黑发亮的双眼,也是那么空洞无神。这还是原来那个从不服输、意气风发的自己吗?一向争强好胜的自己怎么会如此消沉?以前自己是那么喜欢开导别人,可遇上同样的问题,自己也是沉湎其中,不能自拔吗?自己还有那么多重要的事情要办,这样的情绪持续下去,不但可能前途尽毁,还有可能耽误大事啊!

陈成连问了自己好几个为什么之后,打开水龙头,往脸上猛浇了几捧凉水。瞬间,冰凉的感觉使他幡然警醒,振作了许多。陈成慢慢抬起头,擦干脸上的水渍,环顾了一下四周和李月寒相关的物品。他准备把这些东西收起来,以免睹物思人,影响自己正常的思维判断和精神状态。

说干就干,陈成开始在家里收拾起东西来。忽然,他从柜子里翻出几袋糖尿病病人的专用食品。这是他买来准备送给李月寒父亲的,还有几袋没有送完。陈成沉思了一下,决定还是把这几袋食品送给李月寒父亲。

这天,陈成抽下班时间来到了李月寒父母家,他进屋和两位老人寒暄了几句,把东西放下就离开了。

后来,李月寒和杨柳风在一起的消息很快传到了李月寒的父母耳朵里。两位老人听说李月寒不但和陈成分了手,还和一个叫杨柳风的黑社会的人交往,不由得大为震惊,这还得了!李父赶紧打电话把李月寒叫了回来。

李月寒赶回家中,父母已经正襟危坐。李月寒进屋后,看见气氛不对,二老面色凝重,目光如炬。李月寒小心地问道:"爸妈,你们急着找我回来有事吗?"

李父声音有些急促地问道:"月寒,我问你,你是不是和陈成分手了?"李月寒心想,自己还没告诉他们这事呢,他们怎么会知道呢?她正想着,李父紧接着又问道:"听说你和黑社会的一个什么姓杨的在来往,你说是不是真的?"

李月寒根本不想现在跟父母说和杨柳风交往的情况。但是,父亲这样一再追问,让她十分烦躁。她一抬头,忽然看见桌上放着一袋刚打开的糖尿病病人专用食品。不用问,这肯定是陈成送来的,难道是他向父母说的?李月寒心想,陈成也太小家子气了吧,分手就分手吧,用得着来给自己的父母打小报告吗?况且父母身体都不好,这要真是气出个三长两短可怎么是好?

李月寒越想越气,她没好气地说:"这些都是陈成告诉你们的吗?是的,我是和他分手了,合不来分开也是很正常的事。至于我和什么黑社会的人在一起,完全是胡诌,我这么大的人了,自己的事情我会有分寸的。"

李父见李月寒怪罪陈成,不由得更生气了:"陈成只是来给我送东西的,他什么也没跟我们说,你不要以小人之心度君子之腹。至于你和姓杨的有没有交往你自己清楚,你这么大了,我们也管不了你了。但是,我们起码知道陈成是个好人,他配得上你。我们是过来人,知道两个人在一起最重要的是知冷知热、相互关心、相互爱护、平平安安地生活。你现在工作环境变了,心态也变了,我们知道很难说服你按照我们的意愿生活。但是你应该分清楚基本的是非对错,不要一门心思钻到钱眼儿里去!"

李父的一番话激起了李月寒心里的一片涟漪。她何尝不想和陈成过这种夫唱妇随、平平淡淡的生活呢?但是,命运的无常已经把她推到了风口浪尖。现在不是她说退就能够退得了的,可这些事情怎么能跟父母双亲明说呢?看来忠孝已是不能两全了,她把心一横,对父亲说道:"不管陈成跟你们说了什么,我和他分手已经是事实了。我现在是交往了一个新男朋友,他是姓杨,但绝不是什么黑社会。我们既是朋友,还是生意上的合作伙伴,他为人很好,抽时间,我会让他来看望你们的。"

李父见李月寒承认了姓杨的存在,虽然她否认了他是黑社会的人,但在李父看来这无疑是在欲盖弥彰。他没有理会李月寒的解释,或许是陈成对他和老伴儿太好了,给他的印象太深的缘故,他不想再接受其他任何作为女婿的人选。

想到那些美好而温馨的过往,李父心潮难平。他把手用力一挥,扭头气愤地说道:"不用带来见了!我们穷是穷点儿,也没多少文化,但是我们不想沾那些昧了良心的人。我们管不了你,你自己走好以后的路,有时间就来看看我们,其他人就不用带来了,好自为之吧。"

李月寒听着父亲一番决绝的话语,看着父母已失去了往日的欢笑、显得更加苍老的面容,她心里像刀割一般难受。社会如此残酷,自己走到今天难道不是为了父母能有更好的生活吗?可这些都不可能从天上掉下来。虽然今后会怎么样自己不能预测,但是起码现在的自己已经与昔日不可同日而语了。任何事情都是有得有失的,为了实现自己的理想,就选择做一回自己吧!事已至此,李月寒知道再说下去也是徒劳,唯有希望父母能慢慢理解、接受和以前不一样的自己。于是她默默地站起身,给一旁悄悄抹泪的母亲整理了一下衣服,轻声说了一句:"妈,不要难过,放心吧,女儿自有分寸。我先走了,改天再来看你们,有什么事就给我打电话吧。"说完,她转身走出家门。同时,背后传来李父一声沉重的叹息声。这声叹息犹如一记重锤击打在李月寒的心坎上,但李月寒知道她已无法回头,她稍作停顿,然后决绝地快步向前走去。

时光飞逝,一转眼就来到了 21 世纪的第五个年头的冬天。江城的冬日虽不像北方城市那样终日飘着鹅毛大雪,但也寒风阵阵,阴冷刺骨。这天,王明大队长刚回到办公室。为了升迁他绞尽了脑汁,一天到晚连正常的工作都没心思干了。但人就是这样,你越不想来什么,偏偏就来什么。值班民警推开门进来向他汇报,说外面来了一群什么厂的工人,情绪很激动,嚷嚷着说要报案。

王明一听,头都大了!来了一群情绪激动的工人,那还有好?肯定是麻烦的事,指不定又是哪个企业出了什么状况。这些年这样的群体事件,他都见惯了。也正常,现在经济形势不好,倒闭的企业很多,出现扯皮的事情也就很多。

对这样涉及群体性事件的案件,王明是能推就推、能躲就躲,他知道一旦受理会非常麻烦。牵扯很大的精力不说,办不好还要挨批。办好了又不知道是给哪个达官贵人帮的忙,对自己的晋升毫无帮助。这属于典型的"毛多肉少"、费力不讨好的工作,所以,他对这样的案子特别不感冒。但是,这些人来都来了,总得听听吧,再怎么也是自己工作职责范围内的事啊。这一点,王明还是清醒的。于是他让民警做好登记,然后把职工代表带到办公室来。

进来的几个人是江城牙膏厂的职工代表,领头的名叫温江。见了王明后,温江称江城牙膏厂在进行土地司法拍卖过程中可能被人为操控了,土地被以极低的价格拍卖掉。现在拍卖的司法程序已经走完,但是有很多疑点显示此次司法拍卖很可能有问题,而且他们怀疑牙膏厂厂长汤安然有协助竞拍方竞拍成功并收受贿赂的嫌疑。

王明听了,觉得事情不小,遂接过温江递过来的资料仔细看了起来。这是王明的一个特点,对于再不爱做的事情他都保持着一颗好奇心。毕竟是受过高等教育的公安科班出身的人,习惯还是养成得很好。王明一边看报案材料一边心里犯起了琢磨:这个案子看上去涉及单位和人员众多,法律关系极为复杂,绝对是个难啃的硬骨头。既没有领导的批示,又涉及这么多单位和个人,八成是个费力不讨好的烫手山芋。但是这个报案材料和有关证据、线索都送来了,推又推不掉,只能先接下来初查一下再说,该办就办，不该办再推也不迟。

不过，这样的"毛多肉少、费力不讨好"的案子是典型的"硬骨头"，也不能随便找个人接下来。要是真查不清楚，一定会惹来一身骚，自己也没办法向上面交代，找谁来办呢？

一番纠结后，王明的脑海里自然又浮现出陈成的身影。唉，不让他上还能找谁？这个人就是原则性太强，倔驴一个。但是这么复杂的案子，又涉及众多的职工群体，不交给他交给别人自己也不放心。要是真办不好，捅出娄子，再闹出个群体性事件，自己可真得吃不了兜着走！晋升怕也要跟着黄掉。这么看上去，陈成在王明心里，简直就是又爱又恨的存在。想到这里，他拿出手机给陈成打了个电话，把他叫到了办公室。

陈成接到王明的电话，立刻就赶来了。他知道，王明给他打电话除了工作就不会有别的事，当然更不会是请他喝酒之类的。对于工作，陈成从来都是百分之百上心，既是他秉持的职业道德和操守，也是他专业能力和价值观使然。

进了王明办公室，王明站起身给温江等人做了介绍，然后拍着陈成的肩膀，笑着对温江说道："老温啊，我把我们最优秀的侦查员派到这个案子上。相信他一定会给你们一个满意的结果和答复！"陈成虽然不喜欢王明的做派，但是也不得不佩服这个人在各种场合游刃有余的"演技"。

温江等人一看到陈成，就觉得此人形象气质和一般警察不一样，不但有压得住场面的气场，而且温文尔雅，让人觉得心里特别踏实亲切。

温江赶紧趋步上前握住陈成的手，连声说道："陈警官，幸会幸会！我们牙膏厂全体职工以后就要靠你给我们伸张正义了呀！谢谢，谢谢！"

多年的公安工作，使陈成见惯了这种场面。他知道是他的身份——头顶的国徽、身上的警服，给了人民群众信心和勇气，但是这样的信心和勇气需要每一个负责任、有担当的公安民警去实现和捍卫。每一次这样的相识，都意味着一场新的战斗即将开始。

刑侦工作就是这样，它不是每天相同的重复劳动。每一件案子都会是个全新的开始，会认识不同的人，会经历不同的事，会遇到不同的困难，答案永远都是从未知开始。这样的工作，需要的是有责任、有担当、善谋略、能应变的人去面对。陈成深知，自己又将面临一场未知的、艰难的战斗。陈成安抚了一下温江等人激动的情绪，然后接受了王明交代给他的这个新任务，带着报案材料回到了自己的办公室。

在仔细看过温江提供的报案材料，并对温江等职工进行详细询问后，陈成了解了案件的一些基本情况。

江城牙膏厂原本是江城市一家小型集体企业，在20世纪90年代初改革大潮波涛汹涌的时候，与香港千达通公司合资成立了江城千达通公司。由于当时引入了港方的管理经验以及先进的生产技术，主打的品牌牙膏很快畅销全国，成为同行业中的佼佼者，公司也迅速成长壮大，成为江城市轻工行业的"五朵金花"之一。

进入21世纪，历经了持续十余年的辉煌后，由于市场竞争日趋白热化，加之在研发、市场开拓等方面投入不足，公司逐步走向了没落。在日益严峻的形势下，公司一度濒临破产。重压之下，香港千达通公司为谋求更大的发展，准备舍弃内地市场，整合优质资产，然后在香港上市。在上市前对江城千达通公司的清产核资中，香港千达通公司对江城千达通公司进行了内部审计。审计的结果是，当初合资时，香港千达通公司出资3000万元购买了70亩土地用于建厂，由于政策规定土地使用权只能挂在中方企业名下，所以在账上就形成了名义上土地归江城牙膏厂所有，而江城牙膏厂向香港千达通公司负债3000万元的状况。于是，香港千达通公司据此就要求江城牙膏厂归还3000万元土地购买款项，好为自己在香港上市做好相应的资金准备。

消息一传开，江城牙膏厂的职工顿时群情激愤，他们认为这是一种不顾企业生死存亡和职工利益的逼债行为。土地虽然挂在牙膏厂名下，但却是合资公司江城千达通公司在使用，应算作香港千达通公司入股的资产，而不应该剥离成牙膏厂对香港千达通公司的负债，如果这时把资金抽走还债，对牙膏厂的职工来说将是灭顶之灾。

鉴于上述情况，牙膏厂的职工们拒绝和香港千达通公司谈判，此时的江城千达通公司和江城牙膏厂的法人代表均为江城牙膏厂厂长严家风。严家风几次三番无法说服职工接受审计结果后，无奈地告知香港千达通公司董事长孙杰，双方无法达成还款协议，只有通过司法途径解决了。面对牙膏厂职工群情汹涌而无法有效沟通的状况，孙杰也只有接受司法途径解决的方案。

很快，香港千达通公司以江城千达通公司的名义起诉江城牙膏厂，要求偿还3000万元的土地款。江城市中级人民法院受理了此案。由于争议双方的代表严家风和孙杰都急于解决这个问题，因此中院采取了调解的方式结案，双方在中院法官的协调下，很快就达成了一致意见。但这个所谓的一致意见却仅仅通过了职工代表大会，而没有通过职工大会，是严家风和孙杰的疏漏还是有意为之，现在已不得而知。据此，中院认为双方已经达成了一致意见，遂决定以江城市中级人民法院第20号调解书的方式结案，要求江城牙膏厂偿还江城千达通公司欠款3000万元。

江城牙膏厂的职工除了职工代表大会的少部分人提前知道这个结果外，其他职工根本不知道中院的第20号调解书是以这样的内容结的案。在中院将第20号调解书公示后，厂里大部分职工无法接受这样的结果。但是，面对法院出具的具有司法约束力的调解书，职工们也不知道如何是好。大家都是普通职工，没有应对这种有着复杂法律关系的案件的经验。

正在这个时候，部分职工想到了几年前和牙膏厂厂长严家风闹了矛盾，然后停薪留职出去打工的江城牙膏厂原党委书记汤安然。于是职工们极力劝说他回来主持大局，试图推翻中院的第20号调解书。汤安然几年来在外奔波忙碌，虽辛辛苦苦，却也没做成什么事，他就决定回厂领导职工开展维权行动。江城牙膏厂的职工在得知老书记汤安然要回厂带领他们维权的消息，纷纷奔走相告，感觉这下总算有主心骨了。汤安然在这样的情绪感染下也深受鼓舞，很快就进入了角色。

由于事情涉及很多专业性很强的法律问题，汤安然向职工们推荐了自己的妹妹汤琼。汤琼是江城市联横律师事务所的一名律师，她对汤安然和职工们提出的如何给江城牙膏厂维权的事，作出了自己的分析。

汤琼表达的法律意见是，香港千达通公司通过中院的调解达到了自己的诉求，如果牙膏厂职工要维护自己的权益，就要找到恰当的理由推翻中院的第20号调解书。目前看来，第20号调解书最大的问题就是原告江城千达通公司和被告江城牙膏厂的代表均是严家风，实际上形成了严家风告严家风的局面，这在司法程序上是有重大瑕疵的。这样事关职工根本利益的调解协议的达成仅通过了职工代表大会，没有通过职工大会，在程序上是不合法的。因此，向中院提出申诉是有理由的，也是很有可能胜诉的。

汤琼律师的意见给了汤安然和牙膏厂职工们极大的信心。汤安然进而向职工们表示，自己在外独自打拼了多年，尝尽了人世间的酸甜苦辣。现在已经快60岁了，此次如果要带领职工维权，起码要有个合适的身份。要是召开职工大会，改选自己为江城牙膏厂的法人代表，就能够师出有名了。自己的亲妹妹汤琼是律师，法律技术层面值得信任。自己当上法人代表后，正好可以请她所在的事务所来代理以后的诉讼业务，还可以顺带省下不少律师费用。

第六章 大戏开场

接下来的一天，汤安然召集了职工大会，当着全厂 200 多名职工，发表了极富感染力的演讲。汤安然动情地说道："牙膏厂的职工们、兄弟姐妹们，大家好！我们是多年来一起共事的兄弟姐妹，我们经历了江城牙膏厂的诞生和辉煌。今天，我们又要面临一次生与死的考验。江城市中级人民法院在没有经过我厂职工大会的情况下，做出了第 20 号调解书。我们被迫要在极端困难的情况下去偿还 3000 万元的债务，这样我们厂就将面临倒闭的危险。因此，在这紧要关头，我们一定要联合起来，推翻不合理的第 20 号调解书，尽最大努力争取和捍卫我们自己的权利！"

职工们见汤安然不但愿意站出来带领他们维权，而且把话说得如此振奋人心，于是都把最热烈的掌声送给了这位昔日的老书记。

在江城牙膏厂面临内外交困的局面下，为求得新生的职工们在大会上以绝对多数同意罢免了原厂长兼法人代表严家风，改选汤安然为新的厂长兼法人代表。自此，汤安然顺利地接过了严家风手中的权力，名正言顺地介入了江城牙膏厂卷入的这场债务纠纷引发的风暴。说这是一场风暴，是因为此时的汤安然和牙膏厂的职工们还不知道以后面临的将会是他们难以预料的严峻局面。

汤安然顺利当选之后，择日便带领几十名职工来到了江城市中级人民法院，递交了要求撤销第 20 号调解书的申诉书。在汤安然的组织下，这些职工在中院门口采用了拉横幅、集体静坐的方式，围堵了中院的大门。由于国家对危及社会稳定的事情非常重视，各级各部门对群体性事件都非常敏感，所以，汤安然动员职工围堵中院这一招相当奏效。中院立即安排工作人员接待了牙膏厂职工代表，并且收下了申诉书。

江城中院院长张科是位干练而又极有正义感和责任心的女性。她得知了江城牙膏厂申诉的情况，感到事情重大。为了防止事态扩大、矛盾激化，她立即要求组成合议庭，对申诉书提出的问题进行深入的调查和评估,然后形成意见上报审委会。

经过合议庭的认真调查,认为江城牙膏厂职工反映的情况基本属实。当时承办案件的法官主观地认为原告江城千达通公司和被告江城牙膏厂债权债务双方均无异议,双方代表孙杰和严家风均表态同意达成调解协议,愿意以调解的方式结案,又收到了牙膏厂职工代表大会的确认书,在未严格审查并履行法定程序的情况下,匆忙下达了第20号调解书,从而忽略了原、被告法人代表同一和未取得江城牙膏厂职工大会书面同意意见的问题,造成审理程序中的严重瑕疵,导致了现在这种被动的局面。

张科听取了相关汇报后,严厉批评了原审法官,并责成新的合议庭按照法定程序,撤销原来做出的第20号调解书,重新审理此案。消息传到江城牙膏厂,全厂职工欢呼雀跃,激动不已。初战告捷,汤安然遂趁热打铁,他在全厂职工大会上宣布,在和香港千达通公司的谈判中他将尽全力维护职工的利益,就算最后要司法处置厂里的土地用于偿债,他也将保证职工每人得到至少8万元的补偿费。职工们再次被汤安然热血沸腾的讲话感染了,他们心里只有一个朴素的真理,只要足够公平,最后达到什么样的结果都是可以接受的。

在获得全厂职工的拥戴和支持后,汤安然就开始准备和香港千达通公司进行正式的谈判了。首先,他正式聘请了联横律师事务所作为厂里的法律顾问单位,汤琼也就顺理成章地以联横律所委派律师的身份介入了双方的诉讼活动,然后汤安然知会了香港千达通公司孙杰江城牙膏厂方面的人员变动等相关情况。

汤安然回到江城牙膏厂后,全力投入到了与香港千达通公司及中院的协调工作中,很快达成了新的调解协议,并实施了司法拍卖。

但是,第一次拍卖却因有单位因参拍资格问题在现场闹场,致使第一次拍卖流拍,让职工们疑窦丛生。第二次拍卖开始后,职工们在拍卖现场却发现只有两家单位参与竞拍,如此黄金地段,为什么参加拍卖的单位只有两家?一家实力比较强,是一家上市公司,叫海陵集团。另一家参拍单位就奇怪了,居然是一家财务公司。拍卖过程中起拍价从3400万元起,加价从每次100万元开始,一路走低,均无人应答。最终只叫到10万元一次的加价,这两家竞拍公司一家加了一次,共3420万元就成交了。最后土地被海陵集团低价拍到。

整个拍卖过程,牙膏厂职工代表全程目睹。对拍卖现场出现的这样极不正常的情况,是一片哗然之声。牙膏厂职工在司法拍卖后掀起了一片强烈的质疑,严重怀疑此次拍卖被人为操控,继而发现汤安然在拍卖后不久就买了新房。结合之前汤安然自己讲述其艰难的经济条件,职工们怀疑汤安然在与香港千达通公司谈判中和之后的拍卖过程中有利用职务之便受贿渎职的行为,最终决定向公安机关报案。

了解到上述基本情况后,陈成叫来了自己的新搭档周星。周星刚从警校毕业,由陈成来负责"传帮带"。"传帮带"是公安机关的优良传统,新人都要由老同志来进行业务上的指导和规矩上的养成教育。这在传承公安机关优良作风和实战经验上是非常重要、非常有意义的。

"小周,你先看看这个案子的材料,厘清一下各个法律关系,形成一个基本的调查思路,然后我们讨论一下具体怎么开展工作。"陈成对周星说道。自从收了周星这个徒弟后,陈成但凡是新接的案子,都会先给小周看,让他提出想法,这样就给了他独立思考的机会,也表达出自己对新同志成长的关心和尊重。然后,根据周星提出的思路,进行指导和修正。正是在这种优良作风和传统的影响下,我们国家公安机关自中华人民共和国成立以来至今,涌现出了大批有责任心、有能力、大智大勇的优秀公安人员,破获了大量复杂疑难的刑事案件,抓获了大批奸诈狡猾、穷凶极恶的犯罪分子,维护了国家和人民群众的生命财产安全。正如陈成在竞争上岗的演讲中提到的周恩来总理说的那句"国家安危,公安系于一半",正是由于几十年来,一批又一批的公安干警为了祖国安危和人民的幸福前赴后继,牺牲奉献,才换来了今天来之不易的安定局面和美好生活。虽然,在前进的道路上,还要遇到无数的波折,甚至是惊涛骇浪,但正是有了无数为了实现公安事业理想信念挺身而出的优秀的中华儿女,有了对前辈优秀品质和优良作风的传承,我们才能继续攻坚克难、无坚不摧、战无不胜。回到周星这里,陈成每次交给周星任务后,机灵的周星都能提出一些有价值的意见和建议,进步很快。陈成心里对这个谦虚好学的徒弟也是由衷地赞赏。

周星听了陈成的安排,连忙接过材料。随后,陈成就把案件的基本情况给他介绍了一遍,然后叫他看了材料就和牙膏厂职工代表温江等人联系,再把情况问仔细、清楚一点儿,不要放过任何一个有价值的细节,之后制订一个侦查计划。周星听后,忙不迭地表示:"没问题,陈Sir,保证完成任务!"周星平时就爱和这个比他大不了几岁的"老师"开玩笑。陈成当然也很享受这样和谐、亲密的战友关系。他拍了拍周星的肩膀,笑而不言。

过了两天,陈成到了办公室,看见周星正伏在办公桌上写写画画,就凑过去看他在写什么。周星见到陈成,一张脸皱成了苦瓜状,嘴里嗫嚅着说道:"成哥,这个案子关系太复杂了,和以往的案子完全不一样。资金往来、人物关系我到现在还没厘清……关键是,唉,我真厘不清!"

陈成望着周星极度犯难的表情,就微笑着拿过周星手里的草稿纸看了起来。陈成发现周星正在画人物关系图。案子涉及单位、人物确实较多,周星在纸上写满了名字,画满了箭头,互相来回交叉,早已成了一团乱麻,根本就看不清楚画的是什么,要表达什么。陈成明白,周星对这个案子要像往常对一个单一案件那样画图，确实不好画，一张关系图画出来可能他自己都搞不明白，这个还是思路不对的问题。

陈成习惯性地拍了拍周星的肩膀，笑着对他说道："小周，你这样画下去可能连你自己都看不明白，更不要说别人了。不要着急，你以前办的案子情况不复杂，人物关系简单，罪名单一，按原来的思路画人物关系图没有问题。但是这个案子情况错综复杂，法律关系众多，不能按单一的逻辑发展去构架，而是要把涉及的每一个涉嫌违法犯罪的法律关系提炼出来独立成案，然后再用你原来的思路对每一个法律关系进行构架，这样才能把问题全部解决清楚。所以，我们现在不能着急，关键是先梳理清楚这起串通拍卖案里面到底涉及多少法律关系，然后根据其内在的逻辑关系进行科学架构，最后对各个法律关系可能形成的案件进行逐一查证，直至查清全案。"

周星听了，似懂非懂地点了点头。也难怪，搞侦查工作，很多东西除了理论上必要的学习之外，实战经验也是非常重要的，周星恰恰欠缺的就是这个。当然，如果没有一个正确的思路作指导，导致进入一个错误的方向，就算你有天大的本事也不可能破案。陈成知道对周星这样的新手来说，这个案子确实太过复杂困难了点儿。以陈成的预判，这样的案子即便是交给经验丰富的老侦查员也可能会走很多弯路，出现很多瑕疵。不过，好在善于啃"硬骨头"正是陈成的过人之处。

多年以来，经受过无数的大案要案考验，加之极强的悟性和坚韧不拔的精神，陈成已经百炼成钢。他始终相信一点，任何事情都有解，即便不一定能得到想要的答案，但是一定会有一个最合理、最优化的答案。有这样的信念和心态作支撑，陈成知道无论什么难题都难不倒他。事物的发展无非是斗争和妥协的辩证关系。在纷繁复杂的时代背景里，掌握并拿捏好斗争和妥协的分寸，就是启动了不败的模式。

陈成通过周星在前期阅卷工作反映出的状况,他更加深刻地意识到这个案件的重大、复杂以及困难的程度。为慎重起见,陈成决定立刻亲自操刀,先对案件的整个脉络进行梳理,理出突破全案的头绪。他决定先不画人物关系图,因为很多人物之间的关系是隐藏起来的,只有在调查过程中才能逐步清晰起来,等画图的要素显现出来,到那时候画起来就容易多了。

为了对温江等人反映的情况进行初步印证,陈成和周星决定从材料上反映出来的这些涉案单位开始走访。虽然他们有足够的心理准备,但一圈转下来却是什么收获也没有,这样的结果让陈成和周星愕然。在对海陵集团、联横律师事务所、嘉豪拍卖公司等在材料上已然出现的单位调查走访的过程中,基本就是吃闭门羹。要么见不到人,要么见到人就被敷衍搪塞几句,根本无法深入下去,工作迟迟打不开局面。

陈成虽然初战受挫,但却没有沮丧。他知道这种情况在侦查过程中相当普遍。很多涉案关系人都会因为各种各样的原因对警察采取防范心理,进而不太配合警察的调查工作。如果不找准突破口,吃准调查对象的"软肋",这样泛泛地调查下去很难有实质性的进展。

陈成静下来认真思考:既然大家都怀疑司法拍卖被操控,那么除了买卖双方之外,操控者应该还要控制组织拍卖的拍卖公司,甚至法院。现在卖方牙膏厂是报案一方,海陵集团是竞买成功一方,嘉豪拍卖公司和中级人民法院是实施者和组织者。要是单从操控拍卖的逻辑关系来查其实也不难,难的是参与其中的单位和个人都可能有重大利益在里面,从哪里突破都不容易。既然这样,那就找容易突破的环节入手,先易后难,逐步形成证据链,才能最终认定串通拍卖的违法行为。

陈成从前期的调查工作中也证实了这一点,乍一看,确实每个环节都有难度。再仔细一想,由于涉及的人物、单位众多,并不一定就是铁板一块,如果认真分析涉案人员的地位和作用,还是有机会实现突破的。想到这里,陈成决定从市中级人民法院入手。他觉得无论如何,中院毕竟是政法系统的单位,人员起码的政治站位和基本素质还是应该有的。虽然陈成自身经历了很多不公,但他打心底里对司法机构的信心还是充足的。

在现实社会中,很多年轻干部,是凭着一股子热血沸腾、初生牛犊的劲儿,怀揣着救国救民的理想主义色彩投身到政法队伍,正是有了这部分信念坚定的基层队伍,才铸就了我们党牢固的执政根基。下面我们要讲到的法官王小波正是这类人的典型代表。

王小波是市中级人民法院执行局的法官,也只有二十几岁,政法大学毕业的高才生。他读了这么多年的书,最后又受到专门的培训,对追求社会公平正义的理解比一般人深得多。这既是自身素质的养成,更是其从事职业的要求。王小波明白,法律是一门博大精深、专业程度很高的专业。国家和社会花了这么多成本来培养这么多法律专业人士,就是为了社会的公平正义得到及时有效的主张,能够给社会上那么多非法律专业人士在遇到法律问题的时候提供相应的法律帮助。

王小波从学校出来就是抱着这样的目的和理想抱负进入了法院的工作岗位,但残酷的现实也让他经常陷入苦恼和彷徨之中。有时候明明可以办到的事,被人为拖延下来;有时候明明不该办的事,却被人挖空心思办了下来。现在不是有那么一句话吗,"扯淡的事干得很专业,专业的事干得很扯淡"。这不是他想看到和经历的,但却时不时上演,使他经常有一种无能为力的感觉。学校的教育和社会现实之间的差距就是这么大,他知道自己必须学会适应,虽然这是个痛苦的过程。

王小波这天正和往常一样在办公室忙碌着,突然接到门卫通知,说有两个市公安局的同志找他。像这种业务单位的相互联络王小波早习以为常了,他没多想,直接就到门口把陈成和周星接了进来。

陈成见了王小波,开门见山说明了来意。王小波一听是为了牙膏厂土地拍卖而来,心里不由得长出了一口气,心想,总算有人来过问这件事了,他现在是压力山大啊!牙膏厂的职工到中院来上访好几回了,强烈要求取消此次拍卖。他自己也觉得拍卖过程中有很多问题,院领导也非常关注。但由于司法拍卖程序已经完结,没有新的证据和法定理由,根本就不可能取消拍卖结果。苦于法院没有侦查权,无法查清事实真相,也就答复不了职工。现在既然公安机关开始调查此事,他觉得总算是开了个好头,有机会还原事实真相了。

有了这样的思想基础,王小波和陈成的对话就没有任何障碍了,因为他们的目标一致、价值取向一致。王小波就把拍卖过程中出现的一些非正常状况和一些单位个人的反常表现向陈成和周星做了详细的介绍。

第七章 玄机重重

王小波是具体负责组织这次牙膏厂土地拍卖的江城市中级人民法院执行局法官，接手牙膏厂土地拍卖案后，他陆续按程序开展了工作。这天，他像往常一样坐在办公室认真翻阅案卷。

突然，桌上的电话铃声响了，他接听了电话，是金塘房地产开发公司董事长傅金辉打过来的。他在电话里详细描述了当天到负责组织拍卖的嘉豪公司报名参加竞拍，却被该公司工作人员无理拖延和拒绝，最终未能完成报名工作，所以恳请法院为他主持公道。

王小波是一名颇具正义感的热血青年基层法官，他明显感到傅金辉讲述的情况极不正常，里面肯定有问题。他听了傅金辉的陈述后，安慰了他几句，并且留下了傅金辉的手机号，承诺将立即着手调查此事，并会及时给他一个答复。王小波结束和傅金辉的通话后，立即找出嘉豪公司老板许浩的电话打了过去，他想问清楚嘉豪公司方面在报名工作中到底出了什么样的状况。

但是，许浩的手机平时一打就通，此时却处于关机状态。王小波反复拨打，却一直无法接通。他越发觉得情况严重，人为干扰和操控拍卖的迹象已经非常明显，需要马上向上级汇报。于是，王小波急忙来到了执行局局长关山的办公室。

关山50多岁，中等个头儿，身材微微有些发福，头发已经有些许谢顶。鼻梁上架着一副金丝眼镜，从镜片的厚度和里面的圆圈看，近视程度还不低。关山衣着得体，相貌儒雅，看上去像个学者。关山听了王小波的汇报，慎重而关切地对他说道："小王同志，我们都是法律工作者，处理任何事情都要讲究证据。你刚才说的都是一些口头陈述，是不足以采信的。更重要的是这次拍卖事关几百名职工的利益，这些没经过证实的负面消息一旦传出去，会出大乱子。牙膏厂的案子已经引发了职工到我院的多次上访，第一次调解协议在张科院长的指导下已经被撤销，现在好不容易达成第二次调解协议并走到司法拍卖环节，我不希望节外生枝，再次引发群体性事件。这样关键的时候，谁都不要再添乱了，把程序往前推，争取早日解决职工的诉求才是第一位的，你还是回去准备明天的拍卖会吧。"

关山的一番话噎得王小波半晌说不出话来，他当然不敢随便猜测领导会有什么私心，而且关山的话立意高、看得远，不但挑不出什么毛病，还真有些道理。但是傅金辉的话如果是事实，那堂堂的国家法律和执法机关岂不是被人玩弄于股掌之间！虽然领导表了态，但血气方刚的王小波心里着实咽不下这口气。他离开关山的办公室后，开始寻思怎么做才能既服从领导的意思，又保障竞拍者的合法权益。有时候，权衡这样的得失确实是一门技术活儿，甚至是艺术。

经过一番冥思苦想后，王小波决定打电话通知傅金辉，让他仍然去参加第二天的拍卖会，到时自己可以在现场要求许浩给傅金辉报上名。

王小波是这样考虑的：你许浩胆子再大，总不能当面和法院作对吧！从商业角度考虑，拍卖公司总得要和法院合作的，他应该不至于为了一点儿蝇头小利而和法院闹掰，自断财路吧！于是王小波拨通了傅金辉的电话，通知他明天直接到江城市产权交易所拍卖现场，自己会安排他补上报名并参加拍卖。

江城的五月，春光明媚，万物复苏，温暖的阳光晒得人浑身暖洋洋的。如若不是事关自身的前途命运，江城牙膏厂的职工断不会一早就聚集在江城市产权交易所门口，等待那决定工厂土地权的一声槌响，而辜负了这大好的春光。

法官王小波心里想着傅金辉参加竞拍的事，所以早早就来到了拍卖现场。傅金辉也提前赶到了，两人见了面简单沟通后，王小波就拨打了许浩的电话，许浩在电话里说马上就到，结果磨磨蹭蹭直到拍卖开始时间——早上9点都过了，才迈着小方步来到拍卖现场。

王小波赶紧过去把他叫到一边，压低声音严肃地询问许浩："昨天下午你们为什么不给金塘公司报名？"

许浩一脸无辜地看着王小波回答道："王法官，据我们工作人员讲，是因为那家公司来报名的时候已经过了报名截止时间——下午4点了啊！"

王小波看出许浩耍起了无赖，他接着质问道："据我所知，金塘公司在4点前就到了，是你们故意设置障碍不给人家报名。金塘公司当时就给我打电话反映这个情况，我想找你了解情况，你却把电话关机，你的电话在这种时候是一定要开机的，你这样做是什么意思？！你到底想干什么？！"

面对王小波一连串连珠炮似的发问，许浩表情错愕地回答道："王法官，你是司法工作者，说话要讲证据。你说我设置障碍，请问我为什么要这么做？多一个竞拍者，拍卖价格就可能更高，我公司的提成就会更高，我为什么要设置障碍不让人家参加拍卖?!另外，那些因为错过报名时间而想违反规则挤进来的人，别有用心地造谣生事，毁谤我公司的清誉不说，还会给整个拍卖秩序带来重大危害！如果引发职工不满，影响司法拍卖的顺利进行，这样的后果，恐怕王法官你承受不起吧！至于我手机关机更是无从谈起，你打不进来或许是技术上的问题，我是不可能关机的。"

王小波见许浩显然是有备而来，说出来的理由一套一套的，当着自己的面耍起了无赖，看来自己把事情看简单了。现在的状况远不是许浩怕不怕得罪法院的问题了，看样子他是铁了心不准备让金塘公司参加拍卖了。为了人民法院的权威，也为了践行法官的职责，王小波决定要将这明目张胆的违法行为压制下去，否则整个局面就会失去控制，一些人的阴谋就会得逞。于是，王小波决定把许浩带到拍卖大厅旁边的办公室进行说服教育。

进了办公室，王小波对许浩时而苦口婆心时而义正词严地进行教育规劝。但无论王小波怎么说理讲法，许浩坚持认为金塘公司报名超时，是先违反规则，因此就是不能给其补报，场面一时陷入僵持。

就在这时，一个身着灰色风衣的中年男子推门而入。他见二人仍然争执不下，便开口问道："请问法官和拍卖师先生，到底什么时候可以开始拍卖？都快10点了，这么多人耗在外面，大家都等不了了啊！"

王小波见突然闯进一个陌生人，本就心烦的他便没好气地问道："你是什么人？谁让你进来的?!"

风衣男开口答道："法官先生，我是参加竞拍的信诚财务公司负责人张然。我刚听说有人违反竞拍报名程序，超过了报名截止时间来报名，但是被嘉豪公司阻止了。我认为嘉豪公司严格依规矩办事做得对，这也维护了我们参加竞拍的其他公司的正当权益。法官先生，希望能够尽快开始进入拍卖程序。"

王小波一时弄不清这个自称张然的人的真实身份和意图,便不再发作,只得用和缓的口气说道:"请你先出去,情况复杂,等我调查清楚了再说。"

张然进一步发问道:"情况复杂?我看是有些人为了私利,在搞暗箱操作吧?!如果有人想利用职权损害我们参拍单位的利益,我们将向张科院长反映情况,不行的话我们也会到市委、市政府请愿维权的!"说完就转身离开了办公室。

王小波见来人将矛头对准了自己,而且言语中夹枪带棒,分明是对自己赤裸裸的威胁。王小波不由得怒从心起,转而厉声对许浩说道:"这样的威胁我不怕,出了任何事情我负责。今天你必须让金塘公司报名,否则由此引发的一切后果由你负责!"对许浩说不通理的王小波,迫不得已向许浩发出了强硬的指令。在王小波法官的强制指令下,许浩也被整得愁眉苦脸、焦头烂额。正在双方博弈、胜负难料的关键时刻,办公室外传来了一阵鼓噪喧哗的声音。

吵嚷中,有人在办公室外高声叫嚷:"有人违反报名规则,通过中院的内线欲强行参加竞拍,将联手压低拍卖价格,损害职工利益!"本已在拍卖大厅等候多时的职工早就不耐烦了,现在一听迟迟不开拍居然是这样的原因,顿时就像炸开了锅一样。有人高声叫骂起来,有人喊起了口号,现场一时混乱不堪。

王小波听见鼓噪声,出门一看,人群情绪激动、吵吵嚷嚷,场面全乱套了。正在他手足无措的时候,他的手机响了,他一看是执行局局长关山打来的,于是马上接听了电话。电话里,关山对王小波擅自同意金塘公司到现场参加竞拍的行为进行了严厉的批评,说一旦引发群体事件,要王小波对由此产生的后果负全部责任!电话里,关山要求王小波让拍卖会立刻开始,平息现场职工的怨气。

王小波听了关山这好一顿训斥,委屈得差点儿掉下眼泪,再扭头看见许浩在旁边一副幸灾乐祸的样子，心想决不能让这帮人的阴谋得逞，于是他回答关山道："关局，这次拍卖的种种现象极不正常，是别有用心的人在里面搞鬼。就算我们现在不能证明我们的怀疑，也不能开始拍卖。因为金塘公司的人也在现场，如果开拍，他们势必也会闹事，拍卖同样不能进行下去。我建议取消这次拍卖，延期举行。"关山听了之后，在电话里表示王小波说得有道理，因此他同意了王小波延期举行拍卖的意见。

得到关山局长的指示和支持，王小波走上了拍卖会场的主席台，他拿起话筒高声说道："请大家静一静！听我说几句！"

见有人走上主席台讲话，现场的职工慢慢停止了喧闹，王小波继续说道："我是中院执行局负责此次拍卖的法官王小波，因为今天现场出现了一些意外因素，为了确保拍卖的公平公正，我们将进行相关调查。现在我宣布，今天的拍卖中止，延期拍卖时间另行通知。"职工们不清楚到底发生了什么事，对刚才的传言也不能确定真假，出于对司法机关最基本的信任，因此对法官王小波宣布中止拍卖的决定也只好接受，大家遂议论纷纷地离开了拍卖会场。

听了王小波的一番细致入微的讲述，陈成脸色越发沉重起来。嘉豪拍卖公司在组织拍卖过程中的种种反常行为，真真切切地反映出了拍卖被人为干扰和操控的痕迹。嘉豪公司胆敢冒着得罪法院的风险都要阻止金塘公司参加拍卖，看来，背后的这只黑手能量确实不小啊！

同时，王小波还谈到了另外一家参加报名竞拍的江城达富公司的一些情况，但具体经过还是要陈成他们自己去调查核实。陈成从王小波这里掌握了非常有价值的证据，这和他们来法院之前的想法是一致的。陈成暗想，看来在我们的司法机关里正直无私、刚正不阿的人还是大有人在啊！他和周星对同样肩负使命、默默耕耘的王小波法官表示了诚挚的感谢，然后离开了中院。

第七章　玄机重重

　　根据王小波提供的线索，陈成和周星决定第二天先走访金塘公司。这家公司规模不大，也不太知名，全名叫金塘房地产开发有限公司，公司老板名叫傅金辉。在傅金辉的办公室，傅金辉在了解了陈成他们的身份并得知陈成他们的来意后，明显表现出了一些顾虑，看上去不太愿意深入交流这件事。陈成见状，就耐心细致地给他进行了相关的政策宣讲，并表达了公安机关彻查此案的决心。渐渐地，随着陈成诚恳而有温度的有效沟通和交流，傅金辉逐渐打消了顾虑。傅金辉明白，毕竟自己也算是受害者，如果不打掉土地竞拍中的这些违法乱纪的歪风邪气，自己和其他商人以后还可能会遇到类似的情况，那生意就没法做了。想明白这些道理后，傅金辉就打开了话匣子⋯⋯

　　傅金辉原来是做汽车销售的，掘到第一桶金后就转行开始做房地产开发。他在做汽车贸易的时候积累了不少人脉关系，其中和江城监狱的监狱长彭家旺因为业务往来变得熟稔。

　　江城监狱正准备给单位职工建集资房，彭家旺就找到了傅金辉，要求两家联建。这是傅金辉转行做房地产生意的第一笔业务，而且又是和有官方背景的单位合作，他自是兴奋不已。傅金辉把这个项目看成了自己在江城房地产界准备打响的第一炮，于是在和江城监狱签订好联建协议后，傅金辉就开始在江城满世界地找地。

　　恰好此时，他看见了嘉豪公司在报纸上登出的拍卖牙膏厂土地的公示。在电话咨询以后，虽然觉得拍卖公司的解答有些令人费解和担忧，但是他觉得这块地不管是面积还是位置都非常适合做商品房和江城监狱集资房的开发，建筑体量不是很大，很适合他这样的小房地产公司。至于嘉豪公司指出的那些所谓的瑕疵，他认为凭借自己在江城多年积累的人脉关系，还是有把握解决的。况且联建单位是江城监狱，背景也不可小觑，自己在开发中肯定会获得官方的支持。另外，这块土地的地理位置太难得了，值得一搏。

　　傅金辉铁了心要参加牙膏厂土地的竞拍后，他一看拍卖公示期快到了，于是就赶紧到中院缴纳了 200 万元竞拍保证金。随后抓紧准备好报名所需的各种资料，在拍卖公示期截止日下午 4 时前赶到了嘉豪公司。赶到嘉豪公司后，他一看表刚下午 2 点，还有的是时间，于是他就带上助手走进了嘉豪公司早已布置好专门用于报名的办公室。

　　进了办公室，傅金辉看见几个黑衣男子闲坐在会客的沙发上。负责报名的是一个着职业装的 20 多岁的年轻女孩儿，此刻正坐在办公桌后面埋头玩着手机。

　　傅金辉走上前去问道："小姐，请问参加牙膏厂土地拍卖是在这里报名吗？"

　　女孩儿停止了玩手机，抬头不冷不热地答了一句："是的。"

　　"哦，我是金塘房地产开发公司的，请帮我报个名。"傅金辉边自我介绍边递上了自己的名片。

　　"先生知道这块土地的问题吗？这可是有瑕疵的一块地哦，牙膏厂职工还赖着不走。土地和设备价值被他们认为低估了，以后可能要闹事的哦，你可要考虑好呀！"女孩儿接过名片，看也没看就放在了一边，回答的话也如电话咨询里一般无二。

　　傅金辉越发觉得奇怪了，为什么嘉豪公司老是强调这块土地存在这样那样的问题呢？是真有问题，还是这里面有什么文章？不管怎么样保证金都交到法院了，这名一定得先报上。于是傅金辉说道："我知道你们说的瑕疵了，没有关系，我既然决定参加竞拍，就会有办法解决这些问题的，麻烦你还是快把名给我报上吧！"

　　"先生，是这样，我们公司有义务把拍卖物的瑕疵告知来报名的人，以免以后出现纠纷。我看你还是回去给你们领导汇报一下再报名吧。"女孩儿仍然没有给傅金辉报名的意思。

嘿！想不到这小妮子这么拧！这下傅金辉有点儿急了，他不由得加重了语气："你看看我的名片，我就是金塘公司的法人代表兼董事长，不用给谁汇报！我已经到法院缴纳了200万元保证金，你就不要耽误时间了，马上给我报名吧！"说完，傅金辉从公文包里掏出了中院开给他的保证金收据，准备交给女孩儿。

　　由于傅金辉情绪开始激动，办公室的气氛一下子变得有些紧张。这时，几个坐在沙发上的黑衣人站了起来，其中一个30多岁、身材高大的男子走到傅金辉身边，他把手里的黑色公文包往办公桌上稍微用力一放，里面顿时传出来金属撞击发出的尖锐刺耳的声音。他对傅金辉说道："你很有钱是吧？但是好像你脑子不太好使，看不清楚形势是吧？我劝你走吧，再在里面掺和，小心以后赚了钱无福消受！"

　　傅金辉定睛一看，此人身材高大，平头方脸，面露杀气，不由得心里一惊！心想怪不得女孩儿不给自己报名，看来一定和这群人有关。刚才自己进来的时候就觉得这几个人看上去不对劲，像是黑道人物。再瞅瞅办公桌上的黑色公文包，刚才听那声音，估摸着里面八成搁的是刀具之类的吧。

　　傅金辉顿时感到情况不妙，看来这次拍卖很有可能被人为操控了。现在和这帮人硬顶起来自己肯定要吃大亏，不如先脱身再作打算。

　　傅金辉深吸了口气，努力使自己镇静下来，然后他开口说道："我是正常来按照法律规定履行报名手续的，嘉豪公司没有理由不给我报名。你们刚才说的话我也听明白了，但是怎么处理我要回去和公司的联建单位商议后再定。另外，我要告诉你，江城监狱是我们的联建单位，你们也好生掂量一下吧！"

　　男子"呵呵"讪笑了一声，说道："好啊，你回去好好商量商量吧！另外，我就在江城监狱里待过五年，这块牌子挺大挺好使！"傅金辉见状遂带着一肚子怨气转身走出了办公室。

离开嘉豪公司后,傅金辉觉得事态严重。他想这帮人肯定是故意在这里阻挠报名工作的,而且很有可能有黑道背景,现在单靠自己是没办法完成报名工作了,必须借助江城监狱方面的力量,请他们派人来维护秩序,协助自己完成报名工作。傅金辉心想,这些黑道人物总不可能明目张胆到连警察都不怕吧!时间不早了,事不宜迟,得赶快叫江城监狱派人过来。

"丁零零……"一阵急促的电话铃声响起,正在办公室处理公务的江城监狱监狱长彭家旺接听了电话。电话正是傅金辉打来的,彭家旺听了傅金辉在电话里陈述的报名经过,禁不住勃然大怒,他立刻叫来两名监狱民警,命令他们穿上警服,立即赶到嘉豪公司报名现场协助金塘公司报名。彭家旺要求他们必须做到两点:第一,保证傅金辉的人身安全;第二,保证傅金辉不受干扰地完成报名工作。两名警员得到命令后,火速着装整齐赶往了嘉豪公司。

望眼欲穿的傅金辉终于盼来了救兵,他一看时间已经是下午3点半了,报名截止时间4点马上就要到了,他赶紧带着两名监狱民警奔向了报名点。

来到嘉豪公司报名办公室,傅金辉一把推开虚掩的房门,出乎他的意料,刚才那几个黑衣人已经不在办公室。满腹狐疑的他径直走向负责报名的女孩儿处,再次提出报名要求,却见这女孩儿起身说道:"对不起,我要去趟洗手间。"

傅金辉看看手表,经过一番折腾,还差20分钟就到4点了,他对女孩儿说道:"你能不能帮我把报名手续完成了再去洗手间?时间已经快到4点了!"

"人有三急。你急,我更急。对不起,先生,请让一让。"女孩儿说完自顾自地走出了办公室。

傅金辉无可奈何地摇摇头,叹了口气,跌坐在了沙发上。想象中的对抗因为黑衣人的离开并没有发生,没料到女孩儿又借故离开，报个名都大费周章，简直让人匪夷所思。两名监狱民警也面面相觑，无可奈何地呆坐一边。

时间一分一秒地过去，傅金辉心情也越来越焦急，女孩儿却一直没回来，直到4点过10分，也就是女孩儿离开半个小时后，她才姗姗而回。傅金辉赶紧起身，要求她尽快履行报名手续，可是，女孩儿却不慌不忙地说道："对不起，先生，已经过了4点钟，按照规定，我不能给你报名了。"

傅金辉瞬间明白又上当了，女孩儿上洗手间，分明是使用的缓兵之计，拖过了4点就可以名正言顺地停止办理报名手续了。傅金辉厉声抗议道："你们这样做是违法的，这种受到阻挠和干扰的报名程序是无效的，我要去投诉你们！"

"那是你的权利，我只是正常履行我的工作职责。"女孩儿不紧不慢地回答道。

面对这样难以置信的局面和结果，傅金辉脸上露出极度失望和颓然不堪的复杂表情。

傅金辉知道和面前的这个普通工作人员已经无法理论出什么名堂，他看明白了，这次拍卖背后可谓玄机重重，目前唯一的办法就是给中院负责组织这次拍卖的法官打电话求助了。他强压怒火，只好请两位监狱民警先行回去，然后回到自己的轿车上，从公文包里翻出报纸上剪下的拍卖公示，找到上面标注的中院执行局的监督电话拨了过去。

讲到这里，傅金辉暂时停顿了下来，脸色沉重，完全沉浸在了那不堪回首的一幕幕往事中。

接听傅金辉电话的正是法官王小波，接下来傅金辉的讲述和昨天王小波的描述得到了相互补充和印证。

傅金辉参加报名竞拍的遭遇可谓一波三折，正是这曲折离奇的情节，凸显出了其中暗含违法犯罪行为的可能性。面对正沉浸在回忆中的傅金辉，陈成关切地问道："那第一次拍卖取消后，为什么你不参加不久后中院组织的第二次拍卖呢?"

傅金辉苦笑着,摇了摇头,唏嘘道:"这里面情况太复杂了,连中院的法官都控制不了局面,我一个小生意人能怎么样?第一次拍卖流拍之后,我就接到了不明身份的人的电话,明目张胆地在电话里威胁我不要参加第二次拍卖,否则要我好看。生意做成这个样子,对我来说还有什么意义?所以,我只能选择放弃。"

见傅金辉一副垂头丧气的样子,陈成不禁问道:"那江城监狱的意见呢?也放弃了?"

傅金辉见陈成问到江城监狱,不由得揶揄道:"我原先也是指望着他们呢!结果他们后来反倒劝我不要再参拍了,让我另外找地儿。唉,官家都这样,我能怎么办?"

离开金塘公司,陈成和周星一路沉默不语。面对王小波、傅金辉等人遭遇的种种不公,两人心情沉重。这样公然对司法拍卖秩序的干扰,既是对遵纪守法的善意相对人的沉重打击,更是对法治的猖狂挑衅。如果这样的负面信息和情绪在社会上蔓延开来,那将对整个社会的信任体系造成巨大的冲击和伤害,后果的严重程度不堪设想。沉默的背后,陈成和周星心底里却更加坚定了揪出幕后黑手、维护社会公平正义的决心。

回到队里,陈成和周星对收集到的情况进行了分析:在王小波法官的讲述里,出现了一个参加竞拍并且表现极不正常的信诚财务公司的负责人张然。作为一家财务公司,它并不具备房地产开发的资质,为什么要积极参加此次司法拍卖呢?很显然,它要么是竞拍成功后将项目转给其他有资质的公司,要么是配合另一家参加竞拍的海陵集团演戏,最终让海陵集团顺利拿到土地。第一种可能性不大,因为这样大费周章的项目转手要受到很多条件限制,而第二种可能性就很大了,从现场两家公司竞拍的表现就可以看出其中的默契。100万元的竞价不接,直到滑至10万元一次的竞价,才象征性地互相举了一次牌就完成了竞拍,而且最终土地由海陵集团所得。信诚财务公司、海陵集团和嘉豪拍卖公司在拍卖现场的表演演技爆棚，堪称完美。但是，目前还缺乏证明这几家公司进行恶意串通的直接证据，究竟是什么人、哪家单位在背后导演的这出好戏，还有待艰苦的查证。

傅金辉对案情的回忆给了陈成和周星重要的帮助，特别是他提到了江城监狱。陈成有了对中院王小波法官的顺利取证，极大地增强了他对司法机关的信心。看来，虽然社会在经济浪潮中暗流涌动、泥沙俱下，司法机关也不可避免地受到了很大的影响，但不可否认的是，依然起到了一个正常社会中流砥柱的基石作用。陈成觉得现在他不是一个人在战斗，的确是这样，总有那么一批人是有良知的，是分得清是非曲直、善恶美丑的。中国社会之所以总体是趋好的和进步的，也正是因为有这样一大批人的存在。

如果江城监狱能进一步证实拍卖程序被人为干扰，就能对认定串通拍卖的证据链条起到重要的补充和完善的作用。陈成认为操控拍卖的黑手胆子再大、能量再高，估计也伸不到江城监狱吧。

正像陈成和周星预想的那样，江城监狱监狱长彭家旺热情地接待了他们，毕竟天下警察是一家，加之他们互相之间还有很多共同认识的朋友，大家相谈甚欢，气氛融洽。寒暄一阵之后，陈成说明了来意。

彭家旺心里对未能参加牙膏厂土地拍卖本就憋着一肚子气，对这次被踢出竞拍窝着一肚子火。以前鉴于情况复杂且无人过问而无处宣泄，这次陈成和周星的到来，宣示着公安机关正式启动了侦查程序，正好给自己提供了一个陈述真实情况的机会。

彭家旺就从如何认识傅金辉开始讲起，到准备和金塘公司联建集资房，却遭遇人为干预无法参加竞拍的情况如实告诉了陈成。他找来了当时陪傅金辉到嘉豪拍卖公司报名的两名警官出具了证词，情况与傅金辉的讲述一致。

当陈成问到为什么江城监狱不继续和金塘公司参加后来中院

组织的第二次拍卖的时候，彭家旺却出现了为难的表情，仿佛有什么东西哽在喉咙里欲言又止。犹豫了一阵后，彭家旺说是金塘公司傅金辉不愿继续参加，所以不得不放弃。这个说法和傅金辉的说法恰恰相反。当然，陈成相比之下，他更愿意相信傅金辉的说法。因为，从商业和官场逻辑上讲，只有官家放弃，社会单位才会放弃，毕竟世上只有藤缠树，哪有树绕藤之理。这些中国社会的基本逻辑陈成当然是比谁都明白的。敏锐的陈成观察到了彭家旺情绪上的波动，似乎确有难言之隐。鉴于彭家旺的敏感身份，并考虑到应该给他更多思考的时间，陈成就不再继续追问，与周星道谢后起身告辞。

从彭家旺的表现来看，似乎不像去之前想得那么简单。彭家旺本人应该对此次司法拍卖有正确的认识和解读，但也表现出了顾虑。能让一位堂堂的监狱长顾虑的到底是什么呢？这越发增加了陈成对案件复杂性的担忧。

为了加速还原事实真相，陈成和周星马不停蹄，第二天就造访了王小波提到的另一家曾经报名竞拍而最终放弃的江城达富公司了解情况。

这家公司全名叫江城达富有限责任公司，公司背景深厚，论经济实力，在江城可谓无人可望其项背。达富公司直接归江城市国资委管，是国有独资企业，它手里握有上万亩土地，是江城市政府专门用于收集并储备闲散和破产清算的土地资源，然后进行商业开发的机构。这家公司的高级管理人员之前都是政府公务员，公司成立后，才从各机关调入公司，身份也就从公务员变成了国有企业职工。其实换汤不换药，都是吃皇粮的"国家队"。

虽然工作单位对外的称呼变了，但是这些原来政府的大大小小官员的行事做派依然没有改变。依托政府财政支持的深厚财力和拥有掌握各种资源配置及整合能力的宏大背景，他们在各种商务合作和商务谈判中表现得财大气粗、盛气凌人，只要是他们看

第七章 玄机重重

中的资产或项目，就没有拿不到手的。当然，他们经手的项目都非常巨大，商务对手也都是些国有或民营的商贾巨头。

出于对达富公司实力的了解，陈成对这家巨无霸公司居然也没能参加到牙膏厂土地竞拍感到十分疑惑，脑海里装着一大堆问题的陈成决定找达富公司董事长袁容峰了解情况。

这一天，志得意满的袁容峰正斜靠在他办公室宽大的老板椅上，优哉游哉地品着别人送给他的高档普洱茶。他听别人说普洱茶能减肥，于是就好上了这口，他估摸着这茶水既让自己享受了茶叶的茗香，又能减减他那因终日吃喝应酬而过度发福的四尺粗的水桶腰，呵呵，挺好。

坐在自己装饰豪华的董事长办公室里，袁容峰可谓思绪联翩。想到自己自打从政府机关一名碌碌终日、无所事事的普通处级干部被调到达富公司以来，可谓歪打正着，获得了意外之喜。随着达富公司不断发展壮大，不断领受新的政策性使命，达富公司逐渐成为江城炙手可热的、实际上最大最有实力的公司。自己的社会地位当然也就水涨船高，顺理成章地成为江城商界的明星级人物。想到先前自己还有点儿不愿意，觉得到达富公司来是耽误了自己在机关里面晋升的前程，结果到了达富公司才感受到市场经济的别样精彩。背靠着政府这棵大树，原来做的吃苦受累、艰苦履职的准备，在实际工作中根本就用不着，而公司业绩却尽如人愿地节节攀升。

当办公室工作人员通知袁容峰有公安人员要找他了解情况时，他本想借故推托，但转念一想，自己虽然不愿意和政法部门的人打交道，不过这次来的人手续齐全，应该多半是公事。都是国字号单位的，还真不好硬推，今日不见改日还是得见，麻烦是麻烦，见还是得见呀！想罢，袁容峰还是让办公室工作人员把陈成和周星领进了他的办公室。

以袁容峰的职位对应的行政级别，应该是在职的正处级。他看了陈成递过来的介绍信,见他只是一个主任科员。长期混迹官场的他就打心眼里没看得起陈成,于是他的官威习惯性地就摆出来了。

袁容峰让陈成他们落座后,不紧不慢地问道:"请问今天来找我有什么贵干啊,小陈同志?"

陈成轻轻笑了笑,答道:"当然有事才来打扰你袁董事长,你这样的领导领导这么大的公司肯定公务繁忙,没事谁敢来叨扰啊?呵呵。"

"那你们有什么事就快说吧!"袁容峰听出了陈成话里有话,他没耐心和陈成磨叽。

陈成见袁容峰有点儿急了,也收起了笑容,不再客套,开始切入正题:"袁董事长,今天我们来是想了解达富公司参加江城牙膏厂土地拍卖的情况。听说当初你们是准备参加竞拍,并且已经向法院交了保证金,但是后来不知道什么原因又放弃了。我们正在调查这次司法拍卖中发现的问题,所以今天来想请你给我们介绍一下当时你们参加竞拍的过程以及后来退出的原因。"

袁容峰一听是牙膏厂土地竞拍的事,脑袋里不由得"嗡"一下,头皮一阵发麻。他心想,这件事可算是他职业生涯里迄今为止遭遇的唯一一次滑铁卢啊!他在江城市拿项目从来没有失过手,偏偏这件事让一个信诚财务公司叫什么张然的人给搅黄了。现在警察上门来调查这件事,本来他可以将事情原原本本地讲出来,可他转念一想,万一警察制不住搅局的人,到时对方来找他麻烦怎么办?而且整件事情的经过传出去也好说不好听啊!堂堂一个大型国有企业居然被一个私营的财务公司玩弄于股掌之间,到时自己这张脸往哪儿搁啊?不成,自己现在可不是以前只拿干工资的穷棒子,犯不着去蹚这浑水。

想到这里,袁容峰定了定神,稍微坐正了身子,语气和缓地对陈成说道:"哦,你们是为这件事来的啊!这事我知道,我们先是决定参加的,后来因为还有其他更好的项目,我们通过集体讨论决定放弃了。没有其他什么原因啊,这样的事情在我们这个行业太正常不过了,没什么好大惊小怪的。"

陈成看得出袁容峰没有说实话,从这段时间的工作来看,有人为了达到操控整个拍卖的目的做了大量的工作,他们不可能漏掉,也无法回避江城市的巨无霸达富公司。达富公司当然也不可能轻易放弃牙膏厂这么好的地段的土地。

对袁容峰这套轻描淡写的说辞,陈成早就有所预料,他顺着袁容峰的话往下说道:"袁董事长,参加拍卖和放弃拍卖确实都是很正常的事,但达富公司是一家正规的大型国有企业,像这样正常的公司业务,起码应该有正规的流程吧?参加有参加的理由,放弃有放弃的原因。但不管是因为什么,都应该符合相关的规定。如果不是规定里面的法定理由,随随便便就放弃,怕是说不过去吧?到时谁作出的决定谁就要承担相应的责任,这方面袁董事长应该比我更懂吧?"

袁容峰本想糊弄一下陈成,让他碰个软钉子就让这件事过去了,没想到这个陈成看样子是铁了心要刨根问底。不过眼前这个警察说得倒是有些道理,如果他一直查下去,张然在达富公司的作为都得查出来,到时上面要是认为自己是因为受到张然的威胁而放弃竞拍,那自己可能真有麻烦了!毕竟这不是放弃竞拍的正当理由。到时自己不但要承担经营管理上的责任,还要承担对违法行为知情不报的责任,那自己的前途可就要完蛋了!得,都到这份儿上了,袁容峰心里反复掂量了一下事情的轻重,感到与其让警察查出来,还不如自己先说出来。

袁容峰本着不关己事、早了早好的出发点,还原了他经历的那一幕幕不堪回首的场景。

达富公司也是从报纸上的竞拍通告知道了牙膏厂土地拍卖一事。经过达富公司高层集体对牙膏厂土地状况的研究,该公司决定参加这次竞拍。

　　对在江城商界呼风唤雨的达富公司来说本来什么都不是问题，他们做任何项目看重的只是项目本身的商业价值，只要认定了这样的商业价值，他们就不会去理会其他因素。因为达富公司知道，在江城，还从没有战胜不了的商业对手。

　　这天，袁容峰正一如既往地品着他的普洱茶，秘书推门进来说有人因业务上的问题求见。袁容峰见有工作，遂放下茶杯，欠了欠身，说道："让他进来吧。"

　　来者何人？正是探得达富公司要参加拍卖的信诚财务公司的董事长兼法人代表张然。张然进了袁容峰的办公室，看见他正端坐在老板椅上，大步走了过去，边走边打招呼："袁董事长是吧？你好，你好！"

　　袁容峰定睛看了看来人，见此人中等身材，面容清癯，30多岁年纪，走路带风，显得瘦而精干。袁容峰不认识此人，不过处于袁容峰这个位置，经常有不认识的人登门拜访，不外乎就是谈商务上的那些事，他也见惯不怪了。

　　袁容峰只是点了点头，并未起身，随口道："你好，先请坐。"作为官员出身的袁容峰，依然保持着那份自命清高的矜持。

　　张然自然是见惯了这类自命不凡的主儿，他微笑着在办公室的客座上落座。

　　"请问，你找我有什么事？"待张然坐定，袁容峰发话了。

　　"哦，是这样，明人不做暗事，有财一起发。我是信诚财务公司董事长张然。"张然边说边掏出名片递给了袁容峰。

　　袁容峰接过名片看了起来，边看边想，没听说过这家什么信诚财务公司啊！找我能有什么事呢？且听他说说吧。看着袁容峰瞄着名片，一副淡心无肠的样子，张然顿了顿，继续说道："我们公司准备参加竞拍江城牙膏厂在产权交易所挂牌的那块土地，当然，我们知道你们也报了名准备参加竞拍。你们达富公司是江城赫赫有名的大公司，我们没有能力和贵公司竞争。但牙膏厂这块地我们志在必得，我的意思是为了确保我们公司竞拍成功，希望你们公司退出此次拍卖。"

袁容峰蓦然听到张然最后讲出这样的话，简直匪夷所思。袁容峰有些不敢相信自己的耳朵，他抬起头，用诧异的眼神盯着张然，觉得眼前这个人是不是在开玩笑。袁容峰从未经历过这样的事情，感觉又好气又好笑，简直不可理喻。

"噢……呵呵！这样赤裸裸的威胁我倒是第一次听到，你知不知道你在说什么？我堂堂一个国有企业的董事长为什么要听你的安排呢？"袁容峰怒极反笑道。

看了袁容峰不怒反笑的表情，张然依然不动声色回答道："好，那我来告诉你为什么。第一，我们信诚公司对这块地势在必得，如果你们出面竞拍，那地价会持续飙升，最后大家都没钱赚；第二，牙膏厂的职工全是刺头，如果你们竞拍成功，他们知道你们的官方背景，一定会向你们索取更多的补偿；第三，我私人已经为海陵集团竞拍这块土地成功先垫付了上千万的资金，所以如果海陵集团拿不到这块地，我将和拿到这块地的人奉陪到底，或者玉石俱焚。这样的理由够充分吧？！"

袁容峰听了张然一番既陈情说理又暗含杀气的话，从内容到语气，都感觉这个人不是在开玩笑。虽然听上去语气平和，但实际在气势上咄咄逼人，来者不善。他渐渐收起了脸上的笑容，开始仔细思考张然说的每一句话。眼前这个人说的话虽然很不中听，但是观点表达得很鲜明，袁容峰认为张然说的前面两点对达富公司来说倒不是什么难事，关键是第三点。如果此人真为此项目付出这么多的资金，恐怕已经处于疯狂状态，一旦竞拍失败，那倒真有可能采取极端的行为。反观达富公司并不差这一个项目，若为了公家的事搭上自己的人身安全，那就真是得不偿失了。但是，一个堂堂的国有公司，被人这样强逼退出，恐被世人耻笑。况且此人说的是否真实以及此人的背景自己都还不知道，匆忙下任何结论都是不妥当的，不如先把他打发走，等了解清楚情况再说。

笃定之后，袁容峰对张然说道："我明白你的意思了，请张先生先回，等我公司研究后再作答复。"

"好，我静候佳音。"说罢，张然起身告辞。

张然走后，袁容峰陷入了沉思，如果此人所说属实，自己实在没必要去蹚这浑水。但是再怎么说达富公司也是一个正规的国有企业啊，项目上与不上确实都得有个正规的程序才行，不是自己一个人说了算的。那就不用藏着掖着了，干脆把这些信息提到公司决策层的会议上去，让大家都周知，然后再决定怎么应对，也免得自己以后背黑锅。思前想后、左右为难的袁容峰决定召开公司高层领导班子会议来研究对策。

翌日，袁容峰就召集了公司所有的高管人员在公司会议室开会，研究参加牙膏厂土地拍卖的事。会议开始后，袁容峰就介绍了昨天信诚财务公司张然来找他的情况，希望大家共同研判如何应对。高管们在原单位四平八稳惯了，哪里听说过有通过这样赤裸裸的威胁和要挟来争夺项目的，禁不住立马开始议论纷纷。就在这时，会议室的门突然被人推开了，走进来了一个人，袁容峰朝来人一看，不由得心里"咯噔"一下子，原来进来的正是昨天登门造访的信诚公司董事长张然。

正当众人对这位不速之客的突然造访深感诧异的时候，张然向在座的众人深鞠了一躬，然后开口说道："大家好，我叫张然，是信诚财务公司董事长。牙膏厂土地这个项目我们公司已经花费了巨额的前期费用，因此对这块土地的所有权，我们是志在必得。我们是小公司，要靠这个项目吃饭，如果拿不到牙膏厂的这块地，我手下几十个员工就要喝西北风了，如果他们没饭吃的话，可能就只有向贵公司要饭吃了。到时候有些人到贵公司闹事，我是控制不住的。你们都是机关出来的人，知道维护社会稳定的重要性。

如果再牵扯出其他什么群体出来添乱，这样的结果怕是各位国企大佬都承受不起的吧！我知道贵公司的实力，我们公司是没有能力和贵公司竞争的。所以，唯一的解决办法就是请贵公司退出此次拍卖。"

张然基本上重复了昨天给袁容峰谈的观点，只是从他嘴里讲出来比袁容峰的叙述来得更直观、更具冲击力。不过，这番话确实打中了袁容峰这帮人的要害。这些人和商贾巨头打交道倒是行家里手，因为那玩的都是富人游戏，谁亏谁赚都无伤大雅。可要是谁为一些小项目不慎弄出个群体性事件来，那不管谁对谁错，上面的板子可是要先打下来的，"稳定压倒一切"可是上面给所有"国家队"上的紧箍咒啊！

今天与会的这些人或多或少都接触过群体性事件，都曾被搞得头痛不已，既然这个项目里面背景这么复杂，那一旦介入，麻烦肯定会接踵而至。到时上面责怪下来，先不说追究其他什么责任问题，就是为了平息事态，把自己调离现在的岗位，那也太不划算了。

众人听了张然的一番高谈阔论，结合自身利害关系，心里早萎了大半，会议室一时鸦雀无声。半响，大家慢慢地都把眼光投向了袁容峰。袁容峰此刻的心情也是异常复杂，如果在这么多人面前向张然妥协，那确实是一件非常丢面子的事。但是如果作出强硬的表态，得罪了这尊瘟神，就等于把矛盾全集中到自己身上了，那日后哪还有自己的安生日子过！不过，自从上次见了张然之后，本就已经打定主意不去蹚这浑水，召集这个会议的目的就是让大家共同作出退出的决定，但是自己确实又不方便首先表态。今天张然这个看似莽撞之举，却让大家切切实实地明白和感受到了这个态势，自己倒正好可以借坡下驴。

于是，袁容峰打破了会议室的沉默，他对张然说道："张先生，我们正在开会研究参加牙膏厂土地拍卖的事。你刚才说的意见我们都听清楚了,请你先回去,我们研究之后再说好吗?"

张然说完自己要表达的意思,听袁容峰这么一说,随后就退出了会议室。

张然离开后,达富公司的高管们马上议论纷纷。虽然大家都觉得就这样放弃太过窝囊,但最后基于明哲保身的共同出发点,这些高管们很快就达成了共识,那就是退出牙膏厂土地的竞拍。袁容峰听了大家的观点,不由得暗自松了口气,看来没有人要在这件事情上充"英雄",这样的结果当然暗合了自己的心意。袁容峰遂马上让秘书综合大家的意见,形成了会议纪要,自此决定退出此次竞拍。

第八章 节外生枝

听到这样戏剧化的结尾，一阵莫名的悲哀袭上了陈成心头。陈、周二人离开达富公司后，免不了又是一番感叹。

在回队里的路上，周星一边开车一边对坐在副驾驶位的陈成说道："成哥，我看这里面频繁出现的张然不简单啊，是否可以认为张然和信诚财务公司就是整个串通拍卖的幕后操盘手呢？"

陈成想了想，把看向车窗外的视线收回来，对周星说道："从现在掌握的情况看，拍卖的确是被人为干扰并操控了。目前浮出水面的关键人物是这个信诚财务公司的张然，但是，往往出头露面的不一定就是始作俑者。作为一个财务公司，明显不具备做房地产项目的资质，而最终土地是被海陵集团竞拍成功，充分说明信诚公司参加竞拍不是目的，配合海陵集团顺利拿到土地才是目的，不然，他费这么大的力气和这么高的成本介入此事是没有任何意义的。因此，目前断言张然就是幕后操盘手还为时尚早。"

周星点了点头，他若有所思地问道："现在看来，张然的确是个关键人物，我们现在有没有必要直接接触张然？如果接触张然会不会打草惊蛇？"

"当然会打草惊蛇。虽然我们已经开始接触相关涉案单位和人员，会有信息被透露给潜在的对手，但对手还不一定明确知道我们调查的进展和意图。鉴于司法拍卖程序已经完成，对手不认为这样的结果会被轻易推翻，可能认为我们只是泛泛地查一查，走走形式而已，推翻司法拍卖的结果是不可能的。鉴于目前还有很多法律关系和相关证据没查清楚，所以，我认为目前还是不要直接接触张然。工作重点仍然是继续开展外围调查工作，尽量搜集足够的证据，厘清所有涉案的法律关系，形成完整和系统的案件逻辑构架，最后再寻找合适的时机采取行动，将真正的幕后黑手揪出来一网打尽。"陈成给周星阐明了下一步工作的方向，周星点了点头，警车向刑警大队的方向疾驰而去。

回到队里的陈成和周星经过分析发现，法院和拍卖公司方面的情况在王小波、傅金辉等人的支持下已经摸出相对清晰的轮廓，人为干扰拍卖的行迹已经可以认定。但是，竞拍人之间相互串通的证据却处于缺失状态。如何查证海陵集团和信诚财务公司之间串通竞拍的行为是当务之急。由于这些涉案单位和个人看起来仍是铁板一块，没有足够的证据很难让他们开口，工作一时陷入了僵局。

正在陈成和周星苦思推进调查工作良策的时候，这天，陈成收到一封来自香港的信件，寄信人正是香港千达通公司董事长孙杰。孙杰寄来的是一份由海陵集团、香港千达通公司、东腾公司三方签署的一份协议和一份备忘录。

孙杰寄来的三方协议的大致内容是：香港千达通公司和东腾公司全力配合海陵集团拿到牙膏厂土地。如果拍卖价高于3500万元，海陵集团就退出竞拍；如果拍卖价控制在3500万元以内，扣除土地由工业用地转为商业用地的固有成本 3000 万元左右，则海陵集团就会再付 3000 万元的佣金，而这 3000 万元将由东腾公司和香港千达通公司平分。也就是说，拿地总成本控制在 9500 万元之内。

而那份三方备忘录约定的大致内容是：在三方协议的基础上，海陵集团、东腾公司、香港千达通公司三方再签订一个备忘录。写明聘请联横律师事务所做牙膏厂和法院工作，协助海陵集团拿到土地，一旦海陵集团如约拿到土地，扣除支付给联横律师事务所的 500 万元律师费后即向东腾公司和香港千达通公司支付备忘录中约定的各一半的款项。

陈成仔细看了这两份材料的内容后，慢慢舒展开了紧皱的眉头，不由得精神为之一振，这两份材料的内容清楚地表明了各方在此次拍卖中的价值取向和各自的地位和作用。海陵集团、东腾公司、香港千达通公司之间签订的三方协议看上去倒还正常，香港千达通公司为了自身的利益，出面寻找买家，初衷倒没什么大问题；海陵集团作为潜在的买家签订这样符合条件的合作协议还合情理。这个东腾公司看上去很眼熟，好像是李月寒原来所在的那家房地产公司！这家公司怎么会参与进来呢？陈成一时无解。但是这三家公司签订的这份三方备忘录却暴露出一个旁人不容易察觉的问题，就是共同约定了联横律师事务所在其中的权利和义务。

经过前期的调查工作，陈成已经知道了联横律所是牙膏厂从诉讼到拍卖全程的代理方。但现在从三方备忘录的内容来看，它又代表了诉讼阶段另一方诉讼方香港千达通公司的利益诉求。在拍卖阶段，该所作为卖方牙膏厂的代理方，又同时代表了买方海陵集团的利益，这是明显违法的双方代理行为。从这两份材料看上去，不管是香港千达通公司、联横律所，还是东腾公司，都是在为海陵集团得到牙膏厂的土地而服务啊！前面参加竞拍的信诚财务公司、组织拍卖的嘉豪拍卖公司，显然也都是在为海陵集团竞拍牙膏厂土地站场。那究竟是谁在组织这一场千头万绪、错综复杂的大戏呢？陈成显然更加觉得这是他从警以来面临的最为复杂的案件。现在孙杰寄来的材料，虽然没有附加只言片语的情况说明，但在精明的陈成眼里，却找到了可能撕开全案突破口的重大机会。

　　孙杰的来信，为陷入僵局的侦查工作带来了新的希望。三方协议目前还看不出来什么问题，三方备忘录却将联横律师事务所的作用凸显了出来。陈成综合全案，发现联横律所已经涉嫌双方代理，如果能从联横律所身上突破开来，就有可能拔出萝卜带出泥，进而取得进一步的突破。结合之前掌握的一些联横律所在全案过程中的反常表现，陈成决定试着从联横律所展开调查。

　　但是同时问题又来了，律师事务所都是一些法律专业人士，和他们打交道难度更大。如何能让他们配合自己的工作呢？陈成不得不做好更为充分的准备。还好，目前手里有海陵集团、香港千达通公司、东腾公司的三方备忘录，以及联横律所与牙膏厂的代理合同等证据。结合前期牙膏厂职工等反映出的一些情况，在现在收到的三方协议和备忘录的佐证下，对联横律师事务所在全案中的地位和作用有了更深入的解读。手里掌握的证据足以证明联横律所涉嫌在民事活动中有双方代理的行为，这是违反律师法相关规定的。随后，陈成又调取了联横律所银行账户的走款信息，确认其收到从东腾公司转过去的500万元律师费，这进一步证明了备忘录的内容。

　　陈成考虑到突破联横律所的重要性，并且由于现在调查工作慢慢地已经开始向案件的深水区靠近了，有必要协调更多的资源参与进来，多管齐下，确保案件侦查工作顺利推进。所以，如果能请律师事务所的主管部门市司法局出面，既能确保取证工作的顺利开展，也可以提前让他们熟悉和掌握案件情况，以便日后对相关涉案单位作出相应处理。

陈成和周星择日来到市司法局，见到主管律师协会的负责同志后，就将牙膏厂土地拍卖案的由来以及联横律师事务所在案件中的表现做了详细的介绍。司法局的同志听后，觉得陈成反映的情况架构清楚、证据充分。如果双方代理经查证属实，确是近年来少有的类似案件。整个案件涉及几百名职工的利益，处理不好确实有酿成群体性事件的风险。另外，涉及双方代理的金额达到500万元，金额巨大，故而引起了他们的高度重视。在经过一番汇报请示后，司法局立即安排人员协助陈成等前往联横律师事务所开展调查工作。

在联横律所，面对陈成等人的质询，联横律所主任钱江海竭力进行辩解。他声称，联横律所只是代理牙膏厂的利益，并不存在代理香港千达通公司和海陵集团利益的问题，根本就不构成双方代理。面对钱江海的狡辩，陈成有备而来。他出示了海陵集团、香港千达通公司、东腾公司的三方备忘录，告诉钱江海，这份协议上清楚地写明了拍卖成功后将支付500万元律师费给联横律所的约定。

钱江海不愧是法律专业人士，虽然他没料到有这样一份协议，还落在了公安机关手里，但是他反应倒是很快，他高声说道："这份协议我根本就不知道。我和备忘录上的单位之间没有任何法律关系。按照法律规定，任何协议不能给第三方约定权利或创设义务，这份协议即便是真的存在，也是无效的！纯属废纸一张！"

陈成知道钱江海不会轻易就范，他不慌不忙地接着说道："它们确实不能给你约定权利和创设义务，但是如果你履行了这些权利和义务就另当别论了。我提醒你一下，你带海陵集团派驻江城市的负责人童景天参加牙膏厂与香港千达通公司的调解会你忘啦？香港千达通公司通过备忘录表示愿意将土地卖给海陵集团，说明他们的利益取向是一致的。你作为被告牙膏厂的代理人，却带着原告香港千达通集团的利益相关方海陵集团的负责人参加牙膏厂与原告香港千达通公司的调解会，说明了什么？不正说明你已然承认三方备忘录里面确定的价值取向的一致性吗？不正说明你代表着原被告双方的利益吗？还有，拍卖完成后，不是已经按照三方备忘录的约定将500万元律师费付到你所的账上了吗？充分说明你是已经履行了三方备忘录给你创设的权利和义务啊！这些事你怎么解释？你既然是主任级别的高级律师，应该比我更懂得这些行为的利害关系吧？！"

陈成这一番话，真是句句戳心，字字如锤，说得钱江海额头上慢慢渗出了一层细细的汗珠。想不到啊，事情怎会搞得这么复杂，我当时为什么要带童景天去参加这个破调解会啊！不就是他小子不放心我是否搞定汤安然，非要跟着去看个究竟吗？这下好了，落下这么大个把柄被人抓住了！这些会议都是有会议记录的，与会的人都要签名，警方肯定已经调取了这些证据。唉，我也是太大意了啊！钱江海心里这时翻江倒海一样。他以一个真正专业的法律人士暗自审视自己的行为和对方掌握的证据之后，不得不做出结论，这个双方代理是真构成犯罪了啊！得，还能怎么样啊，这还扛得下去吗？！旁边市司法局的同志也望着陈成不住地频频点头。见到主管部门的人是这个态度，钱江海心里暗暗叫苦，紧张万分。

正在钱江海焦头烂额的时候，他的秘书匆匆跑了进来。不顾有外人在场，秘书神色紧张地对钱江海说道："不好了，钱主任！出纳郑婷突然离职了，但她借走所里用于装修律所办公室的50万元公款还没有归还！她说是交给你了，是你亲自给她写的借条！"

钱江海一听，不由得大惊失色，真是屋漏偏逢连夜雨啊！由于陈成和司法局的同志在场，钱江海不便发作，憋得满脸通红，头上汗水越冒越多。陈成看出了钱江海的窘态，知道他所里可能出了突发状况。为了争取钱江海的全面配合，陈成决定先不再给他施加压力，让他先行处理所里的事情，也是给他释放必要的善

第八章 节外生枝

意。于是，陈成对钱江海说道："钱主任，是所里出了什么事吗？如果不方便，我们可以改日再聊。"

钱江海见陈成没有苦苦相逼，反而还很关心自己发生了什么事，不由得心里有些感动。他叹了一口气，掏出纸巾擦了擦额头上的汗水，神情凝重地说道："你们都是我的管理部门，当着你们我也没什么好隐瞒的。这是发生在我所里面的一件糟心事，搞得我很被动。根据事情的性质，我还是想要向公安机关报案来解决。今天正好你们在这里，我就给你们汇报汇报这件事情的来龙去脉。"

不管钱江海有没有问题，或者有多大的问题，但事情一码归一码。陈成见钱江海作为一家律所的主任，都为难得要通过警方来解决问题，知道他面临的问题难度肯定不小，不妨先听听是怎么一个情况，再来判断问题的性质。

接着，钱江海讲述了一个看似简单，却极度烧脑的事件。

随着联横律所的发展，业务越来越多，律所规模也越做越大，对各方面的员工素质要求就越来越高。所里原来的出纳郑婷由于在所里工作20年了，年龄偏大，学历不高，加之在钱款的处理方面时常爱出点儿小错，钱江海就开始慢慢对郑婷有了一些意见。再加上最近一个朋友推荐了一个年富力强的财务专业新人，他就有意换掉郑婷。于是，寻了个机会，钱江海就找郑婷谈了一次话，想先征求一下她的意见。虽然这次谈话表面上没有发生任何不愉快，但谈话内容却在郑婷心里种下了仇恨的种子。

郑婷认为，自己把最好的青春年华奉献给了联横律所，结果人到中年，却遭遇即将被扫地出门的境遇。自己身无长技，以后将如何应对这上有老下有小的艰难生活！知道所里的态度之后，郑婷表面不动声色，继续正常工作，暗中却开始动起了脑筋。她准备利用自己职务上的便利捞取自认为合理的补偿。这人啊，只要开始往什么方面去想、去留意，机会就会不自觉地出现，这不，很快机会就出来了。

这天，为了装修律所办公室，钱江海安排郑婷在律所的银行账户里取 50 万元现金出来，然后存进郑婷的私人账户，以方便装修时随时取用，这本是钱江海使用律所资金的一贯操作方式。郑婷同往常一样，欣然应允，然后，郑婷提醒钱江海要写一张借条以方便财务做账。钱江海以前也都是这样处理提取现金事宜，从没有发生过什么问题。于是就向郑婷写了张借条，内容为"从出纳郑婷处借到公款 50 万元准备用于装修"。

早已暗藏心机的郑婷拿到这张借条，如获至宝。她立刻前往银行从律所账户上提出 50 万元现金并转移，不几日便辞职离开了联横律所。当所里工作人员电话通知她把取走的 50 万元公款交回所里时，郑婷却一口咬定这 50 万元已经交给钱江海了，而且手里有钱江海写给她的借条。所里工作人员赶紧向钱江海的秘书汇报了此事，秘书觉得事态严重，所以赶紧向钱江海做了汇报。

讲完了事情的大致经过，钱江海叹了口气，对陈成说道："陈警官，这事儿吧，我也有一定的责任。一个是，郑婷确实是我所的老员工了，就这么让她走，其实我也于心不忍。但是，她的能力确实不太适合这个岗位。不过就算要她离开，有什么条件可以正常提嘛，何必采取这样过激的举动呢！另外一个是，我自己也太不谨慎了。在已经出现矛盾苗头以后，还要用向郑婷写借条的方式来处理财务问题，客观上给了郑婷可乘之机。"

见钱江海一直唉声叹气，陈成就尽量用平和的语气舒缓他的情绪，问道："还好，对贵所来说，损失还不算太大。那你现在准备怎么办呢？"

钱江海见陈成的态度诚挚，于是，带着一丝求助的语气说道："陈警官，我们都是法律工作者，从性质上来说，郑婷的行为已经涉嫌职务侵占罪。但鉴于她是所里老员工，我准备和她再谈一次。如果谈不拢，我再向你们求援行吗？"

陈成点了点头，回答道："郑婷的行为虽然已经涉嫌犯罪，但是，如果你能说服她与你和解，退出款项，对你们双方来说都是好事。任何事情，司法解决都应该是最后的解决方案。我担心的是，郑婷手里有你写的借条，估计你说服她与你妥协很困难。"

"是啊，我也是这样想，但是我更不希望这件事闹得满城风雨，对我所和我的名声都不好。当然，如果实在谈不下来，那我也只有向陈警官求援了呀！"钱江海摇了摇头，无奈地对陈成说道。

今天本来是找钱江海兴师问罪的，却遇到这么一出闹剧，搞得陈成一行是哭笑不得。好在陈成有足够的耐心，他想，解决问题总是要讲方式方法的，有的曲折是避免不了的。为了不让钱江海思想压力过大，陈成决定今天先离开联横律所，等钱江海将手里这件急事处理好再说。今天给他交代的事情，也需要给他点儿时间消化。

送走陈成一行后，钱江海收拾了一下狼狈的心情。他决定马上找郑婷谈一谈，进行摊牌，尽量争取和平解决这件事。事不宜迟，他马上拨通了郑婷的电话，没想到，郑婷在电话里爽快地答应了和他见面。撂下电话，钱江海心里舒了一口气，郑婷答应来谈就好，总有解决的希望了吧！毕竟是50万元呀，现在挣几个钱哪有那么容易。

第二天一早，郑婷就大大方方地来到了钱江海的办公室，见到了同样早早就到办公室的钱江海。不过，这次来郑婷可不像平时表现出的那么谨小慎微的样子，应了那句老话"人不求人一般高"。现在两人已经不是老板和员工的上下级关系了，何况郑婷手里还握着那张致命的借条和50万元现金做筹码。

既然大家心知肚明，就不绕弯子了，开始谈吧！钱江海看着眼前既熟悉又陌生的郑婷，心情复杂地开口说道："郑婷啊，今天请你来就我们两人推心置腹地聊一聊，你放心，我没有录音，有什么话大家可以摊开了说。"

郑婷点了点头，说道："这点我倒是放心，不然我就不会来了。"

钱江海接着说道："我知道你对我的人事安排有意见，但是你也不应该用这样的手段来为难我。这笔钱可不是小数啊！我们之间有什么问题可以协商解决嘛，都是这么多年的同事关系了。"

郑婷冷笑了一声道："钱主任，不提多年同事还好，一提这茬我就更来气。我在联横律所工作20年了，没有功劳也有苦劳。不但收入微薄，最后还要面临随时被扫地出门的境地。你考虑过我的感受没有？我也要生活，我也有家人要供养啊！"

钱江海虽然觉得解雇郑婷冒失了一点儿，但还是在正常的劳资纠纷之内。自己再怎么过分都是可以依法依规解决的，这完全不是郑婷侵占50万元公款的理由。现在见郑婷口气强硬，就打算听听她对这件事发展下去的真实想法。于是，钱江海问道："我今天请你来就是想听听你的意见，看怎么解决问题。谈谈你的想法吧。"

郑婷爽快地说道："好，我今天来就是为了亲口告诉你我的意见。"顿了顿，郑婷继续说道，"你写给我的这张借条的内容是真实的，钱是我从银行取出后亲手交给你的。以后不管是谁问起这件事，我都会告诉他这就是事实。"

面对郑婷罔顾事实的强词夺理，钱江海竟一时语塞，他没料到郑婷竟如此不近情理。半晌，他才反应过来。钱江海有些恼怒了，他开始反击："既然你说出这样的话，那我们就通过司法程序解决吧！你在律所待这么多年，应该很清楚自己行为的性质。"

"当然，这个不用你教，走什么途径我都奉陪到底！"说罢，郑婷起身扬长而去，留下了呆若木鸡的钱江海。

郑婷走后，钱江海心情异常沮丧。他思前想后，觉得郑婷手里握着自己写给她的借条，这是导致自己非常被动的主要因素。从自己这个法律专家的角度看，确实拿她没有好的办法，如果打民事官司，自己难有胜算。不过，这也是律师从业者容易犯的一个通病，就是过于强调证据和法律条文，从心底里就认为司法机关只看证据，从而在遇到缺乏证据的情况下一开始就放弃了抗争。其实凡事并非绝对，清晰合理的逻辑架构才是支撑证据的基石。要有跳出思维定势的能力，要有全局观和大局观，所以，法律工作者之间水平会有巨大的差异。这种差异和智商无关、学历无关，和思维模式却紧密相关。钱江海虽然找不到好的办法对付郑婷，但还是非常清楚郑婷的行为本身就不是一个真正意义上的民事行为，而是一个伪装得十分隐蔽的刑事犯罪行为。因此，钱江海最后还是决定向陈成求援。第一，这件事本身就涉嫌刑事犯罪；第二，这50万元的数额确实不算小，如果就这样损失掉了，自己实在咽不下这口气，对律所也是一个重大损失；第三，从法律技术层面上看，自己也确实想不到什么好的办法对付郑婷。

陈成接到钱江海的电话后，没有犹豫就接下了这起案件。他从联横律所离开后，也一直在思考这件事，一是因为这件事发展下去确实涉嫌刑事犯罪，如果能顺带帮钱江海处理好这件事，就等于帮了他一个大忙，也就可以争取他主动协助警方查清牙膏厂的案子；二是从法律技术层面上讲，此案又确实不好处理，案情虽然简单，在法律技术层面却极富挑战性。不过，陈成骨子里就是个喜欢接受挑战的人，也难怪在别人看来避之唯恐不及的事，在他这里就变成了练兵和实战的好机会，这样的人难怪天生就是啃"硬骨头"的命。

陈成随后把钱江海打来电话求援的情况和自己的想法告诉了周星。周星这几天也一直在思考联横律所遭遇的这起"内讧"，一旦形成刑事案件到底该如何解决。但是鉴于郑婷借条在手，如何让她就范，自己一时半会儿还找不到可行的思路。见周星破局的思路没有打开，陈成便将自己这几天冷静思考的调查思路和盘讲给了周星。

陈成的思路大致是这样：他认为，郑婷手里握着的借条是导致钱江海全面被动的根本原因,这张借条从形式上看是没有问题的,要否定它的真实性几乎是不可能的,这也是本案的难点所在。但既然涉嫌犯罪,那本案犯罪构成的客观方面中的"假"在哪里呢?从借条的字面上的表现形式上看,确实是一张不折不扣的借条,但从借条的实际用途和使用功能上看,它就不是一张借条,它只是为了配合财务做账的一个依据,只不过是以借条的形式表现了出来,这就是本案"假"的地方。明确了这个思路,下一步的工作就好开展了,只要围绕证明这张借条出笼的所有环节展开调查取证工作,就可以证明借条的真实用途和功能,从而否定其字面上的含义。

周星听了陈成的一番分析讲解,眼睛不由得一亮,顿时有了茅塞顿开的感觉。他一拍大腿,兴奋地大叫了一声:"对呀!意思就是说,我们去全力证明借条其实不是借条,而是财务做账的依据,只要证明了这点,郑婷拿它做挡箭牌就没有任何意义了呀!"

陈成呵呵一笑,对周星说道:"理解得挺到位!我们可以马上开展案前调查工作,等证据收集得差不多了,就直接约谈郑婷,希望她能悬崖勒马,配合我们解决问题。当然,可能到时我们需要再做两边的工作,尽量让他们和解,刑事处罚永远都是我们最后的选项。"

说干就干,陈成和周星马上就进驻了联横律所,展开了全面细致的调查工作。他们围绕这张借条出现的每一个环节展开了取证工作。借条的出现有天然的、必要的环节和其他生成要素,从秘书到会计,有一众目击者,涉及一干人等。他们的陈述都客观而真实地还原了借条产生的真实背景、过程及其功能和作用,且相互得到了印证。

为了查证郑婷取款后的去向,陈成又紧急协调交管部门,对郑婷的车辆行进路线的监控进行了调阅,发现她取款后辗转多条街道,到了很远的另一家银行进行了存款。通过对这家银行的走访，得知郑婷将钱存进了一个户名叫伍兰的个人账户。这里面还有个插曲，配给陈成专案组的车坏了。因为要去的银行很远，周星就建议陈成打出租车去取证。陈成笑着对周星说道："小周呀，从我们这里打车过去要四五十块钱呢。时间还宽裕，我们坐公共汽车去吧！你可能还没坐过公共汽车出去办案吧，我带你去体验体验！"

周星参加工作不久，此时进入21世纪后的公安机关办案条件已经大大改善，开车出去办案已经成为常态，他确实没有坐公共汽车出去办过案。于是周星略带吃惊地望着陈成，说道："真的吗？成哥的敬业精神兄弟佩服啊！"陈成依然笑着说道："不仅去坐公共汽车，还要甩连二杆哦！"

通过工作上的朝夕相处，周星更加了解和敬佩他眼前的这位"老师"了，他知道陈成身上用在工作中的这股牛劲确实是一般人比不了的。周星也笑着回答道："别说甩连二杆，只要用得着，摸爬滚打我样样可以！"

不到三天，通过陈成他们"步车协同"的连轴转，很快就高效地完成了所有的取证工作。

从所取得的材料上看，足以证明借条只是形式上的一张借条，而不具有实质上借条的意义。它只是财务做账需要的一张凭证，而且款项的去向也已经查清了。有了这些充足的证据，陈成决定会一会郑婷。

郑婷接到警方的电话，并没有惊慌失措，因为她心里早有准备，知道钱江海迟早会走这一步。由于自己手里有好牌可打，所以她没有逃避，而是选择了直接面对。

在陈成的办公室，陈成和周星见到了如约而来的郑婷。

陈成知道女性通常在逆境时一般都比较情绪化，为了让谈话顺利进行，陈成起身为郑婷倒了一杯水，然后才开始了与郑婷的对话。

"郑女士,你应该知道我们今天是为什么事通知你来。所以,我们想先听听你此时的真实想法,有什么诉求也可以和我们谈谈。"陈成决定先摸一摸郑婷的底。

郑婷神色镇定,依旧爽快地回答道:"我当然知道你们为什么找我,我没什么诉求,联横律所的50万元我取出后已经交给钱江海了,你们也不要费心思了,钱不在我这里。"

不出陈成所料,郑婷态度依然极其顽固。陈成知道,如果不从法律层面打垮郑婷,郑婷是不会作出任何妥协的。"如果你坚持你的错误做法,那我就和你谈谈你是否能够坚持得下去。到时候如果你继续冥顽不化,事情的性质和发展就不是你能控制得了的了。"陈成语气平和地说道。但是,这样的平和后面却透露着一股不可随意触碰的威严之气。

郑婷没有答话,而是采取了姑妄听之的态度,她倒要看看陈成能说出些什么道道来。

见郑婷对自己的话不予理睬,陈成依然不紧不慢,气定神闲地接着对郑婷说道:"你可能认为你手里握有钱江海出具给你的借条,它在你眼中不但是一张借条,而且是你抵挡一切质疑的王牌。但是,事实就是事实,它不会因为形式上的正确就正确。如果凡事都是这个样子,公安机关就没有存在的必要了。我们要做的就是运用国家和人民赋予的侦查权,剥开表面合法的一切外衣,还原事实的真相。"

郑婷冷笑了一声,说道:"那陈警官的意思就是说,我手里的借条是假的了?"

陈成也微微一笑,说道:"借条是钱江海亲手所写,没有假。但是它用错了地方,它履行的不是一张借条的使命,而是一张财务凭证的作用。"

"何以见得?"见陈成这样表述自己手里的借条,郑婷神情开始严肃起来。

"为了证明这张借条不是一张真正意义上的借条,我们还原了它产生的全过程。钱江海为了装修办公室,告诉你提取款项备用的同时也告知了分管财务的副主任和会计,要他们知晓你提出现金50万元存入你的个人账户以便所里随时取用,这也是该所处理类似事情的惯例。只是这一次,因为你出于对钱江海人事安排的不满,抓住和利用了这个财务处理的漏洞。我要提醒你的是,钱江海向副主任和会计安排这个任务的时候,你也在场。钱江海的授意是明确的,是能够得到印证的,这是整个事件的起因。继而你到钱江海办公室要求他以出具借条的形式完善财务手续,钱江海同意并给你出具了借条。整个过程,钱江海的秘书在旁边全程目睹。你拿到借条,本来应该马上交给财务做账,你却故意将借条隐匿起来,以备你日后施行侵占公款行为后做挡箭牌。这之后,所里会计曾经发了两条短信,催你赶快将借条交回财务做账,只是你没有理会。这些证据充分说明了这张借条的真实功能和作用,请问你对我所讲述的这一切有什么看法?"陈成胸有成竹地将问题抛回给了郑婷。

郑婷听了陈成的一番话,心里开始不淡定了。谁处在这样的情况下都没法淡定啊!经陈成这么一分析,借条就不是借条了,变成财务凭证了。眼前这个年纪轻轻的警察搞的是迂回包抄、曲线救国啊!他费这么大的劲取这么多证据和材料,看来不是光准备给我看的呀,还真准备把我送牢里去?!不成,我还得掰扯掰扯,哪能这样就轻易被他套住了啊!

想到这里,郑婷努力使自己急剧起伏的心潮平静下来,她对陈成说道:"这只是你们的说法,各有各的立场。但是,不管怎样,这钱我是已经交给钱江海了。"郑婷心说,我还就抓住这张借条的字面内容,看你们能怎么着吧!

陈成继续不动声色地说道:"恐怕不是把钱交给了钱江海,是交给了伍兰吧!"

当陈成嘴里说出"伍兰"这个名字后,郑婷顿时如遭雷击,脸色变得煞白,半天回不过神来。她没料到这短短几天,自己这么多情况都被警察查清楚了。面对陈成不断抛出的"炸弹",郑婷已无从招架,她明白自己再对抗下去已经失去了任何意义,郑婷陷入了深深的绝望之中。

望着眼前情绪处于崩溃边缘的郑婷,陈成没有继续赶尽杀绝,他知道郑婷做出这样的事情也是事出有因,只是一时糊涂,整件事还有挽回的余地。陈成对着已将头深深埋下的郑婷说道:"我知道这件事的起因,理解你失去工作后的困难和处境,但就事情的性质上来讲已经涉嫌刑事犯罪。不过,目前你还有自救的机会,那就是赶快将公款退回联横律所,挽回律所的经济损失,消除法律意义上的后果。另外,我可以告诉你,联横律所并没有来履行报案的正式手续,我们现在也只是在开展案前调查阶段,还没有正式立案。所以,你完全有机会挽救你自己。希望你明白我们找你来谈话的一片苦心。"

郑婷听完陈成这么一番话,慢慢抬起了头,悔恨的眼泪已经禁不住哗哗地流了出来。她当然听明白了陈成的意思,这是对自己释放的最大的善意啊,是真的想救自己!郑婷决定不能再糊涂下去了,她含着眼泪对陈成说道:"谢谢你,陈警官,这个伍兰是我的一个中学同学,整件事和她没有一点儿关系,都是我利用她的账户存的款。刚才你的话就像是给我上了很好的一堂人生必修课,让我能够认识清楚自己的问题,及时悬崖勒马,避免铸成大错。虽然我家里现在非常困难,上有患病的双亲,下有孩子需要照顾。但是你放心,我会马上回去将钱退回所里,来弥补我的过失的。"

说完,郑婷起身,向陈成深深鞠了一躬,准备转身离开。

陈成见郑婷已经彻底认清自己的问题,并准备用实际行动来进行弥补,心里也宽慰了不少。他起身对准备离开的郑婷补充了一句:"我相信钱主任也会理解你的困难和处境的,相信你会有尊严地离开。"

第二天，钱江海的电话就打来了。他在电话里说，郑婷已经把 50 万元公款退回来了，自己也和她谈好了离职的条件，除按照国家的相关规定执行外，所里还额外给了郑婷 5 万元作为补偿。电话里，钱江海不停地感谢陈成。陈成就顺着他的话说，要谢就明天当面谢，他们两个的事情还没完呢！

这突然冒出来的一件事，耽误了几天时间，这革命工作还得抓紧啊！陈成和周星没敢再耽误，第二天一早就直奔联横律所而来。

正所谓不打不相识，有了这一番折腾，钱江海心里的弯就转得更快了。他知道眼前这个陈成很不简单，能够迅速制服郑婷就充分表现出了他过人的能力和水平，如果自己从法律技术层面硬扛可能要吃大亏。通过陈成处理郑婷这件事来看，他不是一个利用职权捞取私利的人，也不像一个为了自己的"顶戴花翎"而对落入己手的人赶尽杀绝去邀功请赏的人，而是一个值得信任的处事客观公正的好警察。从之前陈成给自己谈的情况来看，公安机关掌握的情况已经不少了，同时还知会了司法局。哎，干脆就别硬扛了，至少争取个好点儿的结果吧，保住律所资格是大事啊！有了郑婷事件这个插曲，钱江海对陈成采取了合作的态度，客观上推动了陈成的调查工作。

当然，由于涉及律所的生死存亡的问题，钱江海还是免不了经过一番激烈的思想斗争。钱江海开口对陈成和周星说道："陈警官，你上次来谈到的牙膏厂土地拍卖这件事呢，确实我有做得不对的地方，但是我和联横律所能起的作用也很有限，都是看着律师费给得高。你也知道，我所正需要资金装修办公室，没有好的形象，哪里接得到官司啊！也请多多理解我的处境。现在你们要调查些什么，我尽量配合，保证不妨碍你们的调查工作。"

见钱江海表面上服了软，陈成决定乘胜追击。他想搞清楚联横律所怎么在拍卖阶段从卖方牙膏厂的代理,腾挪到买方海陵集团代理的内幕和过程,从而查清楚竞买方海陵集团和信诚财务公司串通竞买的情况。

面对陈成的步步紧逼,在铁一般确凿的证据面前,钱江海只好谈起了他和海陵集团与信诚财务公司认识和产生交集的过程……

联横律师事务所因为汤安然的妹妹汤琼的关系成为江城牙膏厂的法律顾问单位后,事务所主任钱江海自然很是高兴。他从汤琼那里得知江城牙膏厂完成和香港千达通公司的诉讼后,还有可能继续处置该厂的土地。如果能够继续代理处置土地的司法程序,那将会有更丰厚的收益。因此,钱江海专门把这件案子的材料进行了了解和熟悉,并亲自参与了案件的代理工作。

这天,正当钱江海在办公室翻阅江城牙膏厂与香港千达通公司债务纠纷案件材料的时候,一个自称张然的人找上门来。钱江海并不认识张然,开始只是把他当作了普通的当事人上门寻求帮助的。

钱江海客气地让张然在办公室的待客沙发上落座,然后问道:"这位先生是遇到什么难题了吗?方便的话请讲来听听,我们所的律师都是本行业的精英,会尽力帮助你的。"

张然哈哈一笑,说道:"请问,你就是联横律师事务所的钱江海主任吧,我叫张然。今天我特地来拜访钱主任,一是想和钱主任交个朋友,另外,是想和钱主任合作一个项目。"

钱江海诧异地问道:"我没有想和别人合作的项目,不知道张先生说的是什么样的一个项目?"

张然收起了笑容,正色地对钱江海说道:"我知道贵所现在正代理江城牙膏厂与香港千达通公司的官司,也知道中院即将司法拍卖江城牙膏厂的土地。我呢,现在找到了实力雄厚的海陵集团合作,准备买下这块土地。我今天就是代表海陵集团来和钱主任谈一谈,看钱主任能不能帮助我们顺利并且尽快拿到这块土地。"

钱江海知道张然的来意后，心里立即开始盘算起了自己的小九九：按理说，海陵集团的实力是有目共睹的，它完全可以正常参加司法拍卖去竞拍土地，现在却准备通过做我的工作去拿地。一是可能它是真心想拿地；二是想通过沟通各方关系降低拿地的成本。不管怎样，现在不妨先听他说说准备怎么个合作法，然后自己再待价而沽。

老谋深算的钱江海在律师界摸爬滚打多年，对各种潜规则的操作方式早已熟稔于心，他只是需要判断要做的事情是否值得，风险和收益是否相符。于是，他把问题抛回到张然这边："我不太明白张先生的意思，我代理这起官司是不假，但是好像和贵公司买地没有什么直接关系吧？所以，张先生有什么话不妨明说。"

"钱主任既然这样爽快，我就直说了吧。我们不但知道贵所在代理这件案子，而且知道江城牙膏厂的现任厂长兼法人代表汤安然的亲妹妹汤琼就是贵所的律师。我们的意思是，借助贵所的力量尽快让江城牙膏厂接受香港千达通公司的条件，然后共同做通法院的工作，顺利进入司法拍卖程序，其他的事情就不用你们操心了。至于律师费嘛，你开个价吧！"

钱江海听了张然一番话，感到来人口气不小，看来这个海陵集团是势在必得啊！唯一的风险在于自己的律师事务所代理了争议双方牙膏厂和香港千达通公司各自的诉求，形成了事实上的双方代理，这在律师行业是绝对不允许的。但是，只要自己做得干净，不直接和双方同时签署合同协议，风险还是可以控制住的，应该不会有什么大问题。经过一番谨慎的风险评估，钱江海决定接下这笔业务。

看着张然话里话外摆这么大的谱儿，钱江海决定狠狠敲上一笔，心说你答应我的条件我就没二话，你不答应我就不做，也省得去冒法律风险。想到这里，钱江海说道："张先生快人快语，我做人做事也不含糊。既然海陵集团想拿到这块地，我愿意从中斡旋协调，只是难度不小。按照这块地的价值，我收500万元的律师费，一分不能少，你回去商量了再告诉我结果。"

钱江海没料到张然第二天就拿来了海陵集团和联横律所签订的500万元服务费合同的样本。钱江海拿到这份高达500万元的合同后，心里是喜忧参半。喜的是这可是自己开办律师事务所以来接的最大的一笔业务啊！自己那么辛苦地帮牙膏厂打官司，才获得区区30万元的律师费，两厢比较真是天壤之别！忧的是，牙膏厂职工现在情绪激动，很难说服他们和香港千达通公司达成协议。群众工作从来都是最难做的，这个同意那个又未必，众口难调啊！好在汤琼在所里当律师，她哥哥汤安然在牙膏厂当法人代表，要好好利用这层关系。事不宜迟，得马上叫汤琼来商量下一步工作计划。

钱江海知道，汤琼在汤安然入主江城牙膏厂后，以律师的身份介入了股东之间的纷争。汤氏兄妹性格相似，都是很强势的那种人，在各自的工作领域都表现出色。在引领牙膏厂职工推翻中院第20号调解书的过程中，汤琼起到了举足轻重的作用。她用娴熟的专业知识，抓住了该调解书的漏洞，为职工争取到了重新解决纠纷的机会，因此得到了职工的信任。钱江海要做通职工的工作，没有汤琼的帮助几乎是不可能完成的。

汤琼接到钱江海的电话后，不多时就赶到了钱江海的办公室。钱江海把海陵集团准备购买牙膏厂土地以及找自己合作的情况都告诉了汤琼，然后让汤琼谈谈意见。汤琼沉思片刻，告诉钱江海，如果要让海陵集团如愿拿到土地，首先就要让牙膏厂和香港千达通公司尽快达成处置土地的和解协议。这一关过不了，司法拍卖就无从谈起，海陵集团再多的社会资源都没有用。而要做通职工的工作非自己和哥哥汤安然出面不可，这也正是她的价值所在。反正土地卖给谁都是卖，只要能保证她的利益就行了。法律风险是有一点儿，但是没风险就没利益，只是这个利益一定要与匹配的风险对等才行。"

汤琼的一番分析，让钱江海觉得相当精准到位。钱江海眼珠转了转，略带狡黠地盯着汤琼说道："你说你准备怎么操作吧，我配合你就是。"

汤琼接着说道："钱主任，我对协助海陵集团拿地没意见，但是我们应该注意控制这里面的法律风险。香港千达通公司愿意卖地给海陵集团，我们又和海陵集团签订协助其买地的合同，说明我们和香港千达通公司的利益取向是一致的，同时我们又是牙膏厂的代理方，因此我们实际上同时代表了诉讼双方香港千达通公司和牙膏厂的利益，这是律师行业禁止的双方代理行为。另外，等到进入司法拍卖阶段，我们既是卖地方牙膏厂的代理人，又是买地方海陵集团的代理人，这也有可能构成双方代理，这些法律风险我们不得不考虑啊！"

汤琼的一番风险提示实实在在地说到钱江海心坎儿里去了。这些问题其实他都考虑过了，按照法律规定和执业道德来讲，确实是不应该的。但是毕竟是500万元的律师费啊，哪个律所会和这么大一笔钱过不去呢！这笔业务当然值得冒险操作一下。只要在技术层面规避得好，就不会有大问题。

钱江海把自己的想法告诉了汤琼："汤律师不愧是资深律师啊，一下就看出了问题所在。我是这样想的，我们只和海陵集团签合同，不和香港千达通公司直接接触。至于海陵集团和香港千达通公司之间是什么关系、有什么协议，我们就当不知道。没有证据证明我们和香港千达通公司有任何联系，因此在法律意义上我们在诉讼阶段不构成双方代理。至于以后到了拍卖阶段，法律上并没有明文禁止既代理竞买人又代理售买人的行为，所以这样的法律风险应该是可以控制住的。"

第九章　跨越底线

　　面对陈成越发凝重的神情，钱江海接着回忆：后来，经过汤琼、张然等人的一系列运作，司法拍卖很快完成。钱江海顺利地从海陵集团那里收到 500 万元律师费，真是打心底里兴奋。因为，从整个司法拍卖过程来讲自己并没有费太多的精力，操作时间也不长，这个收益来得顺利又轻松却是他始料未及的。他暗自总结，之所以操作得如此成功，一方面应该得益于汤家兄妹做通了牙膏厂职工的工作，与香港千达通公司达成了和解协议；另一方面得益于联横律所所处的这个关键位置。如果自己不往海陵集团希望的方向推，整件事情就又不知道会拖到猴年马月去了，同时，他也不得不佩服张然等人操控全局的手段。这个世界真是奇妙，什么事情只要谋划好了，一切真的是皆有可能。不过，正当钱江海云天雾绕地欣喜若狂、余兴未消之时，怎料却迎来了陈成和市司法局同志的到访。

钱江海的一番讲述，不但让张然再一次浮出水面，而且暴露出了汤氏兄妹在此次司法拍卖里面起到的作用。陈成暗想，看来从联横律所双方代理案来撕开口子的思路是对的，现在又爆出汤安然可能受贿的线索，预料中的涉案法律关系在一个一个爆出，离事实真相是越来越近了，不虚此行。

离开联横律所后，一路上周星按捺不住激动的心情，他兴奋地告诉陈成道："成哥，这下好了！虽然我们还不知道到底是谁在操控这一切，但却把海陵集团和信诚财务公司之间的串通竞买的行为通过联横律所串了起来，而且汤安然涉嫌受贿的嫌疑也越来越大，现在职工反应很强烈也有这个因素。要不我们全力拿下汤安然再说？"

"嗯，你说得有道理。现在需要我们调查的口子越来越多，但是我们仍然要小心谨慎，把最有利于案件进展的突破口放在第一位。汤安然涉嫌受贿这条线是从联横律所双方代理案延展而来，有继续梳理下去的逻辑关系，而且属于我们调查牙膏厂土地拍卖案以来遭遇的第一起刑事案件，如果率先突破，也可以先给职工们一个交代。"陈成表示赞成周星的观点。

由于牙膏厂职工对此次拍卖结果意见很大，故而将矛头对准了挑头促成拍卖的汤安然，从而客观上使陈成他们接触职工比较顺利。在接下来的调查中，职工们也认认真真地回答他们的问题，仔仔细细地对各种细节展开回忆。

对于汤安然介入牙膏厂和香港千达通公司的调解过程中的表现，职工们讲得很清楚。汤安然有客观上领导职工争取权益的一面，也有反常的一面。但是职工们也没什么证据证明汤安然有什么违法犯罪的行为。不过，他们都知道代理律师汤琼是汤安然的妹妹，而且汤安然最近刚买了新房，这明显和他的经济收入不相匹配。

职工们提供的这些线索对陈成来讲是很有价值的，一切隐蔽的违法犯罪行为都有一些外在的表现。关键是看有没有一双善于发现的眼睛，能拨开迷雾找出它们之间内在的联系和规律。公安机关被法律赋予的侦查权就是揭开事实真相的有力武器，它区别于法院和行政管理部门的调查权，但同时也对行使这样权力的人的素质提出了更高的要求，这一点陈成心里自然比谁都清楚。

鉴于汤安然兄妹之间这层至亲的关系，显然直接从他们身上突破可能性不大，还是要从证据上先行锁定。汤安然如果收受贿赂，最有可能就是通过汤琼之手，那么这个钱汤琼是不可能垫付的，最有可能就是钱江海通过所里交给汤琼先行支付。接下来，陈成就和周星开始对汤安然、汤琼的往来银行账户进行了查询。查来查去，也没查出他们之间有什么资金往来，就查到汤安然有一笔30万元付到了某房地产公司账户上，购买了一套商品房。这样的发现显然不够，但也强化了陈成他们的信心。

陈成继而找到钱江海，要求调阅联横律所的账本。钱江海心里虽然不太愿意，但是自己之前已经决定采取配合行动了，说出去的话还能收回去？给吧，还能怎么着！于是钱江海安排财务人员将财务资料整理好交给了陈成。

在联横律师事务所有了重大收获，着实让陈成心里暗暗高兴。如果钱江海真能配合自己的工作，对查清汤安然受贿案将起着非常重要的作用，进而为查清全案构建出更为坚实的逻辑架构。

从联横律所繁杂的账本及凭证里，陈成和周星经过耐心细致的查找，终于找到一张汤琼向律所打的借条，金额正好是30万元，至今没有归还。借款的日期，和汤安然付到房地产公司的时间只差五天。情况看起来越趋明朗化，汤琼和汤安然之间存在利益输送的重大嫌疑。

在这之前，陈成他们已经查清了汤安然的收入来源。不管是在牙膏厂时，还是在外面打工时，基本都是靠一两千元的工资生活。家里爱人长期卧病在床，孩子又在上学，家庭开支十分拮据，是没有能力购买商品房的。因此，从证据上突破汤安然是有条件的。虽然陈成一度对汤安然的处境有一些恻隐之心，但是毕竟家有家规、国有国法，如果谁触犯了法律，那就必须接受法律的惩罚。与前面郑婷案不一样的是，汤安然的行为是整个被操控的司法拍卖中的一个不可或缺的环节，导致的后果极其严重。况且，现在牙膏厂职工们怨气越来越大，不积极推进案件的进展，很难说职工不会上访游行、堵门堵路之类的，到那时各方面压力会更大。鉴于此，陈成决定从汤安然这里寻求突破口，一是用查出的刑事案件给这段时间的工作做个阶段性的了结，二是缓解一下职工躁动的情绪。

要突破汤安然，首先就要突破汤琼，这又是一个艰巨的任务。汤琼不但是法律专业人士，更是汤安然的亲妹妹。要让她自愿承认向汤安然行贿，困难极大，甚至几乎是不可能完成的任务。陈成又陷入了沉思，虽然现在要采集汤琼的言词证据可能非常困难，但是如果能拿下来，意义却十分重大。如能取到汤琼的一份完整的言词证据，可以让案件的脉络和细节呈现得更加完整和清晰，可以把各种零散的证据串联起来，形成非常有力的证据链。这不但可以牢牢锁定汤安然非国家工作人员受贿行为，而且可以对串通拍卖案形成强有力的证据支撑。

汤琼很快被依法传唤到了刑警大队。面对陈成的询问，汤琼一概予以坚决否认，根本不承认自己和汤安然在经济上和律所业务上有任何瓜葛。

陈成有足够的准备和耐心，他没有绕弯子，直接出示了汤琼向律所打的 30 万元借条和汤安然银行账户买房的资金流向的银行流水，让汤琼解释。汤琼已经知道陈成到律所调取财务资料的事了，她当然清楚自己当初写的这张借条也在里面，肯定已经被查到，对此，她也在心里作了专门的准备。

面对陈成的质问，汤琼冷笑道："这 30 万元是我借的，但是我自己用了，和汤安然没有任何关系。至于他买房的钱怎么来的，那是他的事，请不要按你们的想法随意臆测。"

陈成当然知道汤琼势必会这样回答，从直接证据上的确很难让她就范。在侦查过程中，面对狡猾的对手，陈成经常采用迂回的战术，用另外一种非直接的方式来将她的军。这就是陈成高明的地方，他从来不对犯罪嫌疑人动粗口，更不会刑讯逼供。他往往从你最不经意的地方提问，你会毫无防备地回答，而等所有看似无关的问题回答完后，你会发现你已经变相承认了你的犯罪行为。这样高超的讯问技巧在公安机关内部和检察机关都得到了高度认可，前面的郑婷案就是一个例子。但是，这一次，在掌握了联横律所的短板后，陈成决定采用可能更为有效的攻心战术，这也正是陈成善于变化、不死板僵化的办案风格。

陈成脸色平静地对汤琼说道："汤安然涉嫌受贿这件事我希望你能配合我。原因我可以告诉你，联横律师事务所在牙膏厂土地拍卖里充当了双方代理的角色，在调解阶段一方面代理了原告牙膏厂，另一方面又隐性代理了香港千达通公司。在拍卖阶段，一方面代理了拍卖方牙膏厂，另一方面又代表了竞拍方海陵集团的利益。这方面的证据确凿，我已经出示给你们钱江海主任看了，市司法局的同志也已经介入调查。这件案子虽然不是刑事犯罪，但是对你们律师事务所和涉案的律师却是致命的打击。你们不但可能会被没收非法所得，还有可能被吊销律所资格和律师从业资格。你是律师，应该知道这件事情的严重性。"

顿了顿，见汤琼没什么反应，陈成接着说道："当然，这样的处罚怎么实施，是有很大的弹性的，属于行政处罚自由裁量的范围，关键是看情节的轻重了。我们的根本目的不在于追究你们律师和律师事务所的责任，而是要把本来属于牙膏厂职工的土地拿回来，重新在公平的环境条件下处理。"

陈成观察到汤琼的表情慢慢变得复杂起来，他继续说道："即便是你和汤安然有利益输送的关系,对你来讲也仅仅是行贿行为。按照相关司法解释来讲,行贿者如果交代出受贿者,是可以免除或减轻处罚的,这样的规定想必你也非常清楚。因此,你大可不必担心会受到刑事追诉,前提是你要争取一个好的态度,把你和汤安然的交往讲清楚。如果以后汤安然配合我们的工作,以目前的金额结合他的态度,会大大减轻对他的刑事处罚。你是法律专业人士,我说的有没有道理你应该很清楚。你有你所顾忌的东西,我们有我们需要的东西,这样的交换对我们双方来讲是各取所需,我希望你考虑清楚。我再提醒你一点,即便你依然碍于亲情拒不交代,钱江海也不会和你一致的,这家律所是他的命根子,在生死存亡之际,他是不会选择和你站在一边的。"

陈成的这番话,直接戳到了汤琼的痛处。很显然,双方代理这件案子应该说证据已被公安捏死了,如果对抗下去,公安肯定会同司法局对律所和律师进行严格处罚,这会是个灾难性后果。但是,如果按公安的思路交代了问题,就等于把自己的前途命运全部拱手交出,而且会搭上哥哥汤安然,的确是进退两难。

人的一生就是这样,总是不断地做选择题,总是在权衡各种利益得失,总是一再为自己的错误买单。尽管造成这种被动局面的往往就是我们自己,但大部分人在错误面前其实都没有真正吸取教训。因为时间、地点、人物、环境、条件变了,但是错误的实质是一样的,它只是换了个马甲,我们又不认识它了,仍然会做错这些选择题。正如德国哲学家黑格尔说的一句话:人类能从历史中吸取的教训就是,人类从来都不会从历史中吸取教训。

陈成的本意是真实的,以他的性格肯定会兑现他的承诺。他确实是希望汤琼能够认识到现在面临的被动局面,能够审时度势地摆正自己的位置,配合公安机关查清全案,从而也给自己和律所留出生机。如果她这样做了,陈成就有条件给司法局提出执法建议,建议减轻或免除对联横律所的处罚,对汤琼本人行贿的问题也可以参照相关的司法解释予以从轻处罚。当然，陈成知道即便是把所有的道理都讲清楚了，汤琼也不一定能转过这道弯来，他也只有尽力而为了。

果然，汤琼的思想斗争非常激烈，交不交代都很被动。一边是自己和律所资格的问题，一边是自己和汤安然的刑事追责的问题，这事放在谁的身上都是非常艰难的选择，虽然这怨不得旁人。

对汤琼来讲，这道选择题不但不好做，甚至没法做。她一直沉默不语，双手食指却开始不停地扭搅。陈成知道汤琼在想什么，也理解她这种激烈的思想斗争。经过长时间的静默，陈成知道今天找汤琼来不会有什么结果了，不过，从目前掌握的证据和发展趋势上看，主动权已经在自己这一边。取不取得汤琼的口供已不是关键，而且道理和利害关系也已经给她说清楚了，不如让她先回去再消化消化自己的一番话。同时，陈成更知道，汤琼回去肯定会找钱江海商议，这也是自己期待的，至于二人会"碰撞"出什么样的结果，自己还可以先观察观察再谋后而动，于是，陈成让汤琼先回去了。

从刑警大队出来，果然，汤琼立即匆匆赶回联横律所找到了钱江海。见到钱江海后，汤琼就把自己和陈成的对话内容全部告诉了他。钱江海听了头皮一阵发麻，心想这个陈成是真拿我的律所来做筹码和汤琼做交换呀！我他妈哪里输得起这个呀！听汤琼的这番话，她不愿意牺牲她哥哥的安危，那还能牺牲我的律所不成?!把警方惹急了，到司法局去叨叨一下，我的律所就危险了！不成，到这份儿上了，识时务者为俊杰，只要能够保住我的律所，出卖谁不是出卖啊？只要不卖掉自己！你汤琼找你哥去做牙膏厂职工的工作是你自告奋勇的，价码也是你自己开的，和你哥之间手脚又没做干净，盖不住自己的脚背不说，反给律所惹一身骚！现在我得做好应变的准备才成。这边钱江海打定了主意，决定为保住律所，即使交出汤琼也在所不惜。打定主意之后，钱江海简单安慰了汤琼几句作罢。

陈成这边也不准备闲着,他等了几天汤琼没反应,汤琼如赵巧送灯台,一去永不来。看来,现实中亲情面前真是没那么多大义灭亲的桥段,于是,陈成按照既定的策略再次约谈了钱江海。由于双方已各自打好了算盘,都是聪明人,凡事都心知肚明,这就比较好谈了。对于钱江海来说,问题的关键就集中在如果自己全面配合调查,如何减轻或免除对他和律所的处罚问题。

有了清晰的思路,陈成对钱江海说道:"钱主任,你应该知道我今天找你来的原因。汤琼已经找你谈过了吧?如果你配合我们的工作,达到了我们的目的,关于你和你的律师事务所的责任问题我们会认真考虑,会建议司法机关给予从轻处罚的。至于今后在工作中如何对你在全案里面所起的作用进行界定,我们会根据实际情况结合你和我们配合的程度进行客观公正的评价。我们公安机关不是整人害人的机关,而是承担使命、还原事实真相、惩处严重危害国家和人民利益的犯罪分子的机关。对主观恶意不大、能主动积极消弭危害后果的行为人,我们秉承的是惩前毖后、治病救人的宗旨。你作为资深法律界人士,对此应该是有非常清楚的认识的。在目前飞速发展的经济浪潮中,哪个单位和个人又能完全不犯一点儿错呢?只要能吸取教训,积极弥补自己造成的损失,就没有翻不过的坎儿、蹚不过的河。你放心,我们会认真对待你的意见,前提是你要拿出诚意配合我们的调查工作。"

陈成一番话入情入理,让钱江海心里感到了些许踏实。实际上,陈成短平快、漂亮而高效地处理完郑婷事件已经给钱江海带来了强烈的震撼。他就觉得面前这位警官与他原来心目中的警察很不一样,不但能力出众、思路清晰、经验丰富,而且做事收放有度,有时候说的话让人深感理屈词穷、心生敬畏,有时候又让人如沐春风,给人一种值得信任的感觉。与这样的人做朋友就是最佳的选择,做对手就是最坏的遭遇。人就是这样,同样一件事,同样一番话，不同的人来做或者不同的人来讲，效果可能是云泥之别。这和多种因素有关，比如人格、性格、技巧、思路、节奏等。这些恰恰是陈成比一般人强的原因，他总是能在别人认为不可能的时候想出办法，使不可能变成可能，从而化腐朽为神奇。

钱江海经过和陈成的一番对话，彻底打消了心里的顾虑，将汤琼向他借钱疏通牙膏厂关系这段进行了回忆。

在一次钱江海和汤琼讨论完如何配合海陵集团拿地的议题之后，汤琼提出了借钱的事："我相信主任的专业水平，对此次与海陵集团的合作分析得有理有据。那么下一步做通职工的工作尽快和香港千达通公司达成协议就是当务之急了。你知道我哥要去做通职工的工作难度还是很大的，而且少不了要花费用。可能要提前支取部分活动经费。"

"好，你说需要多少费用？"钱江海问道。

"我既然是所里的员工，就先不考虑我的收益，打通牙膏厂里的关系至少需要30万元。"汤琼看上去好像已经计算好了先期需支付的大概费用。

"好，没问题，你马上就去财务部办借款手续。"钱江海当然知道汤琼的哥哥汤安然的身份。如果他肯收钱，让牙膏厂职工尽快和香港千达通公司达成和解协议就不是问题，怕就怕他不收这个钱。当然，这样的事情他也不愿意多问，汤琼能把结果拿出来就行。

听完钱江海的这一番讲述，陈成当然知道他是出于自保的目的，谈不上觉悟有多高，不过这也很正常。

陈成不是一个头脑机械的人。现在单纯依靠做思想工作来解决问题已经不适合了，抓住对手的弱点，抓大放小，在原则范围内完成一定程度的利益交换，才能取得最后的胜利。钱江海的交代使整个案情越发明朗，对相关涉案关系人的定位也日益清晰，汤安然涉嫌非国家工作人员受贿一案具备收网条件了。但是，陈成知道他现在下的是一盘大棋,越是靠近事实的真相越有可能出现重大变故,一招不慎就可能引起张然及幕后黑手的强烈反弹,导致全案无法顺利推进。

思前想后,陈成还是决定对汤安然暂时引而不发,反正这案子已经主动权在握,随时可以收放。而现在,不影响下一步更为深入的调查工作才是最重要的。为此,陈成专门走访了司法局,将自己的思路和盘托出,希望暂时不移交钱江海律所双方代理案,等全案情况进一步清楚后再行移交。

司法局的同志听了陈成的介绍,深感案情重大复杂,为配合陈成顺利开展工作,他们决定暂时也不开展相关调查工作,等待合适的时机再行介入。

通过掌握的证据,陈成不但拿下了联横律所涉嫌双方代理案,还顺带拿下了汤安然涉嫌商业贿赂的基础证据材料。这一战对陈成和周星来说不可谓不漂亮,但离核心案件串通拍卖的真相还有很大的距离。不过,随着调查的深入,陈成和周星的信心却更足了。

虽然陈成决定不马上对汤安然采取强制措施,但却有必要取得汤安然的证词,以进一步完善串通拍卖整个案件的证据链。为了尽早给牙膏厂职工一个交代,陈成决定正面接触汤安然。

汤安然被依法传唤到刑警大队后,在陈成出示的证据面前,心理防线很快崩溃。汤安然这个人本没有什么与政法机关打交道的经验,加之一开始并没有深刻的违法犯罪思想基础,所以,在陈成强大的政策宣讲和法律攻势下,汤安然对自己参与牙膏厂土地拍卖的违法行为如实进行了交代。

汤安然自从把联横律师事务所操作成牙膏厂的诉讼代理方后,妹妹汤琼自然成了牙膏厂的法律顾问。一天,做事从不拖泥带水的汤琼突然造访汤安然。

汤安然此时正一脸愁容地窝在家里发呆。想到自从回到牙膏厂带领职工维权后,虽然费心劳力地带领职工阻止了法院的第20号调解书的执行,但是自己却什么好处也没见着。想到自己已经年过半百,老婆又浑身是病,自己这么折腾下去真不知道是为什么。就算香港千达通公司和牙膏厂重新开始谈判,然后再对土地进行拍卖,最后充其量就是职工的利益多捞点儿回来。但是这群穷棒子也不可能有能力对自己来个知恩图报啊!那自己出这个头有什么意义呢?想到这些,他禁不住地摇头叹息。就在这时,妹妹汤琼的突然造访让他隐隐感觉有什么期待中的事情要发生。

"妹妹你来啦,来,坐坐!你也是好长时间没到家来坐坐了,工作很忙吧?"汤安然热情地招呼着这位他一直引以为傲的律师妹妹。

"哥,你也知道,做我们这行的每天都被各种各样的官司纠缠着,身心都搞得很疲惫,哪有时间串门呀!对了,嫂子身体还好吧?"汤琼和哥哥拉起了家常。

"唉,老毛病了,心脏上的问题不好治。好一阵坏一阵,也没什么特效药,只有这样拖着了。"汤安然无奈地摇了摇头,叹息道,顿了顿,他把话引入了正题,"哥知道你是个大忙人,今天突然造访,应该是有事找我商量吧?大家是一家人,有什么事情就直说吧!"

汤琼知道哥哥汤安然非常精明,又经过官场和商场多年的历练,城府很深,看问题往往一针见血,自己也没必要绕弯子了。于是,她就把联横律师事务所协助海陵集团买地的事原原本本地告诉了汤安然,然后谈了自己的想法:"哥,我知道这些年你在外面打拼,过得也不容易。嫂子身体又不好,孩子也正在读书,经济上负担很重。这次,我们所帮助海陵集团竞买牙膏厂的土地,很大程度上要依靠你去做通牙膏厂职工的工作,让他们尽快和香港千达通公司达成新的调解协议,然后就可以马上对土地进行拍卖。至于海陵集团怎么控制拍卖环节就不需要我们去考虑了。哥,你只需要利用你在厂里的威信，让职工尽快同意新的调解方案就可以了。唯一需要注意的一点，就是让职工接受不能高于3500万元的拍卖底价，需要打点的费用我已经带来了，一共是30万元，怎么安排使用全由你做主。"汤琼边说边从挎包里拿出早已捆扎好的30万元现金，放在了茶几上。

汤琼继续诚恳地说道："妹妹觉得这是个好机会，也可以帮助你减轻一点儿经济上的负担，放心，妹妹决不会害你的。"

汤安然听了汤琼的一番话，心里开始了一番激烈的挣扎。如果自己收下这笔钱，就是一种受贿行为，一旦曝光，那可是要承担刑事责任的。想想如果东窗事发，坐牢的滋味可不好受啊！但是现在家里的实际情况确实是常常让自己捉襟见肘，有时候更是苦不堪言，个中滋味只有自己明白，而且平日里连找个知心的倾诉对象都没有。今天汤琼把30万元的巨款放在面前，对自己确实是一个巨大的诱惑！想想老婆巨额的医药费用、女儿上大学的各种费用简直就是一座大山，压得自己喘不过气来，自己现在真的是需要钱啊！想到这些，汤安然把心一横，不再犹豫，决定收下这笔钱。反正送钱的是亲妹妹，她不可能出卖自己的哥哥吧！就冲这种关系也值得赌上一把。

汤安然经过反复而激烈的思想斗争后，下定了决心。他掏出一支烟，深吸了一口，稳定了一下情绪，对汤琼说道："妹啊，哥可以帮这个忙，只是难度挺大，你也知道，现在的职工是最难缠的。我如果态度转化快了，只怕要被人看出端倪，容我仔细考虑个万全之策。另外，今天咱俩的事情就到此为止，你明白我的意思吗？"

"明白，你有你的苦衷。我相信你的能力，能够找到解决问题的方法。钱你就收好，放心，妹妹绝对不会害我的亲哥哥的。"汤琼再次安慰汤安然道。说罢，汤琼起身告辞，离开了汤安然家。

汤琼走后，汤安然陷入了沉思，如何才能不显山不露水地达到自己的目的呢？牙膏厂有200多名职工，要统一意见很不容易，一旦时间拖长了，让职工看出些端倪来就更不好办了。自己一个人去做职工的工作显得势单力薄，还容易被人看出问题，还是应该争取部分职工代表，让他们一起来做职工的工作，那样自己就不那么显眼，职工的工作也容易做多了。对，就这么办！

汤安然认为目前厂里的职工代表大会的十位成员都挺服自己的，比较好做通工作，只要把这十个人拿下了，其他职工就好说了。汤安然心里定下了开展说服职工代表工作的计划。

第二天，汤安然决定先召集职工代表大会通个气，顺便摸摸职工的底。

在厂里的小会议室，接到汤安然会议电话的十位职工代表成员准时到来。经过长时间的维权斗争，这些职工代表也感到精疲力竭了，加之现在厂里由于股东之间打官司，生产也停了下来，工资也快发不出来了，职工们怨气很大，但是也普遍感到对现状的无奈、对现实的无助。汤安然对职工的这种心态了解得非常清楚，因此他决定先谈谈自己的观点。

"在座的各位都是牙膏厂的老职工了，又都是职工代表大会的成员，我和大家一样，对牙膏厂的前途忧心忡忡。现在的局面大家都看见了，股东打架，职工遭殃啊！这样长期无休止地把官司打下去，也不知道什么时候是个尽头。目前厂里生产停顿，工资也快发不出来了，如果问题迟迟得不到解决，我们不但个人受损失，也要连累到各自的家庭，所以，今天请大家来就是商量个解决办法。大家都畅所欲言，不要有什么顾忌，谈谈自己的想法。"汤安然起了个头。

经过短暂的停顿，职工代表赵湘玉率先发言："原来的第20号调解书判定我们牙膏厂欠香港千达通公司3000万元，要我们从土地拍卖款里面支付给香港千达通公司，这是不公平的。牙膏厂和香港千达通公司之间的债权债务并没有经过司法审计，只凭当年购地的时候是香港千达通公司先垫付的 3000 万元就要牙膏厂归还这笔钱，我们当然不答应。要分家我们也没意见，但是一定要公平。我建议先将江城千达通公司的账目交给法院指定的机构进行司法审计，明确双方的债权债务关系和属性之后，再进行谈判，这样对双方都是公平的。"

赵湘玉的发言引起了大家的共鸣，大家七嘴八舌地议论开来。有人说："对，要进行司法审计，说不定最后还是千达通公司欠我们钱呢！"

职工代表温江说道："司法审计当然会给我们提供一个公平的谈判基础。但是大家想过没有，江城千达通公司成立十几年了，牙膏厂和香港千达通公司之间的账目早就混在一起，往来的款项非常频繁，有的款项性质很难说清。如果进行审计的话，不但审计时间漫长、花费巨大，而且最后的结果很难说就对我们有利。刚才汤书记说了，我们现在连发工资都很困难了，时间上我们是拖不起的，而且司法审计所需的费用我们也承担不起啊！"

温江的一席话给职工代表们当头泼了一盆冷水，大家顷刻间冷静了下来。是啊，现在连工资都发不出来，哪有时间和资金去搞司法审计啊！残酷的现实使大家陷入一片沉寂。

汤安然一直在仔细地听，他越发觉得这些平日里普普通通的职工，在关键时刻也不乏真知灼见啊！既然温江说出了他想说而不好说的话，那倒是意外收获。现在要抓住这个机会，把大家的思路往和解谈判上引。汤安然利用大家沉默之际说道："我听了大家的发言，觉得都很有道理，温江的发言更是点出了我们厂的困境所在。在目前内忧外患之际，大家都看得到，企业看来是很难经营下去了，但是就算要清盘，我们也要尽最大努力维护职工们的利益。我认为，如果我们再次启动和香港千达通公司的谈判，我们要定一个可以接受的底线。怎样确定这个底线，请大家讨论。"汤安然继续把话题往下延伸。

温江是个比较有经验的老职工,他心里已经有了个大概的方案,于是开口说道:"如果我们和香港千达通公司协商解决,确实就没必要进行耗时费力的司法审计了。香港千达通公司这些年通过股权分红已经捞走不少钱了,而我们在公司解散以后只能靠拍卖土地所得来的钱养家糊口。因此我们必须坚持土地拍卖后优先对职工进行补偿安置,剩下的再清偿银行贷款和补偿香港千达通公司。厂里的优质资产就只有土地了,生产设备比较老化,而且以后接手土地的单位也不会再生产牙膏,所以设备是值不了几个钱的。土地购入的时候花了 3000 万元,现在应该增值了,在土地不改变性质的情况下保守估计市值至少在 3500 万元。目前江城千达通公司尚欠银行贷款 2000 万元,如果按照 3500 万元的价格成交,除去偿还银行的 2000 万元贷款,我们起码应该保证 1500 万元的份额,保证厂里每个职工有 7 万元左右的补偿,剩下的拍卖价格超过 3500 万元的部分再由牙膏厂和香港千达通公司平分。当然,如果成交价不到 3500 万元,自然就没有香港千达通公司的份了,这也不是我们能顾及的了。我之前仔细考虑过,这样应该是比较合理的方案。"

汤安然和在座的职工代表听了温江一番话,都觉得有道理,既没有漫天要价,也基本上维护了职工的利益。按照现在房地产市场对土地的追捧,一旦开始竞价,价格肯定还有很大的上升空间。汤安然心里暗自松了一口气,看来职工的工作没有自己想象的那么难做,看起来都还是非常明事理的,并没有胡搅蛮缠。更关键的是汤琼提出的 3500 万元的底价现在由职工们提了出来,还省去了自己很多麻烦。这 30 万元的打点费自然也不用花出去了,自己要做的就是顺水推舟。至于海陵集团那边的人还能不能控制住拍卖价格不往上涨或者能接受多高的涨幅,那就不是自己能管的事了。现在关键是看香港千达通公司的态度了。虽然从职工们提出的方案来看,和香港千达通公司最初的意愿相差很大,但是从汤琼给他介绍的情况来看，香港千达通公司应该也是急于达成调解协议。至于该公司答不答应这个条件，自己也只能做到这些了，尽人事听天命吧！不管怎么样，今天总算往前又推进了重要的一步。

没有想象中激烈的争论和分歧，汤安然顺利地通过了职工代表这一关。最后，职工代表大会通过了温江提出的和解方案，并送交职工大会进行表决。

会后，汤安然立刻给汤琼打去电话，说明了职工代表会议商议的结果。汤琼接到电话后，表示会立刻将情况向海陵集团和香港千达通公司通报。

出乎汤安然的意料，香港千达通公司董事长孙杰没有预料中的讨价还价，而是很爽快地答应了牙膏厂的和解方案。他当然不知道此时的孙杰已经和海陵集团、东腾公司签订了三方协议和三方备忘录。虽然这里面涉及香港千达通公司的内容已经和孙杰的初衷大相径庭，但是孙杰已然接受了这样的安排。

汤安然没料到香港千达通公司的态度能够这么快完成转变，他自然是暗自长舒了一口气，同时也觉得钱江海确实能量高深莫测。既然对方已经同意牙膏厂职工代表提出的方案，那下一步就要召开全厂职工大会，公布这一方案，及时通知全厂职工，免得像前任厂长严家风那样因为私下和孙杰媾和，结果弄得灰头土脸，收不了场。一切都要做得让人看不出破绽，说不上闲话。表面上看，均是按正常程序运作的。

汤安然随即召开了全厂职工大会，公布了职工代表大会的谈判方案，并强调除了通过司法拍卖保证全厂职工1500万元的收益之外，如果拍卖价格超过3500万元，超过部分仍然要和香港千达通公司平分。这样的方案已经和原来第20号调解协议书首先保障香港千达通公司的3000万元债权的内容完全不同了，看上去职工的权利基本上得到了保障。职工代表已经将方案的内容提前在职工中间进行了散布，大家也或多或少进行了一些议论，都有了一定的思想准备。所以会议进行得比较顺利，大部分职工都觉得比较满意。其实，职工们也不想旷日持久地拖下去，都希望早点儿拿到土地拍卖款。经过举手表决，一致通过了谈判方案，并在会后散发的"方案确认书"上具名签字。

弄完厂里这一摊子事，汤安然长舒了一口气。他拖着疲惫的身躯回到家里，看见患高血压、冠心病的老婆，汤安然心情又沉重起来。毕竟是多年的结发夫妻，她一天到晚病恹恹的样子，时常让汤安然心生愧疚。想到妻子为这个家操劳半生，没过几天舒心的日子，汤安然矛盾纠结的心结已然打开了。他把心一横，为了妻子的健康和女儿的学业，他决定无论如何都要把汤琼交代的事情办好，不管以后有什么后果都由自己承担，也算给妻子和女儿一个交代。

汤安然在如愿获得全厂职工的表态支持后，立即通知了汤琼。在联横律师事务所的运作下双方很快在法院的主持下达成了新的调解协议，法院也制作了新的调解书，并很快组织了第一次拍卖。但在拍卖当天，却爆出有人企图违规参加拍卖并哄闹拍卖现场，导致第一次拍卖被中院中止。

汤安然收了汤琼送来的 30 万元，开始还是有点儿惴惴不安，后来看见事情发展得比较顺利，心也慢慢放宽了。好不容易等到拍卖会开始，却又在现场出现意外，被中院中止了拍卖，自己刚放下的心一下子又悬了起来。想想毕竟只有汤琼他们如愿拿到土地，这件事情才算完啊！正在他胡思乱想的时候，汤琼找上门来了。

由于二人已是拴在一起的利益共同体，没有过多客套，汤琼就直入主题："哥，你也知道中院中止拍卖的情况了吧？"

汤安然答道："当然知道，从产权交易所回来职工们议论纷纷，说什么法院要让关系户违规进场参加拍卖，大家一闹，法院就中止了拍卖。这到底是怎么回事啊？"

汤琼安慰他道："哥，这里面的原因你就不要管了，情况比较复杂，有些事情知道多了反而不好。今天我来主要是请哥配合做一件事情。"

汤安然其实也不想知道太多的内幕，知道多了确实是个麻烦。但是现在钱都收了，怎么也得帮着把事情做下去呀！汤琼毕竟是自己的妹妹，相信她不至于过分为难自己。

汤安然定了定神，对汤琼说道："有什么事情你就直说吧，只要我能办到的。"汤琼就要求汤安然以牙膏厂的名义给中院执行局写一封信函，以迫使中院尽快恢复拍卖。

汤安然听后心想，拿人钱财替人消灾，天经地义。不过，写这样一封信函本身倒不是什么难事，只是若要以单位的名义写，起码应该告知一下职工代表，免得以后有什么麻烦和把柄落在自己一人身上。

想罢，汤安然就回复汤琼道："这件事情应该没什么问题，都是为了职工早日获得补偿嘛。我可以写。只是需要召开一次职工代表大会统一一下意见，以免职工知道了还认为我们在偷偷摸摸地搞暗箱操作。"汤琼当然知道汤安然此举意在分解责任，不过她也认为确实是有必要开这个会的，可以堵住一些胡乱猜测的人的嘴。于是她表示同意，并要求汤安然尽快完成这些工作，随后她便告辞离开了汤安然家。

汤安然当然希望拍卖能够尽快完成，以消除他的担心，于是，他第二天就召开了职工代表大会。由于大家都希望早日拿到拍卖后的补偿款，不希望再出现什么插曲导致拍卖久拖不决，所以当汤安然提出准备以信函的方式督促中院尽快重开拍卖的意见后，大家意见高度统一，一致通过了汤安然的提议。

诱导职工们同意向法院出具催促函后，汤安然如释重负。回家后，他赶紧拟就了一封措辞强硬的信函，要求中院务必重新拍卖，以确保职工早日拿到补偿款，否则职工情绪无法控制，可能将再次到中院集体上访。信函的落款是"江城牙膏厂",并加盖了牙膏厂公章。

做完这些工作后,果不其然,不久,中院就通知了第二次拍卖的时间,从而最终将土地以合法的形式由海陵集团竞拍成功。至于其中是否还有其他因素,汤安然表示自己确实就不知道了。

对汤安然的讯问比较顺利,当然这是建立在前期证据搜集得科学、全面的基础之上。鉴于汤安然采取了配合的态度,出于对全案顺利侦办并进度一致的综合考虑,陈成决定暂时不对汤安然采取强制措施,但是向他交代了相关纪律要求。

接下来,协助中院组织拍卖的嘉豪拍卖公司可是个关键角色了。但从前面调查的情况看,这家公司的老板许浩可真算是个刺头。一开始不配合调查工作不说,从现在收集的证据看,他从中起的负面作用不小,而且十分顽固。虽然他不太可能是幕后操盘手,但肯定是个既得利益者。陈成决定从目前掌握的证据入手再次面对许浩,刺激他一下,看他有何反应。

许浩这段时间的小日子过得挺舒心,操作牙膏厂土地拍卖这件事让他狠赚了一笔。虽然他也知道牙膏厂的职工在闹腾,但他认为司法拍卖的法定程序已经结束了,牙膏厂土地的归属已经明确归于海陵集团了,就凭几个职工能翻得起什么大浪?尽管警察曾经上门来问过此事,但是他一点儿都不担心会出什么问题。

这一天,陈成又找上门了。许浩心里那个烦呀,但又不得不硬着头皮接待。有了上次和许浩接触的经验,陈成这次显然是有备而来,他一一道出了拍卖过程中存在的种种问题,件件都有翔实的依据。许浩越听脸色越难看,他没料到陈成在背后做了大量的查证工作,这是要逼死自己的节奏啊!自己一旦承认,不但拍卖公司资格保不住,势必还会把张然暴露出来。想当初张然找上门来,虽然很强势,但是给了自己一笔不菲的佣金。如果自己出卖他,到时这个恶神找上门来自己可吃不了兜着走!不成,再怎么着也不能承认这档子事。

　　许浩打定主意和公安机关对抗到底。他稳了稳心绪，将陈成列举的种种质疑全部搪塞了回去。虽然不能自圆其说，但是他就是摆出一副死猪不怕开水烫的模样，能赖就赖，能拖就拖。陈成算是看明白了，此人和钱江海不同，钱江海毕竟是法律专业人士，算知识分子一类，懂得审时度势，知道进退得失。这个许浩就粗鄙许多，虽然也是法官出身，但更像个唯利是图的生意人，眼里就只有钱，钻进钱眼怎么拉都拉不出来，这种货色能守着钱过一辈子。

　　陈成知道，再和许浩耗下去纯属浪费时间。凭现在的证据找他的麻烦本也不难，但从全案的角度来看，还为时尚早。大可以如同对汤安然一样，暂时先晾他一晾，继续从其他方面收集完善全案的证据。但是，唯一让陈成有点儿担心的是，今天接触了许浩，虽然完全看清了他的嘴脸，但没有拿下他，他肯定会立即和他背后的黑手联系，情况可能会更加复杂。陈成带着一丝担忧和周星离开了嘉豪拍卖公司。

　　一番较量之后，陈成有陈成的担忧，许浩却更是吓得心惊肉跳。许浩虽然软磨硬扛过了这一关，但是内心早已如惊弓之鸟。对目前面临的可能失控的局面，许浩不禁开始忧心忡忡起来。面对可能降临的灾祸，此时他再也无法平静，愁绪满怀地开始思考两个多月前发生的一幕幕……

第十章　不堪重负

许浩接到了江城中院选中他的嘉豪公司组织牙膏厂土地拍卖后的第二天,就有人登门造访。

在许浩的办公室,许浩见到了一个自称张然的人。"许总,我叫张然,受海陵集团委托来和你商量一件事。"张然一见到许浩就直接打出了海陵集团的名号。

"哦,海陵集团我倒是听说过,是一家很有实力的上市公司嘛。不知道找我有什么事?"许浩略感诧异地问道。

"我们海陵集团准备竞买牙膏厂即将被拍卖的土地,希望贵公司能够配合我们的工作,确保我们竞拍成功。"张然快人快语,直截了当地说明了来意。

许浩在司法界混了几十年,一下就明白了张然要他配合的所谓"工作"的含义。

在拍卖行业,如果仅凭拍卖成交价格来提成,拍卖公司基本是维持不下去的。一是同行竞争太过激烈；二是拍卖这个概念还没在国人心目中形成一种观念，很多可以或者应该进拍卖市场的资产在场外的小范围内就交易了。所以拍卖公司要想赚钱就得使出浑身解数，通过与买家、卖家，甚至司法机关相互串通勾连，拉高或者压低拍卖价格，达到事先约定的目的，然后从中获利。通过这些盘外招，这样的获利自然比正规的成交提成要高得多。因此，这种串通拍卖的方式也就在拍卖行业里大行其道。正应了那句话，"天下熙熙皆为利来，天下攘攘皆为利往"。

由于许浩是行家里手，双方沟通也就比较顺利。"张总要我公司配合工作，我能做的无外乎就是在拍卖报名的环节给报名竞拍的公司设置一些障碍，阻碍有实力的竞拍对手介入，以保证海陵集团竞买成功罢了。不过，这可是犯法的事啊，风险很高哦！"许浩也不含糊，明明白白地道出了个中玄机。

"明人不说暗话，只要你能在报名的环节卡住那些不知深浅的竞买人，我方将支付你 30 万元。当然，这样的工作有一定难度，我会和你配合的。如果真有些你们商人不好对付的刺头，就交给我去处理。"张然语气平缓又带有几分威仪霸气。

许浩心里迅速做风险评估，如果按正常的拍卖程序下来，自己也就收入七八万元，眼前这个人开价 30 万元，确实够大方，而且自己要做的工作也就是在报名的时候设置一些障碍而已，这倒是自己的强项。别小看这个环节，里面可是大有文章。这姓张的看起来倒是个识货之人，想来以海陵集团的背景，应该是在其他环节下足了功夫。因为这么大块黄金地段的土地能够走到今天，并已然进入司法拍卖程序，绝非易事。况且拍卖公司的工作也只是其中的一个环节而已，自己不就是干这个的吗？不就指着有这样的机会挣几个钱吗？干脆做个顺水人情得了，配合这些人把戏演完，这 30 万元的酬劳也着实是诱人。

许浩一边用笔在办公桌上不经意地划拉着，一边抬头看了看张然。从张然刚才的话语和这个人的外形上看，此人绝非善类。但是这样的事情，也确实不是心慈手软的人可以做的。他承诺可以对付一些刺头，这倒是降低了自己不小的工作难度。

"好！我同意协助海陵公司竞买这块地，但是做成这件事情的难度不小，确实不是我一家可以做到的。希望张总以后在合作中信守承诺、通力协作。"许浩在巨大的利益诱惑下，也不再去考虑法律的底线和职业的操守了。第二天，张然就将答应好的30万元现金给许浩送了过去。

收到钱的许浩就像打了鸡血，立即铆足了劲开始他的工作。许浩首先给嘉豪公司的员工进行了应答咨询的培训，他强调了三点，要求员工在回答咨询的时候必须透露出去。第一，牙膏厂职工对补偿要求并未统一，拍卖后仍然有闹事的可能，可能会导致开发商无法进场；第二，牙膏厂设备价值可能被低估，职工可能会借题发挥；第三，有重量级的单位准备全力拿下这块地。员工们听了自是心领神会，把这三点核心内容巧妙地融入了应答咨询之中，这些话术技巧对于这些办公室小白领来说早已经驾轻就熟了，一经点拨，进入状态还是很快的。

打电话来咨询的这些准备参加竞拍的开发商们听了嘉豪公司员工的回答后，大部分都失去了信心。要不觉得处理职工问题太棘手，要不觉得竞争单位实力太强，自己无法与之竞争，遂纷纷打起了退堂鼓。但是，凡事总有例外。有两家公司非常执着，铁了心要报名参加竞拍。当然，报名这第一关并不能挡住所有想参加的竞拍者，这也在许浩等人的预料之中。

之后，在张然等人的鼎力配合下，终于将两家不听招呼的公司清理了出去，历经波折后总算将拍卖进行到底。

许浩把思绪拉回到眼前，现在公安为这事找上门了，看来麻烦不小，自己得早做准备。于是，他第一时间就拨通了在他看来无比重要的电话，希望能从电话里得到一些慰藉和支持。听完许浩的陈述，电话那头的神秘人物语气平和地对他说道："小许啊，串通拍卖即使构成，它也不是刑事案件，公安机关拿你是没有办法的。只要不进入刑事司法程序，一切都不用慌，都是可以想办法解决的。"听了"大哥"的一番劝慰，许浩悬着的心这才稍稍放下。

通过一段时间艰苦细致的调查，串通拍卖案的轮廓已经出来了。陈成开始把目光聚焦到三方协议和备忘录上提到的东腾公司。从三方协议和备忘录的内容上看，东腾公司起的作用不可小觑，因为按三方协议的内容它要和香港千达通公司平分海陵集团竞拍成功后的收益。那东腾公司到底在这里面扮演的是一个什么样的角色呢？这家东腾公司是李月寒原来所在的单位，难不成这件事还和李月寒有关？不对啊，李月寒已经离开东腾公司很久了呀！恐怕是东腾公司老板自己的业务吧！陈成见整个案件情况越来越复杂，他不想这样的事情和李月寒扯上什么关系。从目前的情况来看确实也和李月寒没什么关系，陈成觉得是自己多虑了。想到这里，他不禁笑自己有点儿太神经过敏了，见不得和李月寒有关的东西。

出于案件调查的基本需要，陈成调阅了东腾公司的工商档案。档案上赫然写明了吴勉已经从原来占80%的大股东变更为占20%的小股东，张然新晋成了占80%的大股东。这里面再次出现了张然的名字，陈成对张然已经不陌生了。因为这段时间的调查工作表明，张然具体实施了诸多操控司法拍卖的行为，奇怪的是，张然是怎么突然就进入东腾公司并取代了吴勉的大股东地位的呢？

带着这个强烈的疑问，陈成决定找到吴勉了解情况。他没料到，吴勉的讲述将案件引向了更加曲折离奇、出人意料的深水区。

面对陈成的到访，东腾公司董事长吴勉是喜忧参半。忧的是有些商业上的秘密实在是不方便让警方知道，喜的是自己受到的委屈和伤害有了倾诉的机会。最终吴勉选择了有所保留地向陈成讲述东腾公司参加三方协议的由来。不管是谁，对伤害的回忆都像是又一次揭开伤疤。吴勉在陈成面前，陷入了痛苦的回忆。他对陈成说，他一直在犹豫到底要不要向公安机关报案。现在既然警方主动找到自己，就没有必要继续隐瞒下去了。接着吴勉讲述了不久前那一段梦魇般的经历。

由于金融政策调整和市场变化的因素，吴勉面临的资金紧缺的压力一直像一座大山压在他身上，让他常常有喘不过气的感觉。他把能考虑的资金渠道都想了个遍，仍然理不出个头绪。对于合法的渠道自己达不到人家融资的条件，找人合作自己又心有不甘，况且一时半会儿到哪里去找各方面都合适的合作伙伴呢？

为了解决燃眉之急，吴勉想到了李月寒曾经讲到的夏华证券公司的唐林。听李月寒的描述，这个唐林胆子大、点子多，倒是可以试试通过这个渠道弄些资金，但是有可能要付出很高的法律成本，风险较大。李月寒现在已经离开自己公司多时了，她是否愿意出面牵这个线也是个问题。

一天，正当他靠在老板椅上冥思苦想、苦无良策的时候，一阵急促的电话铃声从桌子上传来。他拿起电话开始接听，慢慢地，他的脸色突然僵住了，豆大的汗珠慢慢从前额渗出，他只是机械地答应着，拿话筒的手也微微有些颤抖。随着通话的结束，他放下话筒，慢慢地把头埋在两手之间，双手胡乱揉搓着头发，仿佛陷入了一个无底的深渊……

到底是什么样的电话让平时稳健沉着的吴勉如此失态呢？事情还得从一年前说起，当时吴勉为了拿到现在手中的一块土地，在融资无门的情况下，被迫向万健财务公司借了1000万元的高利贷，月息高达10%。土地是拿到了，原本指望用土地抵押贷款来解决开发资金和偿还高利贷的问题，谁知道碰到了国家对土地抵押贷款进行限制的金融政策，结果不但没有资金进行土地开发，而且还要支付每月100万元的高利贷利息。这样沉重的经济压力使他不堪重负,刚才的电话正是万健公司的总经理周天宇打来的,因为又到了支付利息的时候了。

吴勉知道在江城是没有人敢拖欠周天宇一分钱的,这个在江城黑道上响当当的人物不但黑白两道势力强大,而且非常狡诈,诡计多端。谁要是惹上了他,那基本上就永无宁日,这个人是什么事情都做得出来的。吴勉现在是非常后悔借了周天宇这笔阎王债,周天宇现在还没和他撕破脸皮,那只是因为他每月都还能按时支付高额的利息,这样的债务人对周天宇来说就是一棵摇钱树。但是如果哪天他无力承担了,那后果是吴勉想都不敢去想的。现在吴勉已经处在了一个内外交困的环境,如果再不想出个解决办法,那真的会造成一个无法收拾的局面。

经过一番思索,为了解决周天宇套在自己脖子上的高利贷枷锁,吴勉决定就算是冒一冒法律的风险,走一走法律的钢丝,也必须豁出去了。他想要和唐林好好谈一次,争取从唐林这个渠道弄到他急需救命的资金。于是,他拨通了李月寒的电话:"喂,月寒吗?如果你今天有时间,请你到我办公室来一下可以吗?"

李月寒虽然已经到了鲲鹏公司上班,但还是很给老领导吴勉面子,她没有推辞,很快就赶到吴勉的办公室。

吴勉招呼李月寒坐下后,他开门见山地把话题引到了唐林身上。"月寒,现在公司的情况可能你也有所了解,我们现在最缺的就是进行下一步开发的资金。如果再不解决这个问题,我们的土地使用权就有可能被收回,那我巨大的前期投入就彻底打水漂了。所以我想请你介绍你的老上级唐林给我认识,看我和他有没有合作的可能。"说完吴勉用一种恳切的眼光看着李月寒,想到自己面临的窘境,他觉得哪怕是一根救命稻草他也要尽力抓住,所以他顾不上考虑李月寒的想法了。

李月寒听了吴勉的话,没有吭声,沉吟半响,才开口说道:"吴总,唐林以前给我带来了很多麻烦,你是知道的。我和他闹得很不愉快,所以我也很久没和他联系了,不知道能不能联系上他。"明白人都是听话听音,吴勉听了李月寒的回答后,知道李月寒是在敷衍他,但是他仍然想凭他多年与人打交道的经验,尽力说服李月寒。

"月寒,我知道你对唐林有看法,我也觉得他以前做得不对,对不起你,但是磨难也是财富啊!它会帮你更快地成长,所以我们要感谢那些伤害了自己的人,我们都要向前看,不要被过往束缚了手脚。现在东腾公司遇到很大的困难,如果不能尽快摆脱困境,公司就有破产的可能,你也不希望看见公司垮掉吧!也不希望看见这么多你以前的同事们失去工作吧?所以我真诚地希望你能从东腾公司生死存亡的大局出发,想办法帮助东腾公司摆脱困境。"

李月寒听了吴勉近乎哀求的话,不由得苦笑了一下:"这样吧,我试着联系一下唐林,如果约好了我就告诉你。"李月寒不再推托。她就是这样的人,一旦决定了的事情就非常爽快,尽心竭力,话里话外透出了职场成熟女性的干练。

李月寒很快约定了唐林和吴勉见面的时间和地点。自从杨柳风邀请李月寒去过坐落在江城市中心的维多利亚西餐厅后,李月寒就喜欢上了这里,这里的装饰全是欧式风格,江城市的商贾名流也大都喜欢在这里享受异域风情。因此,李月寒将见面的地点定在了维多利亚西餐厅临江的一个包房。

到了见面的时间,唐林如约而至。经过李月寒的引见,两人很快熟识起来。由于时间紧迫,吴勉没有过多客套就向唐林讲明了他希望向唐林融资救急的请求,但是他没有讲出向周天宇借高利贷一事,这也可以理解,谁愿意把钱借给一个欠一屁股高利贷的人呢?唐林听完关切地问道:"我理解吴总的难处,资金我这里还是有一些。但是你也知道,为了保证资金安全,我们借钱出来都是要抵押或者担保的,正所谓亲兄弟明算账嘛,不知吴总这边……"

唐林的话吴勉是早已预料到的,要说拿资产作抵押,由于自己的资产都已经抵押给银行了，这条路肯定是行不通的。目前自己唯一可以拿得出手的就是一纸重要的合同了，于是，吴勉就将他目前正在运作的一个项目告诉了唐林，他希望用手里的这个项目作为说服唐林借钱给他的依据，表示自己有还款的能力。那么吴勉到底在运作一个什么样的项目呢？

原来，大型上市公司海陵集团，准备到江城市来发展房地产项目，该公司派驻江城市的负责人童景天经人介绍认识了江城地产界的"老游击队员"吴勉。由于吴勉在江城市搞房地产开发多年，在政府各相关职能部门积累了深厚的人脉关系，而童景天初来乍到，确实需要一个熟行的当地合作伙伴来寻找项目并打开各种通道。双方一深入交谈，很是投机，大有相见恨晚的感觉，于是童景天便委托吴勉在江城代为寻找土地开发项目。吴勉立即动员自己所有的人脉关系，四处打听是否有合适的项目。在他不懈的努力下，终于找到一块有待处理的工业用地，大约有70亩，位置也极好，就是江城牙膏厂所在地，而且土地已经进行了司法评估，正处于将要进行司法拍卖的阶段。更关键的是江城牙膏厂现在叫江城千达通公司，是由牙膏厂和香港千达通公司合资而成，吴勉和该公司港方代表孙杰非常熟识。孙杰也很希望能有一家有实力的企业将该公司即将司法拍卖的土地早点儿买走，自己也好尽快从烦人的官司泥沼里脱身。所以，当吴勉找到他时，他非常愉快地表示了合作的意愿，并详细向吴勉介绍了相关情况。

吴勉将收集的大量关于江城牙膏厂土地的相关资料交到童景天手中，并详细介绍了该公司如何因为濒临破产导致进行清产核资，最后进入司法拍卖以安置职工和偿还银行贷款的经过。童景天经过对这块土地的全面而详尽的调查，觉得非常满意，并向总公司进行了汇报。总公司为慎重起见，也专门派人到江城市来进行了专题调研，最后同意了拿下这块土地的计划。童景天为了确保顺利拿到牙膏厂土地，就和吴勉的东腾公司以及香港千达通公司签订了 9500 万元的土地包干协议。由东腾公司和香港千达通公司全面协助海陵集团协调竞买土地所需打通的各个政府职能部门，撇清江城千达通公司各种遗留问题，确保海陵集团竞拍成功。如果拍卖价超过 3500 万元，则海陵集团退出竞买；如果拍卖价在 3500 万元之内，则 3000 万元用于该土地由工业用地转商业用地的费用，剩下 3000 万元由香港千达通公司与东腾公司平分。海陵集团也是长期搞房地产开发的行家里手，他们不差钱。但是他们知道这个行业里面有各种各样的潜规则，与其自己亲自去运作既耗费精力，也同样要花差不多的钱，不如依托当地做这行的熟门熟路的企业，这样做效果会更好，效率会更高，而且在运作各种潜规则时，交给中间公司去做，自己也少掉许多法律风险。

唐林听完吴勉的介绍，不紧不慢地说道："吴总啊，你介绍的项目是很好，我也相信你会运作成功。可是毕竟它还不是真金白银啊，我做生意是讲究风险控制的，万一要是成功不了，我的钱可就打水漂了呀。这样吧，让我再考虑考虑，改天给你答复怎么样？"

吴勉略带遗憾地说："好的，希望唐总尽快给我一个答复。"言毕，吴勉和李月寒起身先行离去，唐林望着他们离去的背影，若有所思……

就在吴勉和唐林见面后的第二天晚上，周天宇带着五六个手下找到了吴勉。吴勉见到周天宇一行凶神恶煞地闯进了他的办公室，不由得吓得一哆嗦。他连忙起身，招呼周天宇等人坐下，然后忙不迭地准备去倒茶。

周天宇跷着二郎腿，把手一摆，大大咧咧地对吴勉说道："不用忙活了，吴总。我们今天来的意思呢，不用说你也知道，前两天已经是这个月你该付 100 万元利息的时候了，你一直没和我联系。所以呢，我就不请自来，想看看吴总到底是什么意思，是不是不想还钱了？"

吴勉一脸苦笑地站在周天宇面前，有点儿结巴地说道："不

第十章 不堪重负

是,不是那个意思,借的钱是一定要还的。只是,你也知道这段时间房市不景气,原来修好的房子卖不出去,新修的房子又没有后续资金,工程都停下来了,我确实没钱还啊!我正在到处想办法,争取先把利息给你付上。再加上我已经付了你十个月的利息共1000万元了,你也体谅体谅我的苦衷吧!"

"利息和本金一码归一码,你只要今天把这个月的利息付了,我立马走人。"周天宇吃准了吴勉现在绝对拿不出这100万元。

如周天宇所料,吴勉确实拿不出100万元。他现在唯一能做的就是希望周天宇能宽限他几天,他再去找朋友想办法借点儿,来把这利息给还上。可是,周天宇是铁了心来找碴儿的,哪会给他时间去借什么钱啊!所以,吴勉话刚出口:"请周兄再宽限几天……"周天宇就打断了他的话:"行了,这话我都听你说了一百遍了,我没那个耐心,宽限到什么时候是个头啊!不说了,我们换个地方再说!"

然后,周天宇对手下的弟兄说道:"请吴老板上车!"几个手下得到命令后,立即上前将吴勉左右架住,前后簇拥着走出了吴勉的办公室。

到了周天宇事先安排好的宾馆,周天宇丢下一句:"好好想想怎么找钱来还的问题。"就离开了,留下三个手下看住了吴勉。

转眼吴勉被拘禁在宾馆里面已经三天了,吴勉着急得像热锅上的蚂蚁。由于之前自己为了开发项目已经把能够借钱的关系都借遍了,后来迫不得已才向周天宇借了1000万元的高利贷,现在打电话找朋友借钱,基本上都被回绝了。吴勉迟迟没有借到钱,就挨了周天宇手下一顿打。

晚上,吴勉躺在床上疼痛难忍,他知道这些人心狠手黑,就算报了警,他们随便找个人出来顶个罪就完了,而自己可能被整得更惨。看来还得找有分量的人来协调才行啊!吴勉想来想去,他再次想到了李月寒。他听说了李月寒通过一番刀光剑影、明争暗斗，当上了鲲鹏公司的总经理，说不定她还能想到办法救自己。

第二天，周天宇来到宾馆，他走进拘禁吴勉的房间，看见吴勉脸上的伤势，便假装一脸关切地问道："呦，这是怎么啦，谁把我们吴总伤得这么重啊？哎，可能是我手下的弟兄手重了一点儿，怪我管教无方。吴总可不要往心里去啊！"

吴勉心里暗想，呸，去你妈的！猫哭耗子假慈悲！但又不能发火，于是他扭头不语。

周天宇阴笑了一下，接着说道："吴总如果实在想不出办法，我倒有个主意。听说你手里接了个大单啊，还是和海陵集团的合作。只要你把这个项目交给我做，并配合我做下来和海陵集团的合作的工作，我马上放了你。你也不用急着还钱，欠我的钱从以后在项目里赚的钱里面扣除，你看怎么样？"

吴勉听了心里一惊，原来这小子在打我和海陵集团合作项目的主意啊！他是怎么知道这个项目的呢？胃口可是够大的呀！这个项目是我用来打翻身仗的，可绝不能落在这个恶人手里。但是现在如果强硬地拒绝他，说不定自己还得受皮肉之苦，好汉不吃眼前亏，先暂且敷衍他一下，等我见了李月寒看情况再说。打定主意后，他对周天宇说道："这样吧，我准备马上约见我一个朋友，看她能不能帮我把利息还给你。如果再不行，我们就谈转让项目的事，你看怎么样？"

周天宇听了也不勉强，他笑了笑，说道："行啊，我等吴总的好消息。"然后转身离开了房间。

周天宇是怎么知道吴勉手里有这个项目的呢？原来，话要回到唐林身上。这个唐林坐在夏华公司总经理的位子上有些年了，这些年证券市场已经慢慢度过了萧条期。中国经济的蓬勃发展使证券行业受益匪浅，唐林当然又开始风光无限起来。人是最不容易满足的，虽然唐林拿着百万年薪，但他还是觉得应该有自己的产业。他不想做一辈子替人打工的职业经理人，只是一时半会儿也找不到合适的项目和合作者，所以大多数的时候他也只是想想而已。

这天正开着奥迪 A6 行驶在上班路上的唐林接到了李月寒的电话，李月寒在电话里说要介绍一个朋友给他认识，让他定个时间。唐林接到李月寒的电话还是很高兴的，毕竟他以前是那么欣赏她，而且他对李月寒还抱有内疚之情，因此他毫不犹豫地答应了李月寒的邀请。

李月寒要介绍的人就是吴勉，唐林听了吴勉介绍的情况后，心里明白了大半。唐林和周天宇早就认识，周天宇通过万健财务公司向社会单位和个人发放的高利贷资金很大部分都是由唐林找渠道提供的。周天宇早就给唐林讲过向吴勉发放高利贷的情况，因此，唐林对吴勉的情况也多少了解一些，只是唐林一直没见过吴勉罢了。现在听吴勉这么一说，唐林当然肯定是不会借钱给他的，不但不会借，他心里还盼望着周天宇早点儿替他从吴勉手里收回放出去的高利贷呢！只是这些隐秘的内幕，吴勉和李月寒都不知道而已。不过，今天李月寒约的这次见面正是个了解吴勉有无偿还能力及其真实实力的好机会。

唐林听了吴勉对这份关于协助海陵集团拿地的合同的全面介绍，心里暗自盘算，海陵集团绝对是国内规模和实力数得着的房地产开发企业。如果它参加竞买牙膏厂的土地，加上吴勉这个江城房地产界的老江湖的运作，拿下这块土地倒是十拿九稳。只是这么大一块肥肉让吴勉叼去，那可是心有不甘啊！

此时，老谋深算的唐林脑袋里迅速开始思索如何把这个项目夺过来自己操作。他想，凭着自己在江城的社会关系，成功拿下这个项目还是有比较大的把握的。幸好，吴勉还欠着周天宇的高利贷，这岂不是天赐良机！于是，他决定先稳住吴勉，然后由周天宇出面催债，用吴勉欠周天宇高利贷这件事来向吴勉进行极限施压，最终迫使吴勉交出与海陵集团的合作项目，转由自己来运作。

吴勉和李月寒走后,唐林给周天宇打去了电话,将吴勉今天来说的事情以及自己的打算全部讲给了周天宇。周天宇见凭空掉下这么大块肥肉,听了也是兴奋不已,两人遂开始密谋怎样算计吴勉,将这块肥肉生生叼走。最后,二人定下了由周天宇出面将吴勉以欠钱不还为由拘禁起来,然后威逼他交出和海陵集团的合作项目的方案。

于是,随后就出现了前面周天宇带人绑架吴勉的一幕。

吴勉当然不知道周天宇和唐林勾结暗算他的事,他现在唯一能做的就是祈求李月寒能尽快救他出苦海。

吴勉等周天宇走后,立刻给李月寒打了电话,并且约她到宾馆来详谈。李月寒接到电话很快就赶到了吴勉所在的宾馆,她刚走进宾馆大门,就看见了独自在大厅茶座等候的吴勉。

李月寒快步上前,吴勉赶忙起身致意,李月寒随后在吴勉对面落座。对吴勉来说,今日的李月寒已不同往昔,混得风生水起不说,而且今天是专程赶来给自己救驾的,能不礼数周全一点儿吗!

见到吴勉异常憔悴,而且脸上有伤,李月寒忙关切地问道:"吴总,这么急约我有什么事吗?你脸上的伤是怎么回事?"

听到李月寒关心的话,吴勉不禁长叹一声,眼眶有点儿泛红。他不无伤感地说道:"月寒啊,我现在是被人控制在这里的,因为我欠下了人家的高利贷,已经被押在这里三天了。"

李月寒闻言不禁大吃一惊,她忙问道:"押你的人呢?"

吴勉朝旁边十来米远的位置努了努嘴:"喏,都坐在那里呢。"李月寒转头一看,果然有三个穿黑色西服的男子坐在不远处的另一个茶座边,不时朝这边瞟过来犀利而警惕的眼神。

李月寒扭过头定了定神,继续问道:"他们是哪里的?为什么要拘押你?"

第十章 不堪重负

吴勉见李月寒问起，就把自己被周天宇拘禁起来的前因后果详细给李月寒说了一遍。为了让李月寒帮他解眼前之围，他还把和海陵集团合作的事也一并告诉了李月寒。他还说，周天宇之所以将自己拘禁起来，就是看中了这个项目，想利用自己欠他的高利贷逼自己交出这个项目，但这个项目是自己用来打翻身仗的，无论如何都不会把项目交给他。不过，如果李月寒能够帮他解决眼下的困境，他愿意把这个项目全盘转让给李月寒操作。

吴勉在受到周天宇手下的殴打后，经过反复权衡思考，他下了决心，只要有人帮自己出头，哪怕以交出和海陵集团合作项目为代价，都要出心头这口恶气。

李月寒耐心听完吴勉的诉说后，安慰他道："吴总，你先不要着急，说到底，这就是个钱的事，只要能用钱解决的事就不是什么大事，我会尽力帮你想办法解决的。"吴勉见李月寒答应帮助他，不由得感激涕零。这些天被人关押殴打的日子真是让他受够了，身体上和心理上的双重压迫早已使他濒临崩溃。打了那么多电话，找了那么多关系，可是无人敢出面接招，现在看来，找李月寒确实是找对了。她敢帮助自己，说明她现在确实发展得不错，吴勉自是一番千恩万谢。

随后，在吴勉的示意下，李月寒走到了不远处周天宇坐着的地方，并上前向周天宇作了自我介绍。

身为江湖中人，周天宇已经知道了李月寒和杨柳风的关系，对李月寒处理鲲鹏公司的股权纠纷也略知一二。他知道她的到来会使情况复杂化，所以，周天宇对李月寒今天的突然造访心里自然是极度不爽。待李月寒坐定并自我介绍之后，他开口说道："听说李小姐现在在鲲鹏公司可是威风八面，真是巾帼不让须眉啊！但不知今天是哪路神仙请动了你亲自出面，来见我这个粗人？"周天宇几句话柔中带刚，显示出了一方霸主的气魄。

听了周天宇的揶揄，李月寒不卑不亢地笑道："不敢，周总言重了。吴勉是我的老上级，对我有知遇和提携之恩，今天他有难，我当然不能作壁上观。现在我呢，是受他和他家属之托，来和周总商议商议，看能不能网开一面，先把人放了，容他想办法筹款，不知周总意下如何？"

"不拿钱就想让我放人？"周天宇冷笑了一声，"我'放水'这么多年，还从来没有放飞过！在江城，从来没有人敢拖欠我的钱。他欠我的钱不是小数，就凭李小姐一句话，我就把人放了，你觉得可能吗？今天就是天王老子来了，不见到钱我也是不会放人的！"

李月寒见周天宇情绪有些激动，便缓了缓语气说道："那周总的意思吴勉欠你的钱怎么个还法？"

周天宇抽出一根香烟，慢慢点上，随着一串串烟圈袅然升起，周天宇慢条斯理地说道："老吴差我这个月的利息100万元，本金1000万元，总共1100万元，但是必须一次性付清，而且是付现金，李小姐觉得如何？"

李月寒冷笑了一下，没有丝毫犹豫地对周天宇说道："既然周总快人快语开出了条件，我李月寒也绝不含糊。但我需要三天时间，到时把1100万元现金给你送过来。你也知道银行取大额现金很麻烦，是需要时间的，这点儿要求不过分吧？"

周天宇一听李月寒非但没有被吓退，反而要站出来帮吴勉还清全部欠款。他着实有些搞不懂了，这剧情反转得太快了，但是自己话已经说出去了，交钱放人。按道上的规矩，开出去的条件，是不能反悔的，就算是坨屎也只有咽下去了，所以，周天宇不得不同意了李月寒的意见。

只过了两天，李月寒便神奇地带着1100万元现金，和十几个兄弟来到吴勉所在的宾馆。在宾馆的茶座，双方主要人员各坐一边，其余人员散布在大厅及宾馆门口等地。由于人数众多，气氛显得十分肃杀。宾馆的工作人员哪见过这个阵仗，惊吓之余，忙请示值班经理要不要报警。值班经理到现场一看，他认得周天宇，知道是道上的纠纷，哪里还敢报警啊！在他看来还没有出什么事，等要是真打起来再报警也不迟。打烂了坛坛罐罐事小，得罪了这些凶神可是自找麻烦。于是，他叮嘱员工注意观察，暂时不要报警。

吴勉这时也被人从房间里带到了楼下，周天宇招呼他过来，当着李月寒的面，重新和周天宇对了一遍账。按借高利贷的行规，为了规避法律的禁止性规定，一般都是借款人向被借款人打借条，上面不写利息，或者写国家银行准许的利息，真实的利息自行口头约定。而还款则是被借款人和借款人自行记账，不写收条，这里面，各方的行为靠的全是江湖规矩的约束，所以，在还款之前，双方对账是不可避免的。对账后，确认金额无误。李月寒随即叫人将一个装满现金的大皮箱打开，交由周天宇清点。

周天宇见到这满箱子现金，也暗自佩服李月寒的气魄和背后深厚的社会资源。虽然就这样看着海陵集团买地的项目从手指缝里溜走，但事已至此，他能做的也只有收钱放人了。于是，周天宇拿出吴勉的欠条交与了李月寒，然后双手抱拳对李月寒行礼说道："李小姐真是大手笔，佩服，佩服！以后还要多讨教讨教。钱我就收下了，这里点也不方便，我相信李小姐的为人。我们后会有期，我就先告辞了。"说罢，周天宇叫手下收好钱，带领众人离开了宾馆。

吴勉此时被拘禁在酒店里五天了，早已身心俱疲。现在见到李月寒花巨资把他解救出来，不由得感激得无以言表。一个事业有成的中年男人，这几天度日如年、与世隔绝，全然没有了以往意气风发的状态，仿佛一下子老了十岁。吴勉强打精神，感激地对李月寒说道："月寒，如果不是你站出来帮我，我就没有今天。大恩不言谢，改天我定登门道谢，我知道该怎么做的。"

李月寒笑着说道："吴总就不要放在心上了。好了，这几天你也受惊了，今天就早点儿回去休息吧！"

第二天，吴勉一早就赶到鲲鹏公司找到了李月寒，并将手里的海陵集团项目资料交给了她。李月寒没有过多推辞，随即安排一个叫张然的人做东腾公司的大股东，全面接手了海陵集团的项目。

吴勉讲到这里，不由得让陈成后背一阵发凉，这件案子居然涉及李月寒，难道是她在幕后操纵？应该不会吧？以她现在的状态虽然大不同于往日，但仍然不可能独自操纵这么大的事。她最近和杨柳风打得火热，难不成又是杨柳风站在后面指点江山？真是拔出萝卜带出泥啊！吴勉的讲述可能给全案的侦办带来意外的收获，想到背后可能赫然出现的杨柳风，陈成不由得心头一紧。如果是杨柳风，那就是一个重量级的对手，案件的侦办将面临一系列不可预测的局面。一连串沉重的疑问又摆在了陈成面前。

至于将海陵集团项目交出去之后，吴勉就坦言不知道后面的运作了，但吴勉对周天宇的切齿痛恨在谈话中却时时溢于言表。今天见警方介入调查，他就顺势提出要以非法拘禁的罪名指控周天宇，希望警方能够为他主持公道。

一个被操控的司法拍卖，居然牵扯出越来越多的案件，情况看似越来越复杂，不过离真相也就越来越近。对于这点，陈成是坚信不疑的。

吴勉的报案，给牙膏厂土地串通拍卖案诠释了一个曲折离奇的开头。鉴于周天宁非法拘禁吴勉是整个串通拍卖案件的起始，陈成决定有必要对该案展开深入调查，以进一步完善证据链。

很快，周天宇就知道警方准备对他拘禁吴勉的行为采取行动了，周天宇不敢掉以轻心，于是匆匆找到了市禁毒大队大队长韩伟商量对策。

这个身份赫然的韩伟是个什么样的人呢？韩伟原本是江城市公安局里一个非常敬业的禁毒队员，业务素质也很强，凭借自己认真踏实的工作作风和勇敢无畏的专业精神，很快就在与贩毒分子的斗争中脱颖而出，成长为禁毒大队大队长。但是现实社会纷繁复杂又泥沙俱下，如果自身没有很好的防范意识，不坚守住职业底线，就很难抵挡各种诱惑，从而丧失原则，被犯罪分子拉下水，与违法犯罪分子同流合污，韩伟就是这样一个例子。他在长期的禁毒工作中，被毒品的高额利润所吸引，丧失了自己的原则和底线，慢慢从一名优秀的缉毒警察堕落为一名隐藏在警方内部的贩毒分子。他一直梦想着利用自己的职务之便，将在缉毒行动中收缴的价值堪比黄金的毒品变成现金，然后占为己有。在一次查缉毒品的案件中，他结识了周天宇。在这次查缉毒品的过程中，他抓获的毒品贩子王三强是周天宇的铁杆儿手下。在周天宇的全力斡旋下，韩伟最后利用手中的权力给王三强办理了取保候审，放了出来。通过这次接触，二人很快熟识起来，关系日益密切。

韩伟因为工作关系，经常会查获大批各类毒品，这就给了他手握大量毒源的机会。虽然警方对收缴的毒品有统一而规范的处理流程，但韩伟经常采用狸猫换太子的调包计，置换出大量毒品。韩伟一直试图把这些源源不断的毒品找个合适的渠道再度贩卖出去，牟取暴利，但是事关重大，他一直未能找到可靠的代理人。认识周天宇后，经过一段时间的接触和考察，韩伟觉得周天宇为人仗义、手段狠辣、贩毒渠道畅达，是很好的合作伙伴。于是他决定和周天宇合作，把手里"无本万利"的毒品生意做大做强。而周天宇也惦念着韩伟手里缴获的大量毒品，两人可谓一拍即合。周天宇作为贩毒多年的"专业选手"，更是喜出望外。他意识到如果能和韩伟合作，一方面自己找到了在警方内部的靠山，另一方面还顺带解决了毒品来源的问题，这样送上门的发财机会真是打着灯笼都难找啊！

由于两个人有着各自的优势，他们的毒品生意越做越大，而且基本没有碰到什么麻烦。警方有什么行动，韩伟都第一时间通知周天宇，使他的人能及时躲开查缉，即使手下人被抓获，在韩伟的协调下，很快就会被释放出来。这样的合作，使两人都赚了大钱，但是应了一句话，"花无百日红，人无千日好"，不久，问题来了。

问题出在前面提到的周天宇的马仔王三强身上。王三强作为周天宇的心腹，自然少不了参与到韩伟和周天宇的合作中来。虽然只是跑跑腿、送送货、找找下家这些小事，但他很清楚这是韩伟和周天宇达成的合作方案，这对他本来也算是好事，但是他也有自己的打算。王三强是一个有野心的人，他并不想久居人下，受人约束，故而，他在帮助周天宇贩卖毒品的同时，自己也在其他地方找货源进行贩卖。不过，这样的行为自然很难得到韩伟方面准确的情报和保护。

久走夜路要撞鬼！终于有一次，王三强在贩毒的过程中再次被抓获，还是韩伟带队抓的，这次他卖的不是周天宇提供的毒品，而且量比较大。韩伟一看抓到的是王三强，不禁皱起了眉头，他心想，这小子是因为卖别家的毒品才会被抓获，而且这次量还比较大，这王三强还处在取保候审期间，这要保出去真的很困难。王三强看出了韩伟对自己的不满，也知道这次很难出去，说不定脑袋都得掉！为了自己的安危，他决定做最后一搏。在韩伟提审他的时候，王三强趁着周围没人注意的时候，他低声告诉韩伟，要他无论如何都要把自己放出去，不然他将举报韩伟贩毒的事。

韩伟听了王三强明目张胆的威胁，着实吃惊不小，心说这可不是闹着玩的，一旦自己贩毒的事被举报，那可是要杀头的。恐惧立刻涌上了他的心头，于是他马上找周天宇商量如何解决此事。

周天宇知道王三强威胁韩伟的情况后，对王三强的做法也是恼怒不已，韩伟可是他的摇钱树和保护伞啊！自己苦心经营了这么一个重量级的关系，怎么可能被王三强这个小瘪三给搅了局呢！而且举报韩伟不是等同于举报自己吗！周天宇决心要除掉这个"定时炸弹"，于是他告诉了韩伟自己的想法。

韩伟见周天宇动了杀机，心里还是有点儿担心，但是，回头想想自己又没有什么好的解决办法。如果任由王三强要挟下去，那可不是闹着玩的，思前想后，韩伟最终同意了周天宇的想法。接着，周天宇讲出了自己除掉王三强的办法。他说，在江城动手太显眼，容易引起警方的关注。他准备设法把王三强引到外地不留痕迹地干掉，这样就形成一起无头案，不容易查到江城方面来。在人手方面，周天宇决定自己亲自动手，因为他有着较为丰富的长期和警方打交道的经验。他认为这样重大的案子，知道的人越少越好，单独作案被破获的概率比团伙作案低得多。韩伟觉得周天宇说的有道理，不尽快解决掉王三强后患无穷。两个人商量好后，韩伟就设法把王三强先放出来，以方便周天宇动手。

经过一番周折，王三强再次被韩伟找借口取保候审放了出来。随后，周天宇设局安排王三强到南方某市取货，然后自己先期赶到取货地点设伏，等王三强赶到后，将其当场射杀。

韩伟和周天宇联手除掉了王三强这个心腹大患，之后没有引起什么麻烦，确实成了一起无头案。两个人的关系经过这场事关生死"战斗"的洗礼变得更为紧密，毒品生意也一帆风顺，财源滚滚。

这次周天宇找到韩伟后，韩伟得知陈成在调查周天宇非法拘禁的事，出于职业的敏感他本能地警觉起来。因为他现在和周天宇已经是一根绳上的蚂蚱，只有同生死共进退了。作为一名资深刑警，韩伟知道，很多违法犯罪的事是越查越多，万一陈成在查周天宇非法拘禁的时候，牵涉到他们贩毒的事就麻烦了，这些事千头万绪又人多嘴杂的，说不定有谁就给说漏嘴了。据他所知这个陈成很精明，做事"一根筋"，被他整明白这些事可就完了。

本来周天宇早把拘禁吴勉的事给忘到九霄云外了，因为这对他来说实在是太小的一件事。但韩伟的一番分析和说明，才让他警惕起来。想想是这么个道理，自己手下这么多兄弟，难防谁又会像王三强那样反水，给自己摆上一道。这贩毒不比别的事，是一点儿意外都不能出啊！出了就是要命的事，到那时，局面就不可收拾了！现在最重要的是争取不要让陈成再查下去。

周天宇就和韩伟商量，提出先用武力威胁一下陈成，希望他能知难而退。毕竟非法拘禁是一个小案子，警察用不着拼了老命查下去，威胁一下，说不定能起作用。韩伟和陈成认识，但不是很熟，因为一个在禁毒队，一个在刑警队，不是一个业务单位。不过，因为工作关系两个人还是打过交道，韩伟知道陈成的性格是软硬不吃，但是走到今天，为了阻止陈成继续查下去，什么招都得用一用了。他默认了周天宇的想法。

周天宇虽然决定给陈成一个教训，但是他也不傻，他是绝对不会让陈成知道是他出面做的。周天宇上次被李月寒抢走了吴勉，导致海陵集团项目告吹，他心里怨气一直未消。因为知道李月寒是杨柳风的女朋友，自然又把矛头指向了杨柳风，但慑于杨柳风的实力，自己又不敢轻举妄动。这次得知陈成开始调查自己拘禁吴勉的事，他觉得这正是一个"甩锅"的机会。如果能将陈成调查的方向引向杨柳风，既隐蔽了自己，又能让陈、杨二人结怨，岂不是一箭双雕！于是他决定冒用杨柳风的名义教训一下陈成。这样做既顺理成章，又报复了杨柳风。随后，周天宇很快找来了手下最得力的兄弟丁猛来商量用什么办法教训陈成。

商量了多种办法后，都觉得不太合适。还是周天宇最后发话说道："还是制造车祸好，来去方便，撤退也快。只是要注意力度，不要把他撞死了，那样不但起不到作用，反倒惹来麻烦。"

丁猛听了老大的意见，频频点头称是。周天宇接着说："现在很多地方都有摄像头，不能用我们自己的车，人员不能暴露在摄像头下。你用假身份证去租辆车，找准地点和时机，去撞陈成的车。然后迅速离开现场，把车开到偏僻的地方丢掉，你再回来。其他的就不用管了。注意不要撞得太厉害，只要不把他撞死就成。"

丁猛是周天宇最信赖的生死兄弟，自然对他的话心领神会，于是听命而去。

周天宇想的是等丁猛脱身之后，自己再用一个没有机主真实身份信息的手机号发信息给陈成，以便让他知难而退，当然，他会在信息里把矛头引向杨柳风。

经过跟踪和蹲守，丁猛很快就找到了下手的机会。他摸清了陈成下班回家的线路，提前就在隐蔽的地方埋伏好。

这天，陈成驾车回家，在通过减速带要拐进车库的时候，丁猛突然驾车从埋伏的地方冲出来，加速撞向陈成的车尾。猛烈的撞击一下子就将陈成的车撞离了主道，车头撞向了进车库的通道墙壁。陈成猝不及防，还好安全气囊瞬间打开，使他免于受伤，但车辆受损严重。肇事车辆随即加速逃离了现场。等陈成缓过劲下车时，早已看不到撞击他的车辆了。陈成一时也辨不清这到底是普通的肇事逃逸还是蓄意车祸，于是他选择了先行向交警部门报警，然后回去等待交警部门的调查结果。

周天宇收到丁猛撞击成功的报告后，随即编了一条短信发给了陈成。内容大致是，请他做事适可而止，不要把人逼到绝路，落款写了个"杨"字。

陈成在这次"车祸"中没有受伤，这丁猛车技确实不错，做到了点到为止。通过交警方面的调查，陈成知道了车是租的，驾车人员使用的是假身份证，暂时还没查到真正的肇事者。结合收到的短信分析，陈成清醒地认识到这不是一场普通的车祸，而是背后有人精心策划和安排的。从短信的内容上看，很容易使人怀疑是杨柳风干的，但毕竟他是老侦查员了，遇事不会轻易下结论。他转念一想，如果是杨柳风干的，既然都留了他的姓氏，为什么又要刻意租车和使用假的手机号呢？这里面可能没有那么简单，但是，陈成现在没那么多时间和精力去顾及发生在自己身上的事情。他知道，手里的工作还有那么多，只有尽快查清全案，才是对这些犯罪分子卑鄙伎俩最有力的回击。如果在这种威胁和伤害面前自己有一丝一毫的退缩，都是对自己肩上使命的亵渎和不负责任。

第十一章　致命疯狂

　　李月寒很快知道了陈成出车祸的事情，虽然现在两人只是普通朋友，但是李月寒对陈成依然有那么一份牵挂。牵挂里既带有一些愧疚，又或是对青春年少时难以释怀的纯真感情的缅怀。于是，李月寒心急火燎地打电话给陈成，约他见面，她想知道到底发生了什么事情，会让陈成惹来杀身之祸。陈成本不想见她，但拗不过李月寒的一再相邀，加之目前海陵集团竞拍牙膏厂土地一案已经涉及她，还真有见面的必要。于是，陈成就答应了和她见面。

　　两人在他们以前约会的老地方"心心"咖啡厅见面之后，言语之间已不像往日的亲密无间，而是多了客气的成分。

　　李月寒先上下打量了陈成一番，然后关切地问道："大成，听说你出了车祸，伤得重吗？"

　　陈成轻声笑了一下，回答道："没事，出了个小车祸，被人追尾了。还好，没伤到人，我这个人命硬，呵呵。"

"是不是得罪了什么人,有人存心报复?"李月寒继续追问道。

"干我们这一行,有人威胁、报复是很正常的事,以前也不是没发生过。其实,这些人也应该想清楚,即使我不查,其他人也会接着查,最重要的是他们自己应该遵纪守法,不要做出格的事。"陈成说这话时,显得云淡风轻。

李月寒叹了口气,幽幽道:"唉,你这个人就是有点儿一根筋。人家和你一样做警察,不也活得安安全全的,升官发财的也不少。你是吃苦受累不说,还前途渺茫,真不知道你到底图什么,更不知道该怎么劝你。"

陈成依然不紧不慢地说道:"谢谢你的好意,你也不是第一次这样说了。我经历的这些事,说白了,就是我的职业风险,是我该承受的。孙中山为黄埔军校书写的大门对联写得好,用在我们这个职业上也很贴切。那就是'升官发财请往他处,贪生畏死勿入斯门'。我只想做好手里的工作,其他的我就没心思多想了,但作奸犯科的人也有他们的风险,只不过看什么时候兑现罢了,从道理上来说是一样的。至于图什么的问题,我不想喊口号。喊了,别人听到也不舒服,说简单一点儿,说中庸一点儿,就是图个成就感。这种成就感就像读书时做数学题一样,当你解完一道难题,那种浑身通透、激动不已的劲儿,是真舒服啊!这种精神层面的感受是物质享受无法替代的。"

李月寒一听,陈成又像是开始给她上课了,她忙打住话头,说道:"行行,我说不过你,大成,你好好保重自己吧,你没伤着就好。我还有事,就先走了。"

陈成见李月寒要走,就决定用她救吴勉的事试探一下她:"寒寒,你先不要急着走,我有些事想问你一下。"

李月寒知道陈成如果谈正事,嘴里就没什么废话,于是重新坐定了身子,对陈成说道:"好,你问吧。"

"我知道东腾公司老板吴勉是你的老上级,他因为欠下万健财务公司周天宇1000万元的高利贷而被周天宇非法拘禁,是你带上钱去救的他。你为什么救他我能理解,但我想知道的是你救他的钱是从哪里来的。"陈成直接说出了自己想要知道答案的问题。

李月寒见陈成问到吴勉的事,她有些吃惊,觉得这些事情没必要让警方知道内情,如果警方插手,会引起很多麻烦。这当口儿,李月寒已经不自觉地把自己放到了陈成的对立面。李月寒回答道:"的确,吴勉是我的老上级,对我有提携之恩,这你是知道的。因此,我想办法救他也是情理之中的事。钱是我向王文借的,我总不能见死不救吧!"

"好,那么吴勉为报答你而将协助海陵集团竞拍牙膏厂土地的项目转给你之后,你是怎么处理的呢?"陈成接着问道。

李月寒见陈成的目的是追问牙膏厂土地的事,于是她据实答道:"我转给我一个朋友张然了,至于他是怎么运作的,我就不知道了。这个项目有问题吗?海陵集团和东腾公司不可以开展合作吗?"

"当然可以,只是需要依法依规。好了,这个问题就不讨论了,我只是随便问一问。"陈成见李月寒有些急了,就决定不再问下去,以免在情况不明时打草惊蛇,给以后的工作增加难度,然后,陈成话锋一转对李月寒说道,"你不是很想知道是谁制造的车祸吗?我可以给你看一条短信。"陈成虽然不知道车祸是不是杨柳风所为,但他还是给李月寒出示了他收到的威胁短信。他想无论是不是杨柳风做的,有李月寒这个渠道,他就可以把这个信息传递给杨柳风,让他自己去判断事情的轻重。如果是他做的,李月寒定会找他理论一番,可以在他们内部制造一些矛盾。如果不是他做的,凭杨柳风的性格和做派,应该不会善罢甘休,说不定还能闹腾出真凶。

李月寒看了短信后,果然不由得气不打一处来,脸立刻气得煞白。她当即决定去找杨柳风问个明白,于是她劝慰了陈成几句就起身告辞了。

李月寒带着怒气直奔杨柳风的办公室，推门进去，发现杨柳风正和手下几个兄弟谈事。见李月寒怒气冲冲地推门而进，杨柳风就摆摆手让兄弟们先出去。

"风哥，你怎么派人去撞陈成？！你考虑过后果吗？！"李月寒见到杨柳风就是一阵连珠炮似的质问，毕竟撞的是昔日的恋人，李月寒表现得有些急躁和失态。

杨柳风一听说陈成是自己派人撞的，他赶紧劝李月寒坐下。

"月寒，我虽然是江湖中人，但也是个讲江湖规矩和道义的人。这方面你不是不了解我，不要说我和陈成之间没有私人矛盾，如果一定说有，那也只会存在双方不同的立场中。即便是那样，他也只是在执行公务，不是他来做就是其他人来做，这是很明显的道理，我完全没有理由对他动杀机啊！"杨柳风一番话说得入情入理。

见杨柳风好言解释和劝慰，李月寒心绪稍微平和了下来，她缓了缓，接着问道："陈成在查周天宇拘禁吴勉的案子，不久就遇到车祸，然后收到了一条威胁短信，留的是你的姓氏，你认为这是怎么回事？"

杨柳风是何等精明的人，一听就知道是有人企图嫁祸给自己，不过现在他还是耐心给正在气头上的李月寒解释，他继续轻声说道："如果是我做的，我会留下我的姓氏吗？这摆明是有人想嫁祸给我，只是现在我还不知道是谁在幕后主使罢了。不过，迟早有一天我会找出这个幕后主使的。"李月寒听了杨柳风的话，猜疑打消了大半。她当然知道杨柳风是什么样的人，虽然他够精够狠，但是要他去做这种偷偷摸摸的粗鄙之事他还真是做不出来。

"哦，他在查周天宇，接着就出了车祸，然后出现了这条嫁祸给我的短信，难道是周天宇企图报复或者警告陈成，再嫁祸给我？"杨柳风自言自语道。

杨柳风觉得事情变得比较复杂了，他不想让李月寒牵扯太深，于是他对李月寒说:"月寒,你放心。关于陈成车祸是谁干的这件事,我会很快查清楚的。"听杨柳风这么说,李月寒反倒有些担心起来。她知道杨柳风做的不是正当的事情,现在发生的这些事情有扩大的风险。她不无担心地告诫杨柳风,凡事不要做得太过头了,很多事情差不多就行了。事到如今,李月寒知道自己这些话起不到什么作用,凡事哪能两全呢!但是她又能做些什么呢?只能祈祷老天保佑她周围的人不要出事了。

摆平了李月寒的质询,杨柳风心里却轻松不起来。到底是谁敢冒充他的名义教训陈成?这胆子也太大了,白道黑道都敢得罪!他仔细分析了一下,敢做这种事的人,在江城没几个,应该在公安内部有人撑腰,不然没那么大的胆子。他心想,雷神已被自己降服了,能上得了台面的就只有周天宇了,难道这件事和周天宇有关?陈成正在调查周天宇非法拘禁吴勉的事,他会不会觉得李月寒出面救了吴勉,让他牙膏厂项目落空而记恨李月寒和自己?

杨柳风百思不得其解,突然,他想起了禁毒大队的韩伟。他知道周天宇和韩伟关系很好,何不向韩伟打听打听。很多在官方得不到答案的事情,在江湖中人的心里却跟明镜似的。

杨柳风和韩伟在之前的公安工作中合作过,两人趣味相投,交情甚笃,只是韩伟比杨柳风城府更深。基于两人之间的关系,杨柳风又有刻意在公安内部培植自己势力的需要,所以,杨柳风全力"资助"韩伟爬上了禁毒大队大队长的职务,因此,韩伟对杨柳风的要求自然是有求必应。

很快,杨柳风找来了韩伟。他直截了当地向韩伟说出了自己想调查陈成车祸真相的想法,并说出了自己怀疑周天宇的理由。韩伟知道杨柳风是个明白人,这点儿事想瞒也瞒不住,就承认了是周天宇安排人做的。韩伟之所以知道这事,是因为周天宇担心车祸处理不好出事,就提前给韩伟打过招呼,一旦出事,让他帮忙担待点儿。周天宇并不知道韩伟与杨柳风不但关系极深,而且杨柳风对韩伟有"资助"之恩，如果知道他们有这层关系，周天宇就不会告诉韩伟车祸的事了。

韩伟替周天宇解释的理由是，虽然他主观上是为了自己，但如果能阻止陈成深入调查下去，客观上也能帮杨柳风解困，因为外界有传言说牙膏厂土地拍卖案与杨柳风有关，只是周天宇采取的方法不太对。至于周天宇以杨柳风的名义给陈成发威胁短信，企图嫁祸杨柳风的事，他说他还真不知道，不过他也觉得这样做不妥。

杨柳风听了韩伟的解释，仍是余怒难平，他对韩伟说道："周天宇想威胁公安不要查他非法拘禁的案子，那是他自己的事，不应该把我拉进去。另外，牙膏厂土地的事是李月寒的朋友张然办的，和我没有任何关系，用不着周天宇替我着想。周天宇这样做是把我当猴耍了，还把我推到公安面前，这件事他必须给我个解释。你转告周天宇，如果他想和解，就让他在江城大酒店给我摆一桌酒当面解释。"

韩伟知道杨柳风的脾气，自是不敢怠慢，于是起身告辞，找周天宇去了。

周天宇见到匆匆赶来的韩伟，听韩伟把和杨柳风见面的情况这么一说，周天宇心头火气也起来了。他对韩伟说道："想当初要不是杨柳风的女朋友李月寒救走吴勉，让我参与海陵集团竞拍牙膏厂土地的项目告吹，老子才不会损失那么大的利益！肯定是杨柳风在给李月寒撑腰！老子这么做实际上还不是帮了他杨柳风，如果不点明，谁知道谁做的呀？！能起到威胁陈成的作用吗？何况我只写了个杨字，并没有写是他杨柳风啊？！哦，这个账现在算到我头上了啊！"

韩伟见周天宇如此大光其火，赶紧劝道："你和杨柳风之间并没有什么直接的过节，车祸这件事也不大，没必要为这事闹得满城风雨，对双方都没有什么好处。我的意思是，这个酒还是要摆的，只是在场面上把握好说话的分寸，毕竟大家都是道上走的，要的不过是个面子。"

周天宇听韩伟这么一说，也慢慢冷静了下来。想想也是，毕竟自己也有做得不对的地方，何况这个杨柳风还是目前江城道上的头号人物，即便是以自己现在的江湖地位，也没有必要轻易得罪他。于是，周天宇有些不情愿地答应了在江城大酒店安排一桌酒席宴请杨柳风，并让韩伟转告了杨柳风。

周末的傍晚，江风习习，两岸灯火通明，江城大酒店的这桌酒席如期开始。说是一桌酒席，实际上只有杨柳风、韩伟、周天宇三人参加。其他兄弟在另外的包房就餐，目的就是让老大们有什么话好当面讲开。当然，谈话内容也没必要让那么多人知道。

杨柳风因为是被致歉一方，心态比较放松，就只带了大黑和小二郎两个心腹，也没带武器。而周天宇本身不知道杨柳风的真实意图，心里没有底，他怕出现意外，就多带了几个弟兄，并且带了一把仿六四式手枪。

三人在包房酒桌前坐定后，气氛略显尴尬。作为中间人的韩伟率先开了口："两位老大，今天这桌英雄宴是专门为大家冰释前嫌准备的。这之前两位可能有些误会，希望今天能借这个机会把事情说清楚，大家以后还是要和平共处，共谋发展！"韩伟说完，朝周天宇努了努嘴，意思是你赶紧说两句，缓和缓和气氛。

周天宇当然知道他应该先开口，毕竟他有错在先，但是这场面上的话吧，既不能说得太轻薄，也不能说得太低下，还真是个技术活儿。要不然怎么有句老话叫"五年胳膊十年腿，二十年练不好一张嘴"呢！周天宇毕竟是行走江湖多年的"老大"，场面上的话还是能应付过去的。

"风哥，兄弟有做得不对的地方，风哥还要多担待担待，这件事也是事出有因。但是，现在不管什么原因，错了就是错了，兄弟这里给你赔罪了！这杯酒我先干为敬！"说完，周天宇端起面前早就斟好的一杯茅台一饮而尽。

第十一章 致命疯狂

杨柳风本来就对周天宇行事的奸诈狡猾很是不满，虽然现在周天宇嘴上说得好听，他还真没往心里去。他今天让韩伟摆这个酒局，其实是想借这个机会羞辱羞辱周天宇，杀杀他的锐气。这次周天宇胆子太大了，居然敢冒充他的名义去挑衅公安，差点儿让自己下不了台，不杀杀他的锐气以后可能还会生更多的事出来。既然杨柳风打心底里不想轻易放过周天宇，这嘴上的话自然就没那么好听。

"天宇啊，你一口一个风哥，我怎么觉得你一直没把我当哥啊！你看你做的这些事，哪里有把我当哥，你是在坑哥啊！说白了，你心里根本就没有我杨柳风！"杨柳风一番抢白，丝毫没给周天宇面子。周天宇听了杨柳风一番话，一愣，心想，看来这件事情还轻易完不了呀！听上去，杨柳风这是话里有话啊！不行，得再试探他一下，看他到底想怎么着。

"风哥，今天借这个机会不就是咱哥儿俩好把话说开嘛！我一千个不是一万个不是，你总得给我个机会让我给你赔个罪是吧？伸手都不打笑脸人呢！"周天宇继续试探着。

杨柳风一直没瞧得上周天宇，主要是因为他的人品问题。黑道白道都得讲个规矩，但是这个周天宇偏偏经常不按规矩出牌，惹出不少麻烦和非议，手里的营生还主要是贩毒，这也是杨柳风避之唯恐不及的行当。杨柳风平日里就看不惯周天宇的这些做派。现在周天宇一口一个哥，还时不时"咱哥儿俩、咱哥儿俩"的，越说越近乎，却越发让杨柳风觉得讨厌。

杨柳风把眉头一皱，声音提高了半调道："道不同不相为谋，你做事的风格我不喜欢。我虽然不是什么君子，但是也不会用下三烂的手段去做事。天宇啊，你还是好好检视一下自己，以后好自为之吧！"

周天宇见杨柳风摆出一副老大的架子来教训自己，心里不由得立马冒出一股无名火。他心想，你装什么清高，都他妈一样是道上混的，你能好到哪里去！再怎么说我也是一方老大，你说这话我就不爱听！周天宇冷笑了一声，对杨柳风说道："风哥这话听上去有点儿立地成佛的味道啊！难道准备金盆洗手了不成？早知今日，当初就不要出来混呀！"

杨柳风见周天宇话里话外，越来越没有服软的意思，脸上就开始挂不住了。他"啪"的一掌拍在酒桌上，酒杯、饭碗都腾起老高，摔在地上发出一片"当啷"声响。他一手指向周天宇："你他妈算老几，今天是来摆酒还是来教训老子来了！"这时，声音传到门外，包厢的门瞬间被推开了，周天宇的手下和杨柳风的兄弟都争相涌了进来。周天宇带的人多，气势更足，杨柳风只带了大黑和小二郎两个人，也都挤进了包厢。

周天宇一见兄弟们都进来，胆气也上来了，血直冲上了脑门儿。他掏出了别在腰间的手枪，指向了杨柳风，厉声喝道："杨柳风，我忍你很久了！别一天到晚以为自己有什么了不起的！今天给你敬酒你不吃，非要吃罚酒，那好，老子今天陪你玩到底！"

杨柳风看上去丝毫没有慌乱，他冷笑了一声道："今天这么多兄弟在场，你准备给我开了杀戒不成？"

"说得对，老子抽出的枪从来不会不响就放回去！兄弟们都出去！"周天宇已经陷入了疯狂的状态，道上的事真是开弓没有回头箭啊！

周天宇的手下见状都知道现在谁劝都没有用，于是慢慢地都退出了房间。韩伟在旁边目睹了全过程，但是冲突发生得太快，他来不及劝阻，现在事已至此，他也束手无策。房间里就只有杨柳风手下的大黑和小二郎没有退出去，他俩当然不能走，杨柳风在呢，还被人用枪顶住了脑门儿，能走吗？

杨柳风见周天宇赶走了众人，知道他今天很有可能走极端，心里也不由得一紧。他清楚自己和大黑他们都没有带武器，如果硬拼肯定要吃大亏。周天宇已处于癫狂的状态，他冲杨柳风再次厉声喝道:"跪下,不然老子一枪崩了你!"杨柳风早已冷静下来,他知道以周天宇现在的状态,他随时都可能开枪,这时候硬扛是没好处的。识时务者为俊杰,好汉不吃眼前亏,有时候人在屋檐下不得不低头啊!他在思想上已经做好了下跪的准备。

杨柳风在这边紧张思虑的同时,大黑和小二郎可没闲着。这两位也不是纯粹的莽夫,都知道在这样的情况下,红了眼的周天宇随时可能开枪。于是两人使了个眼色,也算是心有灵犀吧,他们一起给周天宇单膝跪下了,大黑开口说道:"天宇哥,我们兄弟替风哥给你跪下了,有什么不周之处,还望多多包涵!有话我们好好说!"

周天宇余怒未消,虽见大黑二人打圆场,他还是不满意,在盛怒之下,没有理会大黑二人的求情,依然用枪指着杨柳风,要他下跪。杨柳风当然是个聪明人,他不会吃眼前亏的,他见今天这个情况不妥协是注定不行了。他打定主意,先过了眼前这一关再报仇也不迟。于是他也单膝跪下,但他没有急着说话,他知道,现在说的话有任何不妥的地方,都有可能再次激怒周天宇。周天宇见杨柳风真给自己跪下了,怒气也消了大半,他也意识到今天自己这样做是过分了,但是在江湖上行走,有时候这个威是真的需要立的,怕这怕那是成不了事的。见自己的面子捞足了,周天宇收了枪,拂袖而去。

周天宇走后,杨柳风等三人方才起身。大黑和小二郎这个气啊,当即就准备召集人马去找周天宇报仇。杨柳风立马把他们制止住了,他现在当然比他们二人更想报仇,但是他知道,报仇要讲方式方法,这个仇是死仇,一定是要周天宇死。既然定的是这个调调,就需要保证自己的人不受牵连,就不能大张旗鼓地去做。他把自己的想法告诉了大黑和小二郎,三个人很快就统一了思想,决定找职业杀手伺机干掉周天宇。只是这个杀手需要防止被人认出来,于是三人商议决定找外地杀手来做。干这行的人,这些路子其实不难找,这些杀手也叫"吃血泡饭"的,只认钱,从不打听杀人的缘由，先收一半的钱，事后再收剩下的一半。

很快，在大黑和小二郎的张罗下，杀手就找到并交代妥当了。

周天宇羞辱了杨柳风之后，虽然当时是痛快了，出了心头的一口恶气，但之后心里也着实感到一阵阵恐惧。毕竟对方是江城响当当的黑道大哥啊！心里七上八下了好一段时间，随着时间的推移，他留心观察了一阵，没发现杨柳风有什么动作。他又一想，做都做了，担心也没用，大不了双方火拼下去。周天宇慢慢地就放松了警惕。

时间一晃就过去两个多月，生活也一如往常。周天宇该打牌打牌，该泡妞泡妞，该收账收账，反正就是平时那些事。这一天晚上，他和老婆应酬完回家，刚走到电梯口，就被一个隐藏多时的杀手近距离一枪击中心脏，当场毙命。

正在陈成准备展开对周天宇非法拘禁吴勉一案的调查时，却突然传来周天宇被杀的消息。

鉴于出现了凶杀案，情况似乎越来越复杂，陈成在王明的召集下赶回了刑警大队。由于陈成手里正在侦办周天宇非法拘禁案，王明希望能够将周天宇被杀案并案侦查，同时增派人手，并报上级部门协调经侦大队派员参加，成立了专案组，由陈成任组长，要求尽快破案。

对于王明的要求，陈成也觉得很有必要。两起案件表面上好像没有什么关系，并案侦查的条件也不是很充分，但是陈成感觉背后却隐隐暗含着某种联系。这种超乎常人的职业敏感，是侦查员必须具备的素质之一。王明也是如此认为，只不过他的工作重心有所偏离罢了。

并案侦查后，陈成在心里进行了系统性的思考。通过吴勉的报案，他知道了周天宇在牙膏厂土地拍卖案里的存在。虽然看上去仅仅是在开始的时候出现过，就是拘禁吴勉而已，但是这里面的恩怨纠葛却蕴含着深意。没过多长时间，周天宇被杀，陈成面对不断出现的新的复杂局面，开始了对新的侦查方向的调整和布局。

很快，陈成组织专案组成员召开了"诸葛亮会"，希望在大家的相互启发下找到破案的线索。会上，大家各抒己见，讨论很热烈。有的同志认为牙膏厂土地串通拍卖案以及周天宇非法拘禁案与周天宇被杀案没什么直接关系，有的同志持反对意见，但又说不清所以然。

陈成一边仔细倾听大家的发言，一边进行着缜密的思考。他由于率先接触牙膏厂土地拍卖案，对情况了解得更加全面。经过通盘的深思熟虑，他做了如下发言："同志们！江城牙膏厂拍卖案看起来头绪很多，但经过我们抽丝剥茧、层层推进，目前已经取得了很大的进展。张然、许浩等涉嫌操控拍卖的人已经浮出水面，张然表面上是信诚财务公司董事长，但其背后是否还另有其人，还不好过早下结论。就目前掌握的线索来看，杨柳风有可能是真正的幕后主使。至于周天宇被杀案，由于周天宇之前拘禁过吴勉，导致李月寒、张然等人介入。李月寒是杨柳风的女朋友，她抢走牙膏厂土地项目是否让周、杨二人产生矛盾，值得我们思考和深入调查。另外，周天宇和杨柳风是江城两大涉黑团伙，这需要我们把调查工作做得更加谨慎和细致，力争尽快查明真相，进而坚决彻底地予以打击。"

"那现在围绕牙膏厂土地拍卖案有些什么涉嫌违法犯罪的法律关系呢？"有的同志才加入专案组，对案件进展还不太了解。

陈成继续说道："根据我们前段时间的调查情况来看，依我的判断，这里面目前涉及五个涉嫌违法犯罪的法律关系，也就是说，可能存在五个违法犯罪的事实。第一，周天宇非法拘禁案。周天宇为了索债，对吴勉采用暴力拘禁催债的方式，已经涉嫌了刑事犯罪。虽然它和司法拍卖没有直接关系，但却是牙膏厂土地纷争的开始，并且属于已经发生的犯罪行为。虽然周天宇已经被杀，但调查清楚其被杀的原因却对全案具有重要的证据上的意义。另外，命案必破也是我们刑事侦查工作必须要遵循的原则。第二，东腾公司、嘉豪拍卖公司、海陵集团等单位串通拍卖案。有的同志可能会说，串通拍卖属于工商部门受理的行政处罚案件，不应该由公安机关调查，但我要说明的是，从法律技术层面来讲，此案衍生出了多起刑事案件，非动用公安机关的侦查权不能查清。另外，更重要的是这个案子是牙膏厂职工报案的直接指向，是全案的重中之重。解决好这个案子，就为牙膏厂职工拿回已经被司法处置的土地创造了根本条件；解决得不好，很可能引发群体事件，影响社会稳定的大局。因此，我们公安机关接手此案既是法律技术层面的要求，更是维护群众根本利益和社会稳定的政治诉求。第三，联横律师事务所双方代理案。该案为串通拍卖案创建了成功实施的基础条件，对于完善证据链条非常重要。第四，汤安然非国家工作人员受贿案。虽然这是一起经济犯罪案件，但也是一起刑事案件。我们的专案组现在也有了经侦部门的同志，他们可以多花精力在本案涉及的经侦罪名的案件上面。现在牙膏厂职工除了对此次司法拍卖提出质疑外，还把矛头指向了汤安然。认为他在代表牙膏厂土地拍卖过程中收受贿赂，理由是近期汤安然花了几十万元买了新房，而且在司法拍卖过程中极力促成职工接受调解，结果让职工接受了这样一个被操控的司法拍卖。查处这起案件可以给职工诉求一个交代。第五，周天宇被杀案。前四件案子，案件之间的逻辑关系已经基本查清，相关证据有待进一步完善。现在就剩周天宇被杀案还没有头绪。今天召集大家开会的目的就是看怎么突破此案。"

　　陈成虽然把案件分析清楚了，但是，怎么尽快找到有价值的线索，尽快破案呢？毕竟一个是涉及群体性事件的案件，一个是人命关天的命案，在江城都是影响巨大，上上下下都极为关注。

　　"诸葛亮会"上，虽然大家知道了案件的进展情况和各个法律关系的构成，但是如何找到周天宇被杀案的突破口还有很大困难。

接下来，通过对周天宇被杀现场的勘验记录以及周边和其社会关系的调查，没有收集到有价值的线索。侦查工作一时陷于停顿。虽然团队的力量是巨大的，但是如果没有对的方法和好的思路，也很难有好的收获和成果。此时，又是考验陈成这个团队带头人能力的时候了。当然，陈成对整个案件的情况最熟悉，对各种法律关系最了解，他也有这个条件承担这样的压力和责任。

联系全案的发生、发展过程，回忆每一个看似平常的细节，陈成脑海里，不断像用篦梳一样梳理着各条线索，试图从中找出有价值的信息。

猛然间，陈成从周天宇身上想到了吴勉。这个吴勉被周天宇拘禁后，通过向李月寒求援而得救。之后，吴勉交出了牙膏厂土地拍卖项目，到这时的情节都是清楚的。但是，吴勉为什么要把东腾公司80%的股份交给张然呢？而张然利用东腾公司操控司法拍卖成功之后，和吴勉如何交集的，上次吴勉语焉不详，自己当时也没有继续追问。现在看来，这是一个遗漏了的环节。因为涉及巨大的商业利益，吴勉可能有顾虑，但现在如果吴勉没有获取到商业利益，他是否会说出更多有价值的线索呢？是否能将焦点引向张然背后可能的幕后黑手呢？陈成很清楚黑道中时常上演黑吃黑的戏码，也明白像吴勉这样的普通商人在黑道人物眼中无非就是一只待宰的羔羊。

想到这里，陈成决定前往东腾公司再会一会吴勉。

在吴勉的办公室，陈成见到了早已没有往日神采的吴勉。原本发福的身材，已经瘦了整整一圈，两眼空洞无神，连昔日修剪得整整齐齐的头发和胡须也变得又乱又白。这哪里还是原来那个意气风发、挥斥方遒、指挥若定的吴勉呀！

见到来访的陈成，吴勉赶紧起身迎接。在沙发上落座后，陈成关切地问道："吴总，看样子周天宇对你的影响不小啊！你整个人憔悴了不少。"

吴勉不由得一声叹息道:"唉!岂止是影响不小,简直是灭顶之灾啊!"

"哦?有这么严重?不妨说来听听,说不定我还能帮到你。"陈成就势引导道。

吴勉说到这里却又沉默了起来。良久,吴勉掏出一支香烟,他知道陈成不抽烟,所以没有递给陈成。自己半天在身上摸不到打火机。陈成眼尖,见打火机掉在了吴勉的脚边,他一猫腰捡起了打火机给吴勉点上了烟。吴勉用感激的眼光看了一下陈成,然后自顾自地吸上了。陈成见吴勉欲言又止,知道他现在思想斗争很激烈,一定是有重要的情况闷在心里,他是在权衡利弊,说与不说首先都得说服他自己。见吴勉一直闷头抽烟,陈成觉得这个时候有必要再往前推吴勉一把,让他彻底打消顾虑,放下包袱,一吐真实的心声。于是,陈成说了下面这番话。

"吴总,我理解你现在的心情。但是坏情绪帮不了你,人最难的其实是战胜自己,而不是自己的对手。人既要战胜自己的欲望,解决自己要什么的问题,还要解决自己的恐惧,就是怕什么的问题,所以这很难,应该说是非常难。人一旦战胜了自己,消除了心魔,就没有什么对手是不能战胜的了。你现在已经失去了公司的大部分股权,丧失了对公司的控制权。就像丢掉了自己的孩子一样,这种情况放在谁身上都不好受,但是,换一个角度想,你已经没有什么可以输的了。不知道你看过中国香港电影《英雄本色》没有?"陈成说到这里顿了顿,问了一个看似无厘头的问题。

吴勉疑惑地抬头望着陈成点了点头,他不知道陈成为什么要问这个。陈成继续说道:"里面小马哥有一番话应该对你有用。他是这样说的:'我不想一辈子被别人踩在脚下,我倒霉了三年,就是要等一个机会。我要争一口气,不是要证明我比别人威风,只是想告诉人家,我不见了的东西我自己一定要拿回来!'你辛辛苦苦创建的东腾公司难道就这样被人拿走，不想拿回来吗？"

吴勉听着陈成不急不缓的劝慰，心里却早已翻江倒海，真是醍醐灌顶啊！特别是陈成重复小马哥的那番话，瞬间点燃了吴勉内心的激情和斗争的意志！是呀，谁愿意任人宰割？谁愿意将自己辛苦打下的江山拱手相让？想到一路走来自己遭受的屈辱，吴勉不由得悲从中来，眼眶有些湿润。见吴勉动了真情，陈成知道自己达到目的了，他一直对自己绝佳的口才极为自信。是啊，只有具备这样的自信，才是我们公安人员攻坚克难、克敌制胜的法宝。

吴勉接下来的讲述揭开了杨柳风介入牙膏厂土地拍卖的始末。

吴勉被李月寒从周天宇手里解救出来后的日子仍然不好过。虽说用牙膏厂土地拍卖的项目换了欠周天宇的高利贷，但是并没有解决公司资金短缺的问题。后来通过李月寒才知道她背后是杨柳风在支持，牙膏厂项目实际落入了杨柳风之手。同时，杨柳风提出为了操作项目和以后为东腾公司融资方便，需要将东腾公司股份变更过来，由张然持股80%，吴勉持股20%。面对如此苛刻的条件，吴勉心里想，只要能让公司起死回生，自己吃亏也认了，他现在也只能接受命运的安排了。在将大股东拱手让给杨柳风的财务经理张然之后，吴勉开始履行他配合杨柳风接手牙膏厂土地项目的"义务"，他同时也期待杨柳风能够将项目操作成功，然后，自己还能从中分到一杯羹。

不几日，吴勉便来到杨柳风的办公室登门致谢，并向杨柳风讲述了牙膏厂项目的相关情况。

杨柳风在听了吴勉对项目的全面介绍以后，确实觉得里面有很大的利润空间，于是他就要求吴勉全面配合自己，争取把这件事操作成功。如果以后确实有几千万元的收益，他帮吴勉还的高利贷就不用还了，还可以按东腾公司的股权比例分红。闻听此言，吴勉也只能是欣然接受。随后，吴勉就将杨柳风介绍给了海陵集团派驻江城市的负责人童景天。

在童景天的办公室，三人见了面。童景天对吴勉突然介绍来的杨柳风来运作这件事颇为诧异，这违反了一般的商业规则。商人一般情况下都是唯利是图的，把一个好项目让给他人来操作有违常理。

见童景天神情疑惑，吴勉就把公司的股东变更情况给他做了介绍，意思是杨柳风已经具备了运作项目的合法身份，同时，还大大地把杨柳风的社会背景和办事能力恭维了一番。童景天没有和杨柳风打过交道，仍然有些将信将疑。作为一个资深的商人，他觉得有必要了解一下这个被吴勉吹上了天的杨柳风。

初次见面之后，童景天便找人打听了一下杨柳风的背景。这不打听还好，一打听他不禁大吃一惊！原来这个杨柳风是江城黑道上大名鼎鼎的人物，和这样的人打交道可不得了，这种人可是沾上就甩不掉的啊！想着想着，童景天的冷汗都冒出来了。不行，他得找吴勉好好问一下到底是怎么回事，于是，他迅速拨通了吴勉的电话，要他立刻到他办公室来一趟。

吴勉很快赶到了童景天的办公室。吴勉听了童景天的担忧，心想，事情已经到这一步了，怎么也得让他打消顾虑，全面开展和杨柳风的合作，不然自己可就死定了。于是，他对童景天说道："杨柳风是黑道的人不假，但是此人很讲义气，也很讲做事的规矩。他不是一般人认为的只知道打打杀杀的黑道人物，他有很深厚的社会资源和背景，熟悉法律，做事严谨，应该说是一个很好的合作伙伴。这件事交给他来运作，说不定效果更好、效率更高。"

童景天一边听着吴勉的话，一边心里暗自琢磨，吴勉的话也有些道理，关键是自己已经和他把合同签了，如果反悔就要付大笔的违约金。要是杨柳风真的能把这件事情操作成功，也是皆大欢喜的好事。凭自己企业的强大实力和背景，谅他也不敢乱来。至此，在木已成舟的情况下，海陵集团开始和杨柳风全面合作。

出乎吴勉的意料，短短两个月之后，杨柳风就将牙膏厂土地通过司法拍卖，运作到了海陵集团名下。当然，东腾公司如约收到了海陵集团的3000万元酬金。

不过，杨柳风操作牙膏厂项目成功后，通过东腾公司转走了3000万元，一分钱都没有分给自己。这个项目的收益和自己欠周天宇的钱完全不对等，吴勉对此感到非常郁闷。这天，吴勉接到杨柳风的电话，也不知道是祸是福，他硬着头皮就来了。

进了杨柳风的办公室，他一看见杨柳风常常挂在嘴边的皮笑肉不笑的表情，心里就犯怵。他们虽然名为东腾公司的股东，但是基本上就很少见面，今天他叫自己来，这葫芦里到底卖的什么药啊！

看见吴勉局促不安的表情，杨柳风招呼吴勉落座后，简单寒暄了几句，就向吴勉谈了自己的想法："老吴啊，虽然现在张然成了东腾公司的大股东，但是东腾公司的项目因为没有资金，根本就没办法开展。而当初我为了救你从鲲鹏公司王文那里借来的1100万元，这可是要还的呀！现在王文找我要，我可是没打算还的哦！所以今天专门请你过来想想办法，看怎么来解决此事。"

吴勉一听杨柳风云淡风轻地提出这个要求，简直如遭雷击。他认为这件事已经随着自己交出牙膏厂项目解决了，怎么杨柳风还会逼自己还这笔钱？杨柳风见吴勉半晌无语，脸色由白转红，身形微微颤动，情绪开始激动起来，就开口解释说道："吴总，你先不要激动。我呢，为牙膏厂这件事跑了很多关系，打点了不少费用，手下还有这么多兄弟需要开支，实际上没剩几个钱。当时我找别人借的1100万元帮你付给了周天宇，现在人家找我还，我也还不上，所以今天一定要麻烦吴总给我想办法了。"说完杨柳风起身离开了办公室，剩下了呆若木鸡的吴勉。

吴勉此刻心里如翻江倒海一般，真是赶走了一匹狼惹来了一只虎啊！这个杨柳风比周天宇黑十倍都不止，这才真的是阎王债啊！不行，我得找他说个清楚。

想到这里，缓过劲来的吴勉腾一下站起身来就往办公室门口走。当他拉开房门，却发现门外站着一个铁塔般的汉子，他认识，是杨柳风手下的得力干将大黑。吴勉怔了一下，他知道这个人不好惹，但是都杵在一起了，有什么话也得说呀！吴勉硬着头皮对大黑说："我要找杨总说话……"大黑冷笑了一声："现在可不是你想见就能见了，你先自己在这里想想办法吧！"吴勉听了，不由得冷汗直冒。看今天这架势，不还钱是连门都出不去了，这杨柳风真他妈够黑够狠啊！吴勉暗自叫苦不迭。

想是那么想，但还得想办法呀！周天宇那么厉害都十有八九死在了杨柳风的手里，何况自己呢！现在杨柳风可算是江城道上头号人物了，岂是他吴勉惹得起的！吴勉擦了擦头上的冷汗，不得不冷静下来开始想办法筹钱。

吴勉这通电话打下来基本就是没起任何作用，基本上没有人愿意借钱给他。有的人呢，答应借个十万八万的又解决不了问题，他急得如同热锅上的蚂蚁。猛然间，他又想起了李月寒，这祸事可是李月寒给自己引上身的，她可不能见死不救啊！于是吴勉立刻拨通了李月寒的电话。

李月寒自从解决了鲲鹏公司的内部股权之争，一举奠定了自己在鲲鹏公司举足轻重的地位。李月寒也对今天的成绩非常满意，鲲鹏公司给了她一个施展才能的大舞台，让她能够在很年轻的时候就实现了人生的价值，并且还有机会创造出更加辉煌的成绩。作为一个女人来讲，她知道有今天的成绩已经非常不易了，所以，这段时间的李月寒是快乐的，是积极的。鲲鹏公司在李月寒加入后，发展也是顺风顺水，王文对李月寒更是赞赏有加，很多事情都交给她独立去处理了，他彻底相信了她的为人和办事能力。

杨柳风自解决了牙膏厂土地拍卖的事情后，也是长舒了一口气。现在除了大赚了一笔钱之外，他又有时间把眼睛放到李月寒身上了。这些年来，他一直对李月寒念念不忘，这次总算通过解决鲲鹏公司的事情和她走到这么近，真是天遂人愿哪！接下来，杨柳风在一次聚会上,当着许多人的面,向李月寒单膝下跪,献上了求婚戒指。李月寒当然清楚自己要什么,她已经不是小女孩儿了。这个世界在她眼中就是一个弱肉强食的世界,表面上有规则,暗地里的规则有时候更厉害、更管用,她不是什么理论家,她是一个在社会上打拼的草根。她要的是成功,是彻底摆脱穷困潦倒、被人轻视的命运。因此,她没有理由不选择"强者",她接受了杨柳风的求婚。两个人的绯闻瞬间传遍了江城的坊间。

回到被关在杨柳风办公室的吴勉身上,他在走投无路的情况下拨通了李月寒的电话,向她讲述了自己的遭遇。李月寒听了整件事情的前因后果,也对杨柳风的做法非常生气。她觉得虽然杨柳风是江湖人士,但是也应该讲江湖规矩,不能过分唯利是图,一旦事情在江湖上传开,会对杨柳风在道上的形象造成很大的损害。又由于自己现在和杨柳风的关系已经公开,势必也会对自己的形象带来损害。但同时,她也告诉吴勉,当时救他的1100万元,确实是杨柳风找鲲鹏公司王文借的。

考虑清楚整件事情的得失之后,李月寒给杨柳风打了电话,把自己的想法告诉了他,并提出考虑到自己和吴勉多年共事的情面,希望杨柳风不要太为难吴勉。

杨柳风认为吴勉知道自己现在和李月寒已经算两口子了,应该不会再找李月寒帮忙,本来这事他也是想瞒着李月寒做的。杨柳风现在谁的账都可以不买,但是唯独李月寒的话对他来说分量十足。其实谁又不是这样呢?这个世界所有的交易都敌不过感情,不管这个人是好是坏,只要动了感情,什么事儿都不是事儿。

杨柳风听从了李月寒的意见,遂命令大黑放了吴勉,但是仍然让大黑转告吴勉,叫他继续想办法筹钱。吴勉嘴上答应着,心里在想,妈的,先赶快离开这个鬼地方再说。还不了钱你还能把我杀了?!好在现在有李月寒在里面斡旋,估计杨柳风现在不能把事做得太绝。吴勉带着一肚子愤懑离开了杨柳风的办公室。

回来后，吴勉思前想后，觉得李月寒虽然解了自己一时之围，但是以后怎么办？自己拿什么和杨柳风斗？如果自己盲目行动，很有可能惹怒杨柳风，自己可能连小命都保不住。就在吴勉日益苦闷之际，陈成的到来解开了他的心结。吴勉现在希望通过公安机关来帮自己主持公道。但通过什么渠道扳倒杨柳风呢？虽然自己知道一些他操控司法拍卖的事，但是自己毕竟没有具体参与，就无从得知其具体的手段和方法。要是没有证据去举报，不但没有效果，定会招来杨柳风的打击和报复。

陈成听了吴勉的讲述，心中暗想，自己之前的判断看来是对的，背后的主使果然是杨柳风，果然是这个自己一直关注的重量级对手！看来此次和吴勉的见面算不虚此行。

陈成从吴勉处知道了杨柳风在牙膏厂土地拍卖案里的地位和作用，也明白了吴勉的担忧。面对共同的对手，陈成决定用自己的专业知识帮吴勉一把，同时，创造出直接和杨柳风面对面交锋的机会。陈成给吴勉分析道："目前你和张然都是东腾公司的股东。东腾公司在牙膏厂项目上赚了钱，理应分给你一份。现在杨柳风不但不分给你应得的那一份，还要逼你还所谓的债，这样的行为应该是严重侵害了股东的利益，同时，张然占有东腾公司80%的股份，并没有支付对价。说到底，是他欠你的钱。这是一种涉嫌职务侵占的犯罪行为。你如果要拿回自己失去的东西，可以以杨柳风涉嫌职务侵占向公安机关报案。"

听了陈成的一番分析，吴勉的思路更清晰了，决心也更坚定了。第二天，吴勉就带着证据材料向江城市公安局刑警大队报了案。吴勉的报案将整个案件系统化了，各个案件相互关联、互为依托，又共同为串通拍卖牙膏厂土地服务。看着眼前呈现的案件材料，陈成按捺不住心头的激动，现在终于有条件和杨柳风摊牌了。

在专案组的案情分析会上，陈成对目前的侦查工作进行了进一步深入阐述："吴勉举报杨柳风职务侵占案和牙膏厂土地串通拍卖案看似两个案子，其实紧密相关，互为因果。吴勉控告杨柳风职务侵占，侵占的是什么？是杨柳风通过串通拍卖得到的非法所得，而职务侵占侵犯的客体是单位和股东的合法利益。因此，即便杨柳风侵占了吴勉的股东利益，即串通拍卖的收益，但由于此收益为非法收益，因此实际上杨柳风职务侵占案并不成立。这是建立在综合全案的分析上预测的结论，在实际办案过程中有个认识和发展的过程。在目前通过司法或行政机关认定杨柳风串通拍卖行为构成前，我们不能不接受吴勉的报案。退一万步说，一旦以后因为各种各样的原因，案件不能有效推进，不能界定此次司法拍卖非法，那么我们仍然有机会启动对杨柳风职务侵占的侦查。也就是说，这两个案件非此即彼，我们还有制住杨柳风的后手，当然我们并不希望这样的情况发生。一个更重要的原因是我们要通过查清此次司法拍卖的真相，还牙膏厂职工一个公道，把被夺走的土地拿回来。这既是职业对我们的要求，更是牙膏厂几百名职工对我们的期望。"

陈成的一番话如醍醐灌顶，让侦查员们彻底明白了两个案件的关联，大大加深了对全案的理解。大家心想，高手就是高手，不服还真不行。

"不过，现在虽然有吴勉的报案，但出面实施东腾公司具体行为的却是张然。因此，我们直接对杨柳风采取行动还是有很大的障碍。在这种情况下，杨柳风是绝对不会配合我们工作的，我们现在有条件动的人只有张然。事已至此，杨柳风已经知道我们在调查牙膏厂土地拍卖案，甚至进展到哪一步他都可能知道。那我们也没什么可避讳的了，不如抓住这次吴勉报案的机会，对张然采取强制措施，以对杨柳风形成敲山震虎的作用。同时，鉴于张然在串通拍卖里面所起到的关键作用，可以通过对张然的审讯进一步完善串通拍卖案的证据，以备日后推翻被操控的司法拍卖结果使用。"陈成说明了下一步的工作计划。

第十二章　黑白博弈

陈成决定对张然采取强制措施后，他随即向大队长王明做了汇报。

王明这段时间其实非常关注陈成侦查工作的进展。一是因为涉及了命案，从职责上来说，他不得不关注。二是杨柳风为陈成深入调查牙膏厂土地拍卖案已经几次找过他，打听案件的进展情况。不过，王明处于谨慎考虑，并没有向杨柳风透露过多的细节。他在心里平衡着各种利害得失。

王明已经从杨柳风那里知道了张然的身份，现在听了陈成的案情汇报，知道陈成的意思是要将张然刑事拘留，以对杨柳风形成敲山震虎的作用。王明心里琢磨，从陈成介绍的情况来看，在根子上，串通拍卖很有可能构成，如果现在以职务侵占对张然采取强制措施，以后串通拍卖如果被定性，可能张然就不能构成职务侵占罪，或者需要变更罪名，到时候就是一件很麻烦的事。另外,杨柳风的面子还不能不顾,打得了擦边球的时候,还是得替他打打。

主意定下来之后,王明就对陈成谈了自己的看法,并且希望陈成把主要精力放在周天宇被杀案上来,毕竟人命关天,上级很重视。

王明的意见在陈成看来不是没有道理,只是他不知道这里面还有杨柳风起到的作用。没办法,陈成也只得将自己的想法先放一放。

也是无巧不成书,或者叫因果循环。这天,陈成突然接到大队长王明的通知,要他们立刻赶到市金融工作办公室参加一个重要会议。接到指令,陈成意识到可能又有大案发生了,来不及细想,他和周星就立刻驱车前往市金融办。

陈成他们火急火燎赶到市金融办二楼会议室后,发现市金融办李强主任和王明等同志已经围着会议桌坐定了,并探讨着什么。王明见陈成进了会议室,忙招呼他和周星赶紧挨着自己坐下。

这时,李强主任看了一眼王明,说道:"王大队,人都到齐了吗?"王明忙答道:"到齐了。"

李强掌管的市金融工作办公室承担着全市金融工作的政策指导、信息收集、风险防控等方面的重要工作,这一点陈成非常清楚。今天又是李强主任亲自召集公安机关参与会议,估摸着面临的问题不小。

李强见人都到齐了,就开口说道:"同志们,今天请大家来,是向大家通报一起案件,是市政法委转交下来的,所以我们大家要引起高度重视。"

顿了顿,李强继续说道:"据我市一家名叫宏图高尔夫地产公司的单位向市政法委举报,他们两年前向我市一家名为信诚财务公司的单位借下6000万元的高利贷,月息10%。两年下来,利息就达约1.4亿元,加上本金,总债务达到了2亿元。近年来金融政策调控导致房地产市场不景气，宏图公司开发的高尔夫高档别墅根本就卖不动，完全没有办法偿还如此之高的债务。由于信诚财务公司采用暴力威胁的方式催逼债务，该公司不堪重压，就直接向市政法委写了举报信，举报信诚财务公司发放高利贷和暴力催债的行为。大致情况就是这样，今天召集大家来开这个会，就是对案件情况进行研判，看下一步如何开展工作。所以接下来就请大家踊跃发言，谈谈自己的观点。"

与会者开始小声地议论起来。王明见状，觉得有必要自己带个头。于是，他率先发表了自己的观点："各位领导、同事们，我来说两句吧。首先，我们应该高度重视市政法委交下来的案件，认真进行研究和查办。"王明首先要保证政治上正确，然后他接着说道，"但是从李主任介绍的情况来看，这只是一起因发放高利贷引发的纠纷。而发放高利贷在我国刑法中并未规定是刑事犯罪，如果涉及暴力催债导致了非法拘禁或者人身伤害行为的发生，就涉及了刑事犯罪，所以我们要多从这些因催逼债务产生的违法行为中去发现问题和惩治犯罪。"

王明的观点有理有据，听上去不无道理。李强接过话头说道："王大队说得有道理。虽然说发放高利贷不构成犯罪，但这一次发放的金额如此巨大，显然已经严重干扰了正常的金融秩序。如果任由这样的情况发展和蔓延下去，对我市金融市场的健康成长和发展都将带来巨大的负面影响和冲击。我们一定要找到办理此类案件的手段和方法，否则对金融秩序的影响不堪设想。"

李强发言立意的高度显然高于王明，但是从法律技术层面上来讲，确实也需要找到办理此类案件的突破口才行。

李强发言后，大家一时处于静默状态，与会人员都在仔细体会领导的意图。不过，确实一时半会儿很难拿出有价值的判断和思路。见会议出现冷场，对作为有着深厚理论功底和丰富实战经验的陈成来说，他觉得有必要阐述一下自己的观点，供大家进行深入研判。于是，他说道："各位领导，我是刑警大队的陈成。刚才李主任和王大队的发言为我们指明了案件侦办的正确方向。也正如他们刚才谈到的，办理此类案件的重要性毋庸置疑，但技术层面的要求却很高。根据我以往办理此类案件的经验，我谈一下自己的一些粗浅认识。"

陈成顿了顿，见大家都在听，他就往深了说去："发放高利贷的行为确实没有入刑，但是这种行为的社会危害程度却很大。据我在基层实际工作中了解到，大部分借高利贷的都是一些从正常途径贷不到款的中小企业业主和有应急需要的个人，借高利贷用于赌博和消费的是极少数。由于高利贷利息太高，很多借款人到期无法正常还款，导致在催债过程中延伸出非法拘禁、人身侮辱、故意伤害等一系列违法犯罪行为。这些行为一旦查实当然归公安机关管辖。但更重要的，也是我们最容易忽视的是，发放高利贷的人或单位的放贷资金来源。如果金额不大，有可能就是放贷者的自有资金；如果放贷金额巨大，就极有可能是从正规的金融机构流出，这就可能构成高利转贷罪，这就归公安机关管辖。由此可见，我们公安机关一旦介入此案，就应该从两头查起。一查源头资金来源，二查在催债过程中是否存在非法拘禁、故意伤害等犯罪行为。这样，我们就可以掌握主动，达到既对市政法委有回复，又对当事人有交代的效果。"

陈成对案侦工作从法律技术层面的一番讲解，让与会者都听得明明白白，大家频频点头称是，随后与会者也陆续谈了一些看法。鉴于时间紧迫，李强作了总结性发言："刚才大家都对案件进行了深入研判和讨论，我认为公安机关的陈成同志讲得很好，把案件可能涉及的方方面面都讲到了。为了尽快完成市政法委交下来的任务，我希望王大队马上将案件受领回去，建议按陈成同志的思路办理。"

王明之所以通知陈成来参加此案的通气会，其目的也是因为报案材料中涉及信诚财务公司，是牙膏厂拍卖案里面参加竞拍的两家公司之一，正好可以交给陈成专案组一并办理。虽然王明知道信诚财务公司法人代表是张然，但这可是市政法委交下来的案子，他可不敢怠慢。刚才陈成入情入理的分析，更坚定了王明的信心。

刚刚从吴勉控告职务侵占案里滑脱出来的张然，此时又赫然出现在了宏图公司控告的高利贷案里。陈成不由得感叹，世界看似很大，有时候却又很小，有的人有的事避都没法避开。看来，这是揪住张然甚至杨柳风的又一个机会。

专案组随后立即对报案单位宏图公司开展了全面的调查取证工作。

奇怪的是，在调查工作中，宏图公司从上到下都不承认向市政法委写过举报信，也不太配合警方的调查取证工作。当然，这样的情况在陈成的从警生涯里也是见惯不怪了。陈成估计宏图公司是不敢直面放高利贷的人，应该是受到了对方的威胁，但确实又不堪高利贷的重负，处在一种非常矛盾的状态中。

为了谨慎对待市政法委交办的案件，陈成决定不能打退堂鼓，要深挖细查下去，给上级部门和受害者一个交代。

在宏图公司董事长费树森的办公室，陈成见到了这位驰名江城的高端房地产项目开发商。费树森温文尔雅，一派儒商的格调，和他专注开发高端楼盘的风格显得相得益彰。不过，面对警方的到访，费树森却是欲言又止。

陈成见状，便决定先打消费树森的顾虑。于是，他对犹豫中的费树森说道："费总，我们先不提举报信的事，就当它不存在。我们今天的谈话也不做任何记录，想到什么说什么，想到哪里说哪里，就当是朋友之间的交流。当然，前提是费总愿意交我这个朋友。"为了舒缓费树森的心情，陈成开起了玩笑。

费树森显然被陈成轻松的语调感染到了，他显得松弛了一些，他笑着对陈成说道:"陈警官说笑了,我们生意人能交到你们这样的官家朋友,是我们的荣幸,高兴都来不及呢!"

陈成见费树森放松了下来,就尽量用随意平和的语气把话题往举报信的内容上引:"费总知道我们是做什么工作的就好,我想听听你们公司遇到了什么麻烦,需不需要我们一起来想办法面对和解决?"

费树森叹了口气,说道:"既然陈警官不做记录,又把我当朋友,那我也没什么好隐瞒的了,我就给你聊聊公司遇到的麻烦。"

"好,请慢慢讲。"陈成见费树森愿意开口,就用诚恳的态度鼓励他继续说下去。

"宏图公司因为开发的楼盘相对比较高端,因此,对资金的需求量就比较大。大家都知道,房地产是资金密集型行业,我们开发高端商品房对资金的需求就更迫切。这两年房地产公司在银行不好贷款,我迫不得已只有转向民间融资。有人就给我推荐了信诚财务公司,说这家公司资金雄厚、实力很强,于是,我就和这家公司的董事长张然见了面。从交谈中我了解到,信诚公司对外放贷规模上亿,而且条件很宽松,只是利息比较高。我想想也正常,放贷条件宽松,自然利息会高一些。不过,对于房地产行业,特别是我这样的高端楼盘,利润是可以消化掉高利息的。当然,这样高达月息10%的利息,放在制造业是完全不可能接受的。"费树森在陈成的鼓励下打开了话匣子。

"于是,我公司陆续向信诚财务公司借款6000万元,全部用于基建。但是,我过于乐观地估计了市场,楼盘的销售情况很不好,回款就成了问题,导致这6000万元高利贷在两年之内累积到了近两个亿,这是我完全没想到的,也没办法消化掉这样高的本息。这期间,张然多次带人到我公司催债,搞得公司人心惶惶,员工都没心思上班了。我也知道欠债还钱天经地义,但这么高的利息我确实还不了,所以,万般无奈的情况下我以公司的名义给市政法委写了举报信。"费树森一口气道出了事情的原委。

陈成见费树森说的内容和自己预判的差不多，就顺势提出了自己早已想好的问题："张然在向你催债的过程中，有没有使用暴力手段或限制你的人身自由呢？"

费树森摇了摇头，说道："这倒没有，没有喊打喊杀的那种，但是，他一天到晚带人上门讨债，影响房屋销售不说，搞得公司职工也忧心忡忡，无法正常工作，有两个职工受不了还辞职走人了，这个无形压力很大呀！"

"哦，那你有没有问过他们的资金来源呢？"陈成继续着自己感兴趣的问题。

"我倒是没有刻意地问过，但张然第一次和我见面时谈过他们的实力很强，有很可靠的资金来源。我没记错的话，其中谈到过江城信托投资公司。"费树森努力回忆着。

陈成接着问道："那张然还有没有谈到其他资金方呢？"

"没有了，他对这个方面很敏感，说了几句就没深说了，我也不好再问。"费树森答道。

陈成通过这一番对话，已经初步发现问题的端倪了。江城信托投资公司浮出了水面，这很可能就是信诚财务公司的背后托手。如果查明了信诚公司的资金来源于江城信托，那信诚公司的放贷行为就涉嫌高利转贷犯罪，这将是突破杨柳风团伙的又一个重大机会。得到这个重要信息之后，陈成随即告别费树森回到了刑警大队。

陈成将彻底调查江城信托投资公司的任务给专案组的同志们进行了安排和布置，要求一定要带着准备好的问题去调查，一个一个落实，要查出这家公司和信诚财务公司所有的往来和交集。

很快，情况收集上来了，结果却令陈成大失所望，江城信托公司和信诚公司居然在财务上没有任何往来！看来这两家公司是做好了充分的准备啊！查不到两者的资金往来，就没有办法证明信诚公司高利转贷的行为。

　　陈成不甘于这样的结果,他拿着收集回来的江城信托公司的账本仔细翻阅,他希望能从里面找到蛛丝马迹。随着他的细心查找,他发现了一些不正常的情况。江城信托公司有多笔现金存取的记录,累计金额高达数千万对于一家正规的国有金融机构来说,这样的行为是极不正常的。表面上看,账目都是做平了的,但是这样的行为本身却可能隐藏着不可告人的秘密。

　　陈成决定对这些现金的支取进行深入调查。由于这些取现的行为具有持续性,陈成首先想到了调取江城信托公司的监控视频。果不其然,在视频里,陈成有了重大发现,但凡江城信托公司有大额取现记录的当天,都有一辆面包车到江城信托公司来装取现金,那可都是几百万的数额啊!通过进一步对面包车牌照的查询,证实车辆属于信诚财务公司。至此,事情已经很清楚了,信诚公司从江城信托公司得到资金支持,然后再对外进行高利转贷,而且金额巨大,严重扰乱了正常的金融秩序。

　　鉴于案情取得重大进展,陈成再次提出准备以涉嫌高利转贷对张然采取强制措施。这次,王明没有提出反对意见,他心里对事情的轻重缓急门儿清,对市政法委交办的案子没有一个明确的说法,那可是交不了差的。

　　得到王明和法制部门的同意后,陈成马上对张然采取了传唤措施。张然到案后倒显得很平静,陈成对他的问话由于都有查清的证据作支撑,张然没做过多的反驳和解释。他只是强调关于牙膏厂土地拍卖的事,不管警方能不能认定是串通拍卖,但其本身不是刑事案件,最多构成行政处罚,他不怕这个程序走下去。至于高利转贷,本身不是重罪,如果构成,该怎么处理就怎么处理,他无所谓。最后,张然还笑着劝陈成做事不要太较真儿,说不定他没几天就会出去。

　　对于张然的有恃无恐,陈成倒是心里有充分的准备。因为他知道对手背后势力强大，张然只是冲在前面的白手套而已，他早就做好了当替罪羊的思想准备，所以，当面对公安机关的时候，才显得如此从容不迫。陈成明白自己没有办法控制住所有的局面，唯一能够做到的就是站稳立场，全力以赴，不留遗憾。

杨柳风得知站在前台的张然被警方刑事拘留以后，他自然要想尽办法营救张然，他清楚地知道，保住了张然就等于保住了自己。同时，他当然知道张然绝对不会背叛自己，实在招架不住，张然自然会替自己顶这个包，将罪名扛下来，自己也是安全的。

无论怎样，救还是要救的，但如何才能救张然出来呢？杨柳风开始仔细思考这个问题。他首先想到了王明，王明这个职位倒是很关键。但是通过几次接触，杨柳风发现他很滑头，很多事情不会大包大揽。说白了，他把乌纱帽看得比钱重要，要让他出面解决张然的事情没有把握。而且，现在张然涉及的高利转贷案是由市政法委转交下来的，要做工作，找的层面低了还真不行。得另外找找渠道，找说话能真正起作用的人。

鉴于事情涉及江城信托公司，杨柳风决定找他的老朋友，也就是江城信托公司的董事长赵一凡想想办法。他知道，赵一凡这个人在江城政界也是手眼通天，说不定他还能起到作用。

说到赵一凡，这里要多交代几句。这个人在江城金融界的确算一个牛哄哄的人物。此人年纪不大，也就四十开外，胆子却很大，以前依托国资背景做信托产品创下了不菲的业绩。可是后来，由于整体经济形势不景气，信托产品的利润和规模都做不上去。这期间，有人介绍他认识了杨柳风，两人可谓相见恨晚，一拍即合。杨柳风需要稳定的资金方支持，赵一凡需要高额的放贷利润回报，所以，两人开始了合作。由于杨柳风回收贷出去的款项非常及时和稳定，两人合作越来越顺手，资金规模就越做越大。

杨柳风匆匆找到赵一凡后，将张然被刑事拘留的情况告诉了他，希望他能尽快想办法将张然保出来。赵一凡见高利转贷的事情败露，也很是着急。如果不及时将张然救出来，自己就可能被牵扯进去，不但前途堪忧，还有可能承担刑事责任。好在江城信托通过信诚公司放出去的款都已经收回来了，没有造成国有资产流失，从这个角度还是有回旋的余地。但是，要让警方放人，仅靠这一点理由是不够的。

赵一凡和杨柳风经过冥思苦想，很快想出了个办法。他们决定用江城信托公司的名义出资1000万元给江城市公安局成立一个"英烈基金"，在取得江城市公安局领导的认可和支持后，再想办法把张然救出来。

这个"英烈基金"在赵一凡的张罗下很快就成立起来了。成立当天，形式搞得隆重而热烈，江城市各大报纸、电台、电视台竞相采访报道，在江城各界影响很大。在这样的背景下，赵一凡趁热打铁，他找到江城市公安局分管刑侦工作的副局长刘树功提出了想将张然取保候审的请求。刘树功见赵一凡在自己的任期里做了这么大一件于自己政绩大有光彩的事，心里已是十分高兴。听了赵一凡的请求，他立刻找来王明了解情况。王明当然知道赵一凡和杨柳风商量成立"英烈基金"的事，他明白刘副局长的意图，既然领导有意不将事态扩大化，他也乐得做个顺水人情。于是，王明回到队里，立即就要求陈成办理张然的取保候审手续。

面对反转如此之快的戏剧化剧情，陈成不由得仰天长叹！他当然知道这样的命令不会是王明下的，他无法知晓也不愿意去探究是谁下的命令，只是这样的博弈真实而残酷。自己面对的对手调动社会资源的能力超乎自己的想象，可是自己又能怎么办呢？就像一场拳击比赛，自己可以在擂台上技术性击败对手，但胜负却由裁判决定。现在，作为公安纪律部队的一员，陈成能做的就只剩下执行了。面对腾起的火苗不断被强风吹灭，陈成并没有失去信心。他心里有一个坚定的信念，那就是办法总比困难多。他知道，即使头上顶着石头，小草也会倔强地生长。如果强风不可避免，那就让暴风雨来得更猛烈些吧！

杨柳风因为李月寒求情虽然暂时放过了吴勉，但是他向王文借的1100万元也确实要给王文一个说法。因为，当初自己救吴勉时，毕竟给王文打了借条，这件事不了了，老在心里放着也不是个事啊！

那这杨柳风向王文借钱到底是怎么回事呢？

原来，李月寒在吴勉被周天宇拘禁后，为了搭救昔日的老板，在见过吴勉后就匆匆找到杨柳风，给他讲了整件事情的来龙去脉。杨柳风当然知道周天宇其人，那也是在江城道上呼风唤雨的人物。现在知道吴勉欠下他这么多高利贷，而李月寒执意救他，心里也不禁暗自为难。他知道，黑道上的事，如果是帮别人，还存在退出和谈判解决的问题，但只要事关自己，那不拿个说法对方是绝对不会退让的。

李月寒见杨柳风有些犹豫不决，就将吴勉准备把和海陵集团合作拿地的项目作为搭救他的交换条件的情况告诉了他。

杨柳风听完，再次陷入了沉思。他觉得凭自己现在的江湖地位去和周天宇谈，对方是肯定会和自己见面谈的，但是如果解决不了高利贷的问题，周天宇仍然不可能放人。还有就是，自己凭什么要去帮吴勉出头呢？当然，除了李月寒的恳求之外，自己现在更看重的是那份金额高达近亿元的合同，如果能够通过运作拿到这份合同，那就值得了。

杨柳风救吴勉绝不是见他可怜什么的，即便是有李月寒说情也不至于帮他这么大个忙。关键还是吴勉和海陵集团的项目太诱人了，使他下决心要通过帮助吴勉而得到这个项目。但是这1000多万元的现金可不是小数目啊！杨柳风自己倒是拿得出来，可万一项目操作中出现什么问题，风险就太大了。找谁来出这笔钱，把风险转移出去呢？

思来想去，杨柳风把念头集中在了王文身上，自己上次冒风险帮王文拿回了公司，就只得了区区200万元的出场费。鉴于李月寒的缘故，也没再向王文开口，这次又是因为李月寒的老上级出现了问题，如果自己找王文出这笔钱，估计李月寒也没什么好说的了。至于王文那里，如果真的以自己的名义向他开口借钱，他认为王文也只有答应的份儿。

杨柳风随即告诉李月寒自己的想法。李月寒认为鲲鹏公司现在的财务状况应付这笔钱还是没问题的，只是还需要好好和王文沟通一下。毕竟建立起现在的关系不容易，不要弄巧成拙把关系搞砸了。

杨柳风觉得李月寒的顾虑还是有道理的，于是就让李月寒先和王文谈谈。

和杨柳风谈好后，李月寒马上就回到鲲鹏公司找到了王文，把杨柳风准备借款的意思讲给他听了。但她没谈借钱的具体原因，只说是用于公司应急周转一下。王文已经知道杨柳风主要是以放高利贷为主业，以他的能力和势力，资金安全风险倒不是很大，不过，1000多万元也不是个小数目。借吧，还是有一定风险，不借吧，杨柳风帮了自己那么大忙，面子上还真说不过去，而且他让李月寒先来征求自己的意见，已经算是给足自己面子了。王文权衡再三，还是觉得杨柳风这个关系不能得罪，退一万步说，如果他最后还不了这钱，就当自己生意损失罢了，最后让他欠自己一个巨大的人情也好。

想通了这个道理，王文就爽快地答应了李月寒，然后马上通过银行的关系，迅速调拨了1100万元的现金交给了杨柳风。杨柳风也按照正常的银行利息给王文打了借条，钱当然最后是给到李月寒去营救吴勉了。

杨柳风虽然暂时不打算逼吴勉还钱，但自己欠王文1100万元始终是个事呀！毕竟借条在王文手里捏着呢！

就在杨柳风寻思怎样解决王文借款一事的时候，恰好这一天，王文的电话打来了。电话里，王文的意思是他现在手头资金紧张，看杨柳风能不能想办法先把这1100万元还给他。

杨柳风不听则罢，一听王文真找自己还钱，这火腾一下就冒上来了！他心想，自己费这么大的力帮你王文清理干净门户，你不知道见好就收，反倒找自己还钱，本来自己还有心找他商量个解决方案，现在看来没必要了。

杨柳风带上大黑和小二郎怒气冲冲地来到鲲鹏公司找到了王文。王文没料到自己的一个电话触怒了杨柳风，见他带人闯进了自己的办公室，心知不好。

王文忙招呼杨柳风他们坐下，然后满脸赔着笑问道："风哥息怒，我知道不该催你还钱，主要是现在公司现金流紧张，各个在建工程都需要资金，实在没有办法才向你开口，真是不好意思、不好意思呀！"

杨柳风何等精明，鉴于李月寒还在鲲鹏公司工作，他本不想黑掉王文借出来的这笔钱。但是，现在王文先按捺不住，给了自己发怒的借口，那就怪不得自己了。

杨柳风冷冷一笑，说道："我本不想提那些往事，但是既然今天把话说开了，我就说说我的道理。"

王文忙不迭地赔着笑说道："您请讲，您请讲！"

"那好，我帮你解决掉江风这些股东，带给你的直接和间接的收益怕不止上亿吧？如果不帮你搞定这帮人，说不定，你现在已经被人家免掉董事长的职务了，公司都是人家的了。我看在李月寒的面子上帮你这个忙，难道你真以为我堂堂杨柳风就值你给的区区两百万？如果没有我帮忙，你今天还能坐在这个位置和我说话吗？应该没那么不懂事吧?！"杨柳风好一阵抢白。

王文听了杨柳风的话，冷汗不知不觉都流了下来。他细细一想，杨柳风说的不是没有道理，赶走江风才是事关自己生死存亡的大事。自己现在虽然面临一些具体困难，但是，比起得罪杨柳风就太不值了。看来要杨柳风还钱这条路是走不通了，确实只能另想办法了，这道上的人真是说翻脸就翻脸啊！一旦翻脸真就覆水难收，杨柳风是真的得罪不起。

想到这里，王文忙向杨柳风解释说："风哥，您说的都对，我确实是资金紧张，一时糊涂才向您开这个口。虽然公司现在遇到不小的困难，但是我会另外想办法克服的，您大人不计小人过，我现在就把借条烧了！"说完，王文从办公桌的抽屉里找出杨柳风打的借条，用打火机点燃，当着杨柳风的面烧掉了。

王文的举动自然令杨柳风非常满意，他站起身来拍了拍王文的肩头，微笑着点了点头，说道："兄弟，你确实很上道，贵公司在你这样明白人的带领下一定会大有前途！李月寒跟着你干我就更放心了，有时间我们好好聚一聚，今天的事多谢了，我先走一步。"言毕，杨柳风带着大黑和小二郎扬长而去。

王文望着杨柳风等人离去的背影，不由得长吁了一口气，然后用手擦了擦一脑门子的汗。

对于杨柳风来说，还有很多问题需要解决。牙膏厂土地拍卖一事，杨柳风倒没有太过于担心。他知道刑警大队在调查牙膏厂拍卖一事。但由于此次拍卖是已经结案的司法拍卖，他认为即便是公安机关开展调查也不可能轻易推翻已经生效的司法拍卖，因为首先要过的就是法院这一关，法院能答应吗？法院如果推翻自己组织的司法拍卖，谁来负这个责？这么大的标的，谁又负得起这个责？所以，这样的调查多半到最后就变成走走过场而已，杨柳风因此对拍卖一事并没有太往心里去。现在吴勉到公安机关控告张然涉嫌职务侵占，张然又随后被警方以涉嫌高利转贷刑事拘留，虽然最后花大价钱，费了不少周折将他解救出来了，但还是留有不小的隐患。现在警方专案组是陈成在负责，这个人点子多，又不好通融，看警方采取的这些行动，是在找借口向自己开刀啊！

照这样查下去,谁控制得了局面,还不得查个底儿朝天?这样下去不行,趁还没有闹得满城风雨、全面被动,得赶紧想办法阻止这样的调查行动。

再说赢得竞拍的海陵集团这边。海陵集团是上市公司,由于牙膏厂职工占领了厂房,他们赢了拍卖,却拿不到土地,集团上上下下被搞得焦头烂额。童景天自然成了出气筒,上级下级都把矛头指向了他,认为整个拍卖工作都是童景天擅自通过吴勉这条线来运作,导致出现这样被动的局面。童景天却认为只是没料到半路杀出个杨柳风,彻底打乱了他原来的想法和步骤,反而使他一步一步按杨柳风的路子在往前走。虽然最后成功实施了司法拍卖,但从职工手里拿不到土地,从效果上看不但等于零而且还可能是负数,因为自己该付的款已经付了,这土地还没拿回来,以后如何收场还不得而知。

虽然现在海陵集团内部乱成了一锅粥,但他们还寄希望于司法拍卖结果能被保留下来,不然他们的损失就大了。童景天情急之下找到了杨柳风,想看看有什么办法能渡过眼前这个难关。

杨柳风心里当然也为司法拍卖的成果迟迟不落地而烦恼。童景天着急忙慌地找上门来向他求援,杨柳风还不得不宽慰宽慰他。毕竟这是尊财神爷啊,而且自己已经收了他的钱,加之要是海陵集团下一步在牙膏厂土地进行开发,他杨柳风还有更多赚大钱的机会。

见到童景天前来造访,杨柳风就叫来了张然,准备一起研判下一步的应对方案。毕竟之前都是张然在和他打交道,张然处理事情成熟老练,前面的事情都办得很到位。特别是那次张然硬闯达富公司会场,一番唇枪舌剑,逼退平日里牛哄哄的达富公司的"光辉战绩",让杨柳风深感满意。

回想当初,杨柳风得知达富公司要参加拍卖的消息后,也不禁皱起了眉头。他知道达富公司的背景和实力在江城可是首屈一指的。虽然海陵集团实力也很强，但是如果双方在竞拍的过程中较上了劲，一旦竞拍中双方相互较劲使拍卖价超过海陵集团3500万元的底线，海陵集团就会放弃，那自己不但一分钱赚不到，而且前期付给周天宇搭救吴勉的1100万元也会全部泡汤。退一步说，就算海陵集团坚持和达富公司竞争，只要超过3500万元的底价，之后的一切也与自己无关了。想到这些杨柳风也是感到一阵阵凉意袭来。他决定立即找达富公司谈一次，先摸摸对方的底再说。但是，办这样的事情，大黑和小二郎江湖习气过重，都不是合适的人选。杨柳风很自然地继续启用信诚公司的财务负责人张然。

张然初会达富公司董事长袁容峰后，感觉袁容峰在这样的企业里并不能完全掌控全局，这样的重大决策确实不是他一个人能够做主的，所以他把他的担忧告诉了杨柳风。继而，张然提出立即安排达富公司的内线时刻关注袁容峰关于牙膏厂土地项目的一举一动，然后伺机而动。

果然如张然所料，在达富公司这样有背景的企业里，袁容峰的决策权确实受到一定限制。遇到重大问题肯定是要召开会议研究的，而这些能够参会的公司高管又都是原来的一些大大小小的官员，这些人想什么、要什么、怕什么，他和杨柳风都了如指掌。时间已经很紧迫了，再过几天拍卖公示期就要到了，容不得这帮人磨磨叽叽地闲扯淡。于是张然决定硬闯达富公司的会场，既利用这个机会表达自己的立场，又让信诚财务公司的名头再高调亮一次相，在江城上层的商界里立一次威。

杨柳风同意了张然的方案。之后张然通过安排在达富公司的内线知道了达富公司召开参加牙膏厂土地拍卖专题会的时间，随即赶到达富公司，在专题会召开的会议室上演了一场漂亮的"单刀赴会"，生生将最有威胁的达富公司逼得退出了此次竞拍。

正是因为张然的这些出色表现，他才得到了杨柳风的欣赏和倚重。

等张然到办公室后,杨柳风就告诉童景天,这次拍卖的司法程序是完结了的,要想推翻重来就必须得过法院这一关,而这基本上没有可能。这次拍卖从调解到拍卖结束,程序合法,又是终审结果。要翻转,必须走再审程序。而再审程序需要有足以推翻原审结果的新证据,只要我们两家说法一致,就不可能出现翻盘的情况。等过了这个风头,自然就可以申请强制执行,将土地从工人手里夺过来。

张然因为和童景天更加熟悉,也在一旁进行了一番宽慰。童景天听了两人的一番解释,心里稍微放下了点儿,一再叮嘱杨柳风要控制好局势,随后便离开了。杨柳风送走童景天,心里也着实有点儿紧张。思来想去,他觉得确实有必要想办法阻止陈成的调查行动,即使阻止不了,哪怕换人都行。终于,他想到了一个办法。这次成立"英烈基金"给江城市公安局副局长刘树功很是长了脸,这位老上级对自己已经是刮目相看,何不如此这般……于是杨柳风拨通了刘树功的电话……

这天,王明通知陈成来汇报一下目前专案组工作的进展情况。

王明平时工作确实多,当领导嘛,什么都得兼顾。王明如此繁忙,当然对各个案件就不会过问得那么细。另外,对陈成他还是很信任的,知道案子交到他手里那是可以完全放心的。因此,只要陈成不主动找他汇报案情,他还真不会去催陈成。当然,这次找陈成来汇报工作另当别论。

陈成落座后,鉴于周天宇被杀案暂时没什么头绪和进展可谈,王明直接就问起了牙膏厂土地拍卖案子的进展。陈成如实做了全面的汇报,并把自己的破案思路进行了详尽的阐述。王明听完,作为一名资深刑警,也不由得对案件的复杂程度倒吸一口凉气,同时,对陈成对案件专业性和技术性的把握暗自佩服。但今天早上刘树功副局长的一个电话却让王明犯了难,听电话里刘副局长的意思,是对专案组的工作很不满意,迟迟没有结论不说,还出现了凶杀案。要王明总结教训,查找原因,实在不行就换掉专案组负责人。刘副局长虽然在电话里没有点陈成的名,但是这个意思是传达得清晰明了的。

王明思前想后,觉得鉴于社会面的影响,整个案子不能不向前推进,但是不能把责任全揽在公安身上,要尽快把不属于公安机关管辖的行政处罚的案件交出去。至于其他机关该怎么结案就怎么结案,该怎么定性就怎么定性,反正不能再这样拖下去。在压力面前,他认为不是什么案件都需要一个真相,有的案件可能只是需要一个结果。这样,还可以不让陈成这种"一根筋"的人深入查下去,这里面天知道还有些什么弯弯绕呢?关键是自己的锦绣前程不要受到影响。同时,也好给刘副局长一个交代,至于其他机关如何处理和处理到什么程度,就看杨柳风的造化和他的活动能力了。这样处理的话,哪方面出了问题都赖不到自己身上,岂不是两全其美。王明想到这里,不由得为自己的"小聪明"暗自得意。

打定了主意后,王明板着脸对陈成说道:"这个案子既然涉及工商、司法这么多管理部门,案情又这么复杂,单靠我们公安机关怎么查得完?而且几个单独的行政案件又不归公安机关管辖,我们继续查下去就是越权,这是不对的,还会惹来不少非议和麻烦,要尽快移交出去!"

陈成一听,心里不由得一惊。想当初,正是考虑到案情重大复杂,由公安机关统一侦查才最有利于案件的侦破,如果分散到各部门就形不成系统,完全可能使案件被迫搁置下来,牙膏厂职工的诉求就得不到及时解决,那么维护社会稳定的初衷就无法实现,后果将不堪设想。现在王明说出这么个意见,那就意味着核心案件——串通拍卖案将移交给工商部门,主要矛盾很有可能无法彻底解决,前面所做的那么多工作也很可能就此前功尽弃!

"王队，这样做可能不合适吧，都查到这个份儿上了，马上就临门一脚了，等情况再清楚点儿再移送出去怎么样？"陈成有点儿着急了。

陈成看出了王明脸上明显的不耐烦，他此时也顾不了许多了，接着恳切地说道："牙膏厂职工的主要诉求围绕着此次被操控了的司法拍卖，因此，我们的取证工作也是围绕着串通拍卖这个案子进行的。虽然在法律规定上串通拍卖不是刑事案件，但是我们不要着急移交到工商行政部门，依靠他们的调查能力和手段是达不到我们查清全案的要求的，还可能引起牙膏厂职工的不满，认为公安机关在推诿，说不定他们会再次集访，闹得满城风雨。我们先查，把能掌握的基础材料尽可能地查清楚后再考虑移交的问题。包括双方代理这样的案件，他们也属于行政违法案件，尚不构成刑事案件。但是我们要有一盘棋的思想，要把全案彻底查清，证据材料收集齐全之后再移交，这样就不会影响我们对整个案件进程的把握。决不能图省事急急忙忙地移交出去，即使要交出去，我们也要交给兄弟单位一个脉络清晰、证据确凿的案件。不然，他们也无法给案件定性，仍然达不到职工们希望的结果。"

"不行，该移交的案件一定要移交，多在我们手里待一天，就多一份责任。你擅自决定自行侦查行政案件是重大错误，这个案子你就不要管了，让周星马上办理案件移交手续！专案组我另行安排人负责。"王明对陈成的顶撞有点儿恼羞成怒，干脆就直接让陈成歇了菜。

之前不祥的预感很快变成了现实，现实再次无情地、狠狠地猛击了陈成。从竞争上岗遇到暗箱操作到张然屡次脱罪，再到现在被剥夺继续工作的权利，不断遭遇的沉重挫折让陈成满心愤懑又身心俱疲，想做点儿正事就这么难？！陈成在无情的现实中找不到答案。他心情沉重地转身离开了王明的办公室，他知道这样的结果是他无能为力的。

周星和专案组的同事们得知陈成被勒令停止调查牙膏厂土地拍卖案后,都感到非常震惊,纷纷替陈成鸣不平。反倒是陈成对他们进行了一番安慰,要大家服从上级的决定,安心工作,只要大家团结一致,在谁的带领下都能取得最后的胜利。周星等人也只好接受现实,他们按照陈成的布置,将串通拍卖案材料整理好移送给了市工商局,将双方代理案材料移送给了市司法局,这样一来,整个案件呈现出一种支离破碎、各自为战的状态,各个环节得不到相互的支撑,形不成一个完整的构架。没有一个统筹协调的机构全面负责,案件侦办的效率大大降低,案件侦办的难度自然大大增加。案件的侦办如陈成所料,很快就陷入了一个停顿搁置的状态,不过,这也正是杨柳风想要看到的结果。

第十三章　拨乱反正

陈成在杨柳风等人的努力下终于"下课"了，这个"好"消息让杨柳风和兄弟们心里放松了不少。这段时间要不是这个陈成一直像"苍蝇""蚊子"一样"嗡嗡"地围着他们转，哪会费这么大劲到处去灭火啊！现在好了，可以把心揣兜里了。

自从跟着杨柳风后，众兄弟也都混得风生水起，都捞到了不少实惠。这有了钱，自然是喜欢干什么就干什么，当然不要指望他们去玩琴棋书画这一套。这一众兄弟中，玩性最大的就数小二郎了。这小子打小就在闹市区长大，社会上流行什么他就学什么玩什么。舞厅、台球室、游戏厅、赌博机等场所，都是他流连忘返的地方。凭着聪明活络的头脑，他玩得都还挺不错。

这天，闲来无事的小二郎带着两个小弟来到了江城最著名的"台球皇帝"台球室玩台球。他先来到供客人休息的茶座坐下，泡上茶悠闲地跷着二郎腿。看着不远处正用各种姿势击球的人们，听着不时传来"噼噼啪啪"的悦耳的击球声,他就觉得这是一种视听享受,很放松,很休闲。

突然,台球桌方向传来一阵喧嚣,打台球的人纷纷围拢到一张台球桌前。小二郎也挺喜欢看热闹,于是,他踱着小方步凑了上去想看个究竟。

走到台前,他发现是一个长相挺清秀、个子高高大大的小伙子在和几个年纪相仿的年轻人争论着什么。只听小伙子厉声对几个人说:"愿赌服输,输了就该拿钱,别像个老娘们儿似的磨磨叽叽的!"

对方中的一个拿着台球杆的年轻人指着小伙子说道:"你这分明是在套我们的羊儿,你这是耍诈!欺负到我们头上了,你也不打听打听我们是干什么的!今天你不但拿不到钱,还必须赔钱给我们!否则,你休想离开这里!"

小伙子冷笑了一声道:"呵呵,技不如人就是技不如人,别找那么多借口!黑道白道讲个公道,你输了就是输了,今天你要是不拿钱,要做什么我奉陪到底!"

听到这里,小二郎明白是怎么回事了。原来,台球圈里有一个耍诈的方式叫"套羊儿",就是一个高手跟一个人打台球赌输赢,先假装技术差连输几局,这时的赌注一般较小。等对方觉得钱赢得很轻松的时候,就会大幅提高赌注,从这个时候开始,高手就会发挥出真正的实力,将之后的每一局都轻松拿下,从而赢不少钱。小二郎估计这小伙子是个高手,对面这几个人应该是被套羊儿了。小二郎是看热闹不嫌事大,他饶有兴趣地看着眼前的这一幕,倒想看看事情如何发展下去。

输钱的几个人显然是被小伙子嚣张的态度激怒了,手持台球杆的年轻人率先动手,他抬手一杆就向小伙子头部抽去,嘴里还叫骂着:"你妈的,叫你嘴硬!"周围的人一看打起来了,就"轰"地散开了,小二郎也退回茶座边,继续欣赏眼前这一幕闹剧。

由于隔得太近，小伙子来不及躲避，他本能地伸出左臂硬接了这一杆。只听"噗"的一声闷响，台球杆被弹起老高，直接从年轻人手里飞了出去，可见击打的力度多大，小伙子看上去却没啥反应，可见小伙子的筋骨有多硬。

输球的一方毕竟人多势众，他们迅速冲向小伙子对其拳打脚踢起来。小伙子并没有慌乱，且战且退，利用台球桌跑圈，这样就使自己免受来自四面八方的攻击。小伙子不时回身反击，短兵相接时，他拳打脚踢不时击倒一两个身后的追兵。看得出，双方下手都挺狠，小伙子也挨了不少拳脚，但总体上把对他一个人的群殴变成了一场消耗战。

这边正打得热闹，台球室的老板可不干了，他担心他们把台球室里这些坛坛罐罐的家伙什打坏了。于是，反应过来的他赶紧打了110报警电话。由于台球室地处闹市区，警察来得挺快，等警察赶到，双方打得正欢，当然，没废话，全部当场带走。

小二郎目睹了眼前发生的一切，对耍诈的小伙子留下了深刻的印象。他心想，这小子耍诈水平不低，拳脚街斗功夫也不错，是个人才呀！

过了几天，小二郎又来到"台球皇帝"台球室消遣。进了大厅，他一眼就看见上次耍诈打架的小伙子又在一张桌子上打球。小二郎想见识见识他的台球水平，就踱步上前拍了拍小伙子的肩膀，说道："兄弟，前几天打架没伤着哪里吧？"

小伙子转头看了看小二郎，一脸轻松地笑着说："没有，这几个小子就像在给我挠痒痒，如果不是警察来得快，我能把他们全部揍趴下。"

"呦嗬，挺牛啊！警察叔叔没找你麻烦？"小二郎调侃道。

小伙子见有人关心自己的"英雄事迹"，就放下球杆，叹了口气道："妈的，说我耍诈加打架斗殴拘留了三天。"

"对方呢？"小二郎问道。

"他们先动手，动手的人也拘留三天。嗨，各打五十大板，警察就是和稀泥呗！"小伙子回答道。

小二郎拿起小伙子放下的球杆递给了他，笑着对他说道："呵呵，警察不都这样嘛，动手就是互殴，谁管是怎么打起来的呢！来来，不聊这些糟心的事了，我俩打几局，看看谁更厉害！"说完，他看了正和小伙子对打的人一眼，"兄弟，你先让我们打几局。"那人一看小二郎就不是善茬儿，知趣地放下球杆退到一边去了。

小伙子接过小二郎递过来的球杆，笑着说了句："那我就真打了，耍诈是不可能的。"说完，"啪"的一声先开了球。

小二郎知道小伙子的水平高，当然也是认认真真地和他较量起来。双方"噼噼啪啪"你来我往打了九局，结果是小伙子五比四获胜。

小二郎放下球杆哈哈一笑，对小伙子说道："我在这个台球室还从来没输过，你是第一个打败我的。佩服佩服！请问怎么称呼你呢？"

小伙子忙谦虚地说："哪里哪里，我运气好点儿罢了，大哥就不要取笑我了。我叫车兵，你叫我小兵好了。"

小二郎点点头，说："嗯，车兵，我记住了。我叫商进，别人都叫我小二郎。"

车兵一听，眼睛一亮，忙不迭拱手说道："是二哥呀，我早就听说你的大名，久仰久仰。今天有缘相识，幸会幸会！"

对于车兵耍诈时的机灵劲儿和打架时好勇斗狠的劲儿，小二郎打心眼里是很欣赏的。目前团队正是用人之际，小二郎有心把车兵招纳进来，为己所用，但出于谨慎，小二郎并没有马上招纳车兵入伙，他还要进一步考察一下车兵的能力。

两人相识后，很快就成为很好的玩伴。一次，小二郎驾驶着他的路虎车，带车兵到滨江路吃饭。本来他在滨江路上正常行驶，突然一辆黑色大众轿车压线变道，强行超车。要放在平时，小二郎踩一脚刹车，让它过去也就算了。但今天他却故意加一脚油门顶了上去，当即造成两车追尾，不过只是轻微接触，因为小二郎刻意控制了撞击的力度。于是，两车都停了下来，小二郎朝车兵努了努嘴，说了声："你去处理一下。"车兵何等聪明，他看见刚才小二郎加油门撞上去的动作，现在见小二郎安排自己去处理这起交通事故，他立即明白这是小二郎在考察他的工作能力和处理突发事件时的表现。

车兵随即打开车门走向了前车，前车驾驶员这时也下了车，二人走到了一起。对方驾驶员显然非常生气，他坚称是后车追尾，要求车兵要么赔钱，要么等交警出现场。车兵不慌不忙给对方讲道理："朋友，趁交警没来，我给你叨叨几句。第一，你压线变道超车，影响我车正常行驶，才引发了碰撞，这不是追尾，你要负事故的全部责任。你瞧瞧路边的摄像头，这个路段是有监控的。第二，轻微擦碰如果哪一方坚持不撤场，将被暂扣驾照并罚款。你看我们在主道上，现在后面已经堵起了长龙，等交警出现场你恐怕要吃不了兜着走！"

对方驾驶员见车兵不卑不亢，讲得头头是道，不由得上下打量了车兵一番，看着此人形象气质不俗，年纪轻轻却颇有气场，说话又有礼有节，气焰已是矮了三分，但嘴上还是嘟囔着："这都是你说的，你当你是交警？！"

车兵笑了一下，继续说道："我当然不是警察，但是我刚才说的你如果不信可以等警察来了问一下，看我说的对不对。当然，我看你也不像新手，这些道理你应该是懂的。"这个驾驶员当然知道车兵说的这些道理，只是不想就这样认怂，就装模作样地拿着手机给别人打了个电话。其实打没打电话只有他知道，不过就是找个台阶下罢了，不一会儿，他对车兵说道："那你说怎么办吧？"

车兵笑着指着擦碰的地方答道："你来看一下，我保险杠被擦掉块漆，总得补个漆吧！要么我们交换驾驶证副本 24 小时之内去理赔中心走程序，要么你赔我 500 块钱意思一下得了，随你选。"对方驾驶员一听，心里暗自一阵嘀咕：走程序最后还是自己的全责，还要在保险公司留记录，影响今后的投保金额，把时间也耽误了。不如干脆给钱算了，花钱买个教训。想到这里，他掏出钱包拿出 500 元钱塞到车兵手里，嘴里嘟囔道："给你，算我倒霉！"然后转身回到自己车上，开车离开了现场。车兵拿着这 500 元钱转身回到了小二郎的车上。

  小二郎在车上看到了车兵处理这件事的全过程，他心里暗暗感到有点儿吃惊！心想这小子年龄不大，处理事情不吵不闹，还这么成熟老到，如此有分寸，假以时日，前途不可限量啊！其实，这个世界上所有的事情虽然表现形式千差万别，但背后的道理都是一样的，关键是看自己怎么去提炼总结，如何用科学的思想去指导自己的行为，大事小情本质上都一样。车兵虽然年轻，但却正是这样一个悟性、情商都很高的人，所以处理事情总是显得那么合情合理，不唐突也不保守。

  "行啊，小子，我以为你要去和他大吵一架呢！"小二郎笑道。

  车兵一脸轻松地笑着回答道："怎么会呢，二哥！这点儿小事都搞不定，咋跟你老人家混呢？那不辱没了你的名声？"随后车兵将 500 元钱递给小二郎，小二郎说："得，你收着吧，等会儿你用这钱把漆补一下吧！"车兵答道："那行。"随后二人继续开车赴宴。

  和朋友吃完饭，车兵将小二郎送回去之后，立刻将车开到了修车行，将擦碰的地方补了漆。一共花了 400 多元，他让修车行的老板把发票开精确，票款一定要对得上。他知道这是小二郎在试探自己，看自己是否足够诚实严谨，从而判断自己有没有资格跟他混，因此，自己交回去的票款一定要对得上，这也是赢得小二郎信任的关键因素。

  当车兵修好车，又把发票和剩余的金额交到小二郎手上的时候,小二郎对车兵更是赞赏有加。他觉得钱是小事,但通过这样的小事情,可以看出车兵做事认真负责,有始有终,这才是他欣赏的品质。做事认真负责、诚实守信,无论是混黑道还是白道,都是被共同认可的一个基本的行为准则。

车兵靠自己的能力赢得了小二郎的信任,从而成为小二郎最欣赏的小弟。这也难怪,车兵这人天赋极高,学什么都快,别人会的他会,别人不会的他也会。

这天,小二郎叫车兵去打台球。车兵现在自然是随叫随到并乐此不疲。

二人又来到最初相识的"台球皇帝"台球室一较高下。又是经过九局苦战,小二郎仍然以一局惜败。打了一上午,还是这么个结果,小二郎索然无味。他对车兵说道:"知道你小子打球厉害,不知道你有这么厉害!得,中午吃了饭,下午我们放松一下,斗斗小地主。"

车兵笑着说:"行啊,二哥,只要你高兴,我奉陪到底。"中午二人吃完饭休息了一下,小二郎叫了一个兄弟里打牌打得最好的过来,三人找了间清静的茶楼斗起了地主。几个人无非就是在茶楼消磨时间,赌得不大,但牌还是打得挺认真的。结果,一个下午打下来,还是车兵赢了。

打牌和打台球还是有区别,打台球靠的是硬实力,你打不赢就是打不赢,当然水平差不多的另当别论。但是打牌就和运气有很大关系了,特别是斗地主,运气成分更大。不过时间一拉长,差距还是要出来,虽然过程互有输赢,但是谁犯的错误少,谁就会笑到最后。当然,车兵肯定又是犯错最少的那个,所以他依然是最后的赢家。

小二郎不由得感叹:"小兵啊,你他妈到底有什么不会的啊,要不我叫你大哥得了?"

车兵听小二郎这么一说,当然知道他是在开玩笑,他爽朗地哈哈一笑道:"二哥,这些不都是玩吗,有什么重要的!要我输也没问题啊,大家无非放松一下脑筋而已。你比我厉害的地方多了去了,我要向你学习的地方多着呢!"

"我看不一定,我厉害的不多,就是枪打得准。从小家里条件不好,没读多少书,架倒没少打,闲的时间净玩飞刀啊火药枪啊什么的。长大了摸真枪的机会多了,枪法还不错,不知道你的枪法如何?如果你会打枪的话,有机会咱们可以比试比试!"小二郎已经非常信任车兵了,说话也就没什么顾忌了,所以他神情怡然地喝着茶,聊着他喜欢的话题。

一聊到射击,车兵立马来了兴趣,他接过了小二郎的话头道:"二哥,不瞒你说,我父亲是省射击队的。我从小就受他的影响,还经常跟他到射击队去玩,很小的时候就打过枪,枪法还不错哦!"

"哦,你小子还有家传枪法啊!那我们两个还真得比试比试了!"小二郎一下子被车兵激起了求胜的欲望,或许是比什么都输给了车兵,他还真想赢一回。于是,二人约定第二天,到江城一个真枪射击场去比试一下。

这家射击场只提供六七式和五四式两种制式手枪的射击娱乐,参照手枪的有效射击距离,靶场设置了几条25米胸环靶的靶道。小二郎玩枪多年,枪法自是不俗,他自认不会输给年纪轻轻的车兵。于是,二人做好准备后开始比试。一阵震耳欲聋的枪响后,两人按动了回靶器,靶子上分别有5个枪眼,车兵的5枪,枪枪十环,看来枪法还真是得了家传。小二郎的5枪只打了45环,成绩也不错,只是比车兵差了一截。小二郎看了成绩,心里那个沮丧啊!不过他转念一想,这个车兵确实是个人才,假以时日肯定会有大造化!自己得好好培养一下他,让他发挥出更大的作用。

随着两个人关系的快速升温,谈论的话题也由浅入深,而且越来越宽泛。车兵更多的时候是当好倾听者,以兄弟和崇拜者的角度来回应小二郎。

突然有一天，小二郎和车兵等兄弟们喝了酒，他有点儿醉了，车兵扶他到酒店休息。他扶住车兵的肩头，看看周边没有其他人，他贴着车兵的耳朵轻声说道："兄弟，你很能干，我真的很看得起你，你以后前途无量。但是，强中自有强中手，你也不要骄傲，还有比你能干的人。做人要谦虚，回头有机会我介绍个能干的人给你认识认识，你可以和他比画比画。"车兵忙不迭地回答道："二哥说哪里话，我还有很多地方需要向你学习的，哪有骄傲的资本呀，你先进房休息吧，今天你喝得有点儿多了。"说完，车兵将小二郎扶进了酒店房间睡下，然后转身轻轻拉上房门离开了。

王明不但把手里的牙膏厂土地拍卖案这个烫手的山芋扔了出去，还顺便帮刘副局长解决了陈成，他一下觉得轻松了不少，真有点儿浑身酸爽、通泰的感觉。得知这一消息的杨柳风更是长舒了一口气，他知道案件一旦从公安机关转到了行政管理机关，无疑就是实质意义上的降格了，做工作的难度就大大降低。市工商局经检大队大队长胡险峰是杨柳风小学同学，属于发小儿的关系，自然被杨柳风很轻松地搞定，串通拍卖案交到胡险峰手里直接就被挂了起来，根本就不动。如果工商行政管理部门不对串通拍卖行为进行认定，法院那边就不会启动再审程序来推翻已经完结的司法拍卖，这条牙膏厂职工的自救之路彻底被堵死了。

目前看来，一切好像都按照杨柳风的意愿进行着。当然，他们只是搞定了官方的相关职能部门，却忽略了牙膏厂职工方面，要说他们压根没考虑过职工的反应，那也不是。最主要的原因是他们走惯了上层路线，认为只要搞定了这些部门，确定了的和已经完成了的司法程序，不可能因为职工的呼吁而更改。这是他们长期以来形成的惯性思维作出的判断，同时，也是他们从心底里轻视群众以及群众力量的结果。

牙膏厂的职工一直对案件侦办的结果翘首以盼，他们时不时会派代表到陈成那里去问问案件的进展情况，陈成一直都耐心接待，认真解答职工们的疑问，安抚他们的情绪。他知道，这是职工们对党和政府的信任，自己作为专业的法律工作者，要用好手里的权力，替党和政府分忧，为群众解难。正是基于这样的思想基础和道德品质，陈成赢得了职工们的信任，才使职工们愿意等下去，等到案件真相水落石出的那一天。职工们承诺在案件侦办过程中不采取过激行动维权，不给政府添麻烦。

　　过了一段时间，职工们发现案件没什么动静了。他们又来到刑警大队询问情况，却被告知陈成已被调离此案的专案组，案件已经被移送到工商部门。职工们震惊之余立即赶到了市工商局，却被告知司法拍卖程序合法，不构成串通拍卖。

　　得知这一结果，对牙膏厂职工来说犹如晴天霹雳，消息一传开便如同炸开了锅。委屈、不解、愤怒等压抑许久的不满情绪喷涌而出！他们立刻写好标语，拉起横幅分头向市公安局和市工商局进发。这两个部门的领导还没弄清楚是怎么回事，他们先赶紧派人到现场维持好秩序并进行安抚和疏导，然后把职工代表请进去了解情况。职工代表情绪激昂地陈述了他们的诉求并递交了请愿书，直到此时，这些领导们才知道有这档子事儿，但是他们能做什么呢？看上去司法拍卖程序已经终结，要推翻需要调查时间和证据材料，以及必不可少的法定程序。他们现在能做的也只有尽量安抚职工的情绪，不进一步让事态恶化，但这看起来更像是他们的一厢情愿。

　　职工最后是离开了，但是他们却回到了已经被法院查封的工厂。他们撕掉了封条，搭起了窝棚，把锅碗瓢盆、被服灶具等家伙什搬进了厂里，住了下来。他们开始轮流值守，摆出了不拿回土地誓不罢休的姿态。

　　牙膏厂职工们的这些举动，给政府、司法机关、海陵集团都造成了极大的被动。虽然是已经终结的司法程序，但是职工现在占领了工厂，而且人数众多，行动果决，根本就没办法执行。海陵集团也暗自叫苦不迭，原来指望的香饽饽，现在变成了烫手的山芋。这些职工看来是做了长期对抗的打算，他们俨然把原来的厂区变成了生活区。这还不算完，他们开始时不时到处上访，慢慢地成了江城市上下闻名的"老上访户"。这个事儿发展到今天，终于在大家共同的努力下结出了一个"恶果"，江城市领导们也是头疼不已。在上上下下各部门组织大大小小协调会不下二十次，但这些会议无一例外都没有任何结果。

眼看这个案子被无限期地拖延了下去，职工就彻底把斗争矛头对准了江城市中院、市公安局和市工商局，他们更加频繁地到这几家单位上访，维稳形势日趋恶化。江城市公安局局长黄伟峰这段时间已经清楚地了解到牙膏厂土地拍卖引发的这一系列状况。这天，忧心忡忡的他召集了分管刑侦的刘树功副局长、刑警大队大队长王明等负责人开会研究解决方案。

会议在一种压抑的气氛下召开。黄伟峰首先提纲挈领地谈到了维稳的重要性，以及公安机关肩负的重大使命。然后，他问刘树功道："刘局，情况发展到今天，出现这样被动的情况，我想问问到底是什么地方出了问题。我听说案件本来一直在我们手里侦办，怎么转到了市工商局那里？到了他们手里，他们又作出串通拍卖不成立的结论，导致牙膏厂职工出现这么大的反应。我希望听听你们具体承办的过程和对现在形成这样被动局面的看法。"

刘树功当然知道王明撤换陈成专案组组长的事，但他没料到撤换陈成会引发这么严重的后果。之前，杨柳风给他打了一个电话，先是一番恭维，又谈到成立的"英烈基金"，言下之意，希望他考虑在他作出的这些重大贡献的情况下，能终止牙膏厂土地拍卖案的调查工作，并着重解释了此次拍卖是程序合法、已经终结的司法拍卖，没有任何问题和法律风险。刘树功虽然身居高位，但他对专业程度较深的法律问题，没有理论功底作支撑。杨柳风的一番邀功请赏和软磨硬泡，使刘树功失去了职业的敏感和对是非的判断。他认为既然是法院组织了几次的调解结案了的案件，又经过权威的司法拍卖，不应该有什么问题。即使有什么问题，责任也不在公安机关身上，职工应该去找法院搞清楚。反而是以陈成为首的专案组工作迟迟没有进展，还牵扯出了凶杀案，看来这个专案组领导能力肯定有问题。基于此，他给王明打去了电话。当然，出于谨慎考虑，他并没有在电话里向王明提一些明确和具体的要求，这是需要心领神会的。但刘树功没料到撤换陈成会引发牙膏厂职工这么大的反应，怎么向黄伟峰解释他心里一时也有些犯怵。于是，他扭头朝坐在身边的王明努了努嘴，意思是，还愣着干吗，这事今天只有你才说得清楚，赶紧想办法给局长解释啊！

王明这段时间心里也是惶惶不安，本想把案子交到市工商局省去麻烦，顺便换掉陈成向刘树功讨个好，哪知道这市工商局倒更简单，直接就不予认定串通拍卖成立。捅了这么大个马蜂窝，搞得自己灰头土脸，里外不是人，现在局长动怒了，还是赶紧说几句熄熄火吧！

王明见刘树功示意自己来回答黄伟峰的问题，他赶紧接上话头，向黄伟峰汇报道："黄局，情况是这样，我们对牙膏厂土地拍卖案一直都非常重视，并且成立了专案组，将由此案引发的一系列违法犯罪案件进行了合并侦查。这里面包括周天宇非法拘禁案、汤安然非国家工作人员受贿案、联横律师事务所双方代理案、张然职务侵占案以及后来发生的周天宇被杀案和张然高利转贷案。上述案件相互交织、错综复杂，专案组经过艰苦细致的工作，已经取得了很大的进展。正因为工作量巨大、情况复杂，所以我们决定将不该由公安机关侦办的行政案件移送到了市司法局、市工商局等行政管理部门，希望在他们的协助下，尽快完成案侦工作。至于他们因何作出串通拍卖不成立的结论，我就确实不知道了。"

这王明不简单啊，头脑清晰，一番话听上去有条有理不说，还合情合理，没什么毛病。

黄伟峰听完王明的回答，沉吟了一下，问道："牙膏厂土地拍卖案是引发其他案件的根源，也是所有人关注的焦点，你刚才也汇报得很清楚了。但是，现在问题来了，如果串通拍卖不成立，那请问其他案件有可能成立吗？汤安然受贿、联横律所双方代理、周天宇非法拘禁，甚至周天宇被杀案等一系列行为的目的是什么？不都是为了这块土地卖给海陵集团这件事吗？如果串通拍卖被否定，请问你手里办理的这几起刑事案件如何继续，又如何收场？皮之不存，毛将焉附？"

黄伟峰能坐上局长这个一把手的位置，那也不是白给的。这一串连珠炮似的发问，直戳问题的要害。

刘树功和王明完全没料到黄伟峰的问题这么专业和尖锐，一时愣住了，半晌回不过神来。黄伟峰见状，就岔开了话题："听说陈成离开专案组了？"

王明忙接上话答道："是的，这段时间他的工作压力太大，也没有休息好，我让他暂时离开专案组休息调整一下。"王明见黄伟峰对将牙膏厂土地拍卖案移送给工商部门很是不满，就不敢提陈成是因为反对将案件移交工商部门而被迫离开专案组。

黄伟峰现在无暇追究陈成到底是怎么被调离专案组的，为了解决当前面临的复杂危急的局面，他要发挥出一个决策者既要顾全大局，又要当机立断的作用。于是，黄伟峰对下一步工作做了如下安排："鉴于目前面临的严峻形势，我提几点工作要求，大家下来要坚决贯彻执行，以免引发更大的群体事件。第一，土地拍卖案件既然已经移送，我们再去拿回来就不合程序了。但是，我们要去人了解他们的进展，并且将我们掌握的足以证明串通拍卖成立的证据尽可能详细地移交给他们，让工商部门的同志作出正确的判断。第二，马上让陈成回到专案组。他情况熟悉、脑子活、点子多，我不但早有耳闻，而且和他接触过。加上牙膏厂职工对他相当信任,他回来后继续侦办案件,并出面安抚职工情绪,是最恰当的选择。第三,我亲自任专案组组长,专案组成员可以直接向我汇报工作。所有涉及的刑事案件的侦查工作不能停,要抓紧向前推进,有什么困难需要市局予以支持的,要大胆及时地提出来,我会安排相关部门配合解决。"

黄伟峰的安排明显是将刘树功和王明排除在外,表现出了对他们的不信任。虽然对黄伟峰的工作安排,刘树功和王明心里很别扭,但是,两人也认识到黄伟峰不好糊弄,而且他说得入情入理,出发点和工作流程没有任何问题。因此,刘树功、王明不敢怠慢,立即按照黄伟峰的意见开始了工作。

陈成在黄伟峰的大力支持下回到了专案组,这不得不说对全案的侦办是一个重大胜利。案件侦破工作又回到了正轨,而且,现在陈成可以直接向黄伟峰汇报工作,就少了许多羁绊。

陈成回专案组后的一天,黄伟峰单独找他谈了一次话。在黄伟峰的办公室,黄伟峰亲切地拍着陈成的肩头,招呼他坐下。看着稍显局促的陈成,黄伟峰笑着说道:"小陈同志,你很有办法嘛,这么复杂的案子办到这个程度是很不容易的呀!"

面对局长的关心,陈成忙谦虚而略带愧疚地说道:"黄局,我做得还很不够。杨柳风团伙非常凶残狡猾,我还没能找到直击要害的办法,所以现在还不能直接对杨柳风采取强制措施,也没有拿回牙膏厂的土地,有负领导和群众的重托啊!"

黄伟峰边听边慢慢收起了笑容,面对手下这员得力干将,他知道陈成肩上的压力有多大!他身为一局之长,能做的就是为这些在一线冲锋陷阵的战将们出谋划策、分忧解难。这也是他今天把陈成找来的目的。

"小陈,我知道你面临的种种困难。但是没有关系,困难是用来克服的。我年轻的时候和你一样,敢说敢干,现在当了局长,不同的就是手中多了权力和资源。不过,权力和资源一定要用在正道上、用在工作上，才能发挥出权力和资源应有的价值。"黄伟峰正色地说道。

听着黄伟峰的话，陈成不住地点头，黄伟峰继续说道："我也是搞刑侦出身，你现在面临的困难有多大我知道。非常案件要用非常手段，我已经作了一些重大安排，以后我会及时提供一些有价值的情报信息给你。至于情报来源你就不用关心了，你只管利用这些情报信息全力推进侦查工作就行。"

心有灵犀的陈成自然听明白了黄伟峰话里的深意，该问的问，不该问的绝对不问。他用坚定的目光盯着黄伟峰，点了点头，说道："好，我一定不辜负局领导的期望，不达目的誓不罢休，不破此案誓不收兵！"

黄伟峰赞许地看着陈成，笑着说："嗯，我看好你！"

第十四章　血战凶顽

　　小二郎对车兵是越用越顺手，也越来越看重。他发现车兵身上完全具备了一个走黑道人的所有素质——成熟老练、鬼点子多、心狠手辣，旁门左道样样行，以后肯定是当大哥的料。但是为了车兵的成长，不能让他过于骄傲，还是要找机会挫一挫他的锐气。

　　一天，小二郎带车兵一起吃饭，定的地方不是往常去的热闹之地，而是一家比较偏僻的饭店。车兵如约赶到了饭店包间，只见到小二郎和另外一个黑衣人已经在饭桌旁坐定，不像往日前呼后拥地带一大帮兄弟。

　　车兵注意观察了一下这个黑衣人，只见此人二十七八岁的样子，中等身高，不胖不瘦，皮肤有点儿偏黑。五官没什么明显的特点，属于放在人群中很容易被忽略的那种人，但是，唯一让人印象深刻的是那双眼睛，眼神犀利，不卑不亢，透露着一种历经人世的苍凉，又有一丝游戏红尘、放荡不羁的味道，这种味道看上去和他的年龄不那么相称。

见到车兵推门进来,小二郎忙招呼他坐下,然后给他介绍:"小兵,这是强哥,不是本地人,我的一个好哥儿们。今天路过江城,顺便过来看看我,等会儿你陪他多喝几杯。"车兵忙站起身,主动伸出手和强哥握了一下,并说道:"小弟车兵,是二哥的兄弟,幸会幸会,以后请多多指教!"

所谓行家一伸手,就知有没有。通过这一短促有力的握手,车兵感到此人手上筋骨凸出而强劲,没什么肉,手感冰凉。他不禁心里暗暗吃惊,以他的经验判断,此人定是受过专业训练,体能极好,心理素质非常稳定,综合实力不容小觑。

车兵落座后,三人开始用餐。席间,强哥只礼节性地喝了一杯啤酒,也没有多少话,只是小二郎问一句他答一句的节奏。小二郎作为东道主和中间人,倒是比较放得开,喝了几杯后,他敞开了话匣子,慢慢悠悠地谈起了敏感的话题:"二哥知道你们都是神枪手,我就想知道这个枪要打得准得有什么诀窍呢?"

车兵迟疑了一会儿,见强哥没有开腔接话,为避免冷场,就主动给小二郎做起了解释:"二哥,打枪这个行当呢,最难打的就是手枪。因为没有依托,瞄准的时候枪始终是在晃动的,经过训练的人臂力好,晃动小,没经过训练的人晃动大。射手只有在枪不停地晃动中找到缺口、准星、目标三点成一线的最佳击发时机,才能有效地击中目标。当然,说起来简单,要想打得准,还需要长时间的训练找到这种最佳击发感觉才行。"

小二郎也是经常打枪的人,车兵的说法当然是对的,但是他觉得只是比较普通的道理,知道射击原理的人都懂,深度稍显不够。于是他朝一旁自顾吃菜的强哥发问:"你认为呢,强哥?"

这位不苟言笑的强哥见小二郎向自己发问,就放下了手中的筷子,轻声说了一句:"八个字可以总结,有意识扣,无意识发。"

车兵一听,行家啊!总结得相当到位,懂射击原理的人一听就懂，高度概括了射击技术的精髓，言简意赅。车兵立即对此人刮目相看，这八个字是手枪精确射击的真谛。意思说的是，在射击瞄准的时候，要慢慢预压扳机，直至压不动的时候停止，这个过程要慢要稳。同时，按照射击原理寻找并瞄准目标。关键是击发的时候，一定要在准星和目标在晃动中找到最佳的击发时机，手指在这个所谓的最佳时机顺势而发，即以最小的力度扣动扳机，往往这个时机是在轻微的晃动中寻找到的，是不确定的，所以击发的时候并不处于确定的状态，称之为"无意识发"。这需要长时间的艰苦训练才能达到这个境界，能说出这句话的人，无疑是极度专业的人士。

相对这两位专业人士，小二郎在枪论方面不免略显草莽，他对两人说道："小兵啊，你是个人才，强哥也是个能人。你们说的都是理论，我听不太懂，不过，大家都不是外人，是生死兄弟。强哥以前在武警是特等射手，是高手中的高手啊，二哥我就是爱才，今天强哥路过江城，顺便来看看我，我就想看看你们俩谁强，希望你们能满足满足我的好奇心。怎么样，二位？"

小二郎的一番话还是有分量的，强哥对小二郎还是很尊重的，他表示没有什么意见，听小二郎的安排。车兵当然是年轻气盛，也想趁这个机会和眼前这位高手过过招。饭后，三人随即来到靶场，在小二郎的建议下，双方决定打三局，每局5枪，三局两胜。

一番震耳欲聋的枪声后，三人查看成绩，第一轮5枪，都是50环！再来，"啪啪啪"一阵枪响后，依然都是50环！两轮下来，两人打成一比一，小二郎在旁边啧啧称奇。车兵对此人的枪法也是暗自佩服，他留意观察到强哥玩枪的一系列动作异常熟练规范，甚至称得上潇洒，难怪曾经是特等射手。

两人剩下最后一局，强哥依然是气定神闲地打完了5枪。而车兵由于把注意力集中在观察和思考对手身上，给心态带来了一些波动，最后5枪打下来只打了48环。当然，从严格意义上来说，强哥的射击水平还是略高于车兵，这也是训练水平决定的。

二比一，车兵输了。小二郎在旁边过足了眼瘾，难得看见车兵输一次，小二郎心里有点儿小开心。他觉得能挫一挫这个年轻人的锐气是好事，能让他更快地成熟和成长。

车兵和强哥比完枪法后，都有了惺惺相惜之感，双方的手再次握在了一起。握完手车兵扭头对小二郎说道："二哥，我上趟洗手间，你们慢慢聊。"

小二郎笑着说道："怎么，紧张到要撒尿了？"车兵哈哈一笑，回答道："是啊，第一次被吓尿了！"

"去吧！"小二郎点了点头，对车兵说道。他正想单独和强哥聊一会儿，车兵知趣地离开了。

不一会儿，车兵上完洗手间回来，小二郎和强哥随即起身，三人离开了靶场。

小二郎让车兵先走，自己单独送强哥回到早已订好房间的大华酒店休息。安排好强哥后，小二郎随即离开了酒店。

华灯初上，微风拂面，一个和平时没有什么两样的初秋的夜晚。夜幕下，陈成带领专案组十几名同志和市局特警队的特警队员将强哥住的大华酒店包围了，并悄悄疏散了周围群众。他们知道今天面对的是怎样一个对手，万一有所闪失，就可能给人民群众的生命安全带来重大威胁。

陈成是怎么来的呢？原来陈成下午接到黄伟峰局长的一个紧急电话，黄伟峰在电话里说，据可靠情报，一名叫欧阳华强的职业杀手已经入住大华酒店，此人很可能与周天宇被杀案有关。另查明，此人是退役武警，曾经夺得过省武警总队射击冠军。后因未能转志愿兵，和主官大吵了一架，随后被安排提前退役。此人军事素质极高，很有可能随身携带枪支，为了保险起见，他特别安排市局特警队十名队员配合陈成的专案组行动。当然，抓捕工作以特警队为主执行。

接到黄伟峰局长的电话后,陈成立即召集专案组的成员和前来支援的特警队员们开会,制订了抓捕方案并定下了行动时间。

晚上 10 点,正是路静人稀的时候,也是陈成等公安人员进行抓捕的时间。五名全副武装的特警队员在服务员的带领下来到了欧阳华强住的房间门口,然后队员们示意服务员离开。按照事先的安排,特警们并没有像以前一样让服务员去骗对方开房门,因为大家事前经过慎重分析,认为对这样一个经验丰富的退役武警来说,这样的伎俩很可能会适得其反,还会对服务员的生命安全带来危害。所以他们决定采用突袭的方式,准备打欧阳华强一个措手不及。

几名队员准备好后,由一名身高力大的队员猛然一脚踹开房门,然后其他队员一拥而入。大家举枪四望,房间里面却空无一人,队员们赶紧四处搜寻,没有发现欧阳华强的影踪。大家正纳闷,明明看见他上了楼,通过服务员调看视频监控,也见他进了房间,怎么会房间里没有人呢?

正在大家犹疑之际,对面的房间门猛然被拉开,一道黑影闪出。走在最后面的特警队员谭小安听见背后的响动,立即转身观察。黑影身手更快,抬手就是一枪,正中谭小安的前额,谭小安猝不及防,当场倒地牺牲。黑影紧接着又是"啪啪"两枪,击中了谭小安身后一名特警队员的前胸。好在有防弹服的保护,该队员只是被子弹近距离射击的巨大冲击力打了一个趔趄,向后倒在了其他队员的身上。趁此混乱之际,黑影拔腿朝通道尽头跑去。

特警队员们虽遭此突然变故,但由于经过长期专业的训练,反应也非常迅速。他们马上冲出房间举枪朝黑影跑去的方向射击,但那道黑影已经迅速蹿到走道的窗户面前,翻窗爬上了屋顶。

这是怎么回事呢?原来,这位欧阳华强除经验丰富、战斗力指数爆表之外,还异常谨慎狡猾。他每到一地必开两间房,而且是面对面，一张用他的身份证开，但他并不住在里面，另一间一般用当地关系拿别人的身份证帮他开，他住在这间房里。当然，回酒店后他会先进自己身份证开的那间房，然后等会儿再出来进到对面这间房休息，他这样住的目的就是避开可能发生的危险。

一般情况下，欧阳华强选住的房间一定会是顶楼。这样，遇到危险他就会用他练就的本领，迅速攀爬到屋顶，然后找到落水管再滑到底楼逃生。所以欧阳华强选住的酒店楼层都不高，这次入住的大华酒店也就五层楼高。

欧阳华强攀上屋顶后，找到落水管所在的位置迅速往下滑行。这边陈成和其他队员只守住了前后两面窗户所在的方向，但是落水管却在房屋的侧面。当大家听到楼上房间里面枪声大作，心里都揪紧了。第二组增援的特警也赶快往楼上跑，这时第一组特警队员冲到欧阳华强逃出的窗口朝下面的队员们吼道："他上屋顶了，赶快封锁两边！"

陈成他们猛然醒悟，赶快分兵跑向酒店的两侧。这时欧阳华强已经顺着落水管滑到了地面，陈成和专案组的队员们也刚刚赶到，双方没有丝毫犹豫，立刻接上了火。转瞬间，陈成这边就有两个队员挂彩，欧阳华强则一猫腰钻进了旁边的一个灌木丛。这时，另一队特警从另一面迂回包抄了过来，把欧阳华强团团围在了灌木丛里。虽然欧阳华强着实厉害，但是今天也是气数已尽，无力回天，在周围凶猛火力的攻击下，欧阳华强当场毙命。

一场惨烈的枪战，造成警方一死三伤。唯一感到宽慰的是没有让欧阳华强跑掉，不然后果实在难以预料。

善后工作自然落在了陈成率领的专案组身上。通过细致的现场勘查，专案组从欧阳华强的身上起获了其随身携带的一把制式六七式手枪。经过与周天宇身上起获的弹头比对，确认系此枪发射的子弹，结合其他证据，足以证明欧阳华强是杀死周天宇的凶手。

虽然案件的结果出来了，但是陈成仍然感到十分遗憾。本来，他想最好能活捉欧阳华强，这样就可以查出是谁指使他杀死周天宇了。由于欧阳华强被击毙，仍缺乏直接锁定杨柳风等人的证据，各个案件之间的关系虽逐步明朗，但尚不具备收网的条件，陈成知道还有大量的取证工作要做。

这场围歼欧阳华强的枪战震惊了江城市，当然更震惊了杨柳风等人。杨柳风会同大黑和小二郎仔细对欧阳华强的暴露会造成什么影响进行了深入研判，他们认为欧阳华强一直谨言慎行，不会给警方留下什么把柄。另外，好在欧阳华强被警方当场击毙，死无对证，警方应该没有证据证明周天宇的死和己方有关。

经过初始的慌乱之后，三人相互安慰了一番，逐步冷静了下来。他们开始仔细思考，警方到底是怎么突然袭击欧阳华强的呢？是欧阳华强其他什么案件败露导致警方对他的抓捕？不像，欧阳华强这次来江城一切表现得很正常，没有任何不安和局促的表现。那会不会是和周天宇被杀案有关？也不太像，这件事只有他们三人知道，没有向其他任何人透露过，警方不会平白无故地怀疑到他身上来。现在知道欧阳华强来到江城的除了他们三人之外，就只剩下车兵了，难道是他？但车兵也是第一次见到欧阳华强呀，他怎么会知道欧阳华强的身份呢？

小二郎第一个表示不相信是车兵出卖了欧阳华强。他列举了车兵从性格、人品到行事做派的一系列优点，认为不可能是车兵做的。大黑知道小二郎说的有道理，他也不相信是车兵。

杨柳风听了两人的意见，他没有立即表态。一个是情况到底是怎么发生的现在下结论还太早，另一个是他想留点儿时间观察一下车兵的举动，看有无异常。再加上目前出了吴勉举报张然职务侵占和宏图公司举报张然放高利贷的事，虽然前面有张然挡着，但实际上自己已经被推到风口浪尖上了。更别提牙膏厂土地拍卖的事了，虽然海陵集团名义上通过司法拍卖拿到了土地，但是牙膏厂职工却一直占据着土地，海陵集团根本进不了场，以后向什么方向发展还存在很大的变数。基于对上述情况的考量，杨柳风觉得现在不是添乱的时候，而是尽量低调，过渡一段时间，以不变应万变，先观望观望事态发展再说。思考再三之后，杨柳风要求大黑和小二郎这段时间减少露面，低调行事，注意观察警方的动向。同时，加强对车兵的监视，但不要轻举妄动。大黑和小二郎也读懂了当前面临的形势，对杨柳风的吩咐自然是心领神会、依计而行。

第十五章 山雨欲来

击毙欧阳华强算是侦办周天宇被杀案的一大进步，但对于牙膏厂土地拍卖案却没什么直接的帮助。面对千头万绪的取证工作，陈成和专案组的同志们又开始了反复研判。根据目前调查的情况来看，整个串通拍卖案件已经基本成型了，但对于迟迟不愿来江城做证的香港千达通公司董事长孙杰来讲，现在是否通知并鼓励他出面呢？陈成觉得孙杰寄来三方协议和三方备忘录，说明从心底里是想通过警方解决问题的，关键是可能受到人身威胁，而不敢现身出来指证。

陈成决定要做通孙杰的工作，让他出面讲清楚他知道的情况，于是陈成把电话打给了孙杰。

孙杰从陈成的电话里得知江城警方为侦办牙膏厂土地拍卖案付出的努力和决心并已取得重大进展后，深受感动。想到本是自己与江城牙膏厂的一起普通的民事纠纷，却被延伸出了那么多的案件和麻烦，而且自己的利益更是荡然无存，于公于私自己都应该出来协助警方伸张正义。于是，在陈成的安排下，孙杰暗中和律师张婉若从香港返回了江城市。

孙杰的讲述是从通过吴勉认识童景天开始的。

孙杰通过吴勉认识了准备在江城投资地产开发的海陵集团派驻江城市的负责人童景天。孙杰心里暗自高兴，海陵集团可是一家实力雄厚的上市公司啊！如果它能够以合理的价格买走牙膏厂土地，岂不是能很好地解决自己和江城牙膏厂的纠纷。但是，不久后吴勉跟自己说项目转到了一个叫杨柳风的人手上，自己心里不免有些打鼓。

一天，孙杰接到童景天的电话，之后匆匆赶到了童景天的办公室。

在童景天的办公室孙杰第一次见到了传说中的杨柳风，他从吴勉那里多次听到对杨柳风的描述，已经对杨柳风有了一个大致的了解。对于杨柳风的介入，他有了一种不祥的预感，他知道黑道上的人有多么难缠。不过，他又转念一想，只要能够保证自己的收益，指不定杨柳风还能解决一些意想不到的麻烦呢！唉，不想这么多了，自己已经是过了河的卒子，没有回头路可走了。

孙杰见到杨柳风，赶紧快走两步握住了杨柳风的手："久闻大名呀，幸会幸会！"杨柳风也礼貌性地笑了笑，算是打了招呼。双方落座后，童景天把杨柳风派张然和联横律师事务所钱江海接触的情况给孙杰介绍了一遍，然后也谈了他自己对支付律师费的观点。

孙杰心里虽然不再指望按照原来的第 20 号调解书的内容，如自己所愿地先拿走 3000 万元债权。但现在退一步，希望能够按照之前海陵集团、香港千达通公司、东腾公司签订的"三方协议"的约定和东腾公司平分 3000 万元的利润。在听了童景天和杨柳风所说需要再支付给联横律师事务所高达 500 万元的律师费，他却很难接受。

"孙总如果不同意支付这笔律师费,牙膏厂的调解方案就签不下来。那样的话我的损失就大了,你知不知道你不接受这个方案的后果?"杨柳风加重了语气。

孙杰一直对吴勉被迫退出、杨柳风强势介入心存不满,但是又忌惮杨柳风的黑道背景,而不便发作。但现在遇到关系到自己切身利益的事情,自己再不表态,那就真成任人宰割的鱼肉了。

"杨先生说的后果是什么,不妨说来听听。"孙杰揶揄了杨柳风一句。

"呵呵,"杨柳风冷笑了一声,"实话告诉你,我已经为这个项目花费了巨资,如果我拿不回我该拿的,凡是挡我道的,不管是什么人都得死。在江城黑道白道没有我杨柳风走不通的道。"

杨柳风说得轻描淡写,孙杰听得却是心惊肉跳,心里暗暗叫苦。这个天杀的吴勉,欠什么他妈的高利贷啊,现在牵出这么一个瘟神来,可怎么是好啊!看来不同意是不行了,姓杨的看样子为打通关节很可能已经付出了血本,如果僵持下去,依他的做派,完全有可能对自己下手,那就太不值了。强龙压不过地头蛇啊!何况自己还不是什么强龙,而姓杨的却是地地道道的地头蛇,还是算了吧。如果把他得罪了,不但人身安全得不到保障,而且那"三方协议"约定的 3000 万元利润中的一半,说不定他也全拿走了,那自己就真的亏大了。想到这里,孙杰努力平复了一下心绪,对杨柳风说道:"好吧,既然杨先生下了血本在这个项目里,也为了我们共同推动这个项目,顺利完成我们三方协议的约定,我同意牙膏厂的解决方案。但我希望土地处置之后,我能如约拿到我的那一半。"

杨柳风笑道:"好,孙总是个爽快人。另外,牙膏厂职工是否还会像对第 20 号调解书那样出现闹事的情况,现在还很难说。但是我可以运用我在江城的各种社会资源来控制局面,所以为了以后和牙膏厂职工打交道方便,我们之间还得签订一份协议。"

孙杰诧异地问:"还要签什么协议?"

杨柳风不慌不忙地说道:"就是签一份把你公司在江城的所有债权债务都交由我东腾公司处置,然后我保证在拍卖成功之后支付你1500万元的款项的协议。这样你就不用在处置江城千达通公司资产的时候直接面对那些难缠的职工了,如果有哪些职工不听话,我就可以名正言顺地进行清理了。怎么样?孙总,你听明白了吗?"

孙杰不得不承认杨柳风的精明,这样的协议实际上就是把之前"三方协议"里的关于香港千达通公司和东腾公司的收益分配全交由东腾公司处理,只不过他找了个职工可能闹事的理由而已。当然,他也承诺了在拍卖成功之后还是要按照"三方协议"的内容支付给自己应得的1500万元。杨柳风也是在江湖上有头有脸的人,他总不至于到时候不按协议支付这笔钱吧。孙杰思前想后,总觉得杨柳风不太可能做出背信弃义的事来,于是,他还是答应了杨柳风的要求,与他签订了双方公司债权债务的转让协议。

对于聘请联横律师事务所出面协调,孙杰虽然觉得利用对方律师为己所用这一招倒是不错,但是律师费确实太高,不过只要杨柳风能够控制住拍卖价格,钱还是有得分的。见杨柳风和孙杰在几个问题上基本达成了一致,童景天为保证运作过程不出差错,便提出由海陵集团、东腾公司、香港千达通公司三方签订一个备忘录,写明聘请联横律师事务所做牙膏厂和法院工作,协助海陵集团拿到土地,一旦海陵集团如约拿到土地,扣除支付给联横律师事务所的500万元律师费后即向东腾公司和香港千达通公司支付三方协议中约定的各一半的款项。

童景天见杨、孙二人对自己的意见没有异议,就示意孙杰拟就了一份关于聘请联横律师事务所协助做牙膏厂和江城法院工作的"备忘录",三方随后在"备忘录"上签字确认。

时间过得很快，中院组织的第二次拍卖时间到了，依然是在江城市产权交易所的拍卖大厅。杨柳风和童景天各自带着手下准时到达会场，嘉豪拍卖公司负责人许浩正在现场忙上忙下，毕竟他是今天拍卖会的主持人，有很多具体事情要准备。中院执行局的法官王小波和两个同事也准时到了。牙膏厂的职工已经差不多把拍卖大厅的听众席坐满了，孙杰也找了个不显眼的角落坐下。从他们满怀期待的脸上看得出职工们对这次拍卖寄予了厚望，同时，脸上不禁浮出一丝苦笑。

身着一身黑色正装的许浩意气风发地走上了主席台，他环视了一下会场，等大家逐渐安静下来，他宣布拍卖正式开始。底下各色人等怀着不同的心情，屏息静气地注视着许浩的一举一动。

许浩宣布牙膏厂土地拍卖底价由3400万元起，每100万元加价一次。等他宣布完竞拍规则后，即开始举起拍卖槌叫价。但是现场一片寂静，没有人应价。许浩见状就将加价降为80万元一次，随着他喊声回荡在静静的会场，依然没有人应价。于是许浩又将加价降为60万元、40万元、20万元，仍然无人应价，现场仿佛就是他一个人在唱独角戏，气氛显得十分诡异。牙膏厂的职工们的心情犹如在坐过山车，由开始的兴奋期待逐步变成失望沮丧，他们充满疑惑地关注着拍卖的进程。

在许浩将加价降为10万元一次的时候，杨柳风的手下按照事先的安排举起了竞价牌，许浩兴奋地喊道："有人应价了，10万元一次！"这时，童景天的手下也默契地举起了竞价牌，"好，这边的一位先生举牌了，3420万元一次！"许浩充满激情地喊叫着，这表情倒是显得很专业。"3420万元一次，3420万元两次，3420万元三次！成交！"许浩卖力地吆喝道，然后"啪"的一声敲响了手里的拍卖槌。3420万元，仅仅高出3400万元底价20万元，没有激烈的竞价，没有相互抬杠，一切都是那么顺利，又都是那么符合程序，尽管有拍卖师卖力的表演，可是给人的感觉依然是那么苍白和做作。但是,毕竟结束了,整个拍卖过程没有任何瑕疵地结束了,一头雾水又心有不甘的牙膏厂职工们无言地起身,摇头叹息着陆续离开了拍卖现场。

一半是海水,一半是火焰。相比垂头丧气的牙膏厂职工和王小波他们,杨柳风和童景天他们则迎来了皆大欢喜的结果。孙杰和杨柳风怕夜长梦多,第二天便来到童景天的办公室,要求他兑现"三方协议"的内容。

孙杰从吴勉那里知道这童景天也不是省油的灯。当初他代表海陵集团到江城来开疆拓土,本可以通过正常的程序到产权交易所登记拿地,但是精于算计的他就无法从中谋取私利了。好不容易有这样一个独当一面又远离总部的机会,那定是要好好利用的了。所以童景天才通过吴勉这样的中间人来签所谓的"三方协议",这样的话,自己就可以从吴勉那里拿到返出来的回扣了。当然仰仗"当地关系通关"确实也是一个理由,但更多的是搪塞上级的说辞罢了。本来童景天已经和吴勉商量好了事成之后由吴勉从收益中返出 200 万元的回扣,谁承想吴勉出了这么一档子事,结果由杨柳风介入了这个项目。现在事情成功了一大半,应该是"坐地分赃"的时候了吧。孙杰带着希望和戒备赶到了童景天的办公室。

童景天热情接待了孙杰和杨柳风。二人落座后寒暄了几句。杨柳风笑着对童景天说道:"童总,这拍卖已经结束了,咱们该按照协议结账了吧!"

童景天报以"呵呵"一笑:"当然,当然。只是我还有个小小的要求。"

杨柳风说道:"请讲。"

童景天接着说道:"在杨兄介入之前,我和吴勉已经说好了,等拍卖结束后,他从我付出的款项中返出 200 万,付到我指定的账户,我的意思是,请杨兄也照此办理如何?"

杨柳风听完"哈哈"一笑道:"这是小事情,本来也是你应该得的。只是先得由你将款项付给我才能返出来。"杨柳风事先已经预料到童景天有可能提出这样的要求,因为如果童景天没有好处可捞,他又凭什么要这么大费周章地搞什么"三方协议"来运作这个项目呢?所以杨柳风对童景天的要求一点儿都不觉得奇怪。

"好,杨兄是爽快人,我马上安排人付款,按照协议,我只能先付一半——1500万元,剩下的一半,等土地过户完毕再付。"童景天暗想,还有1500万元的支付权在自己手里,不怕你杨柳风不返200万元出来。

杨柳风还真没打算黑掉该付给童景天的回扣。毕竟海陵集团是个大财神爷,以后很有可能还要合作,通过这样的经济往来可以使双方的合作基础更加紧密,何况这样的小辫子抓在手里对自己当然也是十分有利的。

双方很快达成了共识。第二天,童景天就把1500万元现金支票付给了东腾公司,精明的杨柳风并没有让钱进东腾公司的大账,而是直接将支票背书到了信诚公司的账上。钱江海这边也没闲着,按照他和海陵集团签订的合同,童景天很快将500万元律师费付到了联横律师事务所账上。

一切都是按照"三方协议"的内容在进行,孙杰只是在一旁静静观望。对于自己该分的那一份,他只有从杨柳风的东腾公司处获得了。于是他带着他的律师张婉若紧跟着赶到了杨柳风的办公室,准备要回自己应得的一半收益。

推开信诚公司董事长办公室大门,孙杰满脸堆笑地快步走到正斜靠在老板椅上的杨柳风面前,握住他的手连声说道:"恭喜恭喜!杨总一出马,如此困难的事情都搞定了,在江城也只有你能办到了啊!"

杨柳风"呵呵"一笑道:"哪里,都是仰仗各路神仙帮忙才能走到今天啊!"

"那是那是。"孙杰还没听出杨柳风的弦外之音。

二人寒暄之后分别落座。孙杰遂说明了来意。杨柳风当然知道孙杰是为什么而来,他随意地从办公桌上抓过一张纸,用手中的签字笔在上面不紧不慢地划拉,他回答孙杰道:"孙总,我先算个账给你听。我为了拿到这个项目救出吴勉花了1100万元,律师费花了300万元,打点拍卖师100万元,阻止其他想参加拍卖的单位花了200万元,法院的打点费300万元,也就是说,我已经垫付了2000多万元,现在我是收到1500万元的收益,可是连我拉的债都还不了啊!"杨柳风把自己的花费拉大了许多说给孙杰听,其实就是找个不分钱的理由。

孙杰听着杨柳风的话,脸色逐渐由晴转阴,他心想,杨柳风说这话的意思摆明是没钱分了,或者是不准备分钱给我了?他说的这些花费又没有依据,谁知道是真的假的,还不是他自己说了算。不行,自己得把事情问清楚了。孙杰面带愠色地问道:"听杨总的意思是不准备履行我们之间的协议喽?"

杨柳风笑道:"我们之间是约定了收益一家一半,但是现在明摆着没有收益啊,怎么分呢?另外,你已经把你在江城的债权债务都交给我处理,这也是我们签的协议啊,也就是说,海陵集团按三方协议支付给我们两家的款项,我都有权处理。"

孙杰听了心里叫苦不迭,想当初杨柳风提出什么为了对付牙膏厂职工闹事而让自己签的债权债务转让协议,原来真是为了今天独吞全部收益做的准备啊!自己怎么那么糊涂啊!现在主动权全部握在杨柳风手里了,走黑道自己根本不是对手,走白道自己连对话的砝码都没有,看来这次自己亏大了!

孙杰仍旧不甘心地问道:"按照杨总的算法,你是付出了很多,但是我也不知道是真是假,不过我也不想知道。我只想能够分得自己该分的一份,这个要求不过分吧?"

杨柳风见孙杰还不准备知难而退,就开口说道:"孙总,要不这样。整个款项我收齐也就赚三五百万,我付你200万,我们就两清了。"

孙杰一听,心想,这也太少了吧,打发叫花子呢!这姓杨的做事心也太黑了。"杨总!"他刚要开口再争辩两句,杨柳风已经收起笑容,把眼一瞪,目露凶光,用不容置疑的口气说道:"就这样定了,没有什么好谈的。你不要敬酒不吃吃罚酒,小心你一分钱都拿不到!"这时杨柳风的手机响了,他起身走到办公室外面接听电话去了。

孙杰见杨柳风翻脸了,知道走到这一步,已经没有商谈的余地和必要了,再僵持下去,可能自己的人身安全都会有问题。于是他看看旁边的张婉若,示意她准备离开。

张婉若是深圳人,做孙杰公司在内地的法律顾问多年,这次专门从深圳赶过来协助孙杰处理和牙膏厂的争端。虽然之前听孙杰谈到过和杨柳风之间的合作,但是她并不太了解杨柳风在江城的江湖地位,只是从二人刚才发生的争执中觉得杨柳风太过强势,而且从谈话内容中感到孙杰已经中了他的圈套。

凭着法律工作者的职业敏感,张婉若从杨柳风话里透露出的信息判断,他应该已经实施了一些幕后交易的不法行为。同时,她注意到刚才杨柳风为了说明花费成本,在一张纸上写上在什么人身上花了多少钱的那张纸就放在面前的茶几上。张婉若意识到这是非常重要的证据,于是她趁杨柳风到外面接电话之际,迅速把这张纸放到自己的包里。孙杰也明白张婉若举动的含义,他赶紧起身和张婉若一起走出了杨柳风的办公室。此时,杨柳风还在接听电话,孙杰过去与他打了个招呼就和张婉若离开了信诚公司。

离开信诚公司后,孙杰就接到杨柳风手下大黑的电话,叫他不要再回江城了,否则后果自负。孙杰在香港还有很多事情要做,在明知被杨柳风黑了的情况下,也只有含恨离开江城这块伤心之地。

这次从陈成这里得知江城警方侦办此案的决心和力度，以及案件查办的进展，孙杰看到了向杨柳风讨回公道的希望，于是彻底打消了心头的顾虑，不但决定从香港飞到江城做证，而且带来了当时张婉若带走的杨柳风手书的那张纸条。

孙杰的讲述以及提供的杨柳风自书的行贿资金流向的纸条和与东腾公司签的债权转让协议，进一步阐明了海陵集团、东腾公司、联横律所、香港千达通公司等几家涉案单位和人员在串通拍卖行为中各自的作用和地位，将整个串通拍卖行为的真实过程进行了重要的补充和完善，确定串通拍卖行为性质已经没有问题了。想到这里，陈成不由得心潮澎湃，他似乎看到了土地重回牙膏厂职工手里的那激动人心的一天。

孙杰和张婉若向陈成讲述完自己知道的所有情况后便离开了刑警大队。回到下榻的酒店后，孙杰仍心有不甘，他对张婉若说道："张律师啊，我们就这样回香港了吗？来一趟不容易，江城警方这次决心这么大，你看我们还有没有其他可以做的事情？"

张婉若沉思半晌，说道："杨柳风确实在法律手续上做得比较到位，他和你签的债权债务转让协议让你很被动，失去了向他讨要收益的法律依据。杨柳风本身就是黑道人物，更不可能通过强硬的手段达到目的。虽然现在江城公安开始调查此事，但我们以后能不能拿回我们的权益，还真不好说。不过，不管以后结果如何，我们一定要再加一把火，让杨柳风更加被动！"

"哦，张律师有何高见？只要能出这口恶气，我一分钱不要都可以，大不了我一走了之，回香港做事罢了。"孙杰下定决心要让杨柳风好看。

张婉若继续说道："我们手里的三方协议、三方备忘录等材料，完全可以证明此次司法拍卖被人为操控。因此，这样的拍卖是不合法的。一旦我们把这个信息和相关的证据交给蒙在鼓里的牙膏厂职工，你猜会出现什么样的情况？"

孙杰一听，顿时明白了张婉若的意思。她是要利用职工的力量，让整件事情再掀波澜，彻底激起职工的愤怒，以达到重新处置土地的目的。现在司法拍卖结束了，也就意味着司法程序走完了，要从根本上否定这已经完成的司法程序基本是不可能了。虽然现在警方介入了，但何时能有个结果还真不好说，让牙膏厂的职工得知真相后去司法机关大闹才可能真正有机会翻盘。

"这倒是个好办法，一旦牙膏厂职工知道真相，他们肯定会走上街头游行示威或者到政府上访，到时事情闹大了，看杨柳风怎么收场。我们则静观其变，再作打算。这样做也是被杨柳风逼的啊！不管事态怎么发展，能不能启动重新处置牙膏厂土地的司法程序，起码也会搞得他灰头土脸，出出我心头的恶气啊！"孙杰完全赞同张婉若的主意。

郁闷的牙膏厂职工在拍卖会后，很快就领到了每人七万多元的补偿款。虽然大家对拍卖开始以来发生的一些事情颇感疑惑，前一阵闹也闹了，公安机关也介入了，但始终不明就里，也只好消极接受这样的结果。这天，职工代表温江接到孙杰的电话，让他去孙杰住的酒店一趟。原来，孙杰经过深思熟虑，选中温江作为向杨柳风实施报复计划的"合作者"。为什么要选中温江呢？孙杰在牙膏厂待了多年，对厂里的职工性格和能力可谓了如指掌，他觉得温江虽然只是一个普通工人，但敢想敢干，是一个有思想、有胆识、在职工中还有一定号召力的人，更重要的是和自己关系还不错，相信他能把自己交代的事情处理好。

温江进了孙杰所住的酒店房间，孙杰连忙起身热情地邀请他落座，并倒上了茶水，然后关上了房门。

温江有点儿不解地问道："孙总，难得回一次江城啊！有什么事情吩咐就是了，不用这么客气。"

孙杰不由得长叹一声道："老温啊，我和牙膏厂职工合作这么多年，对你们和厂子是有感情的，现在因为公司高层经营理念有差异走到解散公司的地步也是我不愿意看到的。本来我想给牙膏厂找个有实力的买家,来很好地补偿大家,但是,没想到被人算计了,这帮人在背后通过非法手段,操控了这次拍卖,导致牙膏厂土地被贱卖。我知道一些内情,但是没有办法阻止这些不法事情的发生。现在我只能将一些材料交给你们,看职工们决定采用什么方式来维权吧。"说完,孙杰拿出早已准备好的"三方协议""备忘录""债权债务转让协议"等几份材料的复印件交给了温江。

温江是个聪明人,他一边听着孙杰的话,一边脑海里开始联想拍卖中感觉疑惑的地方,慢慢地悟出些门道来了。

温江低头看孙杰交给他的这些资料。虽然他文化程度不高,但是随着孙杰在旁边不时地提醒,他慢慢明白是怎么回事了。温江此刻心里像打翻了五味瓶,什么复杂的滋味都有。他心想,这么多单位参加到这次拍卖里面,又签订了这么多协议,其中一定有猫儿腻。我们请回了老领导汤安然,他到底知不知道这些情况?是否真心为职工讲话?是否辜负了职工的期望……

温江看完材料,沉吟半晌。突然,他"啪"的一声把手掌拍在桌子上,抬头看着孙杰,一字一顿地说:"这件事情背后肯定有大问题,我一定要和职工们讲清楚,我们一定要讨个说法!"

孙杰虽然被温江的举动吓了一跳,但是听到温江这样的反应,心里算是一块石头落了地。他知道职工一定不会善罢甘休。孙杰不是输不起这些钱,而是不甘心被杨柳风他们这样耍弄,他要的是出出心头这口恶气。

温江拿到孙杰给他的这些"内幕"资料后,立刻赶回了牙膏厂。他把职工代表们召集起来,把孙杰告诉他的情况给职工代表们进行了讲述,又把带回的材料给大家进行了传阅。这下,职工代表们就像炸了锅一样,他们用各自的语言发起了对司法拍卖不公的声讨,七嘴八舌说什么的都有。

等职工代表们情绪稍微平复一点儿,温江站起来说:"大家不要着急，冷静一下，听我说两句。我刚听孙杰说到这些事的时候，比你们还激动。现在看来，这次拍卖真有问题，但是，现在公安机关正在全力侦办这件案子，我们还是要相信他们的决心和能力。特别是这次，陈成警官又回来重新主持专案组的工作，他对帮我们拿回失去的土地费尽了心力。虽然现在拍卖案件被移交到了工商部门，但我们相信陈警官和他的战友们还在战斗，事情还没有结束。公安机关的表现我们是看在眼里的，我们对他们是信任的。我们应该给陈警官他们一些时间，应该配合公安机关的工作，我们光是闹没用的，还可能增加他们的思想负担，给他们添乱。所以，我们应该让被法律程序夺走的东西靠法律程序夺回来，这个天总还是共产党的天！"温江的一席话，赢得了职工代表们一片热烈的掌声。最后，职工代表们没有决定再次上访，而是派温江将孙杰交出来的材料送给了陈成。这些材料孙杰之前已经寄给陈成了，但职工们理性对待此事的态度，还是颇让陈成和战友们感动。他们再次通过温江向牙膏厂职工们表达了除恶务尽、战斗到底的决心和信心。

由于陈成的人格魅力，使得一场有可能再次掀起的群体风暴消失于无形，群众的认可就是对他最高的褒奖。

杨柳风这段时间因通过刘树功搞定了陈成，使案件的调查工作随之沉寂了下来，他感到前所未有的轻松。他坐在办公室的老板椅上，回顾自打从吴勉处接手协助海陵集团拿到江城牙膏厂准备司法拍卖厂区土地的项目以来，经过全面摸底调查，使他对整个项目的复杂性大为吃惊。他原本以为依靠自己的资源和能力很快就能解决问题，让海陵集团顺利拿到土地，怎料事情远远没有他想象的那样简单，特别是牙膏厂那200多名职工一直不停地闹腾，着实让他头疼不已。

但他杨柳风毕竟是杨柳风，没有一股子舍我其谁的霸气和审时度势的灵气，在江湖上也混不到今天。事到如今，已经没有其他选择，必须全面介入整件事情，争取依靠自己的社会资源和自身实力来解决问题，确保自己期待的巨大利益。

杨柳风经过对项目的全盘思考，制订了先尽快让香港千达通公司和江城牙膏厂达成调解协议，再想办法控制司法拍卖程序，确保海陵集团顺利拿到土地的行动计划。虽然他并没有十足的把握操作涉及这么多单位、牵扯众多利益集团的大事件，但是他认为手下精兵强将众多，大黑、小二郎、张然，加上李月寒，要文有文，要武有武，加之他天生就是一个爱冒险、敢博大的人，他骨子里就喜欢迎接能够带来巨大利益的挑战，所以，他用一种明知山有虎、偏向虎山行的劲头开始了他人生中的又一次冒险之旅。司法程序已经走完，巨额佣金已经拿到，只剩下一帮子不安生的牙膏厂的穷棒子在闹腾，他相信凭自己编织的关系网，最终会成为胜利的一方。

就在杨柳风思绪万千又自鸣得意地进行自我总结的时候，张然打来了一个电话，他略显焦急地在电话里说道："风哥，听说陈成复出了！专案组组长由市局一把手黄伟峰亲自担任，问题有点儿复杂了！"

杨柳风听了不禁大吃一惊，心想，这陈成下课没几天，就又回来了，还招来了黄伟峰，如果他们上下配合，深入调查，我有可能吃不了兜着走。不行，不能坐以待毙，得赶快想办法。撂下电话，他把情况告诉了坐在身旁的大黑和小二郎，二人听了也不禁面面相觑，半晌无言。

杨柳风定了定神，拿起手机拨通了一个电话："喂，大哥吗？你好！在忙吗？"

电话那头传来一个沉稳的男中音："没事，你有事就说吧。"

杨柳风就把警方和工商部门联合调查牙膏厂土地拍卖案的进展和陈成调回专案组的情况告诉了他称为"大哥"的人。

"大哥"在电话那头沉吟了一阵，说道："杨柳风啊，你也不用太着急。要推翻已经完结的司法拍卖，必须由工商部门出具相关的调查结论。警方和陈成再厉害，也不能替代工商部门下结论。即使工商部门下了串通拍卖的结论，中院这边你也不用担心，我会搞定的。我倒是担心他们调查清楚周天宇被杀的案子。毕竟命案必破既是警察的职责，还有可能危及牙膏厂土地拍卖案。所以，我倒是觉得你要把注意力集中到周天宇案子上，不要让警方找到破绽。"

听了"大哥"的点拨，并且给拍卖案子兜了底，杨柳风放心之余又如梦方醒。他忙不迭地说道："好好，多谢大哥提醒，我知道怎么做了！"见杨柳风放下电话，大黑忙问道："大哥，给谁打的电话？看起来蛮厉害的样子！"

杨柳风微微一笑，对满脸疑惑的大黑和小二郎说道："不瞒二位兄弟说，这位大哥不但手握重权、手眼通天，而且学识渊博、聪明过人。即使你们是我的生死兄弟，我也不能告诉你们他是谁，但我可以告诉你们我和他是怎么认识的。"

为了满足大黑和小二郎的好奇心，杨柳风将下面这个小故事娓娓道来。

五年前，杨柳风在催收一笔高利贷的时候，需要执行被执行人抵押的资产，但被执行人不但设置了执行障碍，还找了法院的关系。杨柳风通过关系多次试图约见这位位高权重的"大哥"，但都被婉言谢绝。后来，有人提醒杨柳风，说这位"大哥"是位学术型官员，不喜欢喝酒应酬，喜欢喝茶清谈。于是，杨柳风改变了策略，约请"大哥"到一家高端雅致的茶楼品尝上等的大红袍。或许是拒绝了杨柳风几次有点儿不好意思，也可能是确实喜欢喝点儿好茶，这次"大哥"没有拒绝杨柳风，如约和杨柳风见了面。

两人在茶楼的雅间里相谈甚欢。杨柳风自打跟李月寒好上以后，也爱上了喝大红袍，而且喝的大红袍都是上乘品质。这位

"大哥"也是好茶之人,在茶这方面两人有了共同语言,加之杨柳风也是正牌大学毕业的,又在社会上历练了这么长时间,和有知识、有文化的人还是能聊到一块儿的。聊天的过程中,两人都刻意没有聊工作上的事,聊天的气氛也是非常愉快的,没有冷场,也没有尴聊,达到了相互认可的境界,当然这种境界只可意会。

茶喝得差不多了,到了最后要分手的时候,"大哥"突然说到他要出版一本法学专著。杨柳风见"大哥"半是炫耀半是暗示的神情,立马感到机会来了。他立即诚恳地问道:"大哥,我知道现在出版书籍的行情。您写得再好,出版社为了避免市场风险都是要和你联合出版的,您是国家工作人员,哪里能承担这个费用。不管需要多少钱,兄弟给您出了。只是请大哥不要见外。"

"大哥"听了杨柳风一番诚恳的表白,忙客气地说道:"不用兄弟费心了,钱不多,也就20万元,大哥我还是出得起的。"

杨柳风接茬儿说道:"这不是出不出得起的问题,这点儿小钱体现的是兄弟对大哥才华的敬佩之情。试看周围的人,有几个能自己写书出版的?我能认识大哥,是我莫大的荣幸!这点儿钱根本不能体现我的心意!"

"大哥"见杨柳风一番话说得人情味十足,又很有分寸,就不再推辞,默认了杨柳风的好意。第二天,杨柳风就亲自带上20万元现金送到了"大哥"的办公室交给了他,当然,接下来,杨柳风要办的事就顺风顺水地办了下来。自此,二人有了这种"深层次"的合作,关系逐步发展成莫逆之交。

大黑和小二郎听了,不由得频频点头,充分理解和认可了这位神秘"大哥"的能力和能量。

杨柳风满足了两位兄弟的好奇心之后,接着说道:"大哥让我们不用担心拍卖这方面的事情,要确保周天宇这件案子不要出问题。因此,接下来,我们必须搞清楚欧阳华强到底是怎么被发现的,是谁出卖了他!如果出卖他的人就在我们身边,那我们就危险了!"

　　大黑和小二郎听了杨柳风的话,神情开始变得凝重。杨柳风向小二郎仔细询问了欧阳华强此次来江城的目的和经过。

　　虽然小二郎和大黑都不愿意相信车兵是卧底,但是今天为了自身的安全,确实有必要搞清楚车兵的真实身份,不然后果不堪设想。对于欧阳华强的暴露,小二郎更是百思不得其解,照理说欧阳华强此次来江城直接就找到自己,没有和其他任何人联系过。他就是路过江城而已,没有在江城做任何事情的打算,怎么警方就突然找上他了呢?小二郎仔细回忆了认识车兵的过程,以及之后车兵的种种表现,感觉都是那么自然,和一个道上的人没两样。

第十六章　后生可畏

见小二郎陷入沉思，大黑喝了一口茶，提醒他道："兄弟，最危险的人往往就是最信任的人，危险往往出现在自己最容易忽略的地方。我看车兵这个人作为江湖中人，痞气有余，邪气不足。虽然这说明不了全部问题，但从目前的情况来看，他的嫌疑确实最大。车兵是你的兄弟，你要好好考察考察呀！毕竟这关系到我们的生死存亡。"别看大黑表面线条粗犷，其实却是粗中有细，弯也转得快。他的一席话点醒了小二郎，如果车兵真是警方卧底，那平时自己给他说了那么多情况，岂不是在自掘坟墓！想到这里，小二郎不禁打了一个冷战，面对杨柳风和大黑半是忧虑半是责备的目光，小二郎知道自己必须有所表态了，毕竟车兵是自己引进来的。

"大哥，黑哥，请你们放心！如果车兵真是卧底，我会亲手做掉他，不会再给你们添麻烦的！"小二郎用坚定的不容置疑的口吻对杨柳风和大黑说道。

杨柳风听了小二郎的表态,轻轻地点了点头。他对大黑和小二郎说道:"事到如今,我们也不要太着急,饭要一口一口吃,事要一件一件做。当务之急是我们必须马上搞清楚车兵的真实身份,这个调查工作由我来做。如果他不是公安,当然最好。如果他是公安,你们就要早作打算,要想一个周全的法子除掉他。"

接下来,杨柳风就立即启动了调查车兵身份的工作。从什么地方入手呢?杨柳风首先就想到了韩伟,他可是自己最信任的公安内线了,这样的事也只能交给这样的人去做。

韩伟这几天正为最近发生的这一连串事情感到头痛。他和周天宇私交甚好,结果自己费心劳力出面撮合杨、周二人,谁知不但不成,反而导致周天宇被杀。当然,韩伟知道一定是杨柳风团伙干的。不过,出现这样不可收拾的局面,当真是他始料未及的。后来市局专门成立了专案组调查周天宇被杀这件案子,虽然现在还没有人来问过他,但他心头还是一阵阵地发虚啊!如果深究下去,说不定就把自己给牵扯进去了。想到这些他就如坐针毡。

这天,杨柳风和韩伟在约好的地方见了面。两人现在都意识到面临的局面越来越复杂困难,如何才能避开警方的追查是两人目前共同的想法。杨柳风希望韩伟能配合自己的工作,就需要先解开韩伟的一个心结,那就是周天宇之死。因为,他知道韩伟和周天宇关系很好,而且两人在贩毒上有合作关系,虽然自己并不清楚他们合作的细节。江湖上很多事情都是只可意会,不可言传的。自己杀掉周天宇,等于断了韩伟的财路,对韩伟应该是个不小的打击,于是,杨柳风首先对这件事做起了解释:"韩兄,我知道你和周天宇关系很好,他的死我也瞒不了你,希望你对周天宇的死不要往心里去。况且欧阳华强也已经死了,相当于这件事已经了结了。虽然市局成立了专案组,但死无对证,他们应该没什么头绪查下去。咱哥儿俩要往前看呀!"韩伟本来并不肯定周天宇是杨柳风所杀，虽然他一直怀疑是杨柳风派人做的。现在杨柳风亲口承认了，倒是了却了他心里的一个疑虑。周天宇一死虽然断掉了自己的财路，但事已至此，他现在更关心的是自己的安危。于是韩伟接过杨柳风的话头说道："风哥不必多虑，周天宇虽然是我的朋友，但你也是我的朋友。你们之间的恩怨我不会有什么偏向。何况现在人已经死了，我们应该共同面对目前的困难。"

杨柳风听了韩伟的回答，点了点头，然后神色凝重地说道："现在公安在追查周天宇被杀的案子，欧阳华强就是在这个过程中被杀的。我现在怀疑我们内部被公安安插了卧底，不然公安不可能知道欧阳华强来到江城的事。如果不早点儿查出卧底，我怕事情越漏越多，越查越多，对你我都极为不利。"

杨柳风的一席话，着实让韩伟吃惊不小。自己知道杨柳风很多事情，杨柳风也知道自己很多事情，简直就是一荣俱荣、一毁俱毁。如果杨柳风被警方坐实，自己也好不了。韩伟忙问道："风哥怀疑谁是卧底？"

杨柳风一字一顿地说道："车——兵。"

韩伟听了，摇了摇头说道："没听说过这个人。但是，应该查得到。"

杨柳风见韩伟表态应允了此事，就接着说道："韩兄，这就是我今天来找你的目的。只有尽快查实车兵的真实身份，我们才能高枕无忧，不然后患无穷啊！"

两人虽各有各的想法，但目标一致，一拍即合。

事关重大，杨柳风走后，韩伟就马不停蹄地开始在警方内部核查车兵的身份。一开始他并没有在电脑系统里面查到车兵的信息资料，他又私下问了几个刑警队的人，大家都说不认识这个人。韩伟忙活了半天，没有打听到车兵的真实身份，他心里越发着急。

就在韩伟为调查车兵的身份焦头烂额的时候，他接到了小二郎的一个要"货"的电话。原来，周天宇死后，韩伟失去了一个重要的合作伙伴，一般的混混儿他又看不上。虽然杨柳风在江城黑道权势滔天，但他从不接触毒品，也不准许手下人贩毒吸毒。不过，小二郎却十分觊觎周天宇死后空出的这块大蛋糕，虽然他自己不吸毒，但有钱赚谁不爱呢？在他的信条里，既然走上了黑道，哪里还顾得了那么多规矩，当了婊子就不要立牌坊。所以，他通过杨柳风认识韩伟后，两人很快结成了贩毒的新搭档。韩伟对小二郎也是相当欣赏，认为他和周天宇有很多相似之处，同样头脑灵活、同样心狠手黑、同样爱财如命。

韩伟在接听小二郎电话时，头脑里突然冒出了一个大胆的想法。他对小二郎说：“老二啊，货的事情先放一放。这车兵的身份要先搞清楚。如果他不是卧底，我们皆大欢喜，我听风哥介绍了他的情况，看起来确实是个人才，但如果他是卧底，我们都得玩完。我想了一个方案来对他进行甄别，你听听看合不合适。”

"好，韩哥，你吩咐就是，我一定全力配合。"小二郎在电话里答道。

韩伟继续说道："我的想法是这样，我给你一斤高纯度海洛因，你让车兵单独去一个地方交易。我安排人提前在那里设伏将他抓获。如果他是卧底，就一定会有人来保他出去。如果他不是卧底，关几天就把他放了。"

小二郎听完，想了一会儿说道："这方案倒是不错，但万一车兵不是卧底，你们在抓捕他的时候，伤了他怎么办？"

韩伟回答道："这个问题我也想过。我会让抓捕他的队员不要开枪，抓活的，以便揪出他的上线。这个借口在我们的行动中是很正常的，不会引起其他人的怀疑。"

"嗯，好，就按你说的办！"小二郎撂下电话，说干就干，他就是一个有事过不了夜的人。

经过二人的周密策划，将交易地点定在郊外的一个加油站旁。韩伟安排了几名缉毒队队员先埋伏在了加油站里，装作加油站的职工，专等车兵到来之后进行抓捕。小二郎则安排车兵独自驾车带着韩伟交给小二郎的一斤高纯度海洛因前往加油站交易，交易时间定在晚上 10 点。

接到小二郎的任务后，蒙在鼓里的车兵驾车准时到达了加油站。因为是晚上，视线不清，他摇下车窗，开始观察四周的地形环境，同时，也在等待交易对象的到来。他当然不知道，他要等的交易对象永远也不会到来。

这时，几名貌似加油站工作人员的缉毒队队员已经悄悄地围了上来。因为待在车里视线受阻，车兵并未注意到这几个悄悄靠拢的缉毒队队员。当一名队员慢慢踱到他面前的时候，他仍然认为是加油站的工作人员，说到底，是因为车兵没有想到小二郎会给他安排这么个圈套，更没有想到小二郎会用这样的计谋来测试他的身份。

这时，已经走到车兵面前的缉毒队队员趁他不注意，猛地将手从摇下的车窗伸进驾驶室，一把拔掉了车钥匙。车兵受惊之下，大喊了一声："你干什么？！"然后一把抓住了缉毒队队员拔掉车钥匙尚未缩回去的手。另一名缉毒队队员此时已快步冲了上来，一把拉开驾驶室的车门，然后用手死死抓住车兵的衣领就往车下拖。拔车钥匙的队员对着车兵厉声喝道："我们是警察，你不要动！"

车兵一听是警察，就不再反抗，顺从地让警察揪着衣领拖下了车。见车兵不再反抗，缉毒队队员随即分出两名队员上车搜寻毒品，另外两名队员一人持枪顶住车兵的后背，一人松开车兵的衣领，掏出手铐准备给车兵铐上。

就在手铐即将铐上车兵手腕的一刹那，只见车兵猛地一转身，用左臂夹住缉毒队队员持枪的右臂，然后用力往上一抬，只听"咔吧"一声，缉毒队队员的小臂脱臼了，手枪"啪"的一声掉在了地上。旁边拿手铐的队员立即冲上前，试图抱住车兵，哪知车兵反应更快，他一脚又快又狠的侧踹，正踢在了队员的肋骨部位，这名队员当即被踹断两根肋骨，瞬间痛得蹲在地上，失去了战斗力。这一切发生在电光石火的两三秒里，尚在车里的两名队员根本来不及反应。车兵解决掉两名缉毒队队员后，立即冲到加油站旁边的一个陡峭的几十米长的斜坡，团身滚了下去。

两名在车里的缉毒队队员来不及照顾同伴，快速钻出车外，掏出手枪朝车兵逃跑的方向追去。他们跑到斜坡前，借着加油站的灯光看去，发现斜坡底部是一大片灌木丛，车兵早已没了踪影。原来车兵在等待交易对象时，已经看到了加油站旁边的这段路沿下的斜坡，所以他在逃跑时可以快速从这里脱身。

两名没有受伤的缉毒队队员见车兵已经跑掉，凭他们二人也没有办法对这么大的面积进行搜索，于是他们赶紧跑回受伤的同伴身边，一边照料他们，一边给韩伟打电话报告了刚才发生的情况。

韩伟没料到派出去的经验丰富的缉毒队队员会失手，虽然嘱咐过他们要抓活的，但几个人突袭一个毛头小子应该是没有问题的。现在不但车兵人跑了，还伤了两个兄弟，原来安排的计划没能成功，韩伟心情非常沮丧。他抄起电话就给小二郎拨了过去。

小二郎接到韩伟的电话，了解了事情的整个经过，震惊之余，心里反而隐隐感到一丝宽慰。他在电话里对韩伟说："韩哥，这次计划虽然没能完成，但我感觉车兵的反应不像是一个卧底。他如果是卧底，在被人用枪指头的情况下，应该选择束手就擒，然后回到警局再想法儿出来。而不是现场反抗脱身，那样做风险太大，谁知道警察会不会开枪，自己能不能逃脱。听你说他还伤了两个警察，就算是演戏，这也太逼真了吧！况且这场戏是你导演的，他不可能知道这些，也就不存在演戏。"

韩伟在电话里叹了口气，说道："这的确不像是一个卧底能干的事，风险太大。车兵就是一个不折不扣的亡命徒，而且心狠手辣，还伤了我两个弟兄！不过，可是你手里的王牌啊！"

小二郎呵呵一笑，说道："那是，这小子我看着就喜欢。看来强哥是有其他什么事情被警方盯上了，才出了这档事。行了，这事就翻篇儿了。我会给大哥说清楚的。"

搁下电话，小二郎就急忙分别打给了杨柳风和大黑，把发生在车兵身上的事情原原本本地讲述了一遍。杨柳风和大黑仔细分析事情发生的前因后果，觉得车兵的所作所为根本就是一个亡命徒才能干出的事，也就初步打消了对车兵的疑虑。

再说车兵这边，他拼命逃脱警察的抓捕后，急急忙忙地回来找到了小二郎。他见到小二郎第一句话就是："对不起呀，二哥！不知谁走漏了风声，我遇到公安的埋伏，还好我拼命逃脱了！可惜那包货被公安收走了。"

小二郎装作很惊讶的样子，拉长了声调说道："哦，公安怎么会知道你会去那儿呢？嗯，这不怪你。货丢了没关系，人平安就好。你没受伤吧？"

车兵见小二郎没有怪罪自己，忙感激地说："还好我动作快，打掉公安的手枪，踢了公安一脚就跑了，不过真的是好险呀！"车兵边说边擦了擦头上渗出的一层汗珠。

小二郎站起身，走到身后的柜子前面，他打开柜门拿出一扎捆好的一万块钱递给车兵，说道："小兵啊，这次你受惊不小，这点儿钱不多，你拿去好好放松放松，别委屈自己！"

车兵也没推辞，他站起身接过钱，说道："谢了二哥，没其他什么事，我就先走了，回去休息休息！"

小二郎说："没事了，你去吧！"

望着车兵离开的背影，小二郎满意地点了点头，心想，这小子下手是真狠啊，胆儿更大，这哪是卧底能干的事呀！给他钱也没推，能为钱混黑道的，就是真混黑道的。

陈成在黄伟峰局长的亲自干预下回到专案组后，重新对全案的材料进行了梳理，就目前掌握的证据看，基本上将整个牙膏厂土地拍卖的过程连接了起来。也就是说，从证据上来讲，串通拍卖的性质完全可以认定下来了。根据黄伟峰局长的指示，他准备将新补充的证据材料移交到市工商局，以方便他们进行下一步的定性工作，进而达到推翻司法拍卖结果的目的。

事不宜迟，陈成很快联系上了市工商局经检大队大队长胡险峰，并在胡险峰的办公室与他见了面。

胡险峰热情地招呼陈成和随行人员坐下，他当然知道陈成今天来的目的。于是，胡险峰率先开口道："陈警官，我知道你们今天是为了牙膏厂土地拍卖案子来的。这件案子是近年来少有的类似案件里的大案，我们局里面也非常重视，同时，也非常谨慎。我们这段时间开展了大量工作，希望能够准确将此案定性。"

"哦，那就好。这件案子的确很复杂，所以，我们是先期做了大量的调查取证工作才移交给你们的，也是为了方便你们的定性工作。不知胡大队这边的工作进展如何了？"陈成一开始还没听出胡险峰话里的真实意思。

胡险峰见陈成追问案件的进展情况，他早就想好了应对方案，不慌不忙地说道："情况是这样，你们移交过来的材料，我们不能直接使用。还需要由我们的工作人员重新去取证和做笔录，这就需要大量的时间。关键是现在还碰到一个问题，就是我们再去找以前你们找过的相关人员取证，不料这些人都不太配合我们的工作，难度很大啊！如果不能由我们完成这些取证工作，这案件性质就定不下来，我正为这事头痛啊！"

陈成见胡险峰突然冒出这么一个观点，心里暗自吃了一惊。按他的说法，岂不是警方前期的取证工作都白做了？工商部门取不到证这案子就只有停摆了吗？虽然还不知道这位胡大队长葫芦里卖的什么药，但这个理还得和他掰一掰。

陈成按自己理解的法理思路对胡险峰说道："胡大队，虽然我们公安机关取的言词证据不一定能够由你们直接使用,但是可以作为书证使用啊!另外,这些证人在我们调查的过程中都是很配合工作的,要不在你们去取证的时候,我们派人配合你们一起去,这样可能会打消他们的顾虑,效果会更好,你看怎么样?"

胡险峰见陈成扭住不放,心想,看来杨柳风没说错,这小子真的是"一根筋"啊!"那倒不用麻烦你们,你们手里的事情也多,何况这是行政案件,你们介入也不太合适。"胡险峰挡掉了陈成联合调查的意图。

陈成见胡险峰不接招,就把问题问得更直接了:"我听说你们已经作出串通拍卖不成立的结论了?"

胡险峰忙挥了挥手,说道:"那倒没有,不过我们的工作人员在接待牙膏厂职工的时候,说了一些这方面的倾向性意见,不代表我们的正式结论。"胡险峰显然准备避重就轻。

胡险峰当面否定了他们已经作出串通拍卖不成立的结论,还是让陈成稍感放心。为了推动案件进一步向前发展,陈成决定将孙杰提供的相关材料和证言移交给工商部门。

"胡大队,除了我们之前移交给你们的材料之外,这里还有一个重要的关系人,就是香港千达通公司董事长孙杰。他最近专程从香港飞过来做了证人证言的笔录,并提供了证据材料。他提供的材料把相关公司及杨柳风本人与海陵集团的合作关系说得更加清楚,希望能对你们完善整个证据链条有所帮助。"陈成诚恳地对胡险峰说道。

胡险峰依旧是一副热情的笑脸,他连声答道:"好好,这当然是好事。你先把材料放在这里吧,我回头再和我们的办案人员好好研究一下。"

陈成听出了胡险峰话里带有逐客的意思了,无奈之下,他只好和同事们起身告辞,带着一丝忧虑离开了市工商局经检大队。

工商部门不能及时认定串通拍卖,那法院呢?他们能不能采信警方提供的证据呢？为了尽快将串通拍卖的性质认定下来，带着疑问，陈成联系了中院的执行局局长关山。

在关山的办公室，陈成见到了这位手握实权、权倾一方的"大员"。

关山对陈成的到访倒是一点儿都不觉得惊奇。牙膏厂土地拍卖案已经闹得满城风雨、尽人皆知，中院也处于风口浪尖。不管怎样，这件事最终都得有个解决方案。陈成的到访使关山有一个了解警方工作进展的机会。

陈成见到关山之后，就把自己查证的情况给他介绍得一清二楚，目的是希望能够得到中院的支持，能够启动再审程序。当然，他也知道，让法院自我纠错本身就是一个巨大的难题，但现在事情不解决，对所有的司法机关都是一个难题。

关山听了陈成介绍的情况，喝了一口茶，缓缓地讲出了下面这一番话："陈警官，你们的工作已经做得很细致了，取得了很大的成果。这对下一步认定案件性质将起到非常重要的作用，但是，法院要启动再审，必须有严格的程序，关键还要有新的证据，这就需要当事人或有权认定的机关来向法院的审理部门提供这些能启动再审的新证据。那么现在案件在工商部门手上，他们就是有权认定机关。如果他们不能向法院提供证据证明拍卖的违法性质，那我们就没有办法启动再审程序。"

陈成其实已经料到关山会有这么一说，只不过他没亲耳听到，有些不死心而已。

"那如果由我们警方提供给你们需要的证据可以进行认定并启动再审程序吗？"陈成想再努一把力。

关山轻轻摇了摇头，说道："从程序上讲很难。因为，串通拍卖属于行政案件，应归工商部门管辖。如果你们的结论和工商部门的结论不一致怎么办？到时，我们恐怕还得采信工商部门的结论。所以，我的意见是还是再等等吧，看看工商部门的调查结果到底是什么。如果他们一旦认定案件性质属于串通拍卖,我们一定会启动再审程序,纠正以前的司法拍卖结果。"

关山的话听上去滴水不漏,让陈成没有办法和他进行争辩,当然,在这种场合,也没有必要和他争辩。

陈成通过对工商部门和中院的走访,没有得到他想要的结果。事情查清楚了吗?显然已经查清楚了,那查清楚的案件能下结论了吗?显然还不能。这是不是看上去像个冷笑话?不是,它真真实实地存在,但拿什么来拯救失去的土地和公平正义?目前,陈成还没有找到答案。

几处碰壁的陈成虽然暂时看不到解决问题的曙光,但是,他十分清楚,这也只是暂时的困难。人生就是一场停不下来的战斗,有很多难关、险关要过。在这个过程中会不断面临斗争或者妥协的选择,这样的选择是对肩负使命的人的全方位磨炼,这样的过程可能充满艰难和曲折,但唯有放弃才不是选项。

第十七章　冤冤相报

经过这番曲折离奇而又艰难困苦的斗争后，精神疲乏的陈成想找个人聊一聊。以前，他可能第一时间会想到李月寒，但现在两人已走上不同的人生道路，很难再聊到一起。要不找王文？想到这位老同学，陈成倒是立马有一万个问题涌上心头。对，就找他，得好好和他唠唠。

王文接到陈成请他喝酒的电话，当然是不会推辞。他知道，以前自己还是穷光蛋一枚的时候，时常都是陈成用微薄的工资请他在一家卖家常菜的小酒馆吃饭喝酒、畅聊人生、倾诉苦闷。虽然那时都没什么钱，但是大家心里都很轻松愉快，可以肆无忌惮地挥霍青春赋予的看似无穷无尽的精力。今天，陈成再度相邀旧地相聚，王文自然是欣然赴约。

傍晚时分，当王文赶到这家小酒馆时，陈成早已坐在他们原来经常坐的靠窗的一张小桌子旁。从这个位子看去不远处就是烟波浩渺的长江，江面上不时驶过的新式轮船和老式渔船夹杂穿行，一派静谧祥和的景象。他们以前在畅聊之余常会凝视这经年不变的江景，任年轻而激扬的思绪翻飞。

王文见陈成正侧头看着窗外，忙上前拍了一下陈成的肩头，意气风发地笑道："我的老同学，又在开始怀旧了吗？"

陈成扭头一看是王文，忙招呼他坐下，也笑着答道："是啊，我这个人很念旧的。今天请你到这个老地方叙叙旧，之前我还担心请不动你这位董事长了。不过，看样子你还是屈尊驾临了，不容易啊！"

王文见陈成开起了他的玩笑，遂接上了话茬儿："你还别说，也就是你才请得动我到这里来，其他人八抬大轿都请不动我！"

陈成点了点头，说道："嗯，这话我信。你现在企业做得这么大，手里事情一大堆，还要应付上上下下的各种关系，哪能有事没事到这里来怀旧啊！不过，今天我们难得借这个机会好好聊聊。不说了，边喝边聊，和以前一样。"陈成随后招呼服务员端上了早已点好的酒菜。

这酒是老板用纯高粱酒泡的枸杞酒，酒性温和，通体红亮，味道醇厚。陈成先给王文倒上了一杯，然后说道："第一杯酒咱俩先干掉，为逝去的不再回来的青春岁月。"说罢一仰脖先干了杯中酒。

王文见陈成这架势，今天是要和自己喝一场了，那自己还能怎么着，喝呗！王文跟着也干了杯中酒。

干了第一杯酒后，陈成望着对面坐着的王文，神情带着几分落寞地问道："李月寒在你那里干得还好吧？"

王文见陈成儿女情长般地问起了李月寒，忙答道："她干得很好，能力很强，做总经理这个位置再合适不过了，这还得谢谢你的推荐呀！"

陈成呵呵笑了一声，接着说道："那就好。她和杨柳风订婚了,你知道吗?"

王文愣了一下,他当然知道这件事,但是他觉得这件事对陈成来讲却不是什么好事,今天要是谈论这件事,恐怕气氛就不会太好。但既然陈成已经问到此事,他只好硬着头皮回答道:"知道,这件事江城地界上很多人都知道了。作为多年的老同学、好朋友,我希望你要想开一点儿,毕竟这是两个人之间的事,强扭的瓜不甜,你们两个注定不是一条路上的人,分开也不是什么坏事。"

陈成没有理会王文的回答,他端起酒杯和王文又干了一杯,继续问道:"你为什么要借钱给杨柳风?"

王文见陈成将话锋转到了杨柳风身上,一时有点儿摸不着头脑。他转念一想,看来陈成已经调查清楚很多事情了,自己也没必要隐瞒下去了,这些事在他看来也不是什么大事,于是他直白地告诉陈成道:"是这样,李月寒找到我,要借钱救被周天宇拘禁的她原来的老板吴勉,后来是杨柳风出面找我借的。你知道前面处理我公司的股权纠纷杨柳风出了大力,我还真不好拒绝,就把钱借给他了。"

陈成抬手给王文夹了一块红烧牛肉,说道:"不急,咱哥儿俩边吃边聊。你知道这家小酒馆的红烧牛肉味道是一绝,我们好久没吃过了,下次又不知道什么时候能再来。"说完,陈成也给自己夹了一块。

"是呀,现在山珍海味吃多了,这样地道的家常味真是很久没吃到了。有老友,有老味道,这种感觉真好!"王文感慨地说道。

陈成放下筷子,把话又拉了回来:"你把钱借给了杨柳风,听上去很简单的一件事。你知不知道之后发生了什么?"陈成望着王文问道。

王文疑惑地问道:"发生了什么事?我真不知道。"

陈成语气平和地慢慢说道:"李月寒到你公司帮你处理股权纠

纷,带出个杨柳风。跟着,杨柳风向你借钱救了吴勉,换得了牙膏厂土地项目,却与周天宇结下梁子。后来,周天宇死了,是不是杨柳风派人所杀,我们还在调查。杀手被警方击毙了,但枪战却造成警方一人牺牲三人重伤。事情到现在还没有结束,不知道还会不会死人。这就是你不知道发生了的事。"

王文也听说了江城最近发生的这几件案子,但是他当然不认为这会和自己有什么关系。听了陈成刚才说的这番话,虽然说得很平静,但王文有点儿坐不住了:"这些事情之间到底有什么关系我是一点儿都不知道。你不是在怪我借钱给杨柳风才引出这些事吧?"

陈成知道,从理性的角度来看,这些案件确实和王文没有直接关系。但凡事有因果,要说发生的这些事情和王文半毛钱关系都没有,那也不是。此时,陈成酒劲有点儿上来了,见王文试图撇开和这些事情的关系,陈成话里就带上了情绪:"这话还真不像你说得这么轻松。你不帮李月寒救吴勉,吴勉充其量和周天宇协商,哪里会引出杨柳风?又怎么会在后来死这么多人?你是个商人,我知道你要向杨柳风报恩,是他把你从股权纠纷里救了出来。但如果知道后来会死这么多人,这些事情有那么重要吗?归根到底,就是一个钱字,拿这么多钱来干什么?人都死了,要钱何用?如果为了钱就要死人,那赚钱有什么意义?!"

陈成借着酒劲,把这段时间压抑在心里的苦楚和愤懑对着老同学、老朋友尽情地发泄了出来。说这番话的时候,他已不是平时那个文质彬彬、理性阳光的警官,而是一个有血有肉、善良而又情感丰富的普通人。

王文没有处在陈成现在的位置,更没有经历过陈成经历的这些事情,他对陈成这番话的理解当然不深,他反倒是认为陈成在责怪自己。王文面对陈成一连串的尖锐发问,脸上确实挂不住了,回呛陈成道:"我不想办法赚钱,谁来养活这些员工?我不想办法赚钱，如何报答我的父母？谁的心都是肉长的，谁愿意死这么多人？就算我放弃，就算我什么都不做，该发生的事情还是要发生，该这个社会付出的代价还是要付出。你和我能阻止得了吗？"

陈成本来就不是要责怪王文的意思，他只是想找个人倾诉一下。这段时间发生的这些案件也好，他四处碰壁的经历也罢，都在对他的心脏进行着撞击、碾压，使他时时有一种喘不过气来的感觉。他需要的只是释放一下这种压力，他不能垮掉，因为他知道自己肩上的使命和心中的信仰，他更知道在艰难跋涉的路途中，只有倒下的身躯，没有放弃的理由。

陈成面对王文愤怒的反击，他又抬手给王文和自己倒上一杯酒，说道："喝吧，兄弟，我们不争了。成年人的世界太过复杂，我们就当今天回到学校，我们还是同学，在教室里聆听，在球场上奔跑，只有开心的逗趣和人畜无害的玩闹。虽然那样的时代和那样的环境不是天堂，但却是那样心无旁骛、无忧无虑。"

王文见陈成没有对自己的回答进行反击，而是谈起了远逝的校园和青涩的年华，他瞬间明白了，今天陈成不是来找他谈工作的，更不是来找他理论的，而是把自己当成了最信赖的朋友，来寻找心灵上的片刻宁静，精神上的一丝慰藉。

面对此情此景，王文端起了酒杯，此时他看到陈成眼眶已经泛红。他知道，陈成是真动了感情。虽然他知道自己不能帮陈成做什么，但冲着这份不可能重新来过的来之不易的真挚的同学情谊，王文一口干了陈成给他斟满的杯中酒，然后说道："大成，你是我最好的朋友。虽然我们做着不同的工作，虽然我也很怀恋学校的单纯和美好，但我们都要面对现实。不过，我看明白了，你今天不是来和我谈工作的，我们今天就抛开现实中的种种不堪，一醉方休！"

陈成听了王文的话，不由得哈哈一笑："你从学校那会儿开始，就一直是个聪明人、明白人，和你交流从来都不费劲。咱俩今天就喝个痛快,不醉不归!"陈成笑中带泪地打趣道。

伴着长江上开始低垂的夜幕,时不时传来的几声熟悉的低沉回转的汽笛声,两个老同学又好像回到了学生时代,在江边的小酒馆里哭着笑着唱着,聊起了被岁月尘封的话题,挥洒着被现实消磨殆尽的那一丝残存的青春和激情……

随着车兵的身份之谜被澄清,杨柳风终于长吁了一口气,毕竟串通拍卖构不成刑事案件,就算陈成有三头六臂也奈何不了自己。而周天宇被杀案随着欧阳华强的死而成了一桩无头案,自己总算可以清净几天了。可是人在江湖,很多事情是身不由己的,也算是一种因果循环吧!

这几天,杨柳风老觉得有一双眼睛在暗处盯着自己,这是一种常在江湖上行走的人的直觉,这种感觉很微妙,但往往很准确。杨柳风隐隐感到一丝不安,他知道自己在江湖上结怨太多,他倒不怕和其他帮派明刀明枪地火拼,但对那种独狼似的袭击者却比较忌惮。经过思考,他决定和小二郎商量,暂时把车兵安排在自己身边做贴身保镖。因为经过小二郎的介绍和自己的观察,他发现车兵确实身手了得又头脑灵活,胆大心细又心狠手黑,放在自己身边既可以当保镖又可以进一步观察他的能力。

当杨柳风把自己的想法告诉小二郎之后,小二郎自然没二话,当即允诺,车兵随即被安排在了杨柳风的身边做贴身保镖。

一个秋日的下午,杨柳风带着车兵外出办事,他和车兵一起走出办公楼,准备到旁边的车库开车。刚走到办公楼前的花坛处,突然闪出一个人影,只见此人手持一把寒光闪闪的利刃,从侧面向杨柳风腰部捅去。

车兵此时正走在杨柳风的侧后一点儿,他率先看见了行刺的人,但他已来不及上前阻挡。在这电光石火的刹那,车兵急中生智,他飞起一脚蹬在杨柳风的后背,同时大喊一声:"大哥,趴下！"杨柳风也感觉到了旁边的异样,借着车兵蹬腿的力量,他顺势一个前扑,躲过了杀手的致命一击。

说时迟那时快,车兵蹬倒杨柳风后,没等杀手持刀的手缩回去,立即一个侧踹踢在杀手的肋部。看来车兵的侧踹真挺厉害的,前面一个侧踹踹断了警察两根肋骨,今天又是一个侧踹,又是又狠又准,杀手顿时痛得蹲在了地上,看起来又是折了几根肋骨。

杨柳风倒地后迅速翻身坐了起来,他刚想站起身来,已经蹲在地上的杀手猛力将手中的利刃掷向他的头部,或许是刚才被车兵踹伤了的缘故,杀手掷刀的力度有些减弱。杨柳风见一道寒光闪过,心知不好,赶紧一偏头,利刃贴着他的左耳掠过,顺势将耳朵和头部的连接处豁开了一个大口子,差点儿将耳朵给削了下来。鲜血"滋"地冒了出来,杨柳风顾不得伤情,愤怒已经让他血灌瞳仁。这时的他肾上腺素飙升,已经感觉不到疼痛,他冲上前去,对着蹲在地上的杀手就是一顿拳打脚踢。杨柳风的拳有多重啊,杀手没几下就被揍昏迷了。

车兵见状忙阻止杨柳风说:"大哥,这样打下去人就不行了,我们还没问是谁派他来的呢!把他弄进屋去吧!"

杨柳风施展了一顿拳脚后,气出了一半。他听了车兵的话觉得有道理,就掏出纸巾捂住受伤的耳朵,对车兵说道:"好吧,把他拖到地下室,然后打电话叫大黑和小二郎赶快过来!"

车兵赶紧照办。不一会儿接到车兵电话的大黑和小二郎赶到了办公楼的地下室,车兵已经帮杨柳风简单包扎好了伤口,并将杀手绑在了一把椅子上坐着。

大黑和小二郎在车兵打来的电话里已经知道了事情的大致经过,他们走到杀手面前仔细一看,几乎同时说了声:"丁猛,是你!"虽然杀手被杨柳风揍得鼻青脸肿,他们还是一眼就认出了他。

这丁猛是谁呢?原来丁猛是周天宇手下第一金牌打手,善于使刀,拳脚功夫稍微差点儿,但无论长剑短刀都玩得挺溜。他是周天宇最早收的兄弟，跟着周天宇十几年了，感情很深，是过命的兄弟。前面，周天宇制造陈成车祸的那一出，就是丁猛去做的。周天宇死后，丁猛就像丢了魂似的，悲痛欲绝，无心做事，一天到晚沉迷酒中，经常喝得烂醉如泥，醒了就嚷嚷着要替周天宇报仇。他和大黑、小二郎都认识，都是在江城地界上混的嘛，点头之交还是有的。其实杨柳风作为大哥级人物，虽然一般只和周天宇打交道，但和丁猛还是照过面的，也知道这个人。但刚才情况发生得太突然，他没有反应过来杀手是丁猛。

杨柳风见杀手是周天宇的兄弟丁猛，便起身走到了丁猛面前，他拍了拍丁猛已经被揍得变形的脸，说道："怎么，兄弟，要给周天宇报仇啊？"

丁猛睁开已经肿胀的眼皮，看了看杨柳风，冷笑了一声，说道："杨柳风，今天算你运气好，我丁猛玩刀还没失手过，要不然现在躺下的就是你了！"

杨柳风听了并没有生气，他继续说道："丁猛，你怎么那么肯定周天宇是我杀的？"

丁猛闻言冷冷地说道："江城谁不知道你杨柳风心狠手黑，睚眦必报。你在江城大酒店吃了我大哥那么大个瘪，你能忍得下去？别跟我扯什么欧阳华强了，江湖中谁不知道那是你找的杀手啊！"

杨柳风缓缓道："好，明人不说暗话，我承认周天宇是我叫人杀的。但这也就是江湖中的因果，你没必要一直放不下。我敬你是条汉子，虽然你今天要杀我，我觉得还是情有可原。我虽然揍了你，但你也砍了我一刀，我们扯平了。如果你答应从此以后跟着我杨某人，我就放了你，以后咱们以兄弟相称，你看如何？"

杨柳风的这番话要是放在其他人身上应该能起作用，但遇到认死理的人真不行，丁猛就是这样一个人。周天宇死了，其他兄弟也没那么大的反应，就这丁猛，心里过不去这道坎儿，他来杀杨柳风就没打算活。人生一世，草木一秋，他觉得人不能活得那么憋屈，要是真能过心里这道坎儿，他也不用天天买醉了。对这种死士，杨柳风的话当然就起不了作用。

"杨柳风，你不用说了。这辈子我只认我大哥周天宇，他和我有过命的交情，我不会跟你的。"丁猛声音不大，但态度很坚决。

"那我要是放了你，你还会杀我吗？"杨柳风还没有死心，作为江湖中人最欣赏的就是丁猛这样的人。

丁猛停了一会儿，仍然用坚定的声音说出了在场所有人都不愿意听到的那个字："会！"

杨柳风闻听此言，不由得长叹一声道："唉，你真是个好兄弟呀！我杨柳风佩服你！但你今天一心求死，我也只有送你一程了。放心，兄弟，我会给你来个痛快的！"说完杨柳风转身对大黑说道，"到车上把我的棒球棒拿来！"

大黑犹豫了一下，轻声问道："一定要做掉他吗？"

杨柳风低沉着声音回答道："庆父不死，鲁难未已啊！"大黑似懂非懂地点了点头，随即出去到杨柳风的车上取来了一根棒球棒。

杨柳风接过棒球棒，对周围的几个兄弟说道："这是我跟周天宇的恩怨，今天由我自己来了结。"然后转头对丁猛说道，"丁猛，我敬你是条汉子，今天赏你个全尸，到下面去和周天宇继续做兄弟吧！"

丁猛轻蔑地一笑，说道："你来吧，爷等着呢！"

杨柳风被丁猛的神情激怒了，他挥起棒球棒，厉声对周围的兄弟们说道："你们让开点儿！"兄弟们刚一闪开，杨柳风"呼"的一棒，夹着风声，"噗"的一声砸在丁猛的后脑上，丁猛只"哼"了一声，就头一歪，没了气息。

此时，地下室里半晌无声，大家都心情复杂地看着眼前这一幕。最后，还是杨柳风发话了："老二，晚上你和车兵处理一下丁猛的尸体，把他身上的证件搜干净，扔远一点儿。"

"好，大哥你放心，我会处理好的。"小二郎回答道。

交代完后，杨柳风和大黑随即离开，留下小二郎和车兵处理后事。等杨柳风和大黑走后，小二郎和车兵还沉浸在刚才那惨烈的一幕里。少顷，小二郎缓缓地对车兵说道："小兵啊，今天多亏你救了大哥，这感谢的话就不多说了，我们几个当哥哥的心里都明白，我们知道以后会怎么做的。今天发生的一切就是江湖，很多事情都是人在江湖，身不由己啊！不过这丁猛确实够刚烈、够义气！"

车兵附和着点了点头，说道："确实够义气，出来混的还是墙头草多，像这样忠肝义胆的就太少了！"

两人不免一番叹息，随后小二郎对车兵说："我们今天凌晨1点把尸体拉到东山，找个僻静的沟深林密的地方扔了。现在先把尸体盖起来，再把门锁好，我们晚上到这里会合。"

"好的，按二哥说的办。"车兵回答道。

凌晨1点，两人按计划将丁猛的尸体装上小二郎路虎车的后备厢，向东山方向驶去。

在东山的盘山路上，两人一边开车一边寻找合适的抛尸地点。忽然，车兵说道："二哥，前面有一根电线杆，旁边正好有个豁口，就在这里扔吧！"

小二郎顺着车兵手指的方向一看，还真是有根电线杆，旁边还有一个豁口，于是他把车缓缓停在了豁口处，两人随即下车。他们先借着车灯的光亮看了看四周，确认没人后，小二郎回到车上关闭了车灯。两人从后备厢抬出丁猛的尸体，从上百米高的豁口处扔了下去。他们知道山下都是人迹罕至、密不透风的山林，一时半会儿是发现不了尸体的，等发现了尸体可能早已化成一堆白骨了。

处理完丁猛的尸体，小二郎和车兵如释重负，遂开车返回了市区。

第十八章　不辱使命

丁猛事件发生后，小二郎对车兵越发信任。从东山回来的第二天，小二郎把车兵叫到办公室聊天。毕竟就算是黑社会，杀人也不是一件随随便便的小事，总是要掰扯掰扯，减减压的。

车兵到了后，小二郎招呼他坐到沙发上，他也坐了过来。小二郎掏出一根中华烟递给车兵，随后自己也点上一根。两人靠着沙发，跷着二郎腿，有一搭没一搭地聊开了。

小二郎问了车兵上次遇到缉毒警察逃脱的详细情况，车兵就详细说了一遍。小二郎听后感慨道："还是非常危险，万一警察开枪你就完了！"

车兵呵呵一笑道："我本来没决定反抗，后来发现拿枪的警察离我太近，我有机会打掉他的手枪，才临时决定逃跑的。"

小二郎赞许地点了点头："嗯，对你的身手我还是有信心的。但是以后干这样的事，还是要带上这家伙。"小二郎边说边从怀里的枪套里抽出一把小巧的制式六四式手枪摆弄着。

车兵在一旁用羡慕的眼光看着小二郎手里的手枪，带着遗憾的语气说道："昨天要是我手里有枪，哪用怕丁猛的刀啊！就算他刀玩得再好，碰到枪也是白搭！"

小二郎边摩挲着枪身边说："你说得对，枪是个好东西。它既是防身的武器，也是进攻的武器。对我们道上的人来讲，枪是用来开的，不是用来吓唬人的。要么就不要动枪，要么动枪就要敢开枪。拿枪出来却不敢开枪，周围的人都会瞧不起你，当大哥的就不要当了，当小弟的就不要混了。等过几天，二哥也给你弄上一支六四玩玩儿。"

车兵认真听着小二郎这一番"高论"，深以为然地点着头，表示赞同。这时，小二郎接到了韩伟打来的电话。韩伟在电话里告诉小二郎，他手里有一批新"货"，要他凌晨1点到滨江路公交站前交接。小二郎自然是满口答应。自从和韩伟一起合作贩毒以来，他已是收获颇丰。撂下电话，小二郎对车兵得意扬扬地说道："怎么样，小兵儿，今晚陪二哥去滨江路接一批好货？"小二郎自从贩毒以来，出于谨慎考虑，还从未叫上过车兵，现在两人已经发展成生死兄弟，自然就没什么顾忌了。

车兵当然感谢小二郎对自己的信任，他连忙答应了下来。

小二郎继续接着前面没聊完的天说道："我们有了这两次被突然袭击的教训，就要吃一堑长一智，以后凡事发现不对，就要马上反击，先下手为强，谁动作快谁就赢了，谁动作慢谁就自认倒霉！你要记住我们是匪，警察永远是我们的敌人！"

"知道了，二哥，这两次遇险我比谁都印象深刻！"车兵神情严肃地回答道。

为防止走漏消息，小二郎按规矩将车兵的手机收了上来，并要求车兵在接货前不能出门。

凌晨1点，深秋的江城已经有了些许凉意，喧闹了一天的城市已经彻底安静了下来。小二郎驾车带着车兵提前来到了滨江路公交站前。虽然滨江路上已经空无一人,但昏黄的路灯还是把周围的环境映照得依稀可辨。

停好车后,小二郎示意车兵下车,两人下车后慢慢踱到车前。向四周扫视一圈后,小二郎从怀里掏出一支中华烟自己点上,又抽出一支递给了车兵,两人抽着烟,静静地等待着。

不一会儿,一辆警车闪着警灯从远处开了过来,慢慢地停在距离小二郎和车兵十几米处。然后,从警车里下来一个身材高大的身穿警服的警察,他朝他们走了过来。

小二郎知道是韩伟来了,他把手伸进怀里,准备掏烟。就在这时,他猛地发现自己伸进怀里的手被人死死抓住了,他不禁大惊失色,扭头一看,正是车兵将他的手牢牢抓住。他大喝一声:"车兵,你干什么?!"

此时的车兵完全像变了一个人,他双手紧紧按住小二郎伸进怀里的手,大声朝正走向他们的韩伟喊道:"警官,注意安全,他有枪!他会开枪的!"

此时,小二郎之前给车兵说的"先下手为强,谁动作快谁就赢了"的话犹在耳边。同时,车兵深知小二郎是怎样凶残的一个人,更清楚他对警察的仇恨。警察对毒品交易的突然袭击车兵刚刚领教过,他当然不知道韩伟和小二郎之间是一种狼狈为奸的关系。在这种突发情况下,他只能判断小二郎是准备掏枪对付眼前突然出现的警察。

韩伟本来准备前来和小二郎完成一次正常的交易,没料到眼前突然出现了这样一幕。他已经猜到了掐住小二郎手的是车兵,因为小二郎之前给他说过会带车兵来交易,并准备介绍给他认识。在场的小二郎和韩伟在车兵喊出这一嗓子的瞬间,都反应过来是怎么回事了。小二郎率先发难,他气急败坏地对车兵嚷道:"操你妈的,你真的是个卧底,亏我对你那么好!"他边说边试图用力挣脱车兵的束缚，无奈车兵力大无穷，一时根本无法撼动。

车兵由于瞬间使出了全力，不由得有点儿气喘吁吁，他厉声对小二郎呵斥道："你是匪，我是警，我们永远不是一路人！"

话音未落，车兵再次转头对着韩伟大喊道："警官，我也是警察！赶快下掉他的枪！"

这突如其来的反转让韩伟呆立在原地，不知如何是好！当然，此时的韩伟虽然已经看明白了眼前发生的一切，但他确实没有办法在此时作出最恰当的选择。

小二郎见挣脱不了车兵的手，他旋即用没被控制的左手将藏在腰间的匕首拔了出来，然后猛地刺向车兵的腰部，这一刀捅得既深又狠。车兵"哎哟"叫了一声，手本能地一松，小二郎抓住机会迅速把右手挣脱了出来。

见到车兵捂住腰间已有些身形踉跄，小二郎随即一把揪住车兵的衣领，面目狰狞地对着车兵号叫道："亏我对你这么好，你他妈还出卖我！出卖我！"手里的匕首同时不断地向车兵的腰腹部捅刺。

车兵此时已经来不及说什么了，他更关注的是警车上面下来的警察的安危，他不断地向韩伟摆手示意，同时竭尽全力喊道："他有枪，他有枪！"

这时，韩伟已经从最初的懵懂状态下彻底清醒了，车兵与小二郎简短的几句对话让他如梦方醒，特别是刚才车兵对他高喊的"警官，注意安全"那一嗓子，犹如一记重拳打在他的心上。他的脑海里此时正如翻江倒海一般。面对这样一位舍生忘死、正直忠勇的警察，他深深地感到无比惭愧。这些年他贪图的金钱和权力，在此时此地却显得多么肤浅可笑。车兵踉踉跄跄倒下的身躯，在他心里却屹立起了一座丰碑。

韩伟看到小二郎不断地用尖刀向已经倒地的车兵进行着残忍的杀戮，车兵却仍然用微弱的声音示意呆若木鸡的韩伟："他有枪……枪!"面对此时此景,韩伟已经泪流满面,良知唤醒了他,残酷的场景唤醒了他,韩伟怒吼着拔枪向正在施暴的小二郎连连射击,将他当场击毙。

此时的车兵已经气若游丝,韩伟抢步上前抱起车兵带着哭腔连声喊道:"兄弟,兄弟!你不能死啊!哥对不起你,对不起你呀!哥该死啊!"车兵缓缓转过头来,眼神已开始迷茫涣散,喃喃自语道:"录音笔在我上衣口袋里,里面……里面有杨柳风杀人的证据,和……和抛尸的地点,快……快交给组织……"话音未落,一口鲜血狂喷而出,随之头霍然一歪,生命永远定格在了23岁。虽然车兵已经牺牲,但依然怒目圆睁,仿佛在为未尽的事业而遗憾,又或许在留恋如花朵般刚刚开始绽放的青春,他走得那么壮烈,又那么不甘……

韩伟用颤抖的手解开车兵的上衣口袋,拿出了录音笔。看着这支已经沾满车兵鲜血的录音笔,韩伟抱住车兵的遗体不禁泣不成声,哭声里既包含着对自己错误人生的痛悔,又包含着对车兵深深的歉意。

悔悟过来的韩伟匆忙抱起车兵放进了警车,风驰电掣地赶往最近的医院。在凌晨医院空空荡荡的大厅里,韩伟抱着车兵疯狂地呼喊着:"医生、医生在哪里?救人啊!"急诊室的医生听见呼喊声,急忙跑出了办公室,见到如血人般的车兵也惊呆了。医生连忙招呼护士,一起把车兵推进了手术室。

韩伟把车兵送到医院后,没有丝毫犹豫,驾车驶向刑警大队,向陈成专案组自首了。

当陈成和专案组的同志们得知车兵被小二郎杀害的消息后,这些铁骨铮铮的男儿禁不住失声痛哭。虽然他们现在还不清楚车兵的真实身份,但他们已经从韩伟的讲述里知道了车兵是他们的同志、战友。他们立即赶往了医院。在医院手术室的病床上,望着已经牺牲的车兵和身边被鲜血浸透了的血衣和皮鞋,他们再次放声痛哭。

陈成哽咽着扭头问急诊医生:"他是怎么死的?"医生此时已经猜出了车兵的身份,他神情黯然地说道:"他中了十二刀,几乎刀刀致命,凶手太狠了。可惜了,这么好的一个小伙子!"是啊,多么好的一个小伙子啊!一个多么年轻而美好的生命,还没有绽放,却就此凋零,犹如戛然而止的音符,只留下那曾经无比动听的旋律。

韩伟的自首犹如一枚重磅炸弹,揭开了杨柳风团伙的诸多秘密,他交出的车兵用生命换来的录音笔更是锁定了杨柳风直接犯罪的证据!陈成强忍失去战友的悲痛,带着专案组的主要成员迅速向黄伟峰局长进行了汇报。

黄伟峰听到车兵牺牲的噩耗,不由得悲愤交加。他明确指示陈成及专案组与会的同志:"车兵同志的牺牲表明,我们决战的时刻已经到来。车兵同志是一位外省的优秀侦查员,他被我亲自选中进了陈成的专案组。他利用上洗手间的机会及时传递出了欧阳华强到靶场打靶的信息,我们才跟踪查到欧阳华强留在靶场的身份信息,进而追踪到他住的酒店,击毙了他。车兵同志忍辱负重、舍生忘死地逃脱了韩伟和商进设下的圈套,赢得了杨柳风团伙的信任,并录下了杨柳风杀害周天宇、丁猛的直接证据。在紧要关头,他用生命作为代价,促使韩伟幡然悔悟作出了向警方自首的选择,结合韩伟的交代,使我们具备了抓捕杨柳风的条件。另外,鉴于工商部门迟迟不作出串通拍卖的结论,我们有必要将汤安然受贿案、张然高利转贷案等相关刑事案件的嫌疑人在这次行动中统一收网,通过对牙膏厂土地拍卖案牵出的刑事案件的办理,进一步促成工商部门早日进行串通拍卖的认定。具体行动部署由陈成同志负责,我会安排协调特警队协助你们的工作,行动要贯彻迅速、坚决、彻底的方针,将近期发生在江城的这一系列案件成

第十八章 不辱使命

功侦破，还江城市一个和谐安宁的社会环境，给党和人民群众一个满意的交代！"

黄伟峰根据情况的发展，坚定地拍板作出了立即对杨柳风团伙进行收网的决定。

陈成和专案组的同志们现在才知道车兵同志的真实身份和立下的丰功伟绩，他们一边听着黄伟峰局长的介绍，眼泪一边止不住地往下流，他们攥紧了拳头，黄伟峰局长的话音刚落，他们齐声振臂高呼："保证完成任务！为车兵同志报仇！"激昂的呼声振聋发聩、激荡四周，久久不能平息……

小二郎、车兵的死讯和韩伟向警方自首的消息很快传到了杨柳风的耳朵里，他没料到小二郎处理车兵的事情如此失败。眼前的局势几乎完全失控且非常严重，自己已经无路可退了。

杨柳风迫使自己镇定下来，他抓紧拨通了一个电话："喂，大哥！韩伟向警方自首了，局势已经失控，公安很快就会找上门来，您好自为之吧！"

电话那头一片死寂，半晌，传来一声沉重的叹息："好，我知道了。"

杨柳风随即叫来大黑，他神情凝重地说道："大黑，你跟了我这么久，我们一起出生入死，经历了无数恶仗。但今天这道关恐怕过不了了，我这里为你准备了100万元现金，你拿上远走高飞吧，能走多远走多远。"

大黑听了，眼眶顿时红了，他对杨柳风说道："大哥，小二郎死了，我和他情同手足。我们三兄弟拜过把子，有福同享，有难同当，不求同生，但求同死，生死有命，富贵在天。出来混了这么多年，这些事我早看开了。我不会一个人走的！"

就在这时，办公室的门被"砰"地踢开了，几名全副武装的特警队员冲了进来，他们手持微型冲锋枪，厉声呵斥杨柳风和大黑："都不要动，双手举过头顶！"

大黑发出一声绝望的嘶吼:"妈的!我和你们拼了!"同时,他把手伸进腰间,试图掏枪做最后的挣扎。

可惜,特警队员们没有给他任何机会,同时扣动了扳机,密集的弹雨将企图困兽犹斗的大黑当场击倒在地。

面对眼前腾起的硝烟和断了气的大黑,杨柳风显得很平静,他举起双手,对走进办公室的陈成说了一句:"出来混,迟早是要还的。这是我的宿命,我认了,你赢了!"

陈成仍然沉浸在失去亲密战友的悲痛之中,面对杨柳风的揶揄,他厉声斥责道:"这不是你我之间的一场赌局,谈不上你输我赢。这是对你利欲熏心、藐视法律、践踏生命的所作所为的惩罚,虽然这一切来得迟了些,但正义绝不会缺席!带走!"随后,特警队员上前给杨柳风戴上手铐,将其押出了办公室。

抓捕组在此次行动中,一举抓获杨柳风团伙30余名骨干成员。

在抓捕杨柳风之前,江城市公安局技术侦查部门已经对杨柳风的电话实施了监听。杨柳风的最后一个电话经过查证,是打给了市中级人民法院执行局局长关山的。原来,杨柳风仰仗的"大哥"就是关山。

得知这一情报,陈成率领专案组成员,马不停蹄地赶往关山的办公室,准备对关山进行抓捕。关山并没有在他的办公室,当陈成他们推开办公室里面的休息间,发现关山已经上吊自杀。在休息间的床上,发现了关山留下的遗书。

关山的遗书是这样写的:

敬爱的党组织:

当你们看到这封信的时候,我已经不在人世。我本是贫穷的农家子弟,从小吃苦受累,为了摆脱这样的命运,靠自己发奋苦读,并且在组织的关心帮助和悉心培养下,才有了今天的地位。但是,我忽略了对自己思想境界上的进一步提高和行为上的进一步约束。在金钱的诱惑下，没有用好人民赋予的权力。在牙膏厂土地拍卖中收取杨柳风的巨额贿赂，与他沆瀣一气，助纣为虐。为使海陵集团得到牙膏厂土地，利用自己特殊的关系和地位，对江城监狱彭家旺、嘉豪拍卖公司许浩等单位和个人施加影响，阻挠公安机关对案件的侦办。不及时纠正错误的司法拍卖，导致司法机关公信力丧失，造成严重的社会恶果。我辜负了党和人民的重托，对不起组织多年的培养。希望后来者以我为反面教材，牢记共产党员的理想信念和为人民服务的宗旨，把聪明才智用到有益于社会和有益于人民的地方。另外，我把这些年来在工作中犯下的其他错误在工作笔记里进行了说明和标注，工作笔记在我办公桌的抽屉里。收受的贿赂都存在我妻子表弟的账户上，留待组织处理。

一个不合格共产党员的忏悔　关山

看完关山的遗书，陈成不由得百感交集，既为这样一位手握重权的党员干部的堕落深感痛心，又为关山迟来的醒悟稍感欣慰。毕竟关山进一步讲清楚了牙膏厂土地拍卖案里面隐藏得最深的一面。这样一个突如其来的结果，既在陈成意料之中，又在意料之外。意料之中是因为他在整个案件的侦查过程中，时刻都感受到有人在精心布局、层层控制。意料之外是这个结果出现得太过突然、太过残酷。

现实容不得陈成过多地感慨，还有众多的涉案人员需要抓捕归案。随着杨柳风团伙被彻底打掉，由此涉足牙膏厂土地拍卖案大大小小的官员、律师等20余人也相继归案。

杨柳风被捕，让李月寒受到极大的刺激。杨柳风替她挡下了所有涉及她的问题,但终使她对追名逐利的尘世感到心灰意冷,对尔虞我诈的现实感到无比厌倦,她给陈成写了一封信寄到刑警大队。

信是这样写的:

大成,这段时间发生了太多的事情。这些事情使我对自己一度苦苦追求的东西产生了深深的怀疑,如果金钱和财富的获得,要付出这么惨重的代价,那就是不值得的。你以前跟我讲的道理,现在成了这些所谓"追求"的最好注释。我以前觉得你迂腐可笑,可现在事实证明,我才是可笑之人。没有什么成功是一蹴而就的,走捷径就意味着红线和风险,唯有脚踏实地,靠自己的辛勤劳动来创造属于自己的生活。哪怕不能人前显贵、风风光光,但能够一家人和和美美、平平安安就是最好的结果。不经历这些伤痛,我就没办法明白这些道理,等明白这些道理之后,已经错过了人生最美丽的驿站。这个世界上没有后悔药可买,我知道我没有资格要求你谅解我以前的种种不成熟,我也不想这么做。为了活下去,我也需要保持一点儿最后的自尊,这点请你理解,我知道你是个善解人意的好人,我相信你也能够理解。

我本来已经对这个带给我无尽伤痛的尘世产生了深深的厌倦,准备到之前找好的一家寺院出家为尼,与青灯古佛、暮鼓晨钟为伴,了此一生。但后来我想通了,我父母年迈多病,我不能再自私下去了。为了他们,我也得好好活下去。我在工作中认识了一个浙江的商人,他对我很好,希望能和我结婚。我准备答应他的求婚,跟他到浙江去,暂时离开江城一段时间。但是,我也不能确定什么时候能回江城。你是我在江城最信任的人,我希望你能有时间去看看我父母，能在他们有困难的时候帮帮他们，这是我唯一的要求，或者叫恳求。大成，你真的是个好人，走得很稳、很踏实，但是，这个社会太过现实和残酷，很多事情不一定能按你美好的愿望去发展，所以，你也要多加注意，不要搞得自己心里太苦。

好了，啰唆了这么多，已经不太像我的风格了，说再见吧！再见，我曾经的爱人。

陈成读完李月寒的信，不由得一声长叹。他知道自己没有办法改变李月寒的选择，她是一个倔强的姑娘，她只是没有办法接受这个不完美的甚至是残酷的世界。竭尽所有的努力换来的却是自己构建的精神世界的崩塌，对于一个年轻女孩儿来说，这是何其残忍。其实想想自己的经历，又何尝没有相似之处呢？只是面对人生中凡此种种的不堪，不过是有人选择了斗争，有人选择了妥协，仅此而已。

不久，车兵和之前抓捕欧阳华强时牺牲的特警队员谭小安的追悼会在江城市公安局大礼堂隆重举行，数千名群众自发参加。黄伟峰局长亲自主持了追悼会，江城市公安局直属部门的全体民警正装参加。

会场布置得庄重而肃穆，低回婉转的哀乐仿佛在告慰英雄的英灵，又仿佛在娓娓诉说他们不平凡的经历。

整齐列队的民警手持警帽，眼泛泪光，眼神聚焦在灵堂中央两位英雄的遗像上，眼神里透露着对逝去战友深深的不舍和思念，他们试图将英雄定格在相片里青春洋溢的样子，深深地印刻在脑海里。因为，他们知道，今天来是送英雄最后一程，要尽可能地记住他们的音容笑貌，说再见时已是不能再见。

车兵和谭小安的父母被请到了追悼会现场，在民警的搀扶下来到主席台就座。黄伟峰局长向两位烈士的父母敬了一个庄严而标准的军礼，然后转身面对民警和与会的群众发表了悼词："苍山如海，翠柏滴翠，万般思念化为倾盆泪雨。同志们、朋友们，江城的父老乡亲们，今天，我们怀着无比沉重的心情齐聚在这里，隆重悼念牺牲在对敌斗争第一线的车兵和谭小安两位烈士。请允许我代表江城市公安局全体民警，对两位曾经和我们并肩战斗，为了公安事业而永远倒下的人民卫士，表达我们的无限哀思和景仰之情，告慰英烈在天之灵。

"车兵和谭小安两位烈士参加公安工作时间都不长，但他们用实际行动诠释了忠于党、忠于祖国、忠于人民、忠于法律的政治本色，忠实履行肩负的神圣使命，在与凶残的犯罪分子的生死搏斗中，舍生忘死、英勇无畏，表现出了公安战士血染的风采。他们用一腔热血铸就了社会的平安，用生命践行了人民警察的誓言，谱写了一曲感天动地的英雄赞歌。他们的身躯虽然已经倒下，但是却化作了守护江城老百姓的倚天巨石。他们对党和人民无限热爱和忠诚，在我们心中树立起了不朽的丰碑。他们的英勇事迹和崇高精神永远值得我们缅怀和敬仰。

"在这里，我们还要对烈士的家属致以最亲切的问候，我们深刻理解烈士家属承受失去至亲的痛苦。因此，局党委将一如既往地关心好、照顾好英烈家属的工作和生活，竭尽全力帮助他们解决生活中的实际困难和问题。这是我们应尽的责任和义务。

"金色盾牌，热血铸就，浩然警魂，薪火相传。我们今天庄严缅怀车兵和谭小安两位公安英烈，就是要激发我们每一位民警传承英烈精神，坚持公安理想，担当责任使命。我们对英烈最好的告慰和怀念，就是要学习他们对党和人民无限忠诚、对公安事业无限热爱的崇高品质，学习他们执法为民、无私奉献的高尚品德，学习他们临危不惧、舍生取义的大无畏精神，让我们牢记英烈事迹，把英烈精神转化为我们前行的动力，奋勇前进。愿公安英烈生命不息、奋斗不止的理想，在我们这个时代，如同这雄伟壮丽的长江一样奔流不息,让英雄无畏的铮铮铁骨千古不朽,让烈士坦荡无私的浩然正气与天地长存!"

黄伟峰局长发表的悼词声声入耳、字字锥心。与会的民警和群众已是泣不成声、泪流满面。

站在队伍中的陈成更是悲痛得难以自持,但是他知道,自己不能倒下,不完成任务就不能给牺牲的烈士一个满意的交代,他们的鲜血不能白流。

追悼会后,车兵和谭小安两位烈士的灵车缓缓驶出江城市公安局的大门,沿途有超过十万的群众默默肃立。灵车驶过之处,皆是哭声一片。无数的大爷大妈冲到灵车周围,悲痛地哭喊着:"孩子们啊,我们来送你们最后一程!"现场气氛令人悲痛欲绝、肝肠寸断。

之后,国家追封车兵和谭小安为革命烈士,追认他们为正式的中共党员。公安部授予二人"一级英模"光荣称号。

追悼会后,陈成和专案组的同志们又投入到了后续的一系列紧张而繁重的工作中去。在各部门的通力配合和协助下,中院原来的司法拍卖被撤销,牙膏厂土地在阳光下被重新拍卖。经历了风雨和阴霾,牙膏厂职工终于感受到了迟来的公平和正义,他们敲锣打鼓地给江城市公安局送来了上书"人民的忠诚卫士"的锦旗。这是人民群众对人民卫士的最高褒奖。

在后来人民法院的审判中,杨柳风因故意杀人、寻衅滋事、私藏枪支、行贿等罪名被数罪并罚,判处死刑并追缴全部非法所得。

张然因高利转贷、行贿等罪名被数罪并罚,判处有期徒刑八年。

刘树功因涉及其他违法犯罪问题另案处理。

韩伟因贩卖毒品、故意杀人等罪名被数罪并罚,因有自首、重大立功情节,被判处死缓。

胡险峰因受贿罪被判处有期徒刑八年。

汤安然因非国家工作人员受贿罪被判处有期徒刑六年。

汤琼因行贿罪被判处有期徒刑两年。

童景天因受贿罪被判处有期徒刑十年。

联横律师事务所被司法局进行了严厉的行政处罚并追缴全部非法所得。

嘉豪拍卖公司被取消资质，没收全部非法所得。

王明因严重违纪被撤销刑警大队大队长职务，并予以党内严重警告处分。

♥